龍闕 5

目次

壹之章 ● 索命刺客出殺招

秦鳳儀早朝之後就沒再出宮，依舊是與二皇子一處。三位掌事皇子和三位未成年皇子，全都被景安帝叫來旁聽。還有愉親王、壽王、閩王、蜀王、順王和康王等諸位王爺，以及八位在宗室頗有分量的國公爺。另一邊則是內閣眾人，連帶著秦鳳儀，他算是宗人府的人。

康王率先開口：「秦翰林既是在宗人府當差，該坐我們這邊才合適。」

盧尚書道：「都是陛下的臣子，坐哪邊不一樣啊？」

「既然都一樣，就請秦探花坐過來吧，我們宗室都很欣賞秦探花的才學。」康王說著，對秦鳳儀露出微微的笑意。

秦鳳儀沒想到雙方的話題會從他身上開始，笑嘻嘻地道：「哎喲，真沒想到，我竟成了香包啦！」他一副美滋滋的模樣，卻又露出令雙方都噁心的為難神色，「坐內閣這邊，宗室想我。坐宗室這邊，內閣吃醋。人緣忒好，也叫人為難啊！」

秦鳳儀乾脆哪兒都不去，三兩步來到御前，躬身行禮，站到景安帝身邊去了。

秦鳳儀笑道：「我站在陛下這裡，正可服侍陛下，也省得你們再為我拌嘴。」

他站的那地兒，比大皇子還靠前呢，不過，大皇子坐著，他是站著的。如此，景安帝左手邊站的是秦鳳儀，右手邊站的是馬公公，若不是秦鳳儀穿著七品官服，不知道的還以為他與馬公公是同行。

秦鳳儀都站到皇帝那裡去了，雙方也不好再為他這麼一個七品小官鬥嘴，各安其座，開始說這宗室書院之事。宗室說要建一百所宗室書院，不是空提口號，實際上，宗室這些天沒閒著，他們說要建的一百所宗室書院，都是根據太祖年間第一次分封後算起的各地宗室狀況來設計的。那都是有理有據的安排，便是內閣研究來研究去，拿出雞蛋裡挑骨頭的精神，也挑不出這份奏摺上有什麼宗室故意尋事生非的毛病來。

由此可見，宗室的手段也是建立在精細縝密的計畫書之上的。

內閣並沒有否決宗室這份建一百所宗室書院的摺子，事實上，內閣沒有對宗室這份奏章提出任何半點不是，鄭老尚書也沒有拿之前在皇上跟前說的那套「西北大旱，戶部銀錢緊張」的理由來搪塞宗室。鄭老尚書先是讚揚了宗室的摺子，接著，戶部拿出太祖年間分封的各地諸宗室的人口分布圖。

鄭老尚書道：「一百所書院不是小工程，宗室書院到底要怎麼個建法，咱們都沒有經驗，依臣的意思，先在京城建一所，召些優秀的宗室子弟過來念書，看看可有不足之處。倘有不足，以後的書院便可改進了。」

閩王笑得溫煦，「鄭相此言甚是，只是京城到底是天子之地，與我們封地之所又有不同。確如鄭相所言，先時誰也沒建過宗室書院，就是我們這些藩王心裡也沒底。不過，光京城建一所宗室書院沒個比較，倒不如我們封地的宗室書院一併建起來，一共也沒幾所。這樣，書院多了，有什麼問題，咱們再一起商討，之後就好建剩下的書院了，是不是？」

閩王這話說得，宗室們紛紛點頭稱是，便是幾位皇子，未嘗沒有覺得藩王所言有理的。連秦鳳儀一邊聽，一邊都在點頭。

康王笑，「秦翰林也覺得這主意不錯，是吧？」這位不知為何，時時關注著秦鳳儀。

秦鳳儀就站在御前，他點頭是因為覺得，內閣與宗室明明是互看不順眼，恨不得你吃了我，我咬死你，鄭老尚書還安排自己瞅著時機砸場，原以為這兩夥人談判指不定怎麼火藥氣沖天，一言不合就會混戰，沒想到雙方卻是一派其樂融融的模樣，著實出乎意料。若是再擺上幾碟時興的果子，簡直堪稱御前茶會。

秦鳳儀想著，這些人也太會裝了，便也裝模作樣地點頭，結果就聽到康王點了他的名。其實不是眾人在關注秦鳳儀，大家關注的是景安帝的意思，但秦鳳儀就站景安帝身邊，他那大頭一直晃啊晃的，除非是瞎子，不然想看不見都難。

這個時候，清流們暗道：秦翰林你是不是早上沒睡醒，你瞎點什麼頭啊？

人家秦翰林可不是瞎點頭，秦翰林道：「嗯，我覺得閩王爺的話是挺有道理的。」

啥？

宗室們都覺得自己幻聽了，清流們臉上卻是不大好，以為秦鳳儀這是見宗室形勢大好，準備要叛變了。

蜀王笑道：「秦翰林果然有眼光。記得秦翰林以前說過，你少時也是紈絝，後來上進，一舉考得探花。我們宗室子弟皆是太祖皇帝的子孫，老話說得好，浪子回頭金不換，他們現下是貪玩了些，只要奮發，想來以後也是會大有出息的。」

秦鳳儀點頭，「就是一塊木頭，只要好好長，去了身上的旁枝雜蔓，也能長成棟樑，何況是宗室皆是太祖皇帝的子孫？聽說太祖皇帝可有本事啦！像我家，祖上十八代皆是平民，我都能考中探花，你們宗室奮發的話，肯定比我還強。」

宗室們的臉色大為好轉，想著，這小子莫不是突然改邪歸正，又想來跟咱們好了，否則如何這般拍咱們的馬屁？

蜀王亦道：「只盼應了秦翰林這話才好。」

清流們氣得，一個個恨不得用眼神戳死秦鳳儀。

「道理是這個道理，但你們家的孩子想超過我可不大容易。」秦鳳儀道：「我能念四年書就中探花，一則是我天資過人，二則是我長得好。這兩樣，宗室裡便少有人能及。」

秦鳳儀習慣性露出招人嫌的得瑟模樣，繼續道：「三則是因為我有個好老師。我師傅可是方閣老，他老人家年輕時就是狀元出身，又是一個大有見識的人，你們現在能為宗室子弟請來這麼好的先生嗎？」

秦鳳儀對於宗室書院也有自己的想法，他為啥做炮灰都想過來旁聽，就是因為他很想在國家大事裡摻一腳，眼下這機會他當然不能放過，而且，聽著宗室與內閣囉哩囉嗦的你來我往，他從中聽出了一些門道。

宗室是想在自己的封地上建書院，內閣則是只想在京城建宗室書院，封地的再等一等。秦鳳儀一時想不透其中的緣故，卻不影響他對於帝心的判斷，他知道陛下在這上頭是偏著內閣這邊的，而他自己是跟著景安帝的。

秦鳳儀斟酌了一下言辭，方道：「你們說的，多建幾所書院以做比較，聽著的確有道理。還有內閣說先建京城書院看看書院建好後可有什麼紕漏，哎喲，一個書院能有什麼紕漏啊，無非就是個上學的地界。京城就有國子監，正經的書院，我二小舅子和三小舅子都在國子監念書，仿國子監來建，總不會有差錯吧？書院有什麼要緊，無非就是幾間屋子。屋子是死的，難的是好先生難尋。諸位不是王爺就是國公爺，家裡的孩子們也都念書，為親生兒孫們找先生，定也是當地名流，結果如何？瞧瞧你們各家孩子們把書念得，真個亂七八糟。就你們這個，自家孩子的書念得一塌糊塗，你們還說要建書院。蓋房子的事兒，你們興許能成，但是如何請先生，如何安排課程，如何叫那些壞小子們認真學習，你們成嗎？」

話到此處，宗室們再不覺得秦鳳儀是要改邪歸正了，原來這小子是欲抑先揚。倒是清流們，個個露出了欣慰的模樣，想著秦鳳儀到底是明白人。可不就是這個理，你們宗室知道怎麼教導學生，開辦宗學嗎？

盧尚書不失時機地插了一句話：「宗室諸王不懂，咱們禮部就是管這個的，王爺們和國公爺們且放心，這事交給下官，下官定能安排妥當。」

順王不服地揉揉手腕，握著缽大的拳頭，瞥秦鳳儀一眼，「誰是生下來什麼都懂的，不懂還不能學啊？秦鳳儀，你能自紈絝學成個探花，我就不信我不能把書院管好！」

「你能你能你啥都能，成了吧？」秦鳳儀道：「我說話，你們別覺得我偏心。還有，順王爺，把你的大拳頭放下，某是個斯文人哩，不與人打架。」

這話險些噁心死順王，秦鳳儀又道：「先說這書院怎麼建，建在哪兒？大家先屏棄私心，我知道諸位宗室想在封地建宗學，內閣則是想先在京城建宗學。這其實無所謂，宗室們願意建就建唄，京城也建一所，這就是各地官學與國子監的關係了。可你們要是不願內閣幫忙，那你們就自己張羅。京城的宗室書院，你們愛來不來，朝廷也不勉強，免得你們多想，但我告訴你們，你們要是拿自個兒那些小心思忖度陛下，那就錯啦！」

秦鳳儀義正辭嚴地繼續道：「我姓秦，你們宗室愛怎麼著怎麼著，陛下卻是真心想宗室子弟好的，因為陛下要擔任京城宗室書院的山長。你們不是羨慕我念書出眾嗎？我師傅，致仕在家的方閣老，快八十的人了，還是陛下親自相託，為著宗室子弟成才，他老人家才應允親自擔任京城宗室書院的執事。餘者，在京城宗室書院任教的，皆是朝中一流大儒。你們那些個九曲十八彎的小心思想什麼呢？陛下一樣是姓景，是宗室與皇家的掌舵人，陛下難道不盼著宗室有出息？你們沒把孩子教好，考了個烏七八糟，你們自個兒不急，陛下好幾宿睡不著覺，覺得對不住列祖列宗。為著你們，陛下操心操得頭髮一把一把地掉。幸虧陛下頭髮多，不然就為著你們，陛下都得掉成個半禿子。」

「你瞅瞅你們各自的小心眼兒，一個個的，沒一個實誠人，你們傷了陛下的心啊！」秦鳳儀說著，眼圈應景地紅了，蹲下拉住景安帝的手，仰著一張如花似玉的臉。與景安帝四目相對時，眼中卻閃過幾分促狹，背對著宗室內閣，哽咽地道：「陛下，咱們不與他們好了，他們愛怎麼著怎麼著吧。咱們看歌舞去，隨他們如何好了。」

秦鳳儀拉著景安帝就要走，景安帝看向宗室的眼中露出失望之色，便也起身牽著自家小探花走了。景安帝帶著小探花去了內書房，又打發了閒雜人等，曲指敲秦鳳儀的大頭一記，然後忍不住笑了。

秦鳳儀的大桃花眼精光閃閃的，嘻嘻笑著。

景安帝問他：「半禿子是怎麼回事？」

「我那不是為了表示陛下操心，現成幫陛下編的嗎？」秦鳳儀解釋道：「人要是為什麼事煩惱操心，就會掉頭髮。我以前念書特用功，剛開始就一把一把地掉頭髮，後來我每隔五天就要喝一盅首烏湯，天天吃黑芝麻、核桃、枸杞磨成粉煮的粥，這才保住了頭髮。要不，早念成禿子啦！」

景安帝又是一樂，此刻，他真是覺得自家的小探花怎麼看怎麼可人意，心裡稀罕得不得了，便道：「中午與朕一道用膳。」

別人哪怕做了一件合乎帝王心意的事兒，縱使暗暗得意，人家也謙遜著，可秦鳳儀不一樣，他得意洋洋地邀功，「陛下，我這法子好吧？」

「不錯。」景安帝不吝誇獎，關鍵是，小探花也不用去拉仇恨，就把宗室數落了一回，還讓宗室不占理。就像小探花說的，朕難道不想宗室子弟好嗎？皇室的想法一向矛盾，宗室沒出息，景安帝比內閣要急。當然，景安帝自身也是防著藩王的，但這防範中卻又是有著同為景氏子孫的一分說不清道不明的情分。

景安帝問：「是不是方閣老給你出的主意？」

他覺得，以小探花的腦子，咋能想出這麼好的主意？

「不是，他老人家要是有主意，早在指點我奏章的時候就告訴我了。」秦鳳儀道：「我自個兒想的。先時我也沒想到，我是剛剛聽內閣和宗室像拉鋸般的說建宗室書院的事才想出來的。我還以為他們今兒爭什麼，原來是爭書院在哪兒建。我看內閣是想在京城建，藩王是想在封地建。他們想建就讓他們建唄，人家想建書院畢竟是好心，道理上也說得過去，倘若陛下不允，這可是占不住理。只是，他們愛建就建，到時京城的宗室書院建起來，陛下，您擔個山長的名兒，還怕他們的子弟不來念書？就看去歲春闈，因著陛下親自任主考官，別個時候聽說春闈一科參加考試的舉子也就三千來人，結果呢，去歲來了六千，為的還不是『天子門生』這四字。我師傅那個執事啥的，是我隨便說的。您瞧瞧宗室一直拿我說事兒，他們現在討厭我討厭得不得了，突然誇起我，我猜後頭一定沒什麼好話，我就先截了他們的胡。我師傅都快八十了，他做執事也管不了事，不過名聲上聽著好聽，再者，他畢竟是致仕了的，如鄭老尚書等人，各有各的職司，忙得不得了。而且，雖則說不上來，可我終是覺得他們在宗室書院做執事不大好，畢竟清流與宗室不睦，倘有個什麼事，就怕他們彼此多心。」

「只要京城宗室書院建好了，這種得梧桐樹，自然能引來金鳳凰。」秦鳳儀道：「只要宗室不傻，必然會派家中出眾子弟來念書的。要是嫡系子弟不來，讓庶出的來，以後襲爵時，您就卡他們一卡，讓庶出的襲爵，誰叫嫡出的跟您不熟呢！」

景安帝笑斥：「胡說八道！軍國大事，豈能兒戲？」只是輕斥一句，沒有半點嚴厲。

「我就打個比方。」秦鳳儀道。

景安帝道：「有爵宗室的子嗣來京城念書，那些尋常宗室就在各地官學就近入學便罷。眼下朝廷不寬裕，各封地要建宗學，說得容易，每年卻是一筆不小的開銷啊！」

秦鳳儀想了想，不解地道：「這能開銷幾個啊？就像各地官學，我們揚州的官學，無非是衙門出幾間屋子，再尋幾個博學的大儒為學子們講課罷了。一應吃用，都是學子自己出的。每年花銷，屋子不用錢，也就是些桌椅損耗，還有大儒們每月的月銀，一年兩千銀子便足夠了，這些錢不算什麼。」

「宗室書院，吃用便不好叫宗室子弟自掏腰包了。」

「陛下，您這樣想就不對了。上學的束脩銀子可以不出，這是給宗室子弟的照顧，至於吃用筆墨，皆要他們自備才好。這不是說朝廷吝嗇這幾兩銀子，咱們定下獎勵金，每年的考試，各班前五名，第一名賞一百兩，第二名八十，第三名五十，第四名三十，第五名二十。只要功課好，不要說這幾兩吃用銀子，不但不用花，還能賺錢，這是為了鼓勵他們好生念書。在民間，一個八口之家，一個月二兩銀子就餓不死了。」

秦鳳儀頓了頓，繼續道：「便是建宗室書院，也不要把它交給宗室管理，他們哪裡像是會管孩子念書的樣子，還不如我爹哩。讓各地官學多收拾幾間屋子，仿官學樣式，安排幾張桌椅，讓宗室子弟過去就讀便是。讓各地府衙管理，再給各地宗室書院一些甜頭，譬如，每年考得好的，可以挑選幾個來京城的宗室書院念書啥的。這些自各地選上來的，待到了京城的宗室書院，一應花銷都有所減免。有些紈絝樂意一輩子紈絝便罷，倘有真的願意上進的，說不得也能挑出些個可用之人來。」

景安帝笑咪咪地摸摸秦鳳儀的頭，「腦袋瓜子挺好使的啊！」

「那是，我可是世上第三聰明的人！」秦鳳儀被皇帝陛下摸頭挺受用的，還舒服地用大頭蹭了蹭陛下的掌心。

景安帝和秦鳳儀兀自叨咕著宗室書院的事，留下的一屋子宗室內閣俱是傻眼。內閣還好些，他們認為秦鳳儀現下總歸是他們清流的人，而且，看秦鳳儀說的話，終歸是偏著清流這邊的。只是，京城宗室書院由皇上出任山長，以及方閣老任執事，這事兒怎麼秦翰林先時不跟他們通個氣啊？這孩子可真是，說他靠譜嘛，總有些不周全，說他不周全嘛，這又是什麼時候跟皇上商量好的……

總之，內閣堅信，秦鳳儀的所作所為必是與景安帝商量好的。他們完全不相信是秦鳳儀隨口一說，否則就是當著皇帝的面兒假傳聖旨啊……

比內閣更鬱悶的便是宗室了。咱們建書院還不是為了宗室子弟有出息，這是哪兒跟哪兒啊，誰說咱們不為自家孩子著急上火啊？要不是為了自家孩子，俺們用得著起五更熬半夜，群策群力寫出這建宗室書院的奏章嗎？

好吧，雖則俺們也有些私心，但終歸是為了自家孩子們能上進。

那啥，陛下，您出任京城宗室書院山長的事，怎麼不早說啊？您要是早說，咱們啥都是能商量的呀！還有，陛下，您說說，咱們才是一家人，您有事跟咱們商量，跟那姓秦的小子商量個啥，他能懂個啥？

閩王同愉親王打聽：「這京城宗室書院的事，阿弟，你可聽陛下說起過？」

愉親王道：「未曾，不過，想來陛下已有打算，不然也不能把方閣老請出來任職。」

閩王道：「執事也不能只有一位，阿弟，你在京城管著宗人府，這京城的宗室書院，執事也該有阿弟一位。」

愉親王也是這樣想的，卻仍是謙遜地道：「這得看皇上的意思了。」

「我願在皇上面前力薦阿弟。」

愉親王笑，「那我先謝過阿兄。」

閩王見愉親王也不知曉京城宗室書院的具體情形，卻是無礙兩位王爺對於京城書院有所暢想。閩王感慨道：「皇上的見識，遠勝我等老東西啊！」

愉親王輕聲道：「皇上是真心實意要給宗室些個實缺的，眼下阿兄可是信了吧？」

閩王老臉有尷尬之色，連忙道：「我可是從來都信的！」

愉親王一笑，低聲道：「只要京城的宗室書院開辦起來，來京城念書的子弟們多了，還怕皇上看不到宗室的好處嗎？」

「是啊！」天天在眼皮子底下晃，總不能讓孩子們閒著，一來二去的，自然會有實缺。閩王亦是贊同滿意，尤其景安帝會親自擔任京城宗室書院的山長，這是何等的榮幸？

閩王道：「陛下遠智，老臣只有敬服的。我說句私心話，咱們幾個爭的，原也不只是自家孩兒的前程。阿弟，咱們在的一日，家中孩兒終歸衣食不愁，我擔憂的是那些無爵宗室。他們已無爵位，家中糧米再革，這京城的宗室書院，想來也放不下太多的宗室子弟，咱們各封地的宗室書院也得開辦起來才是。」

愉親王唇畔帶著幾許笑意，道：「皇上對京城宗室書院的考量，遠勝我等，至於封地的宗室書院，想來皇上已是有所打算。」

景安帝怎能沒成算？關鍵是，他到底怎麼幹呢？

這個時候，閩王不禁有些抱怨秦鳳儀了。

閩王道：「這個秦翰林也是，咱們好端端地商量事情，他突然就說咱們不體貼聖意。真是的，咱們不體貼，好似就他一人體貼似的。」

這把皇上拉哪兒去了？封地的書院是個什麼意思？

倘是閩王抱怨別人，愉親王聽聽則罷，偏生是抱怨秦鳳儀，愉親王聽著就不大順耳了。

愉親王道：「阿兄，鳳儀那孩子就是這樣一副熱心腸，他是極忠心皇上的，這才會一時動情，為皇上感到委屈。」

閩王連忙道：「看我，戳了阿弟你的小心肝兒了。」

愉親王正色道：「阿兄莫打趣，我說的也是實話。」

「我曉得，非但你喜歡秦翰林，我看他也不錯。」閩王道：「雖則他對宗室有些誤解，可他對皇上忠心耿耿，體貼至極，難怪皇上喜歡他。這樣的孩子，誰不喜歡？要是有人這樣待我，我也喜歡。」閩王到底這把年紀，雖不喜秦鳳儀，到底還是能說兩句公道話。

愉親王為秦鳳儀說好話：「待阿兄與鳳儀相處久了，定也喜歡他，那孩子至真至純。」

因為秦鳳儀這麼一打岔，整個宗室書院的事就向著另一個方向發展起來，一個與宗室，與內閣預計中的，完全不同的方向。

秦鳳儀跟景安帝叨咕半日，也只能說個大概，具體細節什麼的，他這只是少時上過幾天私人蒙學的傢伙，書院啥樣也不大曉得。不過，這不妨礙秦鳳儀對宗學書院有一些想法。他的想法可多了，靠不靠譜的，啥都敢說。

中午與景安帝一道用膳，這一回，除了秦鳳儀最愛的獅子頭，景安帝還直接讓他點菜，愛吃什麼就點什麼。秦鳳儀這個不知道客氣的，又點了三四道自己想吃的。

景安帝特命御膳房備著，連茶都問秦鳳儀：「要不要嘗嘗揚州的珠蘭茶？」

「那個就不用了，我媳婦愛那個，我不愛，陛下的這茶好。」

景安帝笑道：「一會兒給你包半斤。」

秦鳳儀喜孜孜地問：「陛下，這個就是那個……君以國士待我吧？」

也就為皇上出了這麼一個好主意，他就覺得自己是個國士了。

景安帝正色道：「這個啊，是君以養小豬待你吧！」

秦鳳儀被笑話一回，大是不依，纏著景安帝抱怨了一回，非要景安帝承認是以「國士」待他，景安帝被逗得哈哈大笑。君臣二人正吃飯的時候，皇子宗室內閣等人求見，景安帝打發人與他們說累了，有事明日再說。

秦鳳儀連忙加快吃飯的速度，景安帝道：「吃慢些，急什麼？」

秦鳳儀小聲道：「我得趕緊吃完去我師傅那裡把做執事的事情告訴他。倘有人過去找他打聽，我怕他露餡兒。」

景安帝可算是信了這事的確是秦鳳儀自己搗鼓出來的了，他還幫自己致仕的師傅尋了個新差使。景安帝道：「那也不用急，方相當多少年的臣子了，就是你沒與他說過，他也不會讓人試探出來。何況，宗室這會兒必還要一道商議，沒空去方相那裡打探。」

至於內閣，就是現在打聽出什麼來，也要以宗室改制之事為主，不會到處亂嚷嚷。有景安帝這話，秦鳳儀才放慢吃飯的速度。他平時飯量就不小，今日景安帝格外看他順眼，時時勸飯，他又是個不經勸的，而且御膳房的手藝確有過人之處，他一下子就吃撐了，吃撐了還摸著肚子抱怨：「總是勸我吃，撐著了吧？」

景安帝道：「朕還不是好意？老馬，去貴妃那裡拿幾顆六郎常吃的山楂丸來。」

馬公公打發人去取山楂丸，秦鳳儀吃過山楂丸，又與景安帝說了一會兒話，方精神百倍地出宮去了。他先去師傅那裡，好在方閣老那裡還沒人過來。事實上，內閣大員們每天事務繁多，即便是想去方閣老那裡打聽一二，白天也抽不出時間。

秦鳳儀到來時，方閣老正歇晌，他原要等一等，不過老人家覺少，聽說心愛的小弟子過來，便命秦鳳儀去涼軒那裡說話。

這大暑天的，方閣老上了年紀，家裡不敢給他用冰，便建了涼軒。這涼軒臨水，水氣清涼，又有樹蔭，暑熱也就降下來了。

秦鳳儀一到，方閣老命人上了寒瓜，還有一盤井裡湃過的瓜果梨桃，涼絲絲的。

秦鳳儀吃得香，方閣老也拿了顆桃子咬著吃。

方閣老笑道：「看來，今兒個說的事頗順利。」一面就把侍從悉數打發了下去。

秦鳳儀道：「還算順利，我還幫師傅您尋了個新差使。」

「這可奇了，怎麼裡頭還有我的事？」方閣老問。

秦鳳儀就把今兒個御前的事如實說了，方閣老啞然失笑，「不錯不錯，大有長進！這法子好，你自己想的？」

「你們怎麼都這樣問？當然是我自個兒想的。」秦鳳儀道：「我聽他們兩邊為個破書院的事嘮叨個沒完，說來說去，拐彎抹角的都是些車軲轆的話，可沒勁了。師傅，您是沒見，兩邊俱是假笑假和氣，明明一點也不和氣，兩邊都裝得那叫一個假。我看他們也沒個好主意，就幫他們想了一個。宗室無非是想要些實在的好處，陛下擔任京城宗室書院的山長，這樣的好處，他們要是再不滿意，那也只得隨他們去了。內閣呢，不想讓封地建宗室書院，他們也是杞人憂天。把京城的宗室書院建好了，封地那裡愛建就建唄，只要管著書院的是清流不就行啦？要是這個都不成，就忒沒心胸了。當時我這麼一說，覺得主意還不錯，主要是為了取信他們兩邊，我就隨口把師傅說進去了。我同陛下說了，陛下也同意了。反正師傅您現在也沒什麼事，要是京城宗室書院開建，您就掛個名兒，去不去都成，行不？」

「不行。」方閣老道。

「行嘛行嘛！」秦鳳儀道：「我在眾人面前，可是把大話都說出去了。」

方閣老笑，「你都把大話說出去了，我能不應嗎？不過，還是得聽一聽皇上的意思。」

「陛下都答應了啊！」

「這宗室書院的事，還有得商量呢！」方閣老畢竟是人精，皇帝出任宗室書院的山長，這執事定是非止他一位，再者，這宗室書院怎麼個建法，什麼樣的章程，這裡頭的事兒就多了。方閣老難免又指點了秦鳳儀一回，還與小弟子道：「你正巧在宗室，這事要如何辦，你就跟著聽著學著些。」

方閣老不愧與景安帝做了多少年的君臣，君臣二人的審美頗為一致，於京城宗室書院一事，方閣老對秦鳳儀可是另眼相待，方閣老道：「這主意真正不錯。」

「那是當然啦！」秦鳳儀道：「師傅，您知道做生意的精髓是什麼嗎？」

「什麼？」方閣老的心情極好，瞅著小弟子就高興，尤其小弟子那一臉得意臭顯擺的模樣，都特別招人喜歡。

秦鳳儀道：「我爹說，一則，你的貨得好，二則，你得會吆喝。不過，我覺得還有一點也很重要，那就是，你得知道對方想要什麼。」

方閣老拍手大笑，讚道：「說得好。世間學問，通一樣，則事事通。」

秦鳳儀得到師傅的讚美，也很是高興。

在師傅這裡商量過正事順帶臭美了一回後，秦鳳儀就回家去了。

李鏡哪有不記掛的，等見丈夫喜笑顏開地回來，方心下一鬆，起碼這就不是個吃了虧的樣子。聽得丈夫把事一說，李鏡笑問：「這可是另闢蹊徑了，你如何突然有了這主意？」

秦鳳儀蹺著二郎腿，抬著下巴，一臉得瑟得恨不得上天的模樣，「妳以為我真是去做炮灰的啊？去之前我就想好了，必得尋機露露臉。原以為這事多難辦，我到那兒一聽他們商量的這個，也不是很難辦啊，便想了個法子，然後直接說了。陛下也誇我了，中午還叫御膳房做了很多我喜歡的菜。對了，師傅也誇我了。」然後，一個勁兒用小眼神兒瞟媳婦，那意思是，媳婦妳也不誇誇我，妳可不像沒眼光的人啊！

李鏡暗自好笑，湊近了道：「咱倆什麼關係啊，就不用誇了吧？」

「怎麼不用？當然要用了！」秦鳳儀是絕對不會放過任何被媳婦崇拜誇獎的機會的。

李鏡摸摸丈夫那美貌絕倫的臉，笑道：「做得很好，真是個好主意。」

「這才像話。」秦鳳儀心裡熨貼極了，還道：「我近來覺得智慧大漲，媳婦，妳說，要是我超過妳成為世上第二聰明之人，妳會不會覺得沒面子啊？」

李鏡又笑，「不會，但我覺得，你接下來恐怕沒空考慮你排第二還是第三的事了。」

「為什麼？」秦鳳儀道：「眼下也沒什麼事了，就是宗室書院的事罷了。」

「沒什麼事了？」李鏡道：「事兒才剛剛開始呢！在京城建宗室書院這主意是好，請了皇上做山長，宗室們的面子掙得足足的，他們窩在封地上不得動彈，自然樂意兒孫們來京城念書，尤其還是皇上做山長。可你給皇上出的那封地書院叫當地府衙管著的主意，這事宗室們定不能依，還有得吵。況且，這主意是你出的，清流可沒人替你扛，必然有一番爭論。」

秦鳳儀想了想，道：「他們是不是想要自己管啊？」

「那是自然，要不，他們屢次提及在封地上建宗室書院做什麼？」

「可他們哪裡會管書院？他們連自己兒孫的教育都管不好。」

「這是兩碼事。」李鏡道：「你怎麼連這個都不明白？藩王們要管著封地書院，無非是要他們各自封地的宗室之心罷了。他們自家子弟送到京城來念書，可有些個爵位低的宗室子弟或無爵宗室子弟，就得到封地上的宗室書院念書。你想想，咱們家在揚州時，遇著窘迫的學子，還會給些銀子資助一二。這些藩王們，如不是財大氣粗，倘有出眾的宗室子弟，他們先籠絡了，以後自是有好處的，這就是他們為什麼要把封地的宗室書院建起來的原因。若是朝廷允許，就是叫他們自己出銀子建，他們也是願意的。」

秦鳳儀這才明白，裡頭還有這些個私心。

秦鳳儀道：「可先時他們各府裡估計也有宗學，難道沒有宗室子弟過去念書？」

「先時沒有京城的宗學書院啊！」李鏡論思路較秦鳳儀清晰一千倍，她道：「朝廷要革普通宗室的糧米，其實這些個王爵國公，那些個普通宗室的死活與他們有何相干，他們擺出一副肉疼的模樣，無非就是跟朝廷要好處。為什麼別個好處都沒要，就要建書院？京城的宗室書院建起來，還是皇上親自做山長，皇上便是為自己的名聲，也不能讓大批宗室子弟閒置，總要給一二實缺，這就是宗室子弟的晉升之梯。你想想，春闈三年一考，每次只取三百人，可這就是寒門的晉升之梯。多少寒門學子苦讀十數載、數十載，就為一搏功名。不論宗室書院，還是宗室大比，宗室所謀，最終便是這一道晉升之梯。有了這晉升之梯，非但是有爵宗室的子弟有了機會，那些無爵的，已與平民無異的宗室們一樣有了晉升機會。你以為宗室不想做官不想討實缺嗎？他們都想瘋了。有了宗室大比，以後有爵宗室便會督促子弟們用功念書，而那些無爵宗室想為官，也只有讀書習武的路可走，所以，這書院建成，定與宗室們先前混吃等死的時候大不同。藩王們哪個是傻的，他們自然想掌握封地上的宗室書院。」

「那就不能叫他們管啊！」

「對，絕對不能讓各封地的宗室書院落入他們掌中。」李鏡道：「不論哪裡的宗室書院，一定要在朝廷的管轄中才成。」

這事有多麼得罪人，只看秦鳳儀又重新遭遇到了刺殺行動就可知曉了。秦鳳儀這擔驚受怕的心喲，絕對不是半斤好茶安慰得了的。

他接下來做的事，真不怪人家派刺客刺殺他。

因秦鳳儀在宗室書院建設的問題上發表了自己的高見，而且，這主意還得到了宗室的認可，至於清流，好吧，清流也不是很反對，反正即便皇上任京城宗室書院的山長也只是個名頭，宗室若是想做官，必得經宗室大比才行。

清流們要做的事就是，給宗室大比劃出個道道來，總不能每年都是矮子裡面拔高個兒。

這方面秦鳳儀不大懂，但他一向認為念書不是什麼難事，他的口頭禪就是：「我這祖上十八輩平民的都能念四年書就中了探花，宗室子弟即便不如我，卻是太祖皇帝的子孫，應該不會差太多吧？」

這話真是能把宗室們給氣死，藩王們真想說，就是你們清流有幾個念四年書就能中探花的啊？偏生秦鳳儀捏住「太祖皇帝的子孫」這七個字，簡直能把藩王們噎死。

最可恨的是，清流們簡直是奉此言如圭臬，時不時便要出來說一回，彷彿秦鳳儀已經成了清流念書中的代表人物。

清流中未嘗沒有比秦鳳儀會念書的，但此時是拉仇恨的時候，清流們對秦鳳儀的態度就似李鏡說的，終是沒將秦鳳儀視為自己人。其實，李鏡這話事關自己丈夫，未免有些偏頗。想想先時秦鳳儀做的那些事，現下清流肯接納他，已是清流大度了。

所以，清流便很坦然地拿秦鳳儀這話來堵宗室，把宗室堵得難受非常，每每聽到此話，再想到最先說此話的秦鳳儀，那仇恨值真是刷刷刷地往上漲。

這還不是最拉仇恨的，畢竟宗室們其實也是有些傲氣的，雖則這次宗室大比，子弟們考得很不怎麼樣，但諸藩王國公們深信，那是因先時子弟們沒有好生學習的緣故，只要子弟們用功念書，還怕學不好嗎？自家孩子各項資源比平民強百倍，沒理由學得比平民差。

宗室也是有宗室的傲氣。

待得這宗室大比的規章制定出來，真正拉出血仇的事情來了，那就是封地宗室書院的建設。不算秦鳳儀出門遇刺之事，雙方談判時，順王就與秦鳳儀不只打了一場，有一回兩人打急了眼，還在地上滾了一回，秦鳳儀嘴角被順王打出血，順王也沒占到便宜，臉上被秦鳳儀咬了一口，那牙印深得，半張臉都腫了。

宗室們氣得不得了，紛紛到御前評理，閩王更是氣得直哆嗦，質問景安帝：「我等藩王宗室，難道自家孩子學習的書院，我們都沒資格管上一管了，世間竟有如此謬理？若是如此，這宗室書院不建也罷！」

秦鳳儀半步不讓，大聲道：「不建就不建！你們要管書院，憑什麼去管？你們管封地可能是一把好手，但你們連自家孩子的學習都管不好，明明是外行，非要管內行的事，憑什麼？就像文官，偏要去任武職，這合適嗎？萬事得講一個理字，王爺不要覺得您年紀大輩分高，就能不講理了！」

閩王被秦鳳儀氣得直接厥了過去，大皇子急道：「秦探花，你就少說兩句吧！」

秦鳳儀乾脆兩眼一翻，也倒了。非但倒了，他雙眼緊閉，嘴角還流血。

盧尚書大驚，撲過去就喊：「秦探花氣吐血了！」然後，老淚縱橫地道：「秦探花，你盡忠職守，可不能有個好歹啊！」

於是，景安帝宣御醫來給兩人診治。

秦鳳儀回家跟他媳婦說：「哎喲，我往日真是小看盧老頭兒了。先前我都說他刻板，妳不知道老頭兒多機靈，我一倒，他立刻撲過來抱著我就哭，哭得彷彿我真有個好歹一般。」

李鏡聽得直樂，「你這主意也夠壞的。」

「壞什麼呀，妳以為閩老頭兒是真厥過去啦，我早防著他這一手。」秦鳳儀哼一聲，「誰還不會暈啊！」

閩王一病就是半個月，秦鳳儀卻是第二天就沒事人一般與內閣繼續與宗室藩王國公等商量封地宗學書院的事。宗室能不恨他？宗室都要把他恨得眼裡滴出血了。

愉老親王還去勸秦鳳儀，讓他低調些。

秦鳳儀道：「開弓沒有回頭箭，我要是像閩王似的在家裡歇著，也不是不行，可我還不必用病休的手段，隨他們去吧。愉爺爺，難道我現在退了，讓藩王接掌各地的宗室書院，宗室就會感激我嗎？那些無爵宗室的糧米一革，總要有一個頂缸的人，我今日退與不退，宗室藩王以後也不會對我留情。我必要將這事辦成，他們愛怎麼想就怎麼想吧！」

秦鳳儀簡直是無畏且無懼了。

現在，連曾經想請秦鳳儀去拉點仇恨的鄭老尚書，看向他的眼神裡都有些憐惜之意了。唯獨八風不動的就是方閣老與景川侯，當然，還有秦鳳儀的媳婦李鏡。

要說當初鄭老尚書讓秦鳳儀幹那攪局炮灰的活兒，李鏡是一千個不願意。如今秦鳳儀做的，不止是炮灰的事，在許多人看來，簡直是自尋死路，李鏡卻是沒攔過秦鳳儀，平日也只有鼓勵他給他出主意的。

大公主臨產在即，還讓丈夫去秦鳳儀身邊保護他，大公主道：「我現在反正不出門，咱們家也沒什麼仇家，人手亦是夠使的。這回秦親家是把宗室惹毛了，他身邊雖有侍衛，可他家到底底蘊尚淺，你過去護他一護，待宗室改制之事結束，也就好些了。」

張盛過去時，秦鳳儀還覺得人家有些大驚小怪，李鏡卻是讓張盛留下。

大公主早已料到了秦鳳儀周遭會不大安穩，但是委實未料到，此次刺殺來得這般猝不及防，而且狠辣至極。

刺殺事件發生在清晨。

因是大朝會的日子，秦鳳儀五更天便起了，用過早飯便帶著侍從出門。

六月天，往常這個時候天邊已露青白微光，不過今日天色有些陰，比往時要暗些。出門時，李鏡說：「還是坐車吧，我看這天兒指不定什麼時候就要下雨。」

秦鳳儀道：「本來天就熱，坐車更熱了。」

「放個冰盆也就好了。」

「不成，氣悶。」秦鳳儀不愛坐車，況且尚未下雨，便令小廝多帶幾把傘也就罷了。秦鳳儀出了家門，他家這處宅子也是在官宦居住區內，地段雖不是上好，卻也很不錯。出了家門是通濟大街，通濟大街拐個彎即是永寧街。

天時尚早，永寧街上只有寥寥幾家早點鋪子開著，此時多是供應官員吃早餐。秦鳳儀出門的時辰不算早也不算晚，隨處可見或是騎馬或是坐車上朝的同僚。秦鳳儀周圍簇擁著三十來位侍衛小廝，不知道的都很難相信這是七品小官的排場。

永寧街是京城正街，直通永寧門的大街，便是以秦鳳儀先時所受刺殺經驗之豐富，都未料到刺殺會發生在永寧街上。

秦鳳儀坐在馬上，幾乎是沒有任何預兆，一柄犀利的快劍直接刷新了秦鳳儀對於刺殺的認知。他原以為世上的刺殺都是先時柳大郎派的那些市井流氓一般，只要不惜性命，尋個恰當的時機，使個投毒放箭捅人等的手段。

此時此刻，秦鳳儀方知，原來世間還有這樣迅捷的刺殺。閃電般的一劍，秦鳳儀只見血色與劍光交織，幾聲悶哼後，凌厲的一劍已近在咽喉。僅僅這一瞬，秦鳳儀幾乎聞到了劍鋒上濃烈的血腥味，忍不住覺得自己的性命怕是就要交代在此劍之下。

張盛擲來一刀，那劍尖偏了偏，秦鳳儀咽喉處被劃出一道血痕。可也只在這一瞬，秦鳳儀雙腿一夾馬腹，小玉拔足狂奔。待第二劍襲來，秦鳳儀只覺腰一輕，張盛的殘影掠過，取了秦鳳儀所佩寶刀，刀光橫掃，瞬間已是與刺客交手三五十招。

青衣刺客一劍刺中張盛左肩，這一刺卻是未盡全力。刺客揮手抽劍，側身避過身後的一記冷箭。張盛後退數步，肩頭血流如注。

平嵐連射九箭，箭箭直逼刺客，便是刺客也不禁喝一聲：「好箭術！」

平嵐棄了長弓，抽出腰間長軟劍，揉身而上。

秦鳳儀放眼所見，周圍是人間屠戮場，他身邊的侍衛倒下近半，剩下的仍是忠心耿耿守護在他身邊。秦鳳儀氣未來得及喘一口，便發覺他與侍衛身在七名青衣刺客的包圍之中。

周圍自然有見到秦鳳儀被刺殺的同僚，只是誰都不是這樣絕頂刺客的敵手。

此時此刻，永寧大街上，除了壓頂的黑雲，沉悶的空氣，便是秦鳳儀、眾侍衛、平嵐、張盛，以及數名青衣刺客。

秦鳳儀覺得刺殺時間漫長過一生一世，事實上，一切皆發生在片刻間。七名青衣刺客沒有任何廢話，秦鳳儀想與他們聊一聊家常拖時間都不能。不過轉瞬間，秦家雇來的侍衛與景安帝所賜的多數侍衛悉數倒在血泊中，最後是景川侯送的兩個侍衛以及愉親王所贈的阿乙，連帶四位大內侍衛與數名刺客苦苦纏鬥。幾人能拖住七名刺客，絕對是高手中的高手，張盛儘管傷了一肩，仍是趕過來幫著一併拖住刺客，讓秦鳳儀先走。

然而，秦鳳儀是走不了了的。如果秦鳳儀認為，那第一名刺客的一劍已是狠辣卓絕，那麼這最後一名刺客的一劍便是驚天動地。

秦鳳儀身邊的七位高手，以及張盛和遠處的平嵐，沒有一人能避得開這一劍，更無須提只會些拳腳功夫的秦鳳儀了。

面對這一劍，秦鳳儀除了慷慨赴死，沒有其他選擇。

所幸老天似乎不忍看秦鳳儀就此喪命，一條長鞭挾著破空裂響，抽碎了秦鳳儀面前的空氣，及時捲住了長劍的寒光，鞭風颳得秦鳳儀的面龐有些微痛意。

秦鳳儀不必催馬狂奪，富靈性的小玉已帶著主人拔足逃命。

劍光震碎鞭梢，嚴將軍反手直刺一槍，刺客身子微微一偏，又是上前給予一劍，將嚴將軍刺下馬來。刺客倒未與嚴將軍多作糾纏，追擊秦鳳儀而去。秦鳳儀身子壓得極低，刺客第二劍刺來，秦鳳儀只覺殺意如世間最毒的毒蛇，緊緊黏在了他的背脊。

刺客的第二劍直刺秦鳳儀後頸，此時再無人能來相救。小玉驀然兩條前腿一跪，秦鳳儀瞬間自馬頭急速伏身落地。秦鳳儀落地後，沒有急著找尋刺客的位置，這根本不用找，就在他身後，宛如附骨之疽。

秦鳳儀就地十八滾，刺客的劍追截而至，那劍貼著秦鳳儀後頸落下。一柄長刀橫過來斬向刺客，這一刀殺氣騰騰，刺客只能收回快劍，側身避過刀客這一刀。

秦鳳儀自地上躍起，拔足狂奔。刺客縱身一躍，擋住了秦鳳儀的前路，劍上的鮮血滴落在青石地面上。秦鳳儀所佩之寶刀已被張盛取走，他自袖中取出一把短匕，可未待他拔出匕首，刺客的劍已來到他頸間。

秦鳳儀聽到不遠處有馬蹄聲響起，他想一定是援手趕到，可惜來遲了。

秦鳳儀很不甘心，他正當華年，尚有無數遠大抱負未曾施展，還有妻子腹中孩兒未曾見過，有老父老母未供養，甚至有許多未說的話、未做的事、未吃過的美食及未飲過的美酒。這大千世界他來過，卻未真正看過，未能酸甜苦辣地經歷過，如今卻要命喪這刺客之手。

就在千鈞一髮之際，秦鳳儀鬼使神差般怒吼了一句帝都九成九九的人都聽不懂的土話。他是如此的憤怒，那一聲吼叫彷彿穿透壓頂的黑雲，引來天地迴響。

在刺客的劍鋒刺到秦鳳儀咽喉的剎那，烏黑的天空被一道破空的雪亮電光照耀得如同白晝，照亮了刺客那雙冷漠的眼睛。緊接著，霹靂驚雷貫破天地人間，秦鳳儀被這驚雷震得心中一跳。刺客的手有多穩，秦鳳儀不知曉，但此時刺客的手竟也驀地一抖，劍尖低了一寸。就這一寸，劍鋒被某個硬物擋住，刺不進秦鳳儀的血肉。

時機就在這一瞬。

性命亦在這一瞬。

而刺客的失手，也只在這一瞬。

僅存的幾大高手侍衛和那位使長鞭的嚴將軍連忙奔過來，嚴將軍便是壽王身邊的親衛將領。四周有許多躲是非的臣子，而別人都可以躲，如壽王這樣的藩王卻不能退縮。

刺客們來得快，逃走時一樣快。

那位終極殺手終是未能再出劍，只得足尖輕點飛至一旁屋簷上，轉眼失了蹤跡。平嵐和張盛等人已圍過來，眾人身上帶著斑斑血跡，見到秦鳳儀平安，皆是露出放鬆模樣。

天空又是隆隆雷響，轉眼間，一場暴雨轉瞬即至。

一些膽小怕事的店家沒來得及把店外掛著的燈籠取下來，刺客們已是飄然離去，永寧大街上只餘濃重的血腥味。壽王與裴國公很快帶人趕來，見秦鳳儀無事，均是鬆了一口氣。在絕頂刺客的襲擊下，秦鳳儀能撿回一條命，多虧身邊有高手相助。嚴將軍與那刀客均受傷不淺，秦鳳儀身邊的侍衛已去泰半，餘者亦是個個帶傷。

秦鳳儀前面二十年都沒受過這樣的驚嚇，臉頰泛白，眼神難掩懼色。

張盛問：「阿鳳，沒事吧？」

秦鳳儀對上那些關切他的眼神，緩緩點了點頭，「沒事。」

秦鳳儀定一定神，又問：「侍衛們如何了？」

大家都跑來看秦鳳儀的安危，就怕秦鳳儀被人宰了，侍衛的事一時真沒顧得上。

攬月跑過來，表情有些悲傷地道：「大爺，咱們死了十個兄弟。」

秦鳳儀有些傷感，又有些意外，原以為除了剩下的幾個高手，其他人都被刺客殺了。還有攬月，這完全不懂武功的小廝是怎麼活下來的？

顧不上問這個，秦鳳儀道：「都收殮了，有傷的先回家治傷，其他的事去找大奶奶，大奶奶知道怎麼辦。」看張盛和平嵐等人也受傷，便又道：「你們先去處理傷口，我跟著壽王殿下的馬車去上朝。這刺客一擊不中，不會再來了，不必擔心我這裡。」

這個時候，沒人矯情。

張盛的視線在秦鳳儀頸間血痕上停留片刻，看他那傷無大礙，便沒有多言。

秦鳳儀又與裴國公道謝，那位將他從刺客的劍下救下的刀客，便是裴國公的親隨。

裴國公擺擺手，「有何可謝？既是遇著了，我難道還能袖手旁觀？」

京兆府、九門兵馬都到了，平嵐與兩邊的人細說了這次行刺的一些細節，比如從哪裡開始打的、有幾位刺客、刺客的武功如何。平嵐是習武之人，又與刺客親自交手，自是有一番交代。秦鳳儀遇刺不是小事，必要一查到底。

張盛是自己的親家，餘者阿乙，以及秦鳳儀都不知武功這般高強的皇帝賜給他的侍衛，還有岳父給的供奉，都是跟著秦鳳儀有些日子了。倒是自己，總得平嵐搭救，不免要上前說聲謝的。平嵐道：「我是奉命行事，此乃我分內職責，無須客氣。」

「奉誰的命？」秦鳳儀以為平郡王府發善心要保護他，轉念一想，他與平郡王府似乎沒有什麼交情。

平嵐道：「自然是陛下之命。」

秦鳳儀頗為驚訝，他不過一介七品小官，平嵐卻是官居五品。此時此地卻不是說話的時候，秦鳳儀未再多問，只是目露感激，拍拍身上的浮塵，便隨壽王上了車駕。

到了車上，壽王問秦鳳儀：「你身上沒傷吧？」

「沒。」秦鳳儀皺眉苦思，壽王看到他頸間那道血痕，忍不住心驚了一回，壽王道：「你還是先去藥堂裏一下傷吧。」

「沒事兒，一點小傷。」別看秦鳳儀性子驕縱，為人並不嬌氣，秦鳳儀問壽王：「王爺，您說，誰這麼恨我，要派這樣厲害的刺客來殺我？」

壽王哪裡曉得，壽王道：「你想想自己是不是有什麼仇家。」

壽王也是生而富貴之人，很見不得秦鳳儀脖子上被人劃一道的模樣，感覺秦鳳儀似是隨時要腦袋搬家似的，便取出一塊潔白錦帕，幫秦鳳儀的脖子裹起來，此方順眼些。

秦鳳儀道：「我現在得罪得狠的就是宗室了，但也不大可能是他們。我跟順王打架就打了好幾回，順王在家養臉，閩王在家養病，我跟他們的過節半朝人都曉得，要是我有個好歹，第一個懷疑的就得是他們，可不論閩王還是順王，都不像是會做這種事的人，他們比柳大郎還是要聰明許多的。」

壽王看秦鳳儀說得頭頭是道，便說：「這事有京兆府、九門盤查，若是早朝皇兄知曉你遇刺，必會讓刑部徹查的。」

秦鳳儀點點頭，「不過，也有可能是因為宗室現在與我不睦，來個刺客就容易被人懷疑，所以，依尋常人的推斷，他們派刺客的可能性比較低。正因如此，正常人都這樣想，他們若是要逆著來，反是令人意想不到，是不是？」

壽王無奈道：「你這疑心病可不是一般的大。」

「這哪裡是疑心病，我現在就跟他們不和，當然會多想了。」秦鳳儀解下掛在頸間的小玉虎，見小玉虎身上有一點裂痕，心疼地摸了又摸。

壽王湊過去瞧，「這是什麼？」

「最後刺客的那一劍，我原是躲不過的，天上忽然打了個雷，那刺客的劍一顫，刺中了我的小玉虎，不然我就沒命了。」秦鳳儀親親小玉虎，又掛回頸間。

壽王也聽人說過秦鳳儀命大之事，往日只覺得人家說話誇大了些，此時眼見方知傳聞不虛，壽王道：「你這身上多帶幾樣東西倒也是好的。」

壽王忍不住又問：「這小玉虎是不是靈雲寺開了光的？」聽說靈雲寺的香火很靈。

「不是，這是我跟我媳婦的定情信物。她屬虎，我屬牛，我戴著她的小玉虎，她戴著我的小玉牛。」秦鳳儀說得壽王身上麻兮兮的，壽王問：「你們的定情信物不是小鏡子嗎？對了，據說那面小銅鏡也救過秦鳳儀的命。

「是啊！」秦鳳儀道：「可沒人說定情信物只能一件啊，我們有好幾件定情信物呢！」

壽王想著，雖則自己不似秦鳳儀這般招人恨，但回家也得找王妃要件定情信物才好。

眾臣上朝向來是先在太寧殿外頭候著，今日有雨便去了偏殿避雨。秦鳳儀遇刺一事雖是片刻之事，但血染永寧大街，秦鳳儀九死一生，此等驚險之事已傳遍朝臣耳中。見秦鳳儀自壽王的車駕下來，不論清流還是世家均過來問他一句。看他還好，方露出放心模樣。

方家人最是擔心秦鳳儀，方悅連帶方大老爺和方四老爺雖不好在偏殿細問秦鳳儀遇刺詳事，卻也將秦鳳儀上上下下看了個遍，知他無事方才放心。

方悅見秦鳳儀頸間繫著條帕子，關切問他：「是不是傷著了？」

秦鳳儀道：「無妨，就一點。」

景川侯的臉卻是黑的，他出門略晚，行經永寧街時聽說了女婿遇刺之事，當下便與秦鳳儀道：「以後你上朝下朝都與我一道。」

襄永侯府、酈國公府、桓國公府，這些都算是親戚，自然也各有各的關心。如程尚書、駱掌院俱問了秦鳳儀一回。愉老親王過來，還親自瞧了秦鳳儀的傷。

當然，不是沒有暗中稱快的。蜀王、康王兩人，初聞秦鳳儀遇刺，心中暗喜，但那喜也只是一瞬，因為他們立刻意識到，秦鳳儀遇刺，眼下最叫人懷疑的莫過於宗室。兩人顧不得偷樂，都過來瞧秦鳳儀。他們是恨不得秦鳳儀出門就遭雷劈，但雷劈與刺殺是兩回事。

知曉此事的景安帝自是大為震怒，直接下令刑部主理此案，京兆府、九門協辦，限期破案，破不了案全都提頭來見。

退朝時，景安帝直接把秦鳳儀留下，讓御醫看秦鳳儀的傷，清洗上藥包紮，又聽秦鳳儀說了晨間遇刺的過程。秦鳳儀道：「陛下，您怎麼還叫平嵐保護我啊？還有，您賜給我的侍衛裡，有四個侍衛武功好極了，該先與我說一聲的。他們武功這樣好，肯定不是尋常侍衛，我應該把他們視為供奉才不失禮。」

「平嵐那裡，朕只是隨口說了一句，你們年紀相仿，讓他多照應著你些，那孩子辦事倒是牢靠。」景安帝一向喜歡秦鳳儀，今看他頸間裹了白布，又是心疼又是惱恨。心疼自是心疼秦鳳儀，惱恨的便是刺客。

天子腳下竟有這等膽大包天的刺客，竟敢行刺朝廷命官，景安帝如何不惱，如何不怒。景安帝擔心秦鳳儀受驚，想他小戶人家出身，便是先時柳大郎曾遣一些市井流氓想刺殺秦鳳儀，秦鳳儀卻是毫髮無傷，不若今日，脖子那傷口再略深半點，可就真要了秦鳳儀的命。

秦鳳儀正是年輕，如何能承受得住這等凶險，故而景安帝緩了顏色與他說道這其中的關要，景安帝道：「原就是要讓他們與尋常侍衛一般打扮才好，倘是你先時把他們都視為供俸，那些刺殺你的人打聽清楚了你身邊的高手有幾人，怕今天來的就不只是七個刺客了。這叫做魚目混珠，明白不？」

秦鳳儀道：「可是有一點很奇怪，永寧大街上素來人多，若要刺殺我，自我家出門，胡同裡拐出來便是通濟大街。通濟大街平日人也不少，但早上人是極少的，怎麼這些刺客未在通濟大街埋伏，反是在永寧大街埋伏？永寧大街人多，還是京城正大街。」

景安帝溫聲道：「這有什麼稀奇，從你開始辦宗室改制的差事起，朕就著九門兵馬尤其要注意你家附近的防護，他們不論白天晚上都要去好幾遭，若是刺客埋伏在你家附近，九門兵馬也不是擺著好看的。」

秦鳳儀一下子就被景安帝給感動了，拉著皇帝陛下的手，滿眼說不出的情義，「我都不曉得，陛下就為我操心至此。」

景安帝拍拍秦鳳儀的手，「若不是因著朝廷的事，你焉能招來這批刺客？」

君臣關係一向親厚，秦鳳儀也就有什麼說什麼了，他問：「會是宗室做的嗎？」

「眼下不好說。」景安帝道：「朕料諸藩王不至於此，說不得是有人渾水摸魚了。你莫要露出聲色，待刑部查一查再說。」

景安帝又留秦鳳儀一道用早膳，秦鳳儀如今已是從生死線的驚懼中恢復了常態，還對景安帝道：「以前那些土人說鳳凰大神啥的，我都不信，這回我是真的有些信了。」

「怎麼說？」

秦鳳儀道：「原本我覺得必死無疑的，最後出現的那個刺客好生厲害，他那一劍都抵住我脖子這裡了，我覺得要完。鬼使神差的，我就用南夷土話喊了一聲『鳳凰大神在上』，天上突然一個驚雷。您聽到那雷聲沒？我當時都嚇了一跳。那刺客肯定是被突如其來的霹靂驚雷嚇著了，他的手一抖，劍尖就往下錯了一寸，劍尖刺中了我戴著的小玉虎。玉多結實啊，我都被小玉虎硌得疼了。當時援兵到了，那刺客沒能再給我一劍，跳到房頂上就逃走了。那時要不是有那道雷，我肯定沒命了。」

景安帝聽著也覺頗是驚險，想著秦鳳儀年紀尚小，屢經刺殺，虧得秦鳳儀膽子不算小，不然尋常人怕嚇都要嚇得不敢出門了。

景安帝道：「放心吧，朕看你一臉福相，是長命百歲的好相貌。」

秦鳳儀道：「我算過啦，也就能活八十七。」

景安帝一笑，「八十七也不短了。」

「這倒是。」

景安帝還擔心嚇著秦鳳儀，好在秦鳳儀早膳吃了不少。

用過早膳，景安帝說：「今日放你一日假，回去休息吧。」

如今秦鳳儀已是心神大定，便道：「陛下放心，我沒事，短時間內想必刺客不會再來了。我這回遇刺，是不是宗室，他們現在恐怕自己都會懷疑自己。正好趁他們軍心不穩，把書院的事談下來。陛下得再給我幾個侍衛，我的人死了十來個，其他的也都受傷了。」

景安帝大手一揮，給了秦鳳儀一個衛隊。

有時候很多東西的改變都是無聲無息的，譬如秦鳳儀，一向愛大驚小怪，有事沒事總要咋呼一回，還喜歡作怪，衝動又魯莽……上一回秦鳳儀也遭受過前大駙馬今流犯柳大郎指使的所謂「江湖高手」的刺殺，但彼時不要說秦鳳儀，就是秦鳳儀的侍衛也沒傷著半點兒，只傷著了秦鳳儀的一匹馬，秦鳳儀便念叨了足有半年之久，甚至到處吹牛，說自己如何勇武，直聽得旁人耳朵裡長繭子。

這一回，秦鳳儀脖子上的傷就不提了，那血染永寧大街的事，可不是作假的，許多有閱歷的大佬們都認為，就秦鳳儀這年紀這膽量，怕是得回家養一養了，沒想到秦鳳儀又過來繼續與宗室談宗室書院的條款。

秦鳳儀脖子那裡由先時的錦帕換了裹傷的白布，離近了還有淡淡的藥香，便知他傷處是處理過了。內閣大佬與宗室大佬紛紛表達了對秦鳳儀的關心，尤其是宗室大佬，蜀王和康王皆是明白人，他們對秦鳳儀的關心更為真摯，這可真不是他們幹的啊，起碼不是他倆的人做的，至於是不是宗室其他人，他們無法保證。

不過，對秦鳳儀展現出一些關心善意總是沒錯的。

內閣雖然對秦鳳儀的觀感一向複雜，但在宗室書院談判的過程中，秦鳳儀表現出來的霸氣，那等撕破臉、互毆、對罵、御前評理也絕不讓步半分的堅持，哪怕是以往對秦鳳儀的人品存疑，這些日子以來，內閣已多是對秦鳳儀感到認可。特別是盧尚書，認為秦鳳儀在大節上很有原則，他老人家現在對秦鳳儀的觀感好得不得了，見秦鳳儀又來了，便道：「如何又過來了？當在家好生養傷才是。」

愉親王、二皇子和三皇子都與秦鳳儀交情不錯，也是這般意思。

秦鳳儀道：「我又沒什麼大礙，而且我當時險被殺時，腦子裡還在想，我這要是死了，宗室書院的事沒談完，真個死也不能瞑目。」

任誰死了十來個侍衛，心情都不會太好。秦鳳儀雖然說得輕鬆，但表現於外的態度是，我就是死，也得把宗室書院的事談完。

宗室裡最年高德劭的閩王沒來，他自從被秦鳳儀在御前氣厥後，身子便不大好，一直在家休養。性子最火爆的順王也沒來，他的臉被秦鳳儀咬了一口，在家養臉。如此，宗室談判便少了兩員大將。今日秦鳳儀遇刺，宗室眾人面上都是心底無私天地寬的模樣，心下如何就不曉得了，尤其秦鳳儀還拿出了「我就是死，也要把書院的事談完」的架勢。這人要是連死都不怕，就是宗室諸王也拿秦鳳儀沒法子了。

待談判結束，蜀王私下與康王說：「以往我還說，那些書呆子縱是刻板也是惜名惜身的，可這個秦翰林，瞧著是正常人，做出的事，便是那些個書呆子都沒他這麼不怕死啊！」

康王道：「這人要是豁出去了，就啥都不怕了。」

蜀王嘆口氣，搖搖頭，想著他們宗室怎地這般命歹，竟然遇到了個不怕死的神經病。

秦鳳儀準備回家，愉親王道：「你也別騎馬了，過來我車上，我送你回去。」

秦鳳儀道：「愉爺爺，您就放心吧，陛下又新賜了我一個衛隊，刺客便是有再大的膽子，也不會一天行刺我兩回。」

「還是小心著些為好。」愉親王道。

二皇子也很擔心秦探花的安危，道：「是啊，秦探花，你就聽愉叔祖的吧。」

大皇子則道：「叔祖上了年紀，我送秦探花回去就行。」

愉親王道：「就別爭這個了，眼下京城不太平，你們各自也要小心著些，誰知道那起喪心病狂的到底為什麼殺人。」

如此，便是愉親王送秦鳳儀回府。大皇子和二皇子回宮，三皇子卻悶不吭聲，一路跟著送了秦鳳儀到家，方調撥馬頭，回工部當差去，也沒進秦府的門。當然，愉親王也沒進去喝碗茶什麼的，愉親王嘆道：「你現在家裡事多，趕緊回去，莫讓你爹娘擔憂。以後出門多帶幾個侍衛，總不會錯的。」

秦鳳儀道：「愉爺爺，您別擔心，外頭的人都說我是貓九命，我命大著呢。那我就先回去了，我爹娘和我媳婦肯定都記掛著我。」

愉親王點點頭，看他下車，自己便回了宗人府。

秦老爺和秦太太簡直是嚇死了，早上侍衛們或傷或死地被人送回來，秦老爺忙令人去請大夫，還有喪命的侍衛得收殮，各家得知會安撫，直忙了一個上午。

有張盛在，眼下這也不是能瞞著的事，張盛裹好傷，就與秦家人說了早上的事，秦太太嚇得就險些厥過去。李鏡也是提著心，雖然知道丈夫平安，到底心生慶幸。

張盛收拾好傷處便要告辭，說是明兒再過來，李鏡道：「張大哥，你在家好生養傷為好。你放心，經此一事，我再多去娘家要些侍衛，而且，這行刺之後，相公身邊必能有些太平日子。這可是在京城，有人就敢名目張膽在永寧大街上行刺朝廷大臣，就是陛下，也不會輕饒的，不然以後百官安危，不是皆懸於刺客之手了？」

秦老爺也說：「公主那裡，莫要讓她掛心。天氣熱，你這傷可要小心著些。」

張盛在秦家處理傷口，就是怕回家讓妻子見了擔憂。秦張兩家已結為親家，並非外處，既然秦老爺和李鏡都這樣說，張盛當然依言應下。

有些個侍衛家在京城的，自有家人來認領屍身，有些個則是秦老爺雇來的，一朝殞命，家還在南面，秦老爺便命人去置棺木。這樣大熱的天，不好在家停靈，收殮好了，棺木就送到郊外廟裡去寄存，這以後還要給人家送靈還鄉才是。

另則，受傷的侍衛們裹好傷後，俱放了假，讓他們家在京城的回家養傷，家在外處的在秦府養傷，每人還發了百兩養傷銀子。藥費讓藥堂的掌櫃到秦家來結，所用藥材也是上等藥材。養傷銀子則是讓各人補身體用的。

把一通事安排好，已過晌午，家裡誰也沒胃口吃飯，秦太太記掛兒媳婦肚子裡的孫子，叫廚下做了幾樣清粥小菜，李鏡略吃了些。

一家人提溜起來的心，在見到秦鳳儀好端端回府時才算放了下來。

秦太太拉著兒子的手，眼淚就下來了，還想看兒子頸間的傷，秦鳳儀道：「就一點點，只是脖子不好裹傷就裹了一圈。娘，您想想，要是傷得厲害，我還能去上朝？早回來了。」

秦太太拭淚道：「就該早些回來，還去上什麼朝。以後可不許出門了，這要是有個萬一好歹，我也不想活了。」

「娘，您就放心吧。」

「你這樣沒個輕重，我們哪裡能放心？」秦老爺難得板了臉，「上朝有什麼要緊的，什麼都不如你的安危要緊。上不上朝，做不做大官，都不要緊，咱們一家子平平安安的才好。你那得罪人的差事趕緊辭了吧，我看，就是那差事鬧的。」

秦老爺雖然不做官，也知道兒子在辦一件招人恨的事。他不懂政務，可看親家景川侯都特意送了兒子侍衛，他嘴上不說，當時就猜出兒子辦的這差事怕是不大安寧。不過，秦老爺也沒想到兒子會被這麼厲害的殺手刺殺，這下子他坐不住了，也不想讓兒子當差做大官了。

秦老爺說：「明兒太平了，就把官兒辭了，咱們一家還是回揚州過日子吧。」

「哪就到這般地步了？何況，人已是得罪了。在京城總有陛下在，回了揚州，山高皇帝遠，就真是叫天天不應，叫地地不靈了。」秦鳳儀安慰父母，「放心吧，有祖宗保佑我。」

這可真是給爹娘提了醒兒，秦爹和秦媽齊聲道：「對了，趕緊去拜拜祖宗。你今兒個能平安，可不全都是祖宗保佑嗎？」

秦老爺帶兒子去祠堂，秦太太與李鏡商量：「咱們什麼時候也去廟裡為阿鳳拜一拜？」

李鏡道：「待過了這風聲再說吧。」

秦太太道：「這也是。」

秦鳳儀知道爹娘膽子小，便沒說他早上有多驚險。張盛是說過，但張盛說的到底不如秦鳳儀這親歷者說的更為詳盡。秦鳳儀是私下同媳婦說的，他道：「張大哥過來時，我還覺得他大驚小怪，虧得他反應機靈。還有岳父和愉爺爺給我的侍衛，陛下也留了後手，再加上我運道不錯，不然這回的刺客武功高得不得了。當然，也多虧鳳凰大神保佑，小玉虎才能救了我一命。」把被刺了一劍的小玉虎取下來給媳婦看。

李鏡摸了摸那被刺出裂痕的小玉虎，道：「這是你福澤深厚。」

秦鳳儀道：「也沒白遇刺，宗室書院的事都談好了。」

「這叫什麼話？便是不遇刺，這事也已談了個七七八八。」李鏡道：「閩王在家養病，順王也在養臉。順王這個，興許是不得已，畢竟傷在臉上，出來不大好看，可閩王是多少年的老狐狸了，他在家養病便是萌生退意。宗室書院之事，你本就勝券在握，只是不知是誰家勢力，竟能使喚得動那麼多絕頂高手。」

「是啊。」秦鳳儀道：「必是位高權重之人。」

夫妻倆商量一回，也沒什麼頭緒。

秦鳳儀又問：「侍衛們如何了？」

李鏡道：「傷了的有十人，請了平安堂的大夫，一應藥費都算咱們家的。每人發了一百兩的養病銀子，家在京城的只管回家養傷，傷好再來。家沒在京城的，就在咱們府裡養傷。還有，死了九人，有五個是你自南邊帶來的侍衛，四個是陛下所賜的侍衛。家在京城的，已是收殮好，送回家去了。另五人則暫時停靈在郊外的廟裡，待什麼時候方便再送靈還鄉。這幾人也是忠心護主送的命，父親說了，一家給兩千兩的喪葬費。」

秦鳳儀嘆口氣，「也只能如此了。」

李鏡勸道：「待明兒我打發人去廟裡，先為他們做一場往生道場，也是咱們的心意。」

秦鳳儀道：「其實我想想，這已比我預計的好了許多。那些刺客都是頂尖高手，除了幾個武功強的侍衛，武藝尋常的，我都沒敢想他們能活著。對，了攬月那小子沒傷著吧？」

「沒。」李鏡道：「他還算機靈，攬月說，他聞到血腥味就知道有刺客，自己甩脫馬鞍悄悄墜馬，這才撿了一條命。就是不大忠義，覺得對不住你。」

「這有什麼，他又不會武功，就是想護我也護不住。」秦鳳儀恨恨地說：「我要知道是誰下的手，我非宰了他不可！」

秦鳳儀遇刺之事，便是在家養病養傷的閩王與順王也都知道了。順王的消息比較簡單，那就是秦探花遇刺，僥倖沒事，順王還說道：「看他那樣就知道仇家不少，這是哪個仇家做的啊？」順王根本沒放在心上，因為秦鳳儀不是頭一遭遇刺。順王來京城時間不長，卻也聽說過秦鳳儀「貓九命」的名聲，還以為就是秦鳳儀得罪了誰，然後人家請了人來行刺。

倒是閩王消息靈通，連秦鳳儀遇刺的細節都打聽明白了，是閩八郎說與父親聽的。

閩八郎道：「真不曉得是誰家的厲害刺客，秦鳳儀身邊跟著那麼多護衛，硬是沒能攔住這幾名刺客。壽王與裴國公後來也去了，他們帶的人也都攔不住刺客。聽說其中一個極厲害的刺客，幾乎要一劍刺穿秦鳳儀的脖子，結果秦鳳儀忽然大吼一聲誰都聽不懂的咒語，天上就打一道驚雷，那刺客轉身便逃，秦鳳儀才撿回一命。大家都在說秦鳳儀是練了什麼引天雷的法術，不然斷不能逃脫的。」

「胡說！他要是有引天雷的本事，早把天雷引下來將刺客劈死了。」閩王拈鬚道：「誰這麼大的手筆啊，那些個護衛都是有來頭的，武功起碼差不離，那可不是一般的刺客。」

「是啊，皇上大怒，命刑部限期破案。」

閩王吩咐兒子：「備一份滋補藥材，你親自送去秦家。」

閩八郎道：「真是倒楣催的，明明是秦鳳儀把父親氣病，他遇刺也不關咱們的事，就因著他正與宗室談書院的事，外頭疑咱們的人怕是不少。」

「不少便不少吧，反正咱們心裡坦蕩，別人怎麼想，也是沒法子的事。」閩王擺擺手，讓兒子下去準備。

閩八郎有些猶豫，輕聲道：「父親，您說，不是順王兄吧？」

「你想哪兒去了，就順王的性子，他就是真想宰秦鳳儀，也只會親自持刀去宰，他不是這樣的人。」閩王斥道。

秦鳳儀遇刺透著諸多蹊蹺，便是秦鳳儀自己，都想不出到底誰這樣大手筆要他的命。

刑部侍郎更是親登秦府的門，問詢秦鳳儀遇刺的詳細過程。

秦鳳儀不過七品官，本應是刑部傳他過去解釋案情，奈何秦鳳儀遇刺的刺客規格太高，倘若秦鳳儀出門，再遇上幾個武功高強的刺客，「貓九命」突然失效，秦鳳儀有個好歹，那刑部侍郎真是有一百張嘴都說不清了。

邢部侍郎不敢勞七品小官秦鳳儀大駕，親自帶著郎中過來盤問案情。秦鳳儀記性顯然不錯，事無巨細都說了，還給刑部侍郎看救了自己一命的小玉虎。

刑部侍郎聽完整個過程，也忍不住說秦鳳儀命大。

原本小玉虎也該當作證據之一保留，秦鳳儀卻道：「萬一以後再有人來殺我，沒小玉虎救命，我就是到了地下也要去找你。」

刑部侍郎連連擺手，「秦翰林，你可莫說這樣的話。罷了，你就先戴著吧，倘有要用的時候，你可得隨時配合我們的調查。」

「那是自然。」秦鳳儀應了，還對刑部侍郎道：「要是有什麼消息，你知會我一聲，我倒要看看究竟是誰這麼恨我。」

就看侍衛的水準，刑部侍郎便知這案子小不。三品以下的官員無須考慮，他們就是有人恨秦鳳儀恨不得他一命嗚呼，也沒能力請來這樣的刺客，此案必是極有身分的人所為。

只是，越是如此，越是難查。

秦鳳儀在家休息了半日，傍晚他岳父和大舅兄都過來了，景川侯不免再問一回秦鳳儀遇刺的經過，一聽那些刺客的身手，景川侯便道：「都是一流高手。」

秦鳳儀點頭，「尤其最後埋伏的那個，實在太厲害了。也就是我有運道，要是換個人，真得叫刺客得了手。」

李釗道：「你明兒個上朝別急，我與父親繞些路過來接你。」

秦鳳儀道：「那些人還能再來？」

「小心為上。」李釗道：「就是不為你自己，也得想想你兒子。」

「這倒是。我當時以為必死無疑，心裡就想著，我還沒見著兒子呢，就是死了也不能甘心啊！」秦鳳儀想到兒子，覺得自己得振作起來。雖然在旁人看來，秦鳳儀活蹦亂跳的，沒什麼不振作的地方，但親近的人還是能察覺秦鳳儀的改變。

較之先前，秦鳳儀總有些低迷。雖則因著宗室書院之功，景安帝頗多賞賜，秦鳳儀仍是不如以往活潑開懷。秦鳳儀私下與景安帝道：「保護我的侍衛死了九人，我家雖是給了不少補償銀子，可我一想到他們也是別人家的兒子、丈夫、父親，我心裡就很不好過。又不能在家裡露出發愁的樣兒，不然我媳婦還不得擔心我，她還懷著身子呢！」

景安帝問：「你媳婦有孕啦？」

「哎喲，我怎麼不留神說出來啦？」秦鳳儀連忙捂嘴，連叮囑景安帝：「陛下，您可不要同別人說。先時我做的大白蛇的夢，便是個胎夢，都兩個多月，快三個月了。我娘說，得三個月才好往外說的。」

景安帝道：「待你兒子生了，朕給他賜名，如何？」

「我已經幫我兒子取好名字啦！」雖然皇帝賜名很榮幸，但秦鳳儀覺得自己取名更好。

「就你取的那名兒，什麼大寶、二寶、三寶，是吧？」景安帝要是給誰家孩子賜名，還不得把那家人高興懵了，偏生秦鳳儀是個怪胎，他覺得自己取的更好。

景安帝道：「這做小名兒還成，哪有人大名叫一、二、三寶的？」

「不是，叫大白。」秦鳳儀道：「我不是夢到一條大白蛇嗎？所以，我兒子的大名改啦，不叫大寶，改叫大白。」

景安帝不吝批評：「大白也不好聽。」

「怎麼不好聽？秦白，這名字多好聽啊！」秦鳳儀道。

「不成，你不是與程尚書家交好嗎？程尚書就是單名一個白字。」

「哎喲，我還真沒想到這兒！」秦鳳儀想了想，「那我兒子該叫什麼呀？」

景安帝道：「白字從『日』字上來，『日』通陽，若為兒子，不若單名一個陽字。秦陽，這名字如何？而且，有光明正大之意。」

秦鳳儀琢磨一二，點頭道：「不錯不錯，也還成。」

「什麼叫『也還成』？你能取出比陽字更好的字來？」景安帝有些不滿，他好意給取名兒，這小子也不說山呼萬歲謝恩。

秦鳳儀笑嘻嘻地道：「很好，非常好。待我家大陽以後長大了，我就告訴他，你可有面子啦，你知道你這名兒是誰取的？這可是世上最聖明的皇帝陛下金口玉言給取的。」

這幾日秦鳳儀情緒低迷，景安帝好幾日沒聽他拍馬屁，這乍然一聽，果然身心舒泰。

秦鳳儀覺得皇帝陛下很夠意思，又道：「有陛下您給我家大陽取的名兒，我家老二就叫二陽，老三叫三陽……」

「行啦行啦，別取個字就一、二、三的往下排，待你以後有了老二、老三，朕再給他們取個好的。」景安帝覺得奇怪，「你說你長得也不土鱉，怎麼孩子的名字打你嘴裡一說出來就土鱉得不得了？」

「哪裡有土鱉了？大陽這名兒多好啊，還是陛下取的呢！」
「叫阿陽，大陽、二陽的，土死了。」說來，景安帝還是個很有審美的人。
秦鳳儀給兒子弄了個大名兒，回家同媳婦說了。
李鏡笑道：「這個陽字倒是不錯。」
秦鳳儀道：「那是當然。陛下親自取的，還說等咱們有了老二、老三，要給取好的。」
李鏡心說，丈夫這也沒白為朝廷效力，險把小命兒效進去。
李鏡道：「對了，跟你說個事兒，今兒個好幾家宗室打發人送了不少滋補品過來。」
「這是做什麼呀？」
「這不是你遇刺了，他們表表心意嗎？」
「有誰送了？」
「就順王沒送，其他都送了。」李鏡道。
秦鳳儀這壞小子，饒是近幾天心情不大好，也半點沒妨礙他去作弄順王。順王臉養得差不多，也不能總在家裡悶著。順王聽說了大家給秦鳳儀送慰問品的事兒，哪怕大家都送了，順王也沒送。康王還勸他：「咱們與秦探花只是政務之爭，並無私怨，他遇到這樣的事，想他年紀小小，倒也怪叫人心疼的。」
順王翻個白眼，「我才不送，我幹嘛要送？他咬了我的臉，也沒送我東西啊！」
後來，秦鳳儀在宮裡遇著順王，就與順王說：「大家都送東西給我，唯獨你沒送，你是不是作賊心虛啊？」

順王怒極，險些一口啐到秦鳳儀臉上。

「就你這德行也配用刺客？我要殺你，一刀捅死你完事兒！」

秦鳳儀笑咪咪地道：「逗你玩的，你怎麼還當真啦？真是個大氣包。」然後，他把「大氣包」三個字說了七八遍，直把順王氣了個好歹，才高高興興地跑了。

順王氣得直在御前念叨：「趕緊把幕後主使查出來吧，那秦小子還瞎懷疑人。」

景安帝道：「鳳儀這幾天剛振作一些，那是與你說笑呢！」

順王道：「臣看他挺好的啊！」

「那孩子，傷心也只擱在心裡。」景安帝一嘆，露出心疼的模樣。

順王被景安帝那模樣肉麻得省了頓午飯，還與康王說：「旁人都說秦小子得陛下的意，先時我以為是那小子會巴結，沒想到陛下還真是疼他。」

「只看秦探花為著這宗室改制、宗室書院的事能把命豁出去，陛下也該多疼他一疼。」康王道：「他雖是壓制了我們，可話說回來，誰手裡有這麼個忠心人，還不得另眼相看？」

「也是。」順王道：「就是這小子怪討人厭的。」

「對你討人厭，對陛下就是討人喜啦！」康王笑笑。

順王雖然討厭秦鳳儀，卻是忍不住道：「他是討人厭，倒也不至於就要那小子的小命兒，不知是誰這樣大的手筆。」

說到此事，康王亦是收了笑意，不知在想什麼。

貳之章 ● 太后訓誡壓氣焰

六月底，永壽公主那裡報來喜訊，上午辰末，公主產下了一子。

秦鳳儀非常失望，問過來報喜的張盛：「怎麼不是閨女啊？」頭一個孩子，雖是閨女和兒子都好，但張盛還是比較盼望兒子的。張盛喜笑顏開，不計較秦鳳儀這話，「兒子也一樣啊，若是親家母這胎是閨女，就給我家做媳婦。」

「想得美，頭一個我可是盼兒子的。」秦鳳儀理所當然地道：「待你家生了閨女，可得給我家做媳婦啊？」

「成成成。」張盛笑道：「我兒子足有六斤，生得濃眉大眼，俊極了。」

秦鳳儀好奇得不得了，當下就想過去瞧瞧。

李鏡道：「得洗三時才能去。」她轉頭又問：「公主可好？」

「母子平安，就是有些累，我是待阿俐睡了才出來的，我娘正守著。」張盛笑道：「我還得去幾個朋友那裡，洗三時你們別忘了過去。」

秦鳳儀送了張盛出門，回頭對媳婦道：「看張大哥笑得，那嘴都合不攏啦！」

李鏡道：「人家得了兒子，能不高興？」

「這倒是。」秦鳳儀頗能理解，「等咱們阿陽出生，我肯定比張大哥還要高興。」

李鏡一笑，秦鳳儀問：「洗三禮備好沒？屆時咱們一家子都過去。」

「早就備好了。」

張盛的兒子洗三禮那天，三皇子和六皇子都去了。

秦鳳儀見他倆過來，便問：「陛下沒賜點兒洗三禮？」

三皇子道：「父皇沒多說什麼。」三皇子帶的是自家的禮。

六皇子帶來的是母妃備的洗三禮，六皇子道：「母妃說，父皇這是臉面上還有些過不去，待孩子大些，把孩子抱宮裡去給父皇一瞧，父皇就高興了。」

秦鳳儀心說，這兩人可真夠沒用的。

秦鳳儀見著張盛的兒子，醜得秦鳳儀沒看第二眼，聽三皇子問張盛：「可取名字了？」

張盛道：「小名兒是平哥兒，平安的意思。大名我想了好幾個，還沒決定用哪個。」

秦鳳儀心中一動，道：「張大哥，大名你別取，趕明兒我進宮，請陛下幫著取一個，陛下可會取名字了。」

張盛自然是願意請皇帝岳父為他家長子賜名，就怕皇上不願意，一時有些猶豫。

秦鳳儀道：「放心吧，一準兒沒問題。還有，陛下這做外公的，洗三就是自己不來，禮也得來啊，結果啥都沒有，我得去跟他提提意見。」

張盛連忙道：「能得陛下給小兒賜名，已是這孩子的福氣，別個事，鳳儀，你莫要在陛下跟前多提。」洗三禮賞賜什麼的，他是想都不敢想的。

他不敢想，秦鳳儀卻是很敢想。

他是這樣與景安帝描述景安帝這頭一個外孫的，秦鳳儀道：「哪裡有濃眉大眼啊，眉毛不細看都看不出來，眼睛也不大，還皺巴巴的。唉，幸虧他家生的是兒子，這要是閨女，陛下您說，先時我還給我兒子定下了。要是這麼個醜丫頭，以後我兒子是娶還是不娶啊？」

景安帝已是好幾個兒女的父親了，很有經驗地道：「孩子生下來眉毛是很淡，過一個月就好看了，剛生下來都那樣。」

秦鳳儀搖搖頭，「還不如我大舅兄家的小寶兒剛生下來時好看。當時我就覺得小寶兒醜得不得了，沒想到還有比小寶兒更醜的。」

景安帝不愛聽這話，「等你家兒子生了再說，說不得還不如朕的外孫。」

明明三兒子說孩子長得不錯的，六兒子……好吧，六兒子說，好像是有點不大好看。但剛出生的孩子，能好看到哪兒去，都是一個樣。

「哎喲哎喲，這就偏心起來啦！」秦鳳儀笑話景安帝一句，道：「我這回過來，一則是同陛下報喜，陛下做了外公啦！雖則是個小醜孩兒，看來陛下也不嫌棄。二則，陛下既是不嫌棄，就給這孩子取個大名兒吧！」

秦鳳儀說這孩子長得醜，景安帝頗不愛聽，可要他取名字，他卻又拿捏上了，當下擺擺手道：「讓他們隨便取一個就是。」

「哎喲，名字怎麼能隨便取啊？」秦鳳儀拉著景安帝的袖子，把他自榻上拉起來，推到書案前，又親自挽袖磨墨，醮好墨，把筆塞到皇帝手裡。

景安帝想著，這孩子小名叫平哥兒，便提筆寫了個「泰」字。

秦鳳儀大讚：「這字寫得有精神，既穩重又飛揚，可見陛下雖是板著個龍臉，但心裡是高興的。泰，有康泰、安泰之意，陛下自是盼著外孫平安康泰，順遂一世的，是不是？」

景安帝忍笑，揮揮手，「滾吧滾吧！」

秦鳳儀捧起這方紙，細細地吹乾墨水，「還不能滾。洗三禮您這外公沒去，禮物總不能少吧？可不許摳門兒啊！」

景安帝只好又賞賜了一通。

於是，秦鳳儀就帶著張泰的大名，以及張泰小朋友的洗三禮賞賜，去了大公主別院。

秦鳳儀這人，其實是個怪人，性子古怪。

就似嘴裡說著人家平哥兒長得醜，偏生還巴巴地到御前幫人家討了個大名，還把景安帝那裡的洗三禮討來了。因秦鳳儀是一人來的，大公主坐月子，自然不必去見，張盛倒是很想顯擺一回自家兒子，又吹噓了一回自家兒子多麼的出眾，那簡直是拉的屎都是香的。

秦鳳儀聽不下去了，起身道：「我的神啊，我可聽不下去了，待過一個月我再來看，希望那會兒能長好看些。」

張盛笑道：「急什麼，在我家吃酒？」

「我好不容易有空，得回去陪我媳婦吃飯。」秦鳳儀前些日子忙得腳不沾地，時常都是早上出門，晚上在景安帝那裡吃過飯才回家，如今宗室書院的章程都定了下來，一應施行有內閣、禮部、宗人府三家商量來著，反是無甚要緊事。秦鳳儀便閒了，準備多陪陪媳婦。

張盛送他出門，道：「就不與你說謝了。」

「說這外道話做什麼？」秦鳳儀低聲道：「我看陛下近來心情不差，待大公主出了月子，一道進宮給岳父請安才是。」

張盛是有血性之人，就看他為救秦鳳儀不惜身，也知這是條好漢。只是，該好漢一說到皇帝岳父那裡，就有些發怵。因與秦鳳儀已定下親家之約，張盛與秦鳳儀性子雖不相同，兩人卻是頗能說到一處去，張盛小聲道：「萬一陛下見了我惱怒，可如何是好？」

「我岳父當年見到我恨不得生吃了我，這想娶媳婦還能臉皮薄啊？你就厚著臉皮，張嘴喊爹，閉嘴陪笑，多進宮幾趟便好了。」

張盛聽秦鳳儀給出的這「張嘴喊爹，閉嘴陪笑」的主意，臉上禁不住火燒一般。秦鳳儀則是自認為給張親家出了個極好的主意，便高高興興地回家去了。

張盛發了一回愁，也回去看兒子了。

大公主見她爹賞的東西，自是高興。

張嬤嬤也說：「陛下心裡念著公主呢！」

大公主見丈夫進屋，問道：「秦親家呢？」

「他回家去了。」

張嬤嬤道：「如何沒留秦親家吃酒？」

張盛道：「他要回去陪媳婦吃飯。」

張嬤嬤笑道：「秦親家這人，真真是個極好的。」

大公主心情很好，笑道：「就是性子怪，昨兒不是還說咱們阿泰醜嗎？今兒又去給阿泰討了個名兒來。」既有了景安帝所賜的大名，那平哥兒的小名兒便收了去，自此不叫了。

張盛道：「鳳儀就那樣，當初李家小大郎剛生下來，鳳儀還悄悄同我說過人家多醜多醜，現在倒是喜歡人家喜歡得不得了，他其實很喜歡孩子的。」

張嬤嬤笑，「秦親家年紀小，還是個孩子脾氣呢！」

秦鳳儀自覺做了一件好事，心裡很是高興，回家與媳婦一說，李鏡也說好，道：「要是昨兒個皇上一併賞外孫名字和洗三禮就好了。」

「我以為昨兒個陛下肯定會賞的，誰曉得他沒賞呢？非得今兒個我去要，他這才賜了名兒，賞了東西。」秦鳳儀一向與景安帝投緣，為景安帝說話，「陛下是一國之君，顧慮便多了些，尤其諸藩王也在京城，大公主的事，藩王們嘴上不提，心裡不見得怎麼想。」

李鏡知是此道理，「待孩子滿月後，抱去宮裡給皇上看看，皇上心情應該就好了。」

「是啊！」秦鳳儀道：「我與張大哥說了，讓他與公主一起進宮。他那人臉皮太薄，其實他與公主成親的這些日子，兒子都有了，早該進宮向岳父請安了。陛下無非就是發作幾句，也不會怎麼著。」

「說得容易。張大哥無官無職，怎麼進宮呢？先時皇上又在氣頭上，天子之怒，豈是好受的？」李鏡道：「如今這有了孩子，皇上多半會看在外孫的面子上和緩些，屆時你打聽到皇上高興的時候，咱們再與大公主說，讓他們那一日進宮才好。」

秦鳳儀點頭，「也好。」又笑說：「妳是沒瞧見陛下那模樣，我說他家外孫長得可醜了，陛下那叫一個不樂意。」

「你這話就很討人嫌。」李鏡道：「待咱們家兒子生了，萬一也不好看，怎麼辦呢？」

「怎麼會不好看？」秦鳳儀自信滿滿，「像我就絕對好看，是要有萬一，也是像妳。」

李鏡氣得捶他好幾下。

秦鳳儀握住妻子的手，笑道：「妳以後可不能動不動就打我了，不然兒子生出來，像妳這般愛打架，可如何是好？」

「成天說別人愛打架，就是愛打架，也是像你。你說說，你這當官還沒滿一年，都打過多少回架了？」李鏡道：「白長個斯文樣兒，一點也不斯文。」

「咱們阿陽斯文就行啦！」秦鳳儀伏下身貼到媳婦的肚子上聽啊聽的。

李鏡道：「聽什麼呢？」

「聽咱們阿陽跟我說話。」

秦鳳儀近來閒了，也不出去交際，沒事遲到早退，在家守著媳婦，要不就是帶著媳婦去岳家看老太太。秦鳳儀遇刺的事鬧得太大，幾乎全京城都曉得了，侯府原是瞞著老太太的，可老太太耳不聾眼不花，如何能不曉得？知道後嚇壞了，還親自過來瞧了孫女婿一回，千叮嚀萬囑咐的，吩咐了秦鳳儀好些話，還時常打發人送東西來給秦鳳儀，疼他疼得不得了。

秦鳳儀先時是太忙，也沒空總過去，如今閒了，李鏡懷胎安穩，出門亦是無礙，秦鳳儀就經常帶著媳婦過去，陪老太太說話，再一道吃飯。

李老夫人這把年紀了，兒孫都有出息，就樂意孩子們過來熱鬧熱鬧。

李老夫人還與酈老夫人說：「這上了年紀，就把事都看淡了。不瞞老姊姊，我以前還有些爭榮誇耀的心，可自從阿鳳遭小人忌恨，我是什麼心都沒了，就盼著孩子們平平安安的。」

「阿鳳就是太出眾了些，自來是才高遭人妒，他那孩子生得好，又肯上進，故而許多不如他的小人便嫉恨於他呢！」酈老夫人也曉得秦鳳儀遇刺之事，因秦鳳儀與酈家亦是交好，酈老夫人說起話來，很是痛恨這些個刺客。

秦鳳儀此次遇刺不同以往。

收到了許多朋友的關心和問候，尤其是柳郎中，還打了兩把精巧的袖弩送給秦鳳儀，讓他防身用。這東西精緻至極，秦鳳儀十分喜歡，便是李鏡都說是極好的物件。

秦鳳儀晚上非要留柳郎中吃酒，柳郎中便留下來吃飯，待飯後告辭，秦鳳儀親自送了柳郎中出門。李鏡還問秦鳳儀道：「前些天，你不是說柳郎中有鑄刀之功，陛下有意提拔柳郎中嗎？怎麼沒信兒了？」

秦鳳儀道：「原是工部一位李侍郎年邁致仕，三皇子說他舉薦了柳郎中接任，也不曉得因何緣故，柳郎中落選了。三皇子亦是有幾分不痛快，不過，吏部說柳郎中現下正五品，侍郎是正三品，品階差了四級，現在柳郎中領的是四品的俸，是陛下特批的。」

李鏡點頭，「原來如此。」

秦鳳儀清閒下來，遇刺的心情逐漸平復。秦鳳儀這人嘛，性子雖是跳脫無常，招人恨時也真的是招人恨，但他體貼起來也是真的體貼，而且他總要有些事做的，現在宗室書院大的章程定下來，至於宗室改制與宗室書院建設的事，皆是細分到了六部去。譬如宗室改制，便涉及到宗人府、禮部、戶部，宗室書院則涉及宗人府、禮部、戶部、工部等衙門，其間又一層層將差事分配了下去給底下人去做，至於秦鳳儀，他現在跟二皇子多是在宗人府要關注的那些差事裡做個總攬。

叫秦鳳儀說，現在不大忙，他現在就為張泰操心了。

秦鳳儀其實也沒見張泰幾回，張泰生得忒醜，不能入眼。聽聽，這是人說的話嗎？人家一個小孩子，能漂亮到哪兒去？

就秦鳳儀這話，二皇子聽見都說：「秦探花，你還沒做過爹呢，故而你不曉得，這小孩子剛生下來，都是不大好看的，待滿月就好看了。」

「聽聽，你就不如二郎明白。」景安帝覺得二皇子近來頗見長進，非但把那沒主見的性子改了些，連體貼聖意都會了。

二皇子被他爹讚得有些個不好意思。

因為秦鳳儀這小子時常在景安帝跟前叨叨皇帝陛下的外孫生得有多醜，景安帝認為二兒子比較有眼光，還叫二兒子過去仔細瞅瞅，難不成外孫真的就醜了？

人家常說外甥似舅，幾位皇子不論哪一個可都是不醜的。甭看景安帝面上對這個外孫淡淡的，卻也不樂意聽秦鳳儀總說孩子醜，想著二兒子是個老實的，便讓二兒子去瞧瞧。二皇子人情世故也是懂的，帶了些看望姊姊和外甥的禮物，又看秦鳳儀現下也沒啥事好忙，就喊了秦探花一道去。

秦鳳儀沒多瞧張泰小朋友一眼，二皇子性子老實，很喜歡小朋友，他自己也有兒子。難得的是，二皇子還會抱孩子，就是有些束手束腳，抱不大好，但姿勢是對的。

二皇子很會看孩子的相貌，一瞧便說：「阿泰的眼睛和鼻子都像父皇。」

「像嗎？哪裡像？」秦鳳儀湊過去看，「根本不像。哎喲，才幾天沒見，咋又胖了？」用手指戳人家胖臉。阿泰脾氣好，也不哭鬧，只是皺著小眉毛，小嘴兒吧嗒吧嗒的。

二皇子做過爹，有經驗，把孩子交給乳母，道：「這是餓了。」讓乳母去餵奶。

二皇子很高興外甥長得像他爹，笑道：「我們兄弟幾人，就大皇兄最像父皇，到孫輩裡，如今看來，阿泰最像。」

張盛笑，「公主也是這樣說。」

「我怎麼看不出像來啊？」秦鳳儀插嘴道。

二皇子道：「現在孩子還小，五官沒長開，你得看神韻。」

秦鳳儀覺得二皇子可是不得了了，都會看神韻了。

總之，二皇子回去一說，阿泰小朋友長得像外公，景安帝心中便有幾分高興，誇道：「可見是個會長的。」

二皇子點頭，「眉宇間和父皇像極了。現下頗肥壯，一看就是個有福的孩子。」

看看二皇子這老實人說的話，都比秦鳳儀說的話動聽一千倍。

秦鳳儀說的是：「二殿下非說長得像您，我就看不出來，哪裡有您這樣的俊朗威儀啊？而且，原就醜，現在更胖了。要說優點，就是變白了些，白胖白胖的。」

「孩子就得白胖才招人喜歡。」景安帝道。

秦鳳儀見他一說阿泰醜，景安帝必要為這沒見過面的外孫找出一千個可愛的理由來，還特意讓二皇子又去瞧了一回，就覺得，大公主一家子進宮問題不大。待滿月酒時，秦鳳儀提前跟景安帝要了滿月賞賜。

景安帝雖則心裡記掛著外孫，可畢竟先時大公主的事不大雅，且如今宗室都在京城。不過，景安帝到底不是偷摸著的性子，卻也沒有大張旗鼓。宮裡便是景安帝、裴太后、平皇后和裴貴妃四人低調地讓二皇子、三皇子、六皇子一道把滿月禮送去了。

大皇子沒有過去，但令妻子備了一份滿月禮放在皇后那的那份裡，一併帶了去。

大皇子知道這事都是秦鳳儀幫著張羅的，對秦鳳儀更是不喜，私下道：「怎麼咱們皇室內務，他都要插一腳？」

不要說大皇子，就是平皇后、裴太后都不大喜歡外臣插手皇家內務之事。平皇后這裡不大好說，裴太后卻是與兒子提過一嘴，景安帝道：「他們兩家約為親家，鳳儀又是個心熱的，知道朕總歸是記掛著，便時常與朕說起泰哥兒的事。」

裴太后道：「我何嘗不知阿俐與阿鏡一向交好，當初阿俐那事，便是秦探花與阿鏡為她奔走，只是，內外有別。我聽說秦探花不是個有分寸的人，就是宗室藩王，他也敢動手打架。皇帝啊，秦探花畢竟是外臣，我知你喜歡他，可君臣之分還是要有的。愛之，適足以害之。宗室改制，總要諸藩王相助的，別因一介外臣，寒了藩王們的心。」

「母后放心吧，朕有分寸。」

秦鳳儀是不知道裴太后私下對他是這等評價的，什麼「愛之，適足以害之」，如果秦鳳儀聽到，可真要冷笑了。怎麼，陛下對他好，是害他了？

是的，秦鳳儀就是這樣解釋這句話的。

所幸秦鳳儀並不知曉。

他還熱心腸地跟景安帝說：「我們民間都說女大十八變，沒想到孩子也是如此。阿泰剛生下來時簡直沒法兒看，這才一個月，就變漂亮了，陛下，您說稀奇不？」

景安帝笑，「這有什麼稀奇的？朕早與你說過，孩子都這樣的。」

秦鳳儀問：「陛下，您想見外孫嗎？他現在可漂亮了，濃眉大眼的，說來，還真跟陛下有些像，不過，我覺得阿泰沒有陛下長得俊朗。」

景安帝早看透了秦鳳儀的心思，一笑道：「太后倒念起過阿泰。」

「那就讓大公主帶著孩子進宮向太后娘娘請安吧。」這個提議，景安帝倒沒反對，秦鳳儀又試探地問：「陛下，那您有沒有興趣見一見外孫子他爹啊？」

景安帝的臉立刻沉了下來，低喝一聲：「你放肆！」

秦鳳儀知道景安帝是真生氣了，他連忙道：「我跟陛下什麼交情啊，就是與張大哥再好，也越不過咱倆去，我是真的這樣想的。」秦鳳儀湊過去，蹲景安帝面前，仰著臉看景安帝臭臭的龍臉，解釋道：「我也不是因著當初兩家有姻親之約就為張大哥說話，畢竟公主生的又不是閨女，現在我們兩家還不是姻親。」

秦鳳儀眼神清透，繼續道：「其實剛開始我沒想過，我覺得只要大公主過得好，日久見人心，陛下認閨女就得認女婿，我也不用做這事，要是陛下不高興，也壞了咱倆的情分。我與張大哥雖說得來，到底是因著我媳婦與大公主的交情，我們才有所來往，真正沒什麼交情，更比不了我與陛下的關係，我幹嘛叫陛下不高興啊？」

「其實，是從那次我遇刺，張大哥捨身救我，我才慢慢有了這個想頭兒。也不是說想報恩，他雖救了我，我以前也幫過他，要論恩情，我也不欠他。」秦鳳儀認真道：「那天我遇刺時，我的侍衛死了九個。不是死的多，是活下來的人遠遠比我想像的多。陛下也知道我身邊多是些平庸的侍衛，除了陛下賜給我的高手，還有愉爺爺、我岳父送我的侍衛，其他人的武功都挺一般的。刺客武功高強，他們能活下來，我心裡很是慶幸。我不喜歡見著死人，可陛下您知道他們是如何保得性命的嗎？見刺客來，裝死的裝死，逃跑的逃跑。說著，好像很不義氣，可他們本就武功平庸，就是與刺客對上，也是一個死，我並不怪他們。張大哥卻是肯捨命救我，若沒有他，我早被第一個刺客給殺了。那時公主要臨產了，張大哥還沒見著兒子的面兒呢，誰不惜命啊？我險被殺時，想的就是我媳婦我兒子。張大哥的武功，縱是稍不敵刺客，可要全身而退，也不是難事。」

「我爹說過，我有一萬兩銀子，給人一兩，這不過是善事。當我有一兩，給人一兩時，這就是情義了。」秦鳳儀感慨道：「如果張大哥武功高出刺客很多，他救我，這很正常。他也是有家有業的人，武功較刺客還略遜些，他都願意冒著性命救下我。我是覺得，張大哥這人的品行較之我，是要更好的。」

「我是這麼想著，覺得張大哥這品行值得陛下一見，才跟陛下說的。」秦鳳儀道。

「他還有什麼品行？」

人嘛，總是難免有些偏頗，做皇帝的亦是如此。景安帝當然也很生大公主的氣，但景安帝認為，那丟臉的事，大公主只占一半的責任，另一半的責任在誰，他心裡如明鏡一般。非但如此，景安帝還認為，張盛必然是平日間行事有勾引公主之處，不然公主如何不對別人生情，偏對他生情？

且不論景安帝此想法是否公道，但他現在就是這麼想的。
秦鳳儀與皇帝認識這麼久了，知道這位皇帝陛下不是容易勸的。
秦鳳儀退一步道：「那容他進宮，在外頭給陛下磕個頭吧？」
「叫他在家磕就是。」
景安帝的心情到底緩和了些，主要是秦鳳儀提起張盛捨命救他之事，景安帝縱是再不喜張盛，也得說這人比前女婿柳大郎還是要強些的。
秦鳳儀一向極有眼色，拽拽景安帝的手，「陛下陛下」的叫喚。
景安帝笑，「過些日子，朕要去秋狩，你要不要去？」
秦鳳儀眼睛一亮，「打獵嗎？」
景安帝點頭，秦鳳儀兩眼放光道：「要去要去！我箭術可好啦，百發百中，到時我給陛下獵大熊老虎，請陛下吃！」
景安帝只是笑，秦鳳儀湊近些，道：「陛下待我可真好，有什麼好事都想著小臣。」
景安帝就喜歡看秦鳳儀那眉開眼笑的模樣，秦鳳儀本就生得好，這樣一笑，連景安帝都覺得心情好，他摸摸秦鳳儀的大頭，道：「晚上陪朕一道用膳。」
秦鳳儀連忙應了，不過，轉念又想起張盛的事，好像被陛下轉移話題了。
秦鳳儀雖則察言觀色是一把好手，可好心思淺，又喜歡直來直去，他眼珠一轉，景安帝就曉得他在想什麼，景安帝搶先道：「你別嘟囔叫朕心煩的事，朕就帶你去秋狩。」
秦鳳儀立刻道：「那陛下別帶我去了，讓張大哥進宮向您請安吧。」

景安帝氣得，晚膳的事兒也不提了，直接把人攆了出去。

秦鳳儀一看景安帝火了，他腿腳也俐落，嗖的跳起來就跑外頭去了，而且不是一溜煙兒地跑了，還躲在門外悄悄往裡探頭，喊一句：「陛下，咱們可說好了啊？」

景安帝這輩子還是頭一遭見如此頑童，回身就要抄傢伙，秦鳳儀連忙做個鬼臉跑遠了。

景安帝氣得罵道：「混帳東西！」

馬公公連忙奉茶，勸道：「陛下消消氣。」

「你說說，這叫個什麼東西？成天惹朕生氣，也不知孝敬朕！」景安帝啜兩口茶，心下的火氣方略消了些。

馬公公看皇帝這口氣裡帶著親暱，笑道：「老奴不敢說。」

「有什麼不敢說的，說！」

「老奴在陛下身邊服侍，倒是見多了過來討陛下喜歡的，這麼討陛下嫌的，秦翰林倒是頭一位了。」

景安帝道：「不然，朕豈能聽他聒噪這許久？」

景安帝將茶盞放下，又道：「就是太沒規矩，這叫個什麼樣兒？」

馬公公道：「陛下您多調理著些，也就好了。」

景安帝搖頭笑笑，起身去了慈恩宮。

張泰小朋友的滿月禮，太后也打發人賞賜了的。這兩天，太后時常說起這個曾外孫，今見皇帝兒子過來，便說起話來，「小六說，長得像皇帝，這也沒見過，不知是不是如此。」

景安帝道：「讓阿俐帶孩子進宮向母親請安就是。」

裴太后笑道：「我正想著，既是皇帝也這樣說，明兒哀家就打發人接他們母子進宮。」

秦鳳儀回家卻是挨了自家媳婦一頓說，李鏡道：「你既看皇上不悅，就不該再提張大哥的事。待秦哥兒長大些，皇上多見見外孫，氣自然就消了。」

秦鳳儀道：「先時張大哥捨命救我，眼下這也是個機會，我就跟陛下提了。」

「你定不只是提了，要不，皇上能攆你出來？」李鏡可不好糊弄，秦鳳儀大致一說，李鏡略一想就知道是怎麼回事了，李鏡道：「既是皇上不喜，你這段時間就都不要再說。秋狩的事要緊，先把這事定下來。」

「我倒是想去秋狩，可後來我一想，妳現在有身孕，不能與我一道去。放妳一人在家，我怪捨不得的。」秦鳳儀摸摸媳婦還平坦的小肚子。

李鏡笑道：「哪裡就我一人，公公婆婆也都在。皇上讓你隨駕秋狩，這是恩典。父親每年都去的，你要是去，就跟著父親一道就是。」

秦鳳儀道：「去歲倒沒聽說秋狩。」

「皇上的萬壽在八月，去歲是四十整壽，自然是要在京城過，故而便未秋狩，往年都是有的。」李鏡又想到一事，「你會行獵不？」

「當然會啦，我射箭可是百發百中的！」秦鳳儀得意地道：「屆時我多獵些獵物，著人送回來給妳和爹娘吃！」

李鏡笑，「好。」

張盛進宮的事，終是沒成。不過，讓秦鳳儀鬱悶的是，秋狩伴駕的名單也沒有他。

秦鳳儀陛見時還說起這事兒呢，秦鳳儀道：「陛下又沒應，交易失敗，就應該帶我一道秋狩的啊，先時都說好的。」

「誰叫你惹朕生氣的。」景安帝道：「給你一個教訓。」

「我知道錯了。」秦鳳儀認錯倒是很容易。

「待你反省好了再說。」

秦鳳儀還在想著如何討景安帝開心，好讓皇帝秋狩時帶上他，結果還沒想出好法子來，倒是裴太后打發內侍傳口諭訓斥了秦鳳儀一回，說秦鳳儀對藩王不敬如何如何，總之是把秦鳳儀訓了個好歹。

秦鳳儀覺得莫名其妙，問傳口諭的內侍：「我什麼時候對藩王不敬了？」

裴太后身邊的內侍，與景安帝身邊的內侍可不一樣，這內侍皮笑肉不笑地說：「秦翰林你都不曉得，奴婢就更不曉得的。」

還是李鏡，見狀立刻笑著請內侍到屋裡吃茶，給了那內侍一個荷包，笑道：「還得請小公公指點一二。」

那內侍不著痕跡地掂掂手裡的荷包，道：「奴婢也只知今日藩王進宮向太后娘娘請安，唯順王爺未到，聽聞是順王爺傷了臉，未能進宮。」

李鏡笑道：「謝公公指點，外子知道了，請與太后娘娘說，外子定會好生反省。」

內侍一拱手，揣著荷包告辭而去。

此時，秦鳳儀也冷靜下來了，皺眉道：「我與順王爺打架都是兩個月前的事了，太后娘娘如何突然叫人來訓斥我？」

李鏡冷笑，「除了卸磨殺驢，還能為什麼？」

宗室改制、宗室書院的事都談妥了，眼下又要收買宗室人心了，自然要拿個得罪宗室最狠的，為宗室出口氣。

秦鳳儀心說，朝廷是磨，他也不是驢啊！

秦鳳儀道：「太后不過是婦道人家，我看陛下不是這樣的人。」

李鏡面無表情，「你總是將人往好裡想，你怎麼不想，這就是個套兒。先是皇上取消了你伴駕秋狩的差事，太后繼而出言訓斥。怕就怕，這只是個開頭，以後更有厲害的。」

雖然秦鳳儀很相信媳婦的判斷，但他也不是那等耳根子軟的。尋常小事聽媳婦的便罷，像這等大事，秦鳳儀很有自己的判斷。

李鏡倒是生了一場氣，秦鳳儀還勸她：「有什麼好生氣的啊？」

李鏡道：「你先時那樣得罪人，為的是誰，還不是他們景家的江山？他們竟然這樣過河拆橋，你不生氣嗎？」

秦鳳儀笑嘻嘻的，「我不生氣。」

秦老爺和秦太太也不生氣，就是嚇得不得了，不明白太后娘娘好端端的怎麼打發內侍來訓斥自家兒子。秦太太問兒子：「你沒得罪太后娘娘吧？」

「她一個老太太，我得罪得著她嗎？」秦鳳儀擺擺手，「放心吧，我跟陛下好著呢！」

秦老爺可沒兒子這種樂觀精神，「太后娘娘這般，皇上能不知道？人家可是親母子。」

「陛下一準兒不知道，他要是知道，不會讓太后娘娘派內侍來說我。陛下根本不是這樣的人，陛下有什麼事都是當面跟我說的。我哪裡做得不好，陛下也是當面說，陛下待我可好了。」秦鳳儀道：「明兒我去問問陛下他家老太太這是怎麼回事，就曉得緣故了。」

秦鳳儀繼續道：「你們想想，當初要不是陛下給我的侍衛裡有好幾個高手，我早被刺客刺死，而且，陛下還吩咐九門和巡城司的兵馬多往咱們家這裡巡視著。要是別個人收買人心，做這事之前就得告訴我，好叫我感激他，可陛下不是這樣。陛下這樣做了，卻什麼都沒說，陛下待我是真的好。行啦，你們別多想，陛下不是那樣過河拆橋的人。」

秦太太道：「可要是太后看你不順眼，她又是皇上的親娘……」

「她一個上了年紀的老太太，朝中的事又不是她做主，我都沒怎麼見過她，誰知道她怎麼回事啊？算了，不用理她，我跟她又沒什麼交情。」秦鳳儀說得輕輕鬆鬆的，完全沒把裴太后的訓斥放在心裡。

李鏡都要愁死了。

秦鳳儀寬解她道：「妳有什麼好愁的呀？放心吧，我在陛下身邊這麼些日子呢，我知道陛下是個什麼樣的人。」

李鏡道：「你又知道了？」

「我當然知道啦！」秦鳳儀道：「媳婦，雖然妳是比我聰明一點，但妳跟陛下來往不多。像妳說的那些個什麼卸磨殺驢的事，要是太后這麼做，我一點也不覺得稀奇。太后那人，一看就是個心腸冷的，可是陛下不會這樣。」

李鏡看他那一臉篤定的模樣，倒也有幾分放鬆，「你這麼肯定？」

「是啊！」秦鳳儀道：「就像咱們家以前做生意，其實揚州最大的鹽商並不是咱們家，想也知道，咱們家是外來戶。以前揚州最大的是一戶，嗯，姓什麼我忘了，就是他家以前還偷偷著人往咱們家大門縫裡塞過匿名恐嚇的小信封，嚇得咱娘半年不敢讓我出門，生怕我一出去就被壞人拐走。他家原是揚州城最大的鹽商，我與妳說，要是尋常人有一百個心眼兒，他家那當家的得有一萬個心眼兒。妳知道為何咱們家能後來居上？並不是因為咱爹比他家強，是因為他家算計得太過了。人要是不會算，那是大傻子，可太會算，就失了人情味兒。」

「不論做生意，還是做事情，妳一個人一雙手能做多少事呢？終歸是要靠別人幫忙。大家一起幹，齊心幹，才能把生意做起來。」秦鳳儀道：「可你要用人，人家憑什麼要死心塌地為你效力，這裡頭並不只是你給的銀子多，做東家就得有人情味兒。陛下就是個有人情味兒的人，他不會見宗室改制的事差不多，就叫我去填坑的。」

李鏡一笑，「我只盼著應了你的話才好。」

「放心吧，一準兒是我說的這般。」秦鳳儀信心滿滿。

秦鳳儀對景安帝有著非同一般的信心，早朝後景安帝留他說話，看他笑嘻嘻的模樣，景安帝道：「你還美啊？」

秦鳳儀道：「我就知道陛下不是那樣的人。」

景安帝瞥他一眼，「哪樣人？」

秦鳳儀不答，皇帝對他這樣好，他才不說皇帝的壞話。秦鳳儀就服侍著皇帝用過茶，取下冠。景安帝一向不需臣子做這些宮人做的事，不過秦鳳儀與他親近，景安帝就隨他了。

秦鳳儀掂著景安帝的天子冠冕，道：「哎喲，可真沉，得有好幾斤呢！」穩穩地放到一旁宮人的手裡，秦鳳儀幫景安帝揉揉太陽穴，鬆鬆頭，問道：「陛下，怪累的吧？」

景安帝道：「不然你以為皇帝好做啊？」

「肯定不好做。」秦鳳儀問：「舒服些沒？」

景安帝點點頭，秦鳳儀就給他去了腰上的玉帶，這也是好幾斤的物件，玉是羊脂美玉，分量也實誠。景安帝換了常服，覺得整個人變輕。

秦鳳儀又幫他揉揉肩，建議道：「陛下要是覺得衣裳重，以後別叫繡娘們繡滿繡，衣裳繡得滿就會太沉了。」

景安帝道：「這也只是早朝穿一穿罷了。」

秦鳳儀順勢跟景安帝打聽：「陛下，昨兒個太后娘娘為什麼要打發人訓斥我啊？我也沒得罪過她老人家，就是順王的事兒，我看順王也沒放心上。」

景安帝道：「昨天藩王入宮請安，還有幾個國公都來了。順王沒來，太后問了一句，有個嘴快的說順王在養臉。太后不解其意，便多問了一句。知道是你把順王咬得臉上落了疤，這才會有些不悅。」

「就一點點小疤，養一養便是，再說，那天他把我打得嘴巴裡流血，我嘴腫了好些天，怎麼就沒人跟太后說？」秦鳳儀道：「陛下，您怎麼不說句公道話啊？」

「朕昨兒個與內閣商量事情，沒在太后宮裡。」

「我就說嘛，要是陛下在的話，肯定得幫我說句公道話的。」秦鳳儀見先時景安帝不知情，心裡就更圓滿了，秦鳳儀道：「陛下，秋狩您可得帶我一道去啊！」

「這是哪兒跟哪兒啊？」景安帝笑問。

「當然是補償啦！」秦鳳儀道：「您就沒瞧出來，宗室這是想法子要對付我，不然他們幹嘛在太后跟前說我壞話？太后是個婦道人家，幫親不幫理，我跟順王又不是昨兒打的架，一個月前的事了好不好？我就不信太后娘娘不知道我們打架，偏生昨天才發作，還打發內侍去訓斥我，這一看就是在為順王出氣。太后上了年紀，老太太都這樣，偏著自家人。陛下，您可不是這樣的人，再說，咱們雖不是親戚，可咱們的感情比親戚還親呢，是不是？」

景安帝聽他這巧言令色的一席話，笑問：「這麼想跟朕一道秋狩啊？」

「當然啦，先時陛下說帶我去，我還去找岳父要了一把好弓。要是陛下真不帶我去，我岳父說不得得把弓箭再要回去。」秦鳳儀央求道：「帶我去嘛！陛下要是累了，我就給陛下這樣揉揉肩，鬆鬆背。陛下要是渴了，我就給陛下燒水煮茶。陛下要是餓了，我就腰挎寶刀，手張寶弓，給陛下打獵去。您說說，我這不去成嗎？」

「不成。你要是不去，朕豈不是要餓死渴死了？」

秦鳳儀自己都一邊說一邊樂，「我是說，陛下您應該帶上我，我用處可大了。我還能陪陛下下棋、聊天，給陛下研墨、鋪紙。我還滿腹才華，陛下有什麼煩心的事，也可以告訴我。我雖不一定能幫陛下解決，起碼能幫著出出主意，是不是？」

景安帝被秦鳳儀逗得龍心大悅，便應了他隨駕秋狩之事。

秦鳳儀把這事拿回去一說，家裡人才放下心來。

秦老爺難免又帶著兒子給祖宗燒了一回香，求祖宗保佑兒子當差順順利利的，而李鏡回了一趟娘家，也打聽出來裴太后忽然這樣反常的原因所在。

李鏡不愛吃虧，尤其是丈夫當差當得命都要沒了。裴太后突然打發人來訓斥丈夫一個月前對藩王無禮之事，這也忒欺負人了吧？要是秦鳳儀與順王打架當天，裴太后著人來說上兩句，李鏡不會多想，可這都一個月前的事了，現在才發作，有些牽強了。

李鏡對裴太后的性情也知道一些，想著怕是不止這一件過了時的事。

李鏡素來細緻，就到娘家打聽了一回。

這事兒嘛，其實是景川侯猜出來了，也只告訴了女兒。

景川侯道：「那天，就是阿鳳遇刺的那天，天上打了個極大的雷，妳還記得吧？」

李鏡點頭，「怎麼不記得？我在家正吃茶，那雷來得突然，我險摔了手裡的茶盞。相公說連刺客都被那雷嚇了一跳，劍鋒才偏了些許，刺中我送他的小玉墜，不然真是生死難料。」

這事李鏡記得清清楚楚，現下說起來仍心有餘悸，為丈夫擔憂。

「聽說，那道雷落在了慈恩宮，把慈恩宮偏殿屋簷上的瑞獸劈了下來。」景川侯道：「阿鳳是個大嘴巴，他在外說自己喊什麼『鳳凰大神在上』引來天雷。妳說，這天雷怎麼沒劈死刺客，反是把慈恩宮偏殿給劈了？他本就把宗室得罪完了，宗室正愁沒個說事的引子，太后偏殿壞了，總得尋內務府來修，這事瞞不過宗室去。宗室得了這個引子，欽天監那裡也說不出什麼好話來，起碼這宮室被雷電所擊，不是什麼好兆頭。再有阿鳳自吹自擂的話，現成的眼藥，有的是人給他上。昨日藩王和國公進宮向太后請安，順王便沒進宮，太后必然要問的。幾宗事湊在一處，太后便發作了。」

景川侯又道：「這也不是什麼大事，阿鳳沉不住氣，妳知道就算了，不要再與他說。這事已是過去，亦不要再提。」

李鏡道：「皇上那裡……先時皇上說讓相公隨駕秋狩的，後來相公沒在秋狩單子上。她怕陛下入了心。

「皇上不會為這些神神叨叨之事所動，定是阿鳳自己哪裡得罪了皇上。」景川侯道：「有太后這事在，阿鳳秋狩反是八九不離十了。」

果然，李鏡從娘家回到自家，就見丈夫歡歡喜喜地說了隨駕秋狩的事兒。

李鏡問：「皇上如何就允了？」

秦鳳儀道：「昨兒我就說你們都想錯了陛下吧？太后那事兒，陛下根本不曉得，他當時不在慈恩宮，不然一定不能讓太后打發人來訓我。陛下也說了，到時秋狩讓我一起去。哎喲，我得把弓箭操練起來啦，我跟陛下說了，屆時要打個老虎獅子熊的，烤來給陛下吃。」

秦鳳儀興致勃勃的，還說：「爹，到時我給您做一床虎皮毯子。娘，給您做條黑熊皮的褥子。媳婦，妳要什麼皮？狼皮還是虎皮？」

「什麼皮都好，只不要是兔子皮就行。」李鏡正有身孕，不能食兔肉，更不要兔皮使。

秦太太雖是為兒子能伴駕秋狩而高興，可一聽兒子要獵什麼豺狼虎豹，就開始擔心了，「我兒啊，娘啥都不要，你又不會弓箭，去了隨便湊個熱鬧就行，咱們可不真打啊！萬一叫猛獸傷著，可不得把為娘的心疼死啊！」

李鏡很驚訝，「相公，你不會使弓箭啊？」跟她吹牛時，彷彿自己是後羿轉世一般。

秦鳳儀道：「這還不簡單，現學也會，我馬就騎得很好啊！」

「騎馬跟弓箭是兩碼事好不好？」

秦鳳儀乾脆命攬月去花園裡置個靶子，他要練習射箭。

結果，跟岳父景川侯要來的大弓根本拉不開。秦鳳儀繃著手臂，任憑吃奶的氣力都使出來，仍是拉不滿，秦鳳儀直嚷道：「這弓怎麼這樣難拉啊？」

李鏡道：「這是牛角一石弓，你哪裡拉得開？」又打發人去娘家要個五斗弓來。

「我剛拿回來時，妳怎麼不說啊？」

秦鳳儀正在興頭上，弓卻使不了，那叫一個掃興。

李鏡過去取了秦鳳儀手裡的牛角弓，隨手射了三枝箭。手似是只在弓身上輕輕一抹，那弓便拉至飽滿。秦鳳儀幾乎聽到了箭矢破開空氣的迅疾聲，三聲鈍響，正中靶心。

李鏡挑眉，「你用不了，我可以用啊！」

秦鳳儀看得眼都直了，纏著媳婦商量：「一會兒要來新弓，媳婦妳可得指點我一二。」

「那你得拜師。」

「拜什麼師啊？要是做了師徒，咱倆就成了亂倫啦！」

李鏡被他這貧嘴逗笑，含笑道：「不拜師，束脩也不能少。」

秦鳳儀悄悄在媳婦耳邊貧嘴兩句，李鏡笑著捶他一記。待又從岳家要來一柄新弓，這五斗弓秦鳳儀就使得很順手了，他一直練到吃晚飯才停下。

景川侯還打發人說：「要是親家家裡沒有練弓箭的地方，讓秦女婿過去侯府練習。」

景川侯這話，秦家是一點也沒客氣，秦太太就說：「你明兒個就去親家那裡練吧，我的天啊，你這技術不行呀！剛剛廚下的五嬸子過來跟我說，她出來進去，就聽嗖一聲，一枝箭釘到她頭頂的門板上了，把她嚇得半死，現在心還撲通撲通跳。等你什麼時候不脫靶了，你再回家來練吧！」

於是，秦鳳儀每天落衙就去岳家苦練射箭。

為此，秦鳳儀還買了好幾個玉石、犀骨、牛骨等各式各樣的扳指。他非但自己買，還買給旁人，景安帝就收到了小探花送的翡翠扳指。

秦鳳儀道：「我手指細，戴不了這扳指，可我一眼又相中了。陛下您看，翡翠雖不是貴重寶石，可這水頭多好。我覺得陛下戴著肯定適合，就買了下來，陛下您試試。」

景安帝伸手，秦鳳儀幫他把那翡翠扳指戴上。

景安帝活動一下拇指，笑道：「還成，不大不小的。」

「那是，我一眼就覺得很配陛下。」秦鳳儀把自己戴的白玉扳指給景安帝瞧，「還有一個青玉的，我買來送給我岳父。」

景安帝道：「我看看給景川的那個什麼樣？」

秦鳳儀掏出來給景安帝瞧，景安帝一看，不如自己這個好，遂誇讚小探花：「你的眼光倒是很不錯。」

「那是當然啦！」秦鳳儀臭美兮兮的，「不是我說，城裡好些人覺得玉石不貴重，然後買什麼銅燒藍的扳指，有些扳指上還嵌上寶石或是刻上花紋，雕各式人物，刻幾行字，可這些都不如一塊好玉石直接雕出淨面扳指好看。素雅素雅，大素便是大雅。」

秦鳳儀生得好，愛打扮也會打扮，對於審美很有自己的見解。

景安帝心道：朕就有好多嵌寶石、刻花紋、雕人物、刻詩詞……的扳指。

景安帝看他對秋狩如此上心，便問他：「弓箭練得如何了？」

秦鳳儀信心滿滿，「我岳父都說，幸虧我沒從武。」

景安帝道：「到時你與朕一道，如何？」

秦鳳儀喜得眉開眼笑，「那可說定了啊？」

他早聽說了，獵物最多的獵區就是陛下的獵區。

秦鳳儀為了參加秋狩，又做了一套鎧甲裝不說，還做了許多騎獵的衣裳，那簡直是各式花樣，靚瞎人眼。出發的時候，秦鳳儀的衣裳用品這些瑣碎物件就收拾了兩車。

秦鳳儀是七品小官，沒車可坐，只能騎馬。他倒不怵騎馬，他自己也不喜歡坐車，但衣裳啥的得帶著。按照規制，他這品階只能帶一車。好在他有個侯府岳家，這些東西便是跟著侯府的車隊一道走的。

景川侯每次必然伴駕，他還帶了妻子和母親隨行。

李老夫人對秦鳳儀說：「要是在外頭騎馬累了，就到車上來，咱倆一車，正可說話。」

李老夫人其實不過六十幾歲的人，身子骨不錯，精神也好，就跟著兒子出來走走。

秦鳳儀應了，道：「到時我得在翰林群裡，要是累了，我就去尋祖母歇著去。」

李老夫人還讓秦親家夫妻只管放心，再有就是自家孫女，李老夫人沒少叮囑李鏡在家好生安胎。秦鳳儀道：「明年咱們就能一道去了。」

李鏡笑，「你就放心吧，把祖母服侍好，無須記掛家裡。」

秦鳳儀點頭，「我會寫信回來。」

小夫妻倆歷經四年苦戀方得成親，自成親後哪裡分開過一日，如今秦鳳儀要隨駕秋狩，李鏡嘴上不說，心裡卻是捨不得的。秦鳳儀也是一樣，跟媳婦絮絮叨叨說了半宿的話，還跟兒子大陽說了半宿話，待天明方瞇了一會兒。早上丫鬟叫起時，秦鳳儀臉上掛了兩個大黑眼圈，李鏡忙令廚下煮雞蛋給秦鳳儀滾了滾，此方略好些。

秦鳳儀總算見識了一回秋狩的景象，四字可形容：盛大！氣派！

光是隊伍能排出十里地去，先是御林軍，接著是執著各色旗子儀仗的親衛軍，之後便是皇帝御駕、太后、皇后、皇子、藩王、公府侯門以及朝中重臣，秦鳳儀這七品小官排最末。真的是他最末，七品小官裡能伴駕秋狩的，便是秦鳳儀了。

於是，秦鳳儀跟著吃土吃了一路。

秦鳳儀頭一回參加秋狩，儘管吃了大半日的土，仍是興致勃勃。皇帝陛下是下午才想起他的，便召小探花來說話。秦鳳儀先跑到岳父車駕那裡找出一身乾淨衣裳，帶著衣裳過去。

景安帝以為小探花對他有什麼不軌的目的，結果小探花道：「我這半日淨在外騎馬了，外頭灰大，陛下愛潔，我換身衣裳再跟陛下說話。」

景安帝心說，那你還不換了衣裳再過來？

小探花彷彿知道皇帝在想什麼，解釋道：「我岳父那裡，坐人的車只有四輛，一輛是我岳父岳母的，一輛是祖母的，另外兩輛是丫鬟婆子的，沒地方換，我就借陛下的地兒換吧。」

結果，他非但在景安帝這裡換了衣裳，還要了水洗了把頭臉，擦完頭髮，更是對著鏡子臭美了一回，這才坐下同皇帝說話。

景安帝看他這一身藕荷鑲黑色繡花寬邊的獵手服，原也是京城貴冑子弟常穿的樣式，只是，他們哪有秦鳳儀的相貌，景安帝不吝讚美：「這身衣裳不錯。」

「我做了好些呢！」秦鳳儀道：「陛下這次要帶我一起打獵，我特意做的新衣，不能丟陛下的面子。」

景安帝一笑，問他：「覺得如何？」

「簡直是壯觀極了。我在後面一眼望不到頭，找陛下的御輦也找不到，就覺得壯觀得沒辦法形容。陛下，您出門都是坐這樣大的車嗎？」秦鳳儀往輦車裡看了又看，驚嘆連連，「以前在揚州，我們那裡曾有人用金絲楠木打造了一輛馬車，外頭抛光後，金光閃閃的不說，我沒坐過，可偷偷看過，人家的車裡寬敞極了，裡頭有小桌子小榻。後來我來了京城，長了見識，就覺得那種車的大小，也不過跟我岳父家的馬車差不多，還不如愉爺爺的馬車。天啊，今天陛下宣召我，我過來一看陛下這御輦，我當時驚得嘴巴都合不攏了。陛下，您這哪裡是車啊，您這就是個小屋子啊！」秦鳳儀說著還站了起來，道：「上馬車上慣了，一到車裡必是要低頭的，陛下這車可真高，我都能站直啦！」

秦鳳儀打量著景安帝的御輦，大發感慨：「還有書架、長榻、几案、茶具，陛下，我可真算是長見識了。」

景安帝聽得直笑，秦鳳儀說了一大通，馬公公遞上茶，笑道：「秦大人且歇一歇，潤潤喉再繼續說吧。」

秦鳳儀接了茶，說道：「老馬，你少打趣我，我真想跟你換換差事。我在外頭騎馬，半天就是一頭的灰，你在陛下身邊多好。你幹的差事，我也都能幹。」

喝了口茶，秦鳳儀又道：「陛下，您不會忘了吧？我其實就該在您身邊當差的。當初您叫我去幫二殿下的忙，都這麼久了，也不叫我回來，是不是忘了我了？」

「你成天在朕這裡聒噪，朕還能忘了你啊？」景安帝笑道：「眼下宗室改制與宗室書院的事都要個細心的人盯著，愉王叔上了年紀，二皇子年輕，朕還就放心你。」

「現在又沒在宗人府，可惜二殿下被您留在京城主事。陛下，您就暫時把我調回來吧。我知道，您就是出來了，這每天也得批摺子，心裡還是牽掛著國事。老馬上了年紀，我在陛下身邊服侍筆墨，多好啊！」

馬公公實在不能不出聲了，他道：「秦大人，老奴與陛下同齡。」

什麼叫上了年紀啊？

秦鳳儀一驚，「啥？你跟陛下一樣大？」

瞅瞅馬公公那一臉褶子，秦鳳儀忍不住安慰他：「其實，老馬，你這樣也挺好的。以前我家有個鄰居，他跟我同歲，我們一起出門，人家都以為他是我爹。你們這類長相，年輕時不顯年輕，可老了也不顯老。」

馬公公不想說話了，景安帝大笑，斥秦鳳儀：「你少拿老馬打趣。」

「本來就是，我先時以為老馬比您大十幾歲呢！」秦鳳儀道：「不過，老馬這樣也挺好的啊，長得特別的可靠。」

馬公公：……

景安帝笑，「你這張嘴，也就老馬不與你計較。」

「我知道，馬叔叔是個好人。」秦鳳儀笑嘻嘻的，「陛下，您可就答應了啊，那我明天一早就過服侍筆墨。」

「來吧來吧。」

秦鳳儀道：「不知道為什麼，我特別想跟陛下在一起。就像我第一次來京城的時候，那是我頭一次離開父母來這麼遠的地方。來之前，我爹說要跟我一起來，我沒讓，可等我來了京城，在岳父那裡碰壁碰得鼻青臉腫，我就很想有個依靠，就想，要是有個長輩在身邊多好。我這回又是頭一遭參加秋狩，這麼威嚴的隊伍，好幾里長，我在最後面，比我再靠後的就是禁衛軍了。周圍除了我帶在身邊的小廝侍衛，也沒有別個認識的人了，我就特別想親人，想我岳父，想陛下您。」

聽秦鳳儀說得可憐兮兮的，景安帝心生憐惜，道：「明兒一早就過來吧。」

秦鳳儀點頭，「一看到陛下，我心裡就安定了。」

景安帝搖頭失笑，「甜言蜜語。」

「我這是真心話！」秦鳳儀強調，「我從來不說假話的，像老馬在您身邊，誰不拍他馬屁啊？我說話就很實在。如果有個愛拍馬屁的，肯定不會說老馬長得老成，肯定會說，今年四十，明年三十，那才叫甜言蜜語，我說的都是實在話。」

馬公公：請秦探花以後莫在我面前說實話了，秦探花這實話……忒傷人！

秦鳳儀又問：「陛下，咱們這麼多人出來，晚上住哪兒啊？」

景安帝道：「就地紮營。」

「我還沒睡過帳子呢，肯定特美吧？」秦鳳儀眼睛亮晶晶的，繼續問：「陛下，這得走多少天才能到獵場啊？」

「半個月就能到了。」

「到了獵場，也是住帳子嗎？我聽說，獵場是有行宮的。」

景安帝笑道：「行宮離獵場還有些路程，先到獵場，待打獵完畢，再到行宮休息。休息好了，咱們再回京城。」

秦鳳儀道：「陛下的壽辰要在獵場過了。」

景安帝笑笑，「什麼壽不壽的，朕本也不在意這個，每年折騰反是勞民傷財。去歲因是整壽，太后、皇后、皇子們非要過，也只得過了。」

「也只有陛下這樣聖明的君主，才會這樣想了。古時昏君，恨不得日日酒池肉林。」秦鳳儀非但會拍馬屁，關鍵是，他還有文化，這馬屁拍起來簡直是成套的。

君臣二人正在說話，外頭耿御史求見。景安帝宣耿御史進來，耿御史一進御輦，視線落在秦鳳儀與景安帝身上。秦鳳儀官職低，按規矩，耿御史一進來，秦鳳儀便起身致意。

景安帝問：「什麼事？」

耿御史道：「是今年秋闈的事，禮部送了摺子過來，盧尚書未曾隨駕，臣想著，秋闈不能耽擱，臣跑個腿，送來陛下御批。」說著自袖中取出摺子奉上。

馬公公接了摺子呈上，秦鳳儀上前為陛下找開墨水匣，又取了筆蘸好墨。景安帝一目十行看過，現成批了，馬公公又遞還給耿御史，耿御史這才恭敬告退。

待盧尚書走了，秦鳳儀笑道：「耿御史與盧尚書是真的關係很好，盧尚書的摺子，他還特意親自送過來。」

景安帝輕哼一聲，秦鳳儀疑惑地看向景安帝。

景安帝道：「你就是覺得，世上都是好人。」

「好人占大多數。」秦鳳儀道：「當然也是有壞人。不過，我平日都是多想想好人，這樣心情就會很好。」

哪怕是景安帝身邊的近臣看來，都覺得，秦鳳儀簡直就是個奇人。

這小子不是一般的有本事，這小子是忒有本事啊！

原本太后著內侍訓斥秦鳳儀的事，在消息靈通人那裡，也不是什麼祕密，還覺得這小子要失寵了，結果原沒在秋狩名單上的芝麻小官兒，突然出現在秋狩名單上不說，這出來才一天，他就又混到御前去了。

以前在宮裡，人家不過是傍晚到皇上那裡陪皇上解悶，這一出來可好了，從早到晚守著皇上。皇上也真是的，什麼樣的美人沒見過啊，這麼個秦鳳儀，也不知這都看一年多了，怎麼還沒看膩？好吧，秦鳳儀能靠刷臉刷來探花之位，這張臉也不是那麼容易看膩的。

再者，瞧瞧秦鳳儀這一天一身的衣裳，宮裡娘娘恐怕都沒他帶的衣裳多。太會迷惑皇上了！

要不是皇上直得不能再直了，名譽著實堪憂啊！

當然，也就眼紅秦鳳儀的人會這樣想了。

像與秦鳳儀交好的人就不會這樣想，尤其是景川侯府，李老夫人還記掛著孫女婿，晚上安營後就打發人去找孫女婿過來一道吃飯。秦鳳儀不過七品官，例飯簡單，李老夫人怕孫女婿受委屈，便讓他過來吃。然後，打發去找孫女婿的人還沒回來，景川侯先回來了，問候過母親是否疲倦，李老夫人笑，「一天都是坐在車裡，並不累。這一天也沒見阿鳳，他頭一回參加秋狩，也不知怎麼樣了，我打發人叫他過來一起吃飯。」

「不用等他，他在皇上那裡，估計就一道吃了。」

李老夫人有些驚詫，繼而笑了，想著孫女婿可真是得皇上青眼，心中很是欣慰。

景川侯夫人道：「哎喲，頭一天皇上必是陪太后娘娘用晚膳的，大姑爺在哪兒吃啊？」

景川侯道：「我過來時，看他與皇上一起往太后那裡去了。」

景川侯一說秦鳳儀跟著景安帝去了太后的帳裡，李老夫人還有些擔心，景川侯夫人倒是很高興，笑道：「先時太后娘娘對咱們大姑爺似是有些誤會，如今去請個安也好。」

李老夫人想想，也是這個理，而且李家對於自家大姑爺討好人的本事是很信服的，便是李老夫人，也是自家人看女婿，越看越歡喜。

李老夫人笑，「這話是。」

一家子便不再等秦鳳儀，兀自用了晚膳。

至於秦鳳儀，他原是想著在皇上這裡蹭晚飯的，主要是皇上這裡的飯菜好吃。平日在京裡他有事沒事還要陪皇上解悶，然後，一解悶就解到了晚飯時。景安帝知道他是個饞貨，也不攆他，時常留他吃飯。如今出來秋狩，景安帝這裡的供奉自然一如先時，可秦鳳儀這七品隨駕小官兒，就是只能吃大鍋飯了。秦鳳儀不愛吃大鍋飯，他想跟著皇帝陛下一起吃。要是皇帝陛下不要他，他就去他岳父那裡。

景安帝倒沒有不要他的意思，但這是離京第一天，是要去太后那裡請安用膳的。

秦鳳儀與裴太后關係一般，前些天剛被這沒事找碴的老太太打發人來訓斥幾句，秦鳳儀就更不喜歡裴太后了。當然，他不喜歡人家裴太后，說得人家好像很喜歡他似的。說起來，裴太后更不喜秦鳳儀。

見皇帝要去太后那裡，秦鳳儀就要退下，景安帝偏生道：「你隨朕去太后那裡請安。」

秦鳳儀頗擔心，湊到景安帝耳邊小聲道：「要是太后娘娘還在生我的氣，怎生是好？」

景安帝笑，「所以叫你過去請個安啊！」

秦鳳儀又不傻，雖則他覺得裴太后是個幫親不幫理的偏心眼兒老太太，但人家是皇帝陛下的親娘，秦鳳儀也不願意與陛下的親娘交惡。

秦鳳儀道：「見太后娘娘可得鄭重，陛下等我一等，我再換一身衣裳。」

景安帝道：「你這身就挺好。」

「這可是向太后娘娘請安，我還有更好的呢！」秦鳳儀萬般央求，景安帝只好等他。今日景安帝穿的是月白常服，秦鳳儀出去吩咐攬月：「把我那身月白袍子拿來，快些！」

攬月是自幼服侍秦鳳儀的，隨著秦鳳儀步步高升，攬月雖依舊是小廝，但也跟著長了不少見識，更甭提如今他家大爺這般得皇帝的青眼。攬月自認為在京城的小廝裡，他也是數一數二的了。攬月跟著秦鳳儀的年頭長，很知自家大爺的性情，而且，就秦鳳儀這般挑剔又驕縱的性子，攬月還能一直服侍得他妥妥貼貼的，可見攬月亦是個伶俐的。

就秦鳳儀說的衣裳，攬月一聽就知道放在哪個包袱裡，立刻騎馬回去取，很快便送了過來。景安帝一看，這衣裳顏色與自己這身是一樣的，只是料子略有不如。景安帝這身領子袖口繡的是龍紋，秦鳳儀這身繡的是蘭草。

秦鳳儀換了新衫，笑嘻嘻地道：「有時候看到陛下的衣裳很好看，我心裡又很崇拜陛下，家裡做衣裳時，我就與裁縫說了樣式，要他們做了來。」

秦鳳儀本就是個人間難尋的好模樣，要說相貌好的人，景安帝也見過許多，秦鳳儀自然是令人驚豔，但景安帝最喜歡的，還是秦鳳儀那股神采飛揚的氣勢，說話做事都氣勢十足，不似別人，總要揣摩他的意思。人一旦有了揣摩的心思，氣勢便低了。

景安帝打量了秦鳳儀的衣裳片刻，看他正值華年，人物俊俏，華采風流，且當差做事均是用心，景安帝心中的喜歡更添了十分，忍不住笑道：「這衣裳不錯。」

「嗯，我覺得跟陛下穿一樣的衣裳，興許還能多學習些陛下的智慧也說不定。」秦鳳儀又歡喜地低聲道：「太后娘娘見我跟陛下穿一樣的，愛屋及烏，定也能多喜歡我幾分。」

景安帝摸摸他的大頭，帶他去了太后的帳子裡。

裴太后見兒子來了很高興，一聽宮人回稟說秦鳳儀也跟著一道來了。依裴太后的心機，自然不會露出什麼不喜來，但也沒有特別歡喜就是了。

要說裴太后的身分，自不會將秦鳳儀這等芝麻小官放在眼裡，但因著這小子，她與皇帝兒子兩次都有些不大痛快，尤其裴太后不過是打發人訓斥了秦鳳儀幾句，景安帝便特地私下找裴太后說了秦鳳儀的事。雖則說話的內容僅這至尊母子二人知曉，但自己親兒子為著個外人跟自己鄭重談話，這誰能喜歡啊？

裴太后有著強大的自制力，對於秦鳳儀來請安也表現得和顏悅色，而且裴太后不瞎，看到秦鳳儀的衣裳款式顏色與景安帝相同，便笑問：「這是照著皇帝的衣裳做的吧？」

秦鳳儀點點頭，笑著看皇帝陛下一眼，方道：「臣心裡很仰慕陛下，先時見陛下穿過，臣回家就做了一身，沾沾陛下的福氣。」

「不錯不錯。」裴太后還留了秦鳳儀用膳。

按理，裴太后這態度稱得上和氣了，賜膳稱得上親近，可秦鳳儀有一種小動物的直覺，總覺得在太后跟前不似在陛下跟前自在，也知道裴太后不似陛下和氣。

於是，秦鳳儀少開口，多吃飯，以免討人嫌。然後，他一口氣吃了兩碗飯和好些個菜。因著是秋狩第一天，秦鳳儀一大早起床跟著隊伍出發，騎了大半日馬，且他正年輕，胃口正好的時候，呼嚕呼嚕吃得那叫一個香，把裴太后瞧得，簡直是啥胃口都沒了。

秦鳳儀吃過飯就告退，真心覺得太后這裡的飯雖好吃，卻不如去吃他七品小官的例飯。

秦鳳儀是頭一回住帳篷，太后的大帳自不消說，叫秦鳳儀說，跟個小宮殿似的。自太后帳中出來，一路雖不可亂行亂走，但秦鳳儀也見到了各式規制的帳篷。他還順道在他岳父那裡晃了一圈，看看老太太，向岳父請安。

李老夫人問他在太后那裡可吃好了，秦鳳儀接了侍女奉上的茶，道：「吃了兩碗飯，菜也吃了很多，有道雞湯不錯，我喝了兩碗，渾身都暖融融的。」

這七月的天，白天仍是有些未散的暑熱，晚上卻是開始涼了。

李老夫人笑，「那就好，那就好。」又讓秦鳳儀晚上過來這邊休息。

秦鳳儀道：「祖母，不用了，我那邊有帳子，明兒早上我過來陪祖母和丈母娘吃飯。」

李老夫人高興地應了。

景川侯夫人私下同丈夫說：「看大姑爺晚飯的飯量，太后娘娘那裡的事算是過去了。」

景川侯夫人雖不喜秦鳳儀，卻很有家族觀念，就秦鳳儀挨太后訓的事，她還在平皇后那裡為這後大姑爺說過好話哩。倒不為這後姑爺能感激她，而是秦鳳儀一向很得皇上的心意，這以後秦鳳儀發達了，於侯府也沒什麼壞處。

景川侯夫人不是為了自己，為的是自家兒女。今見秦鳳儀在太后這裡都吃的不少，便覺得飯都吃得這麼香，肯定是把太后給巴結好了。

景川侯「嗯」了一聲，心中卻不這樣認為。秦鳳儀是個存不住事的性子，倘是跟太后那裡好了，過來沒有不臭顯擺的。今次過來卻是啥都沒說，不過，看秦鳳儀吃的不少，還能吃下飯，想來太后未給秦鳳儀什麼臉色看，不然依秦鳳儀這心思，早與他說了。

秦鳳儀一路從太后的大帳、他岳父的營帳，最後走到自己七品小官的青色帳篷，可算是知道啥叫貧富差距了。

所幸李鏡準備秋狩的經驗豐富，非但寢具被褥一應俱全，還給秦鳳儀準備了蚊帳。就是出門在外，凡事不要想和家裡比。秦鳳儀並不嬌氣，又是個手面大方的，給足了銀子，故而他雖則囉嗦了些，有銀子打點著，湯湯水水的也是盡有的。何況，秦鳳儀是御前紅人，下邊人哪怕有些眼紅，卻不敢得罪他，不然就憑他這每日在御前一待就是一天的架勢，誰曉得他會在皇上跟前說點兒啥。

於是，雖然條件簡樸，秦鳳儀這一路上倒也覺得還好。

秦鳳儀還與景安帝說：「祖母叫我過去住，我沒去。」

「為何不去？」

「不能讓人說我搞特殊，明明有自己的帳子不住，非要去岳父那裡住，豈不嬌氣？」秦鳳儀正色道：「何況我是在陛下身邊做事，更要做個榜樣出來，才不枉陛下對我的栽培。」

反正，秦鳳儀是不放過任何一個誇讚自己的機會，更甭提他每天穿著令人眼花繚亂的衣裳，文士裝、騎手裝、書生裝、俠客裝，簡直是讓人目不暇給。

耿御史對此意見很大，因為老友盧尚書要準備秋闈，未能隨駕，耿御史只好對鄭老尚書抱怨道：「瞧瞧，這像什麼話，七品官罷了，穿官服就是！」

鄭老尚書笑咪咪地道：「多養眼啊！」

耿御史道：「一點也不穩重。」

鄭老尚書還是笑呵呵的模樣。

耿御史低聲道：「老相爺，您知道外頭的人怎麼說嗎？」

「怎麼說？」

「人家都說，幸虧秦翰林不是女的。」耿御史說著都嫌丟人。

鄭老尚書直接噴了茶。

是的，就秦鳳儀每天換的這些個衣裳，惹人議論紛紛。當然，他本就俊美，再加上刻意打扮，的確是叫人喜歡。就是鄭老尚書說句公道話，誰不喜歡俊俏的孩子啊，便是自家子孫有生得出眾的，自家人也喜歡，何況是皇上？這來回稟事的都是朝中大員，能做到「大員」這個地位的，就沒有年輕的人。乍有這麼個小秦探花，每天在御前幫著服侍筆墨，不要說皇上喜歡，鄭老尚書也很喜歡，還時常誇秦鳳儀衣裳好看。

有些個貴冑子弟，想在御前冒冒頭，瞧著秦鳳儀這般勤換衣衫又御前得寵，只恨自己出門前沒多做幾身新鮮衣袍，不然也能在御前露臉了。

這姓秦的，不就是全靠美色迷惑皇上嗎？

然後，大家很快發現，秦鳳儀這小子不止會迷惑皇上，還會迷惑皇上的兒子，六皇子簡直是有空就過來找秦鳳儀玩。秦鳳儀畢竟年輕，雖然跟著皇上不用在外面一天到頭的吃土，但他少年心性，也很喜歡騎馬。正好有個兒童六皇子，景安帝乾脆讓兩人在一起玩了。兩人常結伴出去跑馬，遇著點稀奇事都要回來說，六皇子看到田裡有牛有羊還要跟他爹報備。

秦鳳儀道：「連羊都不認得，見著羊還跟我說，那樣一群白花花的是羊嗎？沒吃過豬肉，也見過豬走路啊！你不是說六歲就跟著陛下出去打獵，獵場難道沒有羊？」

「真是土鱉，獵場裡有黃羊、長角羊，哪裡有綿羊了？我沒見過綿羊而已。」六皇子不服氣地反駁道。

秦鳳儀問景安帝：「陛下，六殿下還吹牛說他六歲就打中了一隻麅子，是不是真的？」

景安帝點頭，「是啊。」

秦鳳儀瞪大眼睛，將六皇子從頭看到腳看了三遍，直把六皇子看得毛毛的，方伸手在身上蹭蹭，再用雙手握住六皇子的小嫩手，真誠地說：「六殿下，請恕小臣有眼不識泰山。」

六皇子得意地昂起下巴，「知道我的厲害了吧？」

「知道了知道了。」秦鳳儀豎著大拇指，真心誇讚：「這可真了不起！」

六皇子心眼兒多，便道：「所以說，誰都有優點，誰都有不足的地方，對不對？」

「可不是嗎？就像殿下剛剛說我是土鱉，這就不大好，對不對？」秦鳳儀道：「我發現你們京城人特別的眼高，以前還有人叫我南蠻子。我哪兒蠻了？我既不蠻也不土，像我這等相貌，京城也就我一個啊！」

六皇子很好奇地說：「秦探花，我看你長得不像你爹，也不像你娘。」

秦鳳儀道：「這是因為我爹娘有些圓潤，你不知道，我爹年輕時，村裡的姑娘都為我爹能掐得你死我活。我爹當時要娶媳婦，別人得花錢，我爹那時候，老家的姑娘能倒貼銀子都要嫁給他。可就這樣，我爹也沒敢娶。你不曉得，我爹要是娶這個，就有別個姑娘放出話來，要到我家門口上吊。我爹實在沒法了，就出門做生意討生活了。然後，他遇著我娘。我娘也是三鄉五里有名的美人，當時我外公家就我娘一個閨女，想給我娘招個上門女婿，那些來的人，我娘眼光高，一個都看不上。後來見著我爹，依我爹的骨氣，怎麼能入贅呢？我娘看我爹死活不入贅，一拍大腿，就說了，不入贅她也願意，就嫁給了我爹。」

「我爹我娘都這麼好看了，我更是集他倆的精華而生，比他倆生得更好。」秦鳳儀道：「所以別看我爹我娘現在圓潤，這是福相。我爹娘一出門，人家一看就知道他倆是財主。」

六皇子噗哧直樂，點著小腦袋，「這倒是。」

秦鳳儀彈他額頭一記，道：「殿下，咱們這就要到獵場了，把弓箭拿出來保養一下吧，也得仔細檢查。過幾天伏虎誅熊，就都靠它了。」

六皇子很認同秦鳳儀的話，也不嫌秦鳳儀彈他，便令隨從把弓箭拿來，保養起弓箭來。這兩人還很是孝順的，連皇上的寶弓也一起給保養了一回。

話說，秦鳳儀在御前得了意，自然有人失了意。

事實上，說失意不太恰當，只是以大皇子現在的年紀，景安帝又對他冀望頗深，正是用他之際，自不會視作孩童一般呵護寵愛。景安帝此次出來，二皇子和三皇子留守京城，大皇子、四皇子、五皇子及六皇子同行，故而，每天一早，大皇子就要過來御輦聽政，景安帝偶然手邊有什麼事，都會問大皇子的意見，也是提點歷練他的意思。

大皇子自知父皇器重之意，做事十分用心。

只是，這人嘛，就怕比。

景安帝對長子要求嚴厲，秦鳳儀和六皇子卻是一會兒跑出去玩，一會兒回來，一會兒又出去玩，一會兒又回來，連放個屁都要回來跟景安帝說，景安帝待這兩人亦是和顏悅色，摸摸六皇子的頭時，秦鳳儀這臉皮八丈厚的立刻也把腦袋伸出去。

大皇子見他爹滿面笑意地摸秦鳳儀的大頭，恨不得把秦鳳儀的頭給擰下來，踢出御輦。想想有個人在苦啊苦地辛苦寫作業，身邊卻有一個只知道瘋玩的，想想那個用功學生的心吧。哪怕知道這種瘋玩的行為合該鄙視，但總有一種既苦逼又勞累又羨慕的心情。

大皇子不至於討厭他弟六皇子，六皇子是小屁孩，正是愛玩的時候，可秦鳳儀你是哪根蔥啊，這也忒諂媚了些吧？

大皇子這做親兒子的都做不出湊著個大腦袋讓他爹撫摸的事兒來，真的太噁心了。

可人家秦鳳儀不覺得噁心，人家還感覺挺美的。

大皇子不喜歡秦鳳儀，秦鳳儀也不見得喜歡大皇子，這兩人早就不是翻臉一回的了，連景安帝都說秦鳳儀：「你跟大郎還沒和好啊？」

秦鳳儀道：「我比較喜歡六殿下，二殿下和三殿下也很好。」

景安帝也不多理睬他，知道秦鳳儀就是個一時好一時歹的貨，便是跟六皇子，兩人一起玩，還會吵架。不是景安帝拉偏架，偏著自己的兒子，秦鳳儀你都二十多的人了，你跟個孩子吵什麼呀？偏生兩人就能吵起來，上午還彼此詛咒發誓再不一起玩了，下午便又一處說說笑笑的，裴貴妃還忍不住說：「還沒到獵場呢，就玩瘋了。」

景安帝笑，「孩子嘛，可不就是愛玩的時候。」

裴貴妃道：「還有功課呢。六郎不是成天和秦探花一起玩嗎？陛下，也讓秦探花教一教六郎的功課。咱們這出來起碼得兩個月，我怕六郎玩瘋了。」

景安帝想了想，笑道：「這倒是成。」

秦鳳儀的學問不錯，實打實考出來的進士，庶起士散館考了第四。

於是，景安帝就給了秦鳳儀一個新差事，那就是每天要教導六皇子功課。

秦鳳儀沒什麼意見，反而是六皇子意見不小，私下同他爹說：「先時秦探花跟我玩得多好啊，父皇一叫他給我講功課，功課還沒講，老師的架子就擺得了不得。」

景安帝笑問：「他是如何擺架子的？」

六皇子道：「他以前是個正常人，現在開口都是子曰書云。」

景安帝聽得直笑。

好在秦鳳儀的架子也就是興頭上擺擺，他都是早上給六皇子講些功課，六皇子背會後，兩人就是玩一天，晚上再檢查一遍，也就完事了。

待御駕到了獵場，大家的車馬皆安置下來，打獵頭一天的早上，秦鳳儀還過去教六皇子功課。六皇子那心早飛到獵場上去了，與秦鳳儀道：「這頭一天打獵，就放一天假吧？」

秦鳳儀道：「我念書的時候，大年三十只歇半天，是去祭祖宗。大年初一歇半天，是頭晌得去拜年。又不是叫你日夜苦讀，早上又不打獵，放什麼假啊？快點，把書念好，一會兒咱們打獵去。男子漢大丈夫，這就沉不住氣啦？」

六皇子心道，說得好像你沉得住氣似的。你沉得住氣，你把這銀絲軟甲裝穿出來幹嘛？

六皇子與秦鳳儀相處一路，知道他是個說翻臉就翻臉的貨，也只好先念書了。六皇子這正念書，裴貴妃處的內侍過來說：「娘娘說了，今兒個頭一天行獵，略歇一日也使得的。」

六皇子面上一喜，秦鳳儀卻是對內侍道：「你可真有眼力，沒見我們正念書嗎？去，跟娘娘說，我們要念書，別扯後腿。」把人打發走，還說六皇子：「轉什麼眼珠子啊？看書！」

六皇子憋了一肚子的鬱悶氣，在打獵的時候方氣平。

無他，秦鳳儀這頭一天打獵，可是出盡了洋相。

秦鳳儀那一身的銀絲軟甲小獵裝就甭提了，除了一身黑甲勁裝的皇帝陛下，皇帝陛下身邊最出風頭的就是他了。大皇子、四皇子、五皇子年紀漸長，有自己的獵場，六皇子年紀尚小，便與父皇一起。他比秦鳳儀有身分，皇子的獵裝服也很耀眼，問題是，六皇子年紀小，衣裳耀眼沒有用，他不比秦鳳儀長身玉立，胯騎駿驥。六皇子騎的是一匹溫馴的小母馬，秦鳳儀騎的則是他的照夜玉獅子，單從馬來看，這就不能比。

當天，那萬人行獵的場面便不提了。女人們坐鎮後方，打獵沒女人的事，是男人的事。景安帝簡短的訓話之後，便帶著隨從侍衛以及秦鳳儀、六皇子出發了，先得一鹿。

秦鳳儀直道：「天啊天啊，我都沒看到鹿呢！陛下，您這箭術也忒好了吧？」
秦鳳儀說著話，眼中頻頻放光。
景安帝哈哈一笑，「這裡獵物多的很，鳳儀，你可要努力啊！」
秦鳳儀大聲應了，結果，他他他……他居然還不如六皇子這個小屁孩。
甭看六皇子年不過九歲，用的是小孩子用的小弓，人家六皇子卻是箭術極好，看哪兒打哪兒，什麼雞啊兔子啊打了一堆。秦鳳儀也射了很多箭，但是只中一羊，還射到羊屁股上。
秦鳳儀繼續刷刷刷射了五六箭，那羊帶著屁股上的一枝箭跑沒影兒了。
秦鳳儀拍馬去追，片刻返回，只看他那張晦氣臉，六皇子笑得肚子都疼了。
六皇子還說：「你不是說你箭術好得不得了嗎？」
秦鳳儀道：「我頭一次打獵，還不許人熟悉一下弓箭啊？」
然後，秦鳳儀熟悉了半日，掛零蛋回去了。
下晌回了營地，景安帝設宴，大家吃的就是今日上午打的獵物。
六皇子年紀小，打的清一色是雞兔之類，可也打了半車。景安帝不必說，鹿啊羊啊麅子啊有好幾車的樣子。餘者侍衛，亦是各有斬獲，就秦鳳儀，鳥毛都沒射到一根。出發時瑞氣千條，回來時滿面陰鬱。
景安帝安慰他：「你是文官，武藝上差些也沒什麼。一會兒鹿腿給你一隻，如何？」
秦鳳儀很鬱悶，「我原想給陛下獵頭老虎，現下虎毛都沒一根，還要吃陛下的鹿。」
「這可怎麼了？又不是只打一日獵，你什麼時候獵著了再獻給朕，朕有重賞。」

秦鳳儀這才好些了，六皇子卻道：「你不是說，景川侯都誇你箭術好嗎？」

「是啊，我岳父親口說的，虧得我沒習武。這不是誇我嗎？我要是一學箭，估計將領們就沒飯吃了。」秦鳳儀理直氣壯地道。

景安帝身邊的親衛將軍終於忍不住了，開口道：「秦探花，你這是聽反了吧？」

「這難道不是在誇我？」秦鳳儀不能相信，他一直覺得他岳父是在誇他。

景安帝身邊的侍衛都低頭偷笑。

秦鳳儀吃飯前找岳父一問，景川侯看他那張晦氣臉，道：「是，我是說過，怎麼了？」

「你這不是誇我的嗎？」

「你哪隻耳朵聽我是在誇你？教了你多少天，你的箭才在靶子上，我那是誇你嗎？」

景川侯當初是想著阿鳳女婿念書很靈光，四年就能考出個進士來，便尋思著，阿鳳女婿想要練習射箭，他稍加指點，興許能教出個神射手，日後說起來，也是翁婿界的一樁美談。結果，秦鳳儀苦練多少天，才勉強箭不脫靶。

景川侯著實後悔叫秦鳳儀去自家練箭，這小子還自信得不得了，一看箭在靶子上了，就喜得成天問他，他箭術如何。瞧著秦鳳儀那一臉臭美得瑟勁兒，景川侯方說了一句：「幸虧你沒習武啊！」

天地良心，得什麼樣自信的人才會把這話聽成是誇讚的意思啊！

秦鳳儀此時此刻才明白，原來他岳父是在諷刺他。

秦鳳儀氣得找景安帝告了一狀。

景安帝此時已經看過了諸皇子、宗室的獵物，正在休息，見秦鳳儀過來，喚他一起吃茶歇一歇。秦鳳儀一面吃茶，就把事與景安帝說了，「我岳父因著自己厲害，就特瞧不起人。我箭術哪裡不好就直說嘛，非說那叫人聽不明白的話。原來不是誇我，而是諷刺我。陛下您說說，有這樣待女婿的岳父嗎？」

景安帝笑，「行，等我見了景川，我幫你說說他。」

「可得好好說一說他。」秦鳳儀道。

景安帝想到秦鳳儀這事就好笑，心中憋笑，嘴上還得鼓勵頭一天吃了零蛋的小探花，「沒事兒，今兒多吃，明兒咱們再繼續。這打獵就是個熟能生巧的事兒，多練練就好了。」

「就是陛下這話！」秦鳳儀很喜歡與景安帝說話。

景安帝還真說了說景川侯。

景川侯的獵區自然不能與景安帝的相比，但是景川侯運道不錯，頭一天就遇著了一頭大熊，獻給君上享用。景安帝命人抬去炮製，見秦鳳儀在一旁對自己擠眼睛，景安旁便說：「景川啊，孩子們還小，騎馬射箭什麼的，你得多鼓勵才是。」

景川侯看一眼秦鳳儀，秦鳳儀道：「起碼，有啥說啥。」

景川侯便有啥說啥了，景川侯道：「爛極了，你那箭術，我平生所見最爛。我看，練了難練好的。虧你白長一臉聰明相，實則笨得出奇。」然後，景川侯把先時說的那半句話說圓滿了，景川侯道：「幸虧你當初沒從武，你要是從武，我是不能把阿鏡嫁給你的。」

秦鳳儀……秦鳳儀被他岳父打擊得都不想活了。

好吧，他也沒不想活。

秦鳳儀完全表現出了能做景川侯女婿的絕強心理素質，硬是露出一臉得意樣兒，「晚啦，現在我還是你外孫他爹哩！」

看女婿那一臉白癡相，景川侯默默地別開眼，他實在不懂皇帝陛下的審美眼光。

景安帝倒是很喜歡秦鳳儀，哈哈大笑，還說道：「以前在軍中，將士們最怕景川。壽王弟小時候還想去打仗來著，就是被景川你把他給勸下了。」

景川侯道：「那都是舊事了。」

秦鳳儀心說，壽王殿下不會是被他岳父恐嚇過吧？

雖則受了自家岳父的深重打擊，秦鳳儀第二天仍是精神抖擻的，而且，秦鳳儀第二天雖然也是放了一天的空槍，但他他他……他竟然活捉了一頭白鹿。

雪白的鹿！

書上說的祥瑞的，那種白鹿！

這祥瑞的事兒，還要從頭一天晚上的燒烤宴會說起。

參之章 ● 陰錯陽差逮祥瑞

第一天行獵，景安帝大宴群臣，烤炙的自然是大家獵到的獵物，整個獵營都被篝火映得通紅。秦鳳儀有幸隨駕，敬陪末座，他真的是最後一位了。雖然他坐在最後，但是他得到的賞賜最多，因為景安帝賞了他一條烤鹿腿。

本來得一條烤鹿腿，秦鳳儀也挺高興，可現在他總算明白為什麼自家岳父少時能做景安帝的伴讀了。這兩人簡直是都一樣愛笑話人，賞鹿腿就說賞鹿腿，景安帝還得提一句：「鳳儀今兒忙活了一天，一無所獲，那孩子傷心好久，朕說了，雖則無所得，鹿腿也給一條，好生嘗嘗，明兒個再努力就行啦！」

秦鳳儀這一天啥都沒打著的事，就這麼伴隨著賞鹿腿給說出去了。

大皇子道：「秦翰林不是弓箭嫻熟嗎？」

景安帝哈哈一笑，「比以前不會用的時候嫻熟，現在會放箭了，就是還射不到獵物。」

六皇子道：「射中了一隻黃羊，正好射到羊屁股上，羊嗖嗖跑沒影兒了，秦探花追了好久都沒把羊追回來，不然他今兒就不是零蛋了。」

眾人哄堂大笑。

秦鳳儀急得起身辯解道：「我是文官，文官有幾個能百發百中的啊？就說耿御史吧，別看他罵人在行，叫他下場，他也不行。」

耿御史是人在案後坐，禍從天上來，聽到秦鳳儀這話，便展現出他御史頭子的雄風，「我是不成，但我也沒有鎧甲穿著，寶弓帶著，牛皮吹著，裝模作樣地去打獵啊！」

這下子，大家的笑聲更大了。

秦鳳儀大聲道：「明兒我就打頭老虎給你們開眼界！」
耿御史閒閒地道：「希望是你獵虎，不是虎獵你。」
秦鳳儀翻個大白眼，「你們就等著瞧吧！」
秦鳳儀當晚吃了一條烤鹿腿、兩碗青菜湯。雖然什麼都沒獵著，他還是很高興能參加這樣的盛宴，他還上前敬陛下酒，景安帝笑著喝了，問：「鹿腿如何？」
秦鳳儀斬釘截鐵地道：「香！」
景安帝大笑，秦鳳儀又為景安帝斟了酒，自己也斟了一盞，道：「我再敬陛下一杯，就敬今兒這鹿，可真好吃。」
景安帝沒少被人敬酒，只是輕輕抿了一口，便將酒盅放下。
秦鳳儀喝完之後暗道，陛下這兒的酒就是比他案上的好喝。
見皇帝不喝了，秦鳳儀道：「陛下這裡熱鬧，酒是要少喝些，咱們明兒個還要打獵呢，我就替陛下喝了吧！」然後，他就把景安帝剩的半盞喝光。
這倒是民間的風俗，討長輩的酒喝，是賜福晚輩。
景安帝笑，「怎麼，又饞朕的好酒了？」
秦鳳儀正色道：「陛下，小臣雖不是御史，可也得諫一諫您。」
「要諫朕什麼？」
「陛下，您不要總說實話嘛！」秦鳳儀忽然笑嘻嘻地道：「陛下這酒可真好喝，不過，我也不多喝，明兒還要打獵。今兒陛下賞我一條鹿腿，明兒我必為陛下獵頭老虎。」

秦鳳儀完全是奔著獵老虎去的啊！

不過，他說話一向口氣大，大家都是聽聽就算了。連隻兔子山雞都獵不到的傢伙，能獵到老虎？便是順王第二日出發前，也親自過去笑話了秦鳳儀一回，「秦翰林，本王就等著吃你的老虎啦！」然後不等秦鳳儀回嘴，對著景安帝一拱手，大笑地騎馬去自己的獵區。

秦鳳儀深覺尊嚴受到了輕視，他是憋著心氣兒定要獵到些什麼的。可這打獵射箭嘛，雖是個手熟的事兒，可也得手熟才成。秦鳳儀那箭術，還有得練了。

當然，看他這麼信心十足，景安帝也只有鼓勵的。倒是六皇子，第二日獵了一頭黃羊。秦鳳儀一看，這羊屁股上帶傷，便道：「這是昨兒我一箭射中的那頭羊吧？」

六皇子笑，「秦探花，昨兒牠跑了，今兒可是我把牠給獵到了。」

「獵就獵唄。」秦鳳儀的小眼神兒瞟了那黃羊屁股上的箭傷好幾眼，認真地表示，自己一點也不眼饞六皇子獵到黃羊的事。光看不過癮，秦鳳儀還說：「昨兒我給牠一箭，牠定是流了不少血，今天體力不支，要不然也不能被你獵到。」

六皇子笑咪咪的，「這也是我箭術好，不然再體力不支，射不中也白搭。」

秦鳳儀輕哼一聲，自己尋獵物去了。

皇帝陛下的獵場，獵物實在不少，就是……就是獵不到啊！這一上午，秦鳳儀用的箭最多，一上午就用了五六壺箭，卻是啥都沒獵到。但是，重在參與嘛。景安帝今兒也獵到一頭大黑熊，秦鳳儀兩眼放光，興奮得直搓手，圍著熊左看右看，那叫一個稀罕。

打獵一上午，也很累的。

秦鳳儀去撒尿，他站在一棵栗子樹下正撒著尿，一頭鹿忽然撞了過來，撞樹撞暈了。

秦鳳儀初時見白白的，還以為是羊。他喜得不得了，三下五除二撒好尿，捆好褲腰帶，就把這「羊」翻了過來。定睛一看，咦，不是羊，比羊好看。再一細看，昨兒他剛吃過的。

秦鳳儀大喜，也不假他人之手，一股牛勁附體，嘍的就把鹿扛到肩膀上，去找皇帝陛下了。秦鳳儀滿臉歡喜地報喜：「陛下，我空手逮了一頭鹿！」

六皇子看了看，道：「這是羊吧？」

「不是羊，是鹿，昨兒剛吃過的！」秦鳳儀把鹿扔到地上，給六皇子和景安帝看。

秦鳳儀這還是探花出身呢，卻沒想起白鹿是祥瑞來。

六皇子也沒想到，他上前左看右看，驚奇地道：「還真是鹿啊！原來有白色的鹿，不都是黃的嗎？」摸摸鹿臉，嚇了一跳，「牠……還活著！」

「咦，還活著？」秦鳳儀低頭摸摸鹿脖子，果然還有呼吸，很快又道：「我赤手空拳逮住的，當然是活的啦！」

這兩個不懂行的，兀自研究了一回。

景安帝身邊的親衛將領喜得直哆嗦地道：「陛下，這是祥瑞啊！」

這一句話，給秦鳳儀提了個醒兒。

可不是嗎？

白鹿可是書上記載的祥瑞啊！

秦鳳儀反應極快，「是哦，這是祥瑞啊！」然後，他得瑟了，改口道：「陛下，我給您逮了個祥瑞回來！」

景安帝龍心大悅。

景安帝問他：「在哪兒逮著的？」

秦鳳儀原想吹吹牛，卻還是老實道：「我不是去方便嗎？這肯定是頭母鹿，我正方便，牠就自己撞到我正方便的那棵樹了。我以為牠撞死了，就扛回來，想著晚上烤了吃才好。」

親衛將領嚇得結巴，「秦秦秦……秦探花，這是祥瑞，豈豈豈……豈能對祥瑞不敬？」

「先時不是沒想到是祥瑞嗎？我看這鹿挺不賴的，就是有點兒好色。」

秦鳳儀很大方地把這好色的白鹿獻給景安帝。景安帝出來打獵第二天就得一祥瑞，獵也不打了，帶著祥瑞就回了營地。跟太后一說，太后亦是高興。

像閩王、愉親王這幾位上了年紀的親王，打獵不大成了，都在太后這裡話家常，聽說景安帝得了祥瑞，紛紛表示要開眼界，見祥瑞。

六皇子道：「祥瑞還暈著呢，也得先洗一洗，待醒過來再見吧。」

愉親王道：「祥瑞怎麼暈了啊？」

六皇子道：「自己撞暈的。」

接著，六皇子就把如何得祥瑞的過程說了一遍，道：「秦探花方便去，祥瑞自己撞到他跟前的樹，自個兒撞暈了。秦探花就把祥瑞逮回來，獻給了父皇。」

愉親王道：「哎喲，原來是鳳儀獻的祥瑞啊！」

「嗯，秦探花先看到的。」六皇子說著，要了水來洗手，主要是，秦探花說這鹿是他噓噓時撞上來的，誰曉得有沒有沾到秦探花的尿。一想到自己還摸了這鹿好半日，六皇子連洗三遍手方罷。

閩王笑道：「早前我就看秦探花是個有福的，果然如此啊！」

愉親王道：「這也是跟著皇上出去，才得見祥瑞。我看，他是沾了皇上的福氣。咱們大景朝如今國泰民安，盛世太平，聖明天子出行，故有祥瑞現世。」

裴太后笑，「是這個理。」又道：「秦探花獻祥瑞有功，該賞。」

於是，景安帝與裴太后一通賞賜，秦鳳儀得了不少寶貝。有頭有臉的都去欣賞祥瑞了，秦鳳儀這個七品小官排最末，他瞧了一眼，那鹿醒後肯定也擦洗了一番，瞧著白乎乎，挺好看的，周圍都是讚頌之聲。

另有如耿御史這樣私下問秦鳳儀如何得的這祥瑞，秦鳳儀就說：「我與陛下出行，我內急去一僻靜處方便。忽見面前白光大作，不是那種刺眼白光，是那種像寶光一樣的白光，然後這頭鹿就跑了出來，跑到我面前說，我奉天帝旨意而來，來侍奉萬年聖君，請帶我過去吧，我就帶著那大白過去了。」

聽這神叨話，耿御史險些氣死，低喝道：「給我老實點兒！」

「我不跟你說，我跟鄭老尚書說去。」

耿御史的臉氣青了。

秦鳳儀跟鄭老尚書說了實話，秦鳳儀道：「白撿的，我正撒尿呢，那鹿就自己撞了樹，一頭撞暈了，我就撿了回來。剛開始我沒想到這是祥瑞，我不是這兩天啥都沒打著嗎？我想著撿頭鹿，正好晚上烤了吃。還是陛下身邊的曹將軍提醒，我才想起白鹿是祥瑞來著。」

秦鳳儀樂呵呵的，「我這算是守株待鹿啦！」

鄭老尚書想著，以秦鳳儀的出身與官位，哪怕有景川侯府做岳家，祥瑞事件應該也不大可能是他搗鼓出來的。

鄭老尚書笑道：「鳳儀，你這運道可不一般。」

「我也覺得，陛下和太后娘娘還賞我好些個東西。」秦鳳儀認為自己近來比較有財運。就這鹿的事兒，非但鄭老尚書問過，他岳父景川侯問過，還有些個與秦鳳儀相熟的都來打聽，煩得秦鳳儀都說：「你們再來問，我可是要收問詢費的。」

秦鳳儀白得一鹿，心下豈有不高興的？

倒是景安帝，並沒有對這祥瑞表示出如何熱絡的模樣。晚上景安帝也沒有召幸嬪妃，待得夜間，方有人來回稟。

景安帝問：「查清楚了？」

那人稟道：「是大殿下行獵時遇到白鹿，大殿下想活捉，這鹿卻跑到了陛下的獵區。」

「原來如此。」

大皇子原是見著一白鹿，想逮來送他爹的，沒想到沒逮著，鹿跑沒影兒。這鹿也是，你要是乾脆跑到景安帝跟前，大皇子也不至於如何，結果，真個瞎眼鹿，竟然撞到秦鳳儀跟前了，把大皇子鬱悶壞了。

秦鳳儀有獻祥瑞之功，景安帝看秦鳳儀越發順眼自是不提。旁的人也覺得，秦鳳儀的運道也忒好了些吧？咱們也沒少去樹下方便，怎麼就沒祥瑞一頭撞過來呢？還是說，那祥瑞如秦鳳儀所說，是個母的，愛美色？只是，後來證明，這是一頭貨真價實的雄鹿。

難不成，秦探花的美貌已經昇華到了連雄鹿都情難自禁的地步？

秦鳳儀有獻祥瑞之功，得了皇帝陛下不少賞賜，他還趁機要了個恩典，景安帝以為他是相中什麼別個東西。景安帝也覺得秦鳳儀運道不凡，起碼這祥瑞，原是大皇子遇見了，最後卻是被這小子撿來送給了自己。

景安帝笑道：「相中朕什麼了？是不是朕這裡的好酒？」

秦鳳儀並不貪財，但這傢伙嘴饞，昨兒個嘗了回御酒後，頗有些念念不忘。

「要是陛下想賞小臣些個御酒吃，小臣就謝陛下賞了。」秦鳳儀嘻嘻笑道：「是我給我媳婦寫了好些信，我正想著怎麼送回去給我媳婦。我岳父近些天又不打發人回京，我身邊就幾個人，打發人送信回去，人手便不夠用了。我看陛下隔幾天都會打發人回京，陛下，能不能把我給我媳婦的信一併捎帶回去啊？」

「朕當什麼事呢，只管拿過來就是。」景安帝很痛快地應了。

秦鳳儀早就帶身上了，他從袖子裡掏出幾個十分厚實的信封。

景安帝驚道：「這才出來幾天，咋寫這麼多信啊？」

秦鳳儀一副理所當然的模樣，「我每天都會寫啊！」又道：「就是可惜我媳婦有身孕，不能一道來，不然她箭術可好了。別看我打不到老虎，要是我媳婦來，一準兒能打得到。」

景安帝聽了這話唇角直抽，「說來，鳳儀你膽量頗是不錯。」

「那是當然啦！」秦鳳儀沒聽出景安帝的話外音，不過陛下讚他，他便也應了。

景安帝心說，這等閒就是有膽量的男人也不敢娶能獵虎的媳婦啊！秦鳳儀倒是沒獵虎的本領，但他敢娶能獵虎的媳婦，這也頗是不一般了。

景安帝命馬公公收了秦鳳儀的信，讓人往京裡送摺子時一併捎回去。

秦鳳儀央求道：「要是我媳婦有什麼信，能一塊再捎回來給我就好了。」又解釋道：「陛下您也知道，我媳婦有了身子，我家大陽以前每天都能見著我，這突然沒我晚上同他說話，他定也是想我的。還有我爹我娘，他們都上了年紀，我心裡怪牽掛的。」

景安帝雖然時常偷笑秦鳳儀怕媳婦的事，不過，秦鳳儀這樣孝順，他還是很喜歡的，便也應了。秦鳳儀大是感激，很賣力地幫皇帝陛下揉肩敲背地服侍了一回。

景安帝一邊享受著秦鳳儀的服侍，一邊道：「你獻了這祥瑞，內務府說祥瑞難得，眼下在獵場沒法子，待回京要辦個迎祥瑞的大典，你覺得如何？」

「大典？」秦鳳儀像是沒聽明白一般，奇怪道：「就一鹿，辦什麼大典啊？」

景安帝道：「這是祥瑞，自然是不同的。」

「祥瑞也是鹿啊，這其實就是趕了個巧。說真心話，我覺得陛下和太后娘娘賞我那些東西，我拿著還有些心虛。世上白的東西多了，因白鹿少，人們便說是祥瑞。兔子也有很多白的啊，因白兔子常見，便不是祥瑞了。」秦鳳儀道：「我看史書上的明君，都是因治理江山治理得好，才稱明君。有哪個明君是因為家裡祥瑞多稱明君的？倒是『上有所好，下必甚焉』，陛下若是為這鹿辦大典，以後再出現白猴白熊白虎白狼，要不要再辦大典？何況，我有句實話，不知當不當講？」
「說。」景安帝閉著眼睛，被秦鳳儀服侍得很舒服。
秦鳳儀悄聲道：「我覺得，那鹿不像是野生的。」
景安帝眉毛一挑，睜開眼，「此話怎說？」
「陛下，我雖沒怎麼見過野生的鹿，可野雞是常見的。我家常會用野雞吊湯，野雞吊的湯最鮮不過了，但是野雞也就是吊湯，燉來吃肉就不如家雞了，就是因為野雞不如家雞肥。昨兒那鹿，我扛的時候就知道不是野生的鹿，牠可是一身的肥肉。」秦鳳儀神祕兮兮地道：「所以，我懷疑那是有人養的，並不是野生的鹿。」
景安帝唇角露出一絲笑意，「你這自己逮來的鹿，現在又跟朕說是人養的。」
「原本我沒想到是祥瑞。我這兩天什麼都沒打到，就想著，好不容易白撿頭鹿，帶回去也有面子。要不是曹將軍說，我都忘了白鹿是祥瑞了。」秦鳳儀道：「後來人人都說是祥瑞，我想著，這也是個吉利事，就沒說出來，哪裡想得到陛下會賞我那些好東西。陛下待我這樣好，陛下不知道我這人，我不怕別人待我壞，誰要待我不好，我也不理他，可就怕有人待我好。陛下待我好，我心裡存疑，要是不告訴陛下，我夜裡睡覺都睡不好。今天又聽陛下說有人攛掇著弄什麼大典，算了，就這麼頭家養的鹿，說不得是內務府悄悄養來討陛下喜歡的。咱們看一樂就是，用不著為這個勞民傷財。」
景安帝一笑，「這話不要再與別人講去，知道嗎？」
「知道，我誰都不說，就跟陛下說。」秦鳳儀笑，「就是白得了陛下那些個賞賜。」

「行了，多服侍朕兩回便罷了。」

秦鳳儀道：「趕明兒哪天，我非獵頭老虎來孝敬陛下不可。」

「等你下回把你媳婦帶來，再說老虎的事吧。」

秦鳳儀在御前待了一日，等他從御前出來，便有耿御史等著他。

耿御史正色道：「秦翰林，我時常聽盧尚書說你是個明白人。咱們是正經清流出身，可不興獻祥瑞、上祝詞那一套啊！」

秦鳳儀道：「看你說得，我也不是有意要獻的。大白在我跟前撞暈了，我又不是瞎子，總不能當看不到啊！」

「不是說這個。」耿御史向他打聽，「陛下有沒有說辦祥瑞大典的事？」

「御前的事都是祕密，我不告訴你。」秦鳳儀把耿御史噎住，自己高高興興地跑了。

清流們聽到祥瑞大典的風聲，都是極力反對的。

景安帝不動聲色，倒是宗室、內務府很贊成辦祥瑞大典，尤其是閩王道：「眼下京城的宗室書院就要辦起來了，此乃我們宗室百年大計。國有聖君，盛世清明，故有祥瑞現世。這樣的大喜事，焉能沒有大典以賀？」

閩王很贊同，蜀王和康王也說好，唯順王道：「這鹿倒是好鹿，就是眼神兒有些個不好。好不好的，怎麼就撞秦鳳儀跟前去了？」

順王向來與秦鳳儀不和，再加上順王自身的性情，故而，他說這話倒也沒人奇怪。

閩王笑道：「可見是鹿與秦翰林有緣。」

「有什麼緣，說不得那鹿正暢快奔跑，陡然見人光天化日之下隨地大小便，實在是汙眼睛。這鹿高潔，見不得這等汙濁之事，一閉眼，結果沒瞧見路，咚的就撞暈了。」順王一攤手，無奈道：「就這麼樣，讓這姓秦的撿了個便宜。」

順王這話逗得滿屋人大笑，愉親王更是道：「要是鳳儀聽到這話，又得與你拌嘴了。」

「我會怕他？」順王嘲笑道：「那小心成天腰挎寶刀，手握寶弓，一身軟甲，騎駿馬，打扮得像自己多威武似的，卻是屁都打不到，就叫他撿了個便宜，還要辦什麼大典，豈不是讓那小子更張狂？要我說，與其辦白鹿大典，不如宗室書院建成後，正經辦個書院大典。」

愉親王讚道：「順王這主意好。」

景安帝朗聲笑道：「是啊，只要宗室子弟以後有出息，就是我皇家的百年祥瑞了。」

六皇子與秦鳳儀關係好，聽說不辦祥瑞大典，還擔心秦鳳儀失望，特意過去安慰了秦鳳儀一回。秦鳳儀見六皇子是為這事來的，笑道：「這事兒啊，陛下問我時，我都說不辦的。」

他雖沒跟六皇子說這白鹿可能是人養的事，卻是把祥瑞一事容易為人所操縱的一些個原由，私下與六皇子說得透透的。

六皇子回去對母親道：「平時看秦探花大大咧咧的，他其實心裡清明著呢！」

裴貴妃笑道：「看你這話說得，秦探花可是正經的三鼎甲出身。你父皇最喜歡的就是有才學的臣子，莫以為秦探花時常與你開玩笑，就是個糊塗人。」

「我沒那樣想，我就是以前沒覺得他這樣聰明。」

裴貴妃一笑，「聰明人從來都不會外露聰明的。」

六皇子覺得他娘這話似有深意，不由琢磨起來，只是，一時還琢磨不透。

話說秦鳳儀卻是未將祥瑞放在心上，就是順王在御前說的幾句話傳了出來，秦鳳儀也沒覺得有什麼不好。拋開與順王的私交不大好這一點，秦鳳儀也覺得，順王有一句話說的對，那就是，這頭撞樹的鹿，眼神不好怕是真的。

秦鳳儀未多想這隻祥瑞牽動了多少人心，他早早地睡了，想著他寫給媳婦的信送回去，過幾日就能收到媳婦的回信了。卻不知，他寫的信今夜被人瞧了個遍。

景安帝完全沒覺得這是人家上了漆封的信，看一看有什麼不好意思。

景安帝是想看就看了。

這一看，還真是發現了小探花的另一面。

秦鳳儀寫的那些個口水話就不提了，什麼在御前吃了什麼好吃的，覺得對味兒，也要跟媳婦說。路上見了什麼稀奇物，也要在信裡提一筆。還有夜裡被蚊子咬了，都要跟媳婦撒嬌抱怨……景安帝看得直犯噁心。

不過，也有些令景安帝覺得有意思的內容，譬如，秦鳳儀就寫了在太后那裡用膳的事。

秦鳳儀寫得很實在：「雖則太后娘娘和顏悅色，但我總覺得太后娘娘不大歡喜。好在我不用跟老太太打交道，我喜歡的人是陛下。」

這話讓景安帝看得又笑又嘆。

另外就是打獵一無所獲，還有岳父如何打擊他，最後就是祥瑞的事了。

出乎景安帝的意料，秦鳳儀信上寫的，比在他跟前說的還多些。

秦鳳儀把對景安帝的懷疑都寫到信上了。

「初時未察白鹿乃祥瑞之兆，我帶回去原想顯擺一二，後來經曹將軍說起，方覺這是祥瑞。可後來怎麼想都覺得不對頭，那鹿太肥了些，而且皮毛潤滑，不似野生白鹿。原本我還以為是陛下著人放的，後來想想，陛下並非自欺之人，此事定非陛下命人所為。看宗室對此鹿極為推崇，閩王大讚此鹿，還誇我有福氣。諸藩王裡，閩王心眼兒最多，我得罪過他，他卻讚我，豈不反常？我料定了他必是沒安好心眼的，我只不理他便是。可惜媳婦妳不在我身邊，不然就能幫我分析一下了。真不知道是誰放的白鹿，不小心撞到我跟前，我把大白撿回去獻給陛下，想是截了別人的胡。可是，我的運氣就是這樣好，有什麼法子呢？媳婦，妳不在獵場，沒見過大白，牠的屁股可肥了，是一隻大肥屁股鹿。」

偷拆人家夫妻信件看了大半宿，景安帝睡得十分香甜，睡時還想著，多少人說朕偏寵鳳儀，瞧瞧這小子，成天笑嘻嘻地拍馬屁，實際上心裡比誰都明白，更是比那些個現在成天在栗子樹下小便的傻蛋們強百倍。

這說來又是另一樁祥瑞的後遺症了。

大家知道秦鳳儀是在栗子樹下方便時，祥瑞自己跑過去撞暈，這才撿了個大便宜，還得了不少賞賜。於是，就有不少傻子，現在撒尿都找栗子樹，只盼自己也能撿個撞暈的祥瑞，在御前露露臉。

要不是這事就在獵場發生的，景安帝都不信世上有這等傻蛋，偏偏還真就有。

再瞅瞅自家小探花，當時撿個鹿是湊巧，待祥瑞事件一出，自個兒前思後想的都能猜出這是人為事件，讓他湊巧給截了胡。

景安帝自然是喜歡秦鳳儀生得俊俏，可若秦鳳儀是那等成天去栗子樹下撒尿的傻蛋，他就是長成天仙，景安帝也不會喜歡他。

這麼一對比，景安帝越發覺得小探花聰明可愛。

小探花完全不曉得皇帝陛下對他的評價又升高了一個臺階，他現在睡得呼呼正香，夢裡不知夢到什麼好事，絕美的睡顏帶著淺淺的笑意。

……

秦鳳儀近來心情極好，因為他在獵場上的成績終於打破了零鴨蛋，他射中了一頭獐子，把秦鳳儀喜得，眼淚險些飆了出來。

說來也奇，自從獵到這頭獐子後，秦鳳儀似乎在打獵上就開了竅，每天出去不說能獵到多少東西，但也總能有所斬獲，而且，多是大件。當然，虎熊一類是沒有，獐麅是盡有的。

秦鳳儀很歡喜，同景安帝道：「其實射箭是一種感覺，那種感覺對了，就能射中了。」

景安帝也說：「不錯，有些個樣子了。」

秦鳳儀非常高興，除了第一天獵到的獐子送給皇帝之外，第二天獵到的麅子，就送給了李老夫人，請祖母享用。

景川侯驚訝地說：「笨蛋開竅了啊！」

「讓您瞧不起人。打獵有什麼難的，我只是以前沒打過獵罷了。」秦鳳儀洋洋得意，尾巴都快要翹上天去了。

景川侯好笑道：「今天就吃你打的麅子。」

秦鳳儀道：「嗯，等明兒我再打個大的來孝敬岳父。」

景川侯除了對晚輩要求嚴格些，這位侯爵半點也不認為自己的言行是否有打擊晚輩自信之嫌。就是有此意，景川侯也會說，這麼玻璃心何必出來做事？回家躺著，沒人說你不是。

若是對著外人，寒暄客氣那一套，景川侯亦是來得的，但他對自己人向來嚴厲。

不過，秦鳳儀總是說：「我岳父外冷內熱。」

這話並不是拍岳父馬屁，景川侯就是這般性情。

景川侯打了頭老虎回來，秦鳳儀跑過來看他岳父獵到的老虎，讚嘆得不得了，道：「跟陛下獵到的那頭一模一樣。我也說要獵一頭老虎呢，卻是還沒獵到。」又一個勁兒道：「岳父，您可真厲害。」

景川侯剛換了衣裳，笑道：「你喜歡，就送給你吧。」

秦鳳儀當然是喜歡了，但他知道虎皮珍貴難得，何況，這頭老虎的傷多在頸腹部位，虎皮頗完整，殊為難得。秦鳳儀道：「還是給祖母做褥子吧，以後我自己打一頭就是。」

「給阿陽吧。」景川侯就把這虎皮給了外孫。

秦鳳儀一聽說是給他兒子的，也就不推辭了，只是有些嫉妒地道：「我頭一回見岳父，啥見面禮也沒給我。阿陽還沒出生，就給他虎皮。」

這待遇差距也忒大了吧！

景川侯道：「是啊，那會兒不知道是你這小子，我要是知道，就給你兩巴掌了。」

秦鳳儀笑嘻嘻地挽住岳父的手臂，仰頭問：「現在呢？」

景川侯笑，「現在還勉強湊合吧。」

「什麼叫勉強湊合啊？大家都說我是京城第一好女婿。」

景川侯被他逗笑。

秦鳳儀替兒子謝過岳父給的虎皮，道：「以後就盼著阿陽像岳父這樣威風，刷刷刷三兩下就能打倒一頭老虎才好。」

景川侯一笑，「待把皮子硝了就送去給你，你好生為阿陽收著。」

這秋狩足有一個月之久，獵到熊狼虎一類大型獵物的不在少數，平郡王府和幾位藩王那裡，皆有虎熊一類的收穫，秦鳳儀這裡就是獐麅鹿麂之類的中型獵物，他射箭的技術日益嫻熟，再加上獵場獵物多，後來連雞兔一類也打了不少。秦鳳儀命人剝皮醃了，做成風乾臘味兒。景川侯命人往家裡送獵物時，幫秦鳳儀一併送了回去。當然，伴著一併回去的，還有秦鳳儀給媳婦的回信。

家裡捎來的信，秦鳳儀都看了，他媳婦就是記掛著他，爹娘也是一樣，尤其他娘，再三叮囑獵場刀箭無眼，讓兒子在後方就好，千萬不要去打獵，想吃野味就去親家那裡吃就行，莫要打獵累著，也怕兒子傷著。

秦老爺的信與妻子彷彿，多是囑咐兒子注意安全。

李鏡除了說些家裡的瑣事外，還著重幫秦鳳儀分析了祥瑞之事。

首先，李鏡肯定了丈夫的推測，說這祥瑞之事定是人為所致。其次，推斷了做出祥瑞之事的幾個人。首先，皇帝不可能，李鏡在信中道，皇上乃明君，不至於行此自欺之事。李鏡認為可能是內務府的手筆，懷疑是內務府悄悄養白鹿，以搏聖寵。另一種可能是，與皇上獵場相臨的幾家獵場，而且，不是皇子便是藩王。

李鏡認為，藩王自有封地，必然要避諱白鹿之事，故而，白鹿之事，若非內務府邀寵，當是某位皇子所為。之後，李鏡說了閩王稱讚丈夫的事，李鏡寫道，閩王陰柔，宗室必存報復之意，讓秦鳳儀千萬小心。

秦鳳儀在獵場都感受到了妻子信中濃濃的關懷，怎能不讓他越發心生愛意。於是，秦鳳儀接下來連做十首小酸詩來歌頌他媳婦，有一首名字相當赤裸裸，就叫「詠媳婦」。不用看詩句如何，只聽這詩名，景安帝就被噁心得三天吃不下飯。

更讓景安帝受不住的是，秦鳳儀作了詩，還特別喜歡找他欣賞評判。

景安帝被秦鳳儀折磨得簡直是，這輩子都不想再作詩了。

秦鳳儀往家裡送了兩次信，收了兩回信，在行宮過了景安帝的壽辰，便到了移駕回宮的日子。秦鳳儀早已歸心似箭，每天都要去他岳父跟前晃兩遭，主要是他媳婦長得像岳父，秦鳳儀這也算睹岳父思媳婦了。只是，一些不明就理的人見秦鳳儀往岳家去得殷勤，難免說景川侯這女婿招得好。

這哪裡是女婿啊，景川侯隨駕，兒子不在身邊，這女婿根本是比兒子還要殷勤百倍。

當然，也有人說秦鳳儀會巴結，岳家位高權重，他就這麼一天三兩趟地跑，要是岳家無權無勢，就不曉得秦探花是否會如此殷勤了。

這樣的怪話不是沒有，可秦鳳儀何嘗怕過別人說閒話，景川侯更是不會在意這些。原本秦鳳儀一個四等紈絝能有今日出息，就多賴景川侯教導督促之功。景川侯在這個女婿身上用的心力，半點不比在兒子身上少，反是幾個兒子皆是乖巧性子，不似秦鳳儀是問題兒童，故而，景川侯待秦鳳儀自有一番不同。再者，岳家看女婿，只盼女婿親熱著些才好，哪裡有盼女婿與自家生疏的？便是一向不大喜歡秦鳳儀的景川侯夫人，因著閨女嫁人之期將近，心下亦是盼望女婿待閨女也如秦鳳儀待李鏡這般才好。

景川侯夫人還有個想頭兒，私下跟婆婆商量。

景川侯夫人道：「我總覺得阿衡不似大姑爺這般熱絡，要不，讓大姑爺多跟阿衡說說話？那孩子就是太靦腆了。」

桓衡身為御前侍衛，也在隨駕名單之內。都是侯府的女婿，桓衡就沒有秦鳳儀這一天恨不得來八趟的殷勤了。

李老夫人笑道：「妳也知道衡哥兒靦腆啊？這一回京就要成親了，孩子約莫是臉皮薄，心思都是一樣的。頭一天打的獵物，不就巴巴地送來給妳這丈母娘了？」

景川侯夫人想想也是這個理，不禁一笑，「就是太靦腆了，咱們兩家的親事早就說定的，這眼瞅要成親，也不必羞窘。當初阿鏡大婚前，哎喲，大姑爺還成天往咱們家跑呢！」

「那會兒阿鳳往咱們家跑是去找阿鏡，現在阿潔又沒在妳身邊，衡哥兒想也是想阿潔，還能想咱們這兩個老貨？」李老夫人一句話，逗得景川侯夫人直笑，奉茶給婆婆道：「母親咱裡老了，出門人家都說咱們像姊妹。」

李老夫人笑著接了茶，「這回去就是阿潔的親事了，阿欽這一科後，也得開始議親了。」原本李二姑娘的親事定在八月，因著兩家都要隨駕秋狩，便換了九月的吉日，因此這一回京就要辦喜事了。

「是啊，也不知阿欽這次秋闈如何？我是想他下科再考，大姑爺非讓他下場長個經驗。這要是中不了，怕是要灰心的。」

李老夫人聽著兒媳婦這話，對這兒媳也是無語了。二孫子上科的秀才，今年秋闈之年，二孫子就有些猶豫要不要下場，長孫看過二孫子的文章，說在兩可之間。秦鳳儀一向是個熱心腸的，知道李欽猶豫下場之事，立刻就給他拍板定了。原本景川侯夫人還說不跟著丈夫秋狩了，今年親閨女出嫁，親兒子下場，景川侯夫人不放心，想留在京城。

秦鳳儀乾脆說：「您就跟著岳父走吧，您在家管什麼用？二小姨子嫁妝備好了，二小舅子讀書您也幫不上忙，您在家反是囉嗦。二小舅子沒您盯著，興許能中，您在家囉嗦個沒完，他倒是壓力大，興許中不了呢？」

景川侯夫人與秦鳳的儀關係很微妙，兩人誰也不喜歡誰，但秦鳳儀有事，譬如被太后訓斥，景川侯夫人還很為他操心，宮裡請安都會在平皇后那裡為這個後女婿說好話，把平皇后煩得不輕。秦鳳儀也不咋喜歡這個後丈母娘，後丈母娘是個勢利眼，當初就不樂意他與媳婦的親事，經常說他壞話，可秦鳳儀對兩個小舅子和兩個小姨子向來不錯，而且，甭看他與後丈母娘看不對眼，他說的話，後丈母娘還是會聽的。

於是，景川侯夫人就隨丈夫一道出來秋狩。這一出來，看山看水，倒也不掛念兒女了，只是如今要回京，難免又絮叨起來。這絮叨中，就有些對秦鳳儀這後女婿的一些埋怨了。

李老夫人素知這兒媳的性子，聽過則罷了。

事實上，景川侯夫人也怪，她跟婆婆絮叨，跟丈夫絮叨，話裡話外抱怨後女婿，就是不跟後女婿秦鳳儀絮叨，很是欺軟怕硬。主要是，她跟丈夫跟婆婆絮叨，丈夫婆婆都當尋常，秦鳳儀不一樣，秦鳳儀若是聽到，必要跟她拌嘴的。

說來，這京城能與丈母娘拌嘴的女婿，秦鳳儀也是頭一份。

秦鳳儀並不曉得後丈母娘在絮叨他，京城桂榜一出，八百里加急送至御前。秦鳳儀每天在御前服侍，見著這榜單，便尋個空檔打發小廝去給老太太和後丈母娘報喜，他家二小舅子得了個一百四十七名。

今科京城秋闈統共錄了一百五十名，二小舅子倒數第四，也算是正經舉人了。

攬月跑去報喜，得了李老夫人與景川侯夫人雙重打賞不提，就是李家婆媳二人亦是喜之不盡。秦鳳儀也是喜孜孜的模樣，景安帝自然也看過桂榜，那榜單上非但有各舉子姓名，其後籍貫也是有的。

景安帝笑道：「哎喲，二小舅子中舉，這麼高興啊？」

「那是自然了。」秦鳳儀道：「陛下不曉得，我這二小舅子比較笨一點，考秀才就考了好幾年，去歲才中了秀才。今年頭一回下場，他心思重，要是中不了，難免鬱悶。唉，看他念書還挺用功的，如今中了，也好去說一房媳婦啦！」

景安帝看他說得有模有樣，一副大姊夫的口吻，不禁一樂。

李欽秋闈得中的消息，自是逃不過有心人的眼睛，與景川侯府交好的各路親友都過去賀了一回。李老夫人與景川侯夫人皆是喜氣洋洋，寒暄不斷。

景川侯夫人現在也改了口，看秦鳳儀也順眼了，笑道：「阿鳳的話還是準的。」

秦鳳儀笑咪咪地道：「您老別抱怨我就行啦！」

景川侯夫人自是不認，「我何曾抱怨過你，我知道你都是為阿欽好的。」

「那是！」秦鳳儀道：「您這丈母娘雖是後的，我二小舅子可是親的。」

這是人說的話嗎？

景川侯夫人聽得直翻白眼，沒好氣道：「你也不用對我好，對你小舅子他們好就行。」

「我對小姨子也很好啊，二小姨子成親，我跟媳婦說了，要多給二小姨子添妝。」

一想到閨女喜事將近，又聽到秦鳳儀這話，景川侯夫人頗歡喜，遂轉氣為喜，笑道：「添妝多少，都是你們做大姊姊、大姊夫的心意。咱們家可有誰，不就你們兄弟姊妹嗎？」

她拉住秦鳳儀，說了不少話，還叫廚下做秦鳳儀喜歡的菜給他吃。秦鳳儀受寵若驚，心說後丈母娘可真是個實在人，一聽我要多給二小姨子添妝，就對我這麼好。

他卻是不知，後丈母娘完全是人逢喜事精神爽，再者，自從秦鳳儀得了祥瑞，後丈母娘對於這後女婿的看法就有些與眾不同了。譬如這回兒子中舉，後丈母娘的想法是，這後女婿果然是個有福的，他說是能中，果然我兒就中了。

於是，身為「有福」的後女婿，景川侯夫人想著，以後要讓兒子更加與這「有福」的後女婿多親近才是。

儘管景川侯夫人這想法有些勢利，卻也代表了一部分人對於秦鳳儀的看法。非但是這次獻祥瑞之事，人們覺得秦鳳儀運道好，就看秦鳳儀自身的經歷，由一介鹽商子弟考取探花，迎娶貴女，得皇帝青眼，這一樁樁一件件的，誰也不能說秦鳳儀無福。

因著秦鳳儀這「福分」不一般，景川侯夫人還尋思著，待閨女出嫁時讓秦鳳儀幫著做送親使，以加持閨女的福氣。

秦鳳儀就這麼一路「福分」地回了京城。先是眾臣送御駕回宮，之後方各回各家。秦鳳儀騎馬，一路快馬趕回家。門房小廝遠遠見著自家大爺騎馬歸來，紛紛跑出來牽馬的牽馬，請安的請安，還有跑去接了攬月一干人的車馬的。

秦鳳儀已是跑內院去了，他比報信的小廝腿腳都俐落三分。

秦老爺不在家，秦太太與李鏡正在看衣料子，一見秦鳳儀回來，當下喜得手裡正看的衣料子也不顧了，秦太太拉著兒子看了又看，直道：「我兒可是回來了！」

李鏡的身子已是有些顯懷，但不算明顯，她自有身孕，行動間處處小心，起身笑道：「可算是回來了，母親每天念你百十回。」

秦太太拉著兒子到榻上坐下，笑對媳婦道：「妳也不比我念的少。」

李鏡一笑，摸摸丈夫的臉有些涼，就知道是騎馬回來的，便問他冷不冷、餓不餓。

秦鳳儀道：「不冷，騎馬還熱呢。趕緊打水來，我洗一洗，再跟咱們大陽說話。」他兩眼盯著媳婦顯懷的肚子瞧了一回，又誇媳婦：「這兩個月不見，長大許多啊！」

李鏡哭笑不得，「真是傻話！」

待丫鬟端來溫水，秦鳳儀洗過手臉，這才坐著喝茶，與母親、媳婦說話。

秦太太別個都不好奇，就好奇那祥瑞的事。

秦鳳儀簡單說：「就是一頭白鹿，撞到我跟前的樹撞暈了，我便扛去給陛下。」

秦鳳儀說得簡單，秦太太卻是雙手合十，一臉欣慰，直道：「我兒，這是你的福啊！你想想，那天我看跟著皇帝老爺出去打獵的隊伍直排出十里地去，那麼些個人，怎麼就我兒能遇著祥瑞？那祥瑞怎麼不往別人那裡撞暈，專往我兒跟前撞暈？這就是我兒的福分啊！」

秦鳳儀拿塊栗子酥擱嘴裡，道：「興許是那鹿看我生得好。」

秦太太笑，「那更是我兒的福分啦！滿天下人看看，哪裡還有比我兒生得更好的？」在兒子的相貌這方面，秦太太比秦鳳儀還自信呢！

李鏡聽這母子二人的話當真無語，不過，這事也稀奇，這鹿不知是哪方人馬預備的，結果卻是叫自家相公撿個便宜，想想倒也有趣。

秦鳳儀歸家，很快秦老爺也回來了，秦太太問：「見著孫管事了？」

「沒，我在街上看到皇帝老爺的儀仗，便趕忙回來了。」見到兒子自然一番問詢，看兒子神采奕奕，秦老爺也是高興，笑道：「你送回來的野味兒我們都吃了，香！」

秦鳳儀挺著胸脯，揚著腦袋，一臉得意地說：「那些都是我自己獵到的。剛開始放了好幾天的空箭，一隻都獵不到，還有好些人笑話我，後來我射箭慢慢熟了，就能獵到了。原本我想獵頭老虎或是大熊的，唉，都被陛下搶了先，後來陛下歇著不去獵了，我去獵時，就見不著老虎大熊了。」

秦鳳儀說來很是遺憾。

李鏡聽著，但笑不語。

秦老爺道：「這些就很好了，打了四五車的獵物還少啦？我兒文武雙全啊！」

秦老爺對於自家兒子總是不吝讚美。

秦太太很是認同兒子的話，道：「我讓你爹送了一車給方閣老，方閣老聽說是你獵的，都誇你弓箭使得好。」

「那是！文官裡就我一個能上場打獵！」想到自己的戰果，秦鳳儀也很高興，「下午我去師傅那裡走一遭！」

李鏡笑，「急什麼？先換衣裳，你今兒個回來，咱們正好中午先吃頓團圓飯。」

秦太太道：「你媳婦這話是。」

秦鳳儀頭一回去秋狩，獵場多少新奇事，秦鳳儀又是個愛顯擺的，簡直說之不盡。這一說，就說到了中午吃飯的時候。待一家子吃過團圓飯，秦鳳儀就與媳婦回自己院裡歇著了。

小夫妻兩個月不見，自是少不了思念，不過，秦鳳儀往家中送了兩回信，李鏡也並不是嬌氣的性子，看丈夫一切都好，便也放心了。

秦鳳儀摸了摸媳婦的肚子，問：「咱們大陽有沒有想我？」未待李鏡說話，他忽然大驚小怪起來，「動……動啦！」

李鏡笑道：「都五個月了，自然會動了。」

秦鳳儀又去摸了摸，瞪大了一雙桃花眼，直道：「怎麼又不動了？」
「剛那是跟你打招呼，現在又歇了。」
秦鳳儀感慨，「果然是咱們兒子啊，在娘胎就知道跟他老子打招呼了。」
直將李鏡逗得不成，連丫鬟都是忍俊不禁。
秦鳳儀連忙又與媳婦道：「岳父打了一頭老虎，把虎皮送給咱們大陽了。」
「虎皮雖不是極難得的物事，也是稀罕的了，給兒子好生留著。」李鏡道。
秦鳳儀難免問起些家中事，其實不過是些瑣碎事，倒是李鏡細問了得祥瑞的事。秦鳳儀該說的已在信中說了，眼下夫妻二人私下說話，李鏡方道：「應該是大皇子那裡的故事。」
秦鳳儀皺眉，「我原想著也該是大皇子那裡，只是，他如何就把個祥瑞追丟了呢？」
李鏡唇角一翹，「他與祥瑞無緣唄！」
秦鳳儀不喜大皇子，只是他當官有些日子了，知曉了些忌諱，便小聲道：「這話咱們自家說說便罷了，我與他早便不對盤，如今這祥瑞也是個眼神兒不好的，偏叫我得了，他心裡指不定怎麼恨我呢！」
「這還能怨別人？」李鏡搖頭，「瞧瞧他手底下都是些個什麼人，就是想著獻祥瑞，裡裡外外便要安排妥當，最後倒叫祥瑞跑了，這叫什麼事？」
秦鳳儀想想也覺好笑，不由一樂，「這平郡王府也有不靠譜的時候啊？」
李鏡道：「不一定是平郡王府操持的，要是平郡王府操持，這事當不會如此。」
秦鳳儀與大皇子關係冷淡，並不關心這烏龍事是誰幫大皇子操持的，又道：「妳不知道，還有內務府攛掇著要辦祥瑞大典。」

「你沒攛掇吧？」李鏡知道丈夫有些個愛熱鬧，連忙問他。

「我怎麼會摻和這事？陛下問我的意思，我跟陛下說了，我說我瞧著這祥瑞似是別人養的。妳是沒見，那鹿肥得很，流光水滑的，屁股又大又圓。」

李鏡根本不管鹿是肥是瘦，她搖頭道：「真是笨，陛下那不止是問你的意思，陛下是在試你，看這祥瑞之事，你有沒有參與。」

秦鳳儀挑眉，「不會吧？我都跟陛下說這祥瑞像是家養的，叫陛下不要當真了。」

「你這是實在人有實在運。」李鏡細與丈夫分析此事，說道：「你想想，那祥瑞怎麼就那麼恰巧撞暈到你跟前？獻祥瑞的事，素來貓膩極多。陛下並非昏饋之主，你又是御前近臣，他自然難免多心。幸而你是個實在人，倘遇著個膚淺諂媚的，還不得趁機攛掇著陛下大作排場。若是那般，便是祥瑞之事與你無干，陛下也要疑你一疑了。」

秦鳳儀此方恍然大悟，「原來如此啊！」

李鏡笑，「所以說，你實在人有實在運。你說了實話，正對陛下心思。」

「我當然會說實話啦，我跟陛下那麼好，幹嘛要騙陛下啊？再說，陛下不比我聰明啊？我都能看出那是家養的，陛下肯定比我更早就看出來了。」秦鳳儀道。

幹嘛要說謊啊，在比自己聰明的人跟前說謊，這不是犯傻嗎？

李鏡一笑，「你能這樣想就很好。」

秦鳳儀與媳婦歇了個晌，下午往師傅家去。方閣老見到小弟子自然高興，師徒倆說起話來，方閣老也問起了祥瑞一事，秦鳳儀細細同師傅說了。

方閣老並未多言，只是道：「這事雖則是樁喜事，但也不要再多提了。你是清流出身，當以做實事為陛下分憂。」

秦鳳儀應了，還說：「要不是師傅你問起，我已是忘了的。」

方閣老笑，「真個刁嘴。晚上就在家裡吃飯，也與我說一說獵場上有趣的事。」

這可就熱鬧了，秦鳳儀這嘴，比說書先生還俐落，方家大太太都說：「只要小師弟一來，家裡像多了二十口人一般。」

秦鳳儀在方家用過晚飯才回家不提。

接下來便是繼續回宗人府當差之事，秦鳳儀已是熟門熟路，二皇子還謝了秦鳳儀送他野味。秦鳳儀笑道：「殿下那裡肯定少不了這個，不過，這是我親自獵的，是我的心意。」

二皇子笑，「我與王妃都嘗了，母妃也吃了，都說味兒好。」

秦鳳儀十分高興。

倒是有一事令秦鳳儀相當意外，裴貴妃竟打發人賞了他一份皮子。那過來行賞的小公公說得明白，說是謝秦探花教導六皇子功課。

李鏡打賞了內侍，內侍客客氣氣地謝賞，告辭而去。

李鏡自然要問個究竟，秦鳳儀便說：「就是路上，我常跟六皇子一起玩，他這回出來沒有先生跟著，陛下讓我給六皇子講功課，我就給他講了幾日，貴妃娘娘怪客氣的。」

李鏡笑道：「既是貴妃有賞，咱們收著就是。」

秦太太細看，都是些上好的皮子，這份賞賜可著實不輕了。

裴貴妃這份賞賜，雖有拉攏秦鳳儀之意，卻也著實是有著五分感謝。

景安帝要做明君，對兒子們的要求很嚴格，如幾位隨駕皇子，雖是跟來秋狩，功課卻也沒有誰會落下。當然，大皇子現在有了實缺不必念書，但四皇子和五皇子這一路也是勤學不輟。裴貴妃不是那等太拘了孩子的母親，卻也擔心兒子這兩個月落下功課，不想，景安帝閒了檢查幾個兒子的功課，還讚了六皇子幾句。

裴貴妃頗有些喜出望外，「我還說這兩個月鬆散了，功課怕是落下不少。看來，六郎這課業還是行的。」

景安帝笑道：「不錯。」

六皇子道：「我每天都有跟秦探花念書，一天都沒落過。」

景安帝笑說：「就是大字沒什麼長進。」

「秦探花說了，字是用來承載學識的，有了學識，不論什麼樣的字，寫出來都是好的。倘只是字好，腹中空空，那樣的字寫出來也沒神韻，叫我不必捨本逐末，我又不用考科舉，字慢慢練就是，練上三五十年，自然會好的。」六皇子道。

景安帝笑，「你倒是肯聽他的話。」

「我覺得秦探花說的有道理。」六皇子道：「父皇，我覺得我騎術現在大有長進，您送我一匹大些的馬吧，別總叫我騎那些矮腳小母馬了。」

景安帝道：「等你再長高兩寸，就給你換大馬。」

六皇子頗是鬱悶。

倒是裴貴妃見兒子學問有長進，收拾了些秋狩後得的皮子賞賜了秦鳳儀一回。這事也是經了景安帝的。秦鳳儀得了皮子，見都是些不錯的皮子，便讓家裡人分著做些皮裘來穿。

之後便是岳家擺酒，賀二小舅子中舉之事。

李欽還敬了大姊夫一杯，想著當初要不是大姊夫一意讓他下場一試，也不能運道這麼好中了舉。雖是倒數第四，也是正經舉人。就是景川侯夫人說起來，也頗知秦鳳儀的好，當時就與李鏡說了：「待妳二妹妹出閣，讓大姑爺過來幫著送親。」

李鏡笑道：「那可好，相公最愛做這差事了。」又問娘家何時曬嫁妝，何時添妝。

景川侯夫人自是早預備好的，與李鏡說了日子。

這是侯府喜事，李鏡有身孕，不敢讓她幫著操持，但秦鳳儀現下差使不忙，時常到岳家來看有什麼要跑腿幫忙之處。侯府自有能幹的下人管事，何況，景川侯夫人準備閨女嫁妝好幾年，自然是處處周到的，可秦鳳儀這份熱心腸，便是景川侯夫人也得承情。

景川侯夫人跟二兒子說：「你大姊夫這人就是嘴壞，心腸倒是不錯。」

要是別人說這話，李欽定得附和一二，偏生是他娘說的。

李欽道：「娘，您就別說大姊夫了。您就這點，跟大姊夫真是有得一比。」

景川侯夫人氣得笑罵兒子：「混帳小子，你也來說老娘的不是！」

李欽忙說兩句好話哄他娘去。

景川侯夫人見秦鳳儀這般熱心，便早早尋了匣上等寶石，讓人出去打了項圈、手腳鐲，準備明年給後外孫子大陽做洗三禮。

李二姑娘出嫁自然又有一番熱鬧，忙完這宗事，便是京城宗室書院建成大典。

宗人府與禮部準備各項典禮所用之物，以及大典當天的各項規矩禮儀，屆時皇帝親臨，總之是各種繁瑣。宗室書院建成，還要招收宗室子弟入學，同時各藩王俱上表陛下，言說來京日久，不放心封地事務，這就要回封地去了。

景安帝挽留再三，做出個情深意重樣兒。藩王再三上表，景安帝方允了他們回封地的摺子。藩王們要走，有幾位國公則是想留下來，他們各人皆有子弟入學念書，何況，到國公一爵，也就沒有封地重任了。既是想留下，景安帝便讓他們留下了。

景安帝設宴與藩王們共飲，之後，令大皇子代為相送。各路藩王留下在京學習的兒孫，方各回各的封地去了。

當然，藩王們走前，依舊按先時宗室大比的成績，該給實缺的，景安帝都給了實缺。有些成績好的，還是給了不錯的實缺。另則，藩王們先時上表為兒孫求爵位之事，亦是依照宗室大比的成績來的。成績好的，爵位給得便痛快，有些個實在不堪入目的，景安帝直接就說明白了，待三年後宗室大比，若考得好，再賜爵不遲。

至於宗室改制之事，雖是要削普通宗室的銀米，但沒有一步到位，而是逐年遞減，而且以前給宗室的諸多限制，如今也解除了，只要不去做下九流之事，普通宗室就與尋常庶民無異，士農工商，無所限制。

當然，便是普通宗室也是有一些優待的，譬如，未滿二十歲的宗室子弟與年滿六十的宗室老人，朝廷依舊每月會有糧米供應，只是沒有先時的六石之多，改為了一石。還有，宗室子弟可就近入學，官學減免學費。同時，宗室子弟也可考取京城宗室書院，每年有考試名額供應，參加宗室大比。再者，宗室子弟亦可科舉，這上頭就與平民沒什麼差別了。

總之，藩王們來之前，沒有料到這半年時間竟是會有這麼一場轟轟烈烈的宗室改制，待他們離去時，這座天子之城仍然繁華熱鬧，但看著來來往往來京城讀書的宗室子弟們，似乎又有什麼不一樣了。

順王走前還與秦鳳儀約了一場架，然後走時有些鼻青臉腫。順王倒是很有義氣，與景安帝說：「這是我與秦探花的私事，就別說與皇嬸知道了。」

景安帝笑，「順王弟，你這性子，還跟小孩兒似的。」

順王拱手，「三年後再來向皇兄請安。」又請景安帝多看顧他在京的子侄們。

順王鬧了個鼻青臉腫，秦鳳儀也好不到哪兒去，他十分懷疑順王是嫉妒他生得俊，所以猛往他臉上招呼。就景安帝看秦鳳儀那個爛羊頭的慘狀，也說讓他先在家把臉養好再繼續去宗人府當差。反正現在宗室書院都建好了，宗室改制也有戶部、宗人府在有條不紊地進行，宗人府差使不忙，景安帝實在見不得爛羊頭，就放小探花養傷假了。

結果，秦鳳儀剛在家養傷，京城卻是不知從哪裡傳出一則流言，這流言還是關於秦鳳儀的。流言的出處，是自祥瑞而來。

流言是這樣說的：為什麼祥瑞是被秦探花撞見呢？因為秦探花本就是有大福澤之人。無他，祥瑞是白鹿，秦探花媳婦肚子裡懷的就是一條白龍，所以，這祥瑞才能讓秦探花遇著。

秦探花福氣大，他兒子福氣更大。

秦鳳儀聽到這事，當即氣了個仰倒。他就是大大咧咧的，也知道這白龍不是隨便說的。

秦鳳儀憤憤地道：「明明是白蛇，哪裡是白龍了？」

這話顯然是不能服眾，因為民間就有說法，都是管蛇叫小龍的。

當年漢高祖劉邦可不就是斬白蛇起義嗎？當然，後來那條白蛇據說是轉世投胎，做了王莽。秦鳳儀疑神疑鬼的，跟媳婦道：「不會有人來殺咱們家兒子吧？」

「胡說什麼呢？」李鏡立斥了秦鳳儀去。

秦鳳儀因著這事，特意去跟皇帝陛下解釋了一回。

秦鳳儀道：「我夢到的就是一條大白蛇，不是龍，龍豈是什麼人都能夢到的？再說，龍是胎生，大龍生小龍。蛇是蛋生，大蛇生蛇蛋，蛇蛋再孵出小蛇來。我岳母生我媳婦的時候，夢到一個仙子交給她一個大白蛋，我媳婦上輩子說不定是一條大蛇，我兒子就是條小蛇。」

景安帝好笑，「行了，朕豈會信這等無稽之談？」

「陛下不信就好，我是怕影響咱倆的感情。」秦鳳儀極是鬱悶，「陛下不曉得，那流言說得有鼻子有眼的，不曉得誰跟我有這樣的仇怨，要編出這樣的謊話來？」

秦鳳儀原懷疑是藩王們，但藩王們都回封地去了。還是景川侯消息靈通，悄悄告知秦鳳儀是一位鎮國公夫人進宮時同太后說的話。

那位鎮國公夫人說：「不知是真是假，只是這白鹿豈是輕易可得的？咱們皇家這麼多有福氣之人，怎麼倒叫一介小臣遇著了？聽說這位秦探花的太太有孕之時竟夢得白龍入身，娘娘，這可是不可不防啊！」

裴太后當時雖斥了這位鎮國公夫人，說她是無稽之談，只是，到底想到先時偏殿屋簷遭雷擊之事，難免心裡不大痛快。

何況，時下之人多有信這些神鬼傳聞之事的。譬如，大皇子妃生小皇孫前便有太陽入懷之夢，就是太后娘娘當年生今上時，亦有大星入室之夢。像秦探花的太太，夢到白龍入身，這樣的吉兆豈是尋常人能有的？

流言當真是傳得比什麼都快，哪怕景安帝親自闢謠說了，秦鳳儀夢到的是白蛇，不是白龍，可這假話傳得比真話廣，便是秦鳳儀這素來不愛理會流言的，也為此流言苦惱不已。

這都不用查了，就是秦鳳儀得罪了宗室的緣故。

秦鳳儀自來京城，得罪的也不只是宗室這一樁，他御前得意，再加上他這性子，得罪的人多了去。如今有這流言，與秦鳳儀不睦之人，恨不得落井下石。

結果就是，此等無稽流言竟越傳越廣，轉眼竟有諸如「白鹿現，白龍出，天地換新主」之類的誅心話流出。

依秦鳳儀強大的心理素質都得說：「這京城是住不得了！」

誰承受得住這話啊？

秦鳳儀都與媳婦商量著，待明年謀個外放，乾脆去南夷州做官算了。

李鏡也為此大是不快，她如今月份大了，身子笨重，李鏡扶著腰道：「我們在京一日，這流言怕是不能了了。外放也好，你與父親商量一下吧，只是我這身子一時走不了。」

「外放也不是一時的事，況且這也不急，愛說就說唄。真個神經病，叫他們說去好了，咱們又不會掉塊肉。放心吧，就是外放也必然是待妳生產後，咱們大陽大些才好，不然小孩子趕遠路，我也不能放心。」

秦鳳儀雖然小事愛咋呼，大事上當真是個沉得住氣的，也不是那等沒主意之人。

李鏡聽他這樣說，倒也漸漸安下心來。

秦鳳儀安慰妻子道：「放心好了，這麼點小事，我不過是不想在京城總被他們謠言詬誶罷了，哪裡是怕了他們？」

秦鳳儀跟爹娘商量外放之事，反正自從做官後，家裡事就一向是他做主的，秦老爺和秦太太在這上頭一向沒大主意。

秦老爺道：「這要是有人要害你，離了京城怕是會更好下手。」

秦鳳儀道：「離了京城不見得是誰對誰下手，在外謀個一縣之主去。南夷州是章大人在做巡撫，他地頭，咱們到那裡，也不必怕誰。」

秦老爺一聽是南夷州，放心了些，「再問問你岳父，要是你岳父覺得還成，就尋個清靜去處，咱們一家子過清靜日子也好。」

秦鳳儀應了，去找岳父商量時，景川侯倒也沒說不好。

景川侯道：「陛下素來待你不同，這事你須親自與陛下說一聲，再謀差使不急。」

秦鳳儀道：「我也這樣想。」

景安帝聽了秦鳳儀想外放的話，卻是道：「這急什麼，你媳婦不是眼瞅要生了嗎？再者，難道有些個流言朕就要放逐心愛的大臣，他們想得也忒美了些。你且放心當差，朕還沒到眼花耳聾的地步。」

原本說說秦鳳儀家的胎夢什麼的，景安帝也沒在意，但這種「天地換新主」的話都出來了，當他這皇帝是死的嗎？

景安帝這等實權帝王，尋常小事他不一定跟你計較，但犯了他的忌諱就不一定了。景安帝直接革了兩位鎮國公爵，圈禁在宗人府，之後朝中有大臣調度，那些個說風言風語的，沒一個有好結果。便是平郡王府，也有兩位子弟被革職，永不錄用，更不必提其他功勳豪門，但有推波助瀾者，均無好下場。

景安帝藉「朝中頗有妄語」為由，對整個朝廷宗室來了一次大清洗。

有大臣求情，景安帝冷笑，「朕再寬厚下去，怕真要被他們『天地換新主』了！」

有御史以「不過民間無知傳言，請陛下不要介懷」為由，請景安帝寬大處理，景安帝當下就將此御史貶斥了去。

天地都要換新主了，還要他寬厚？再寬厚，就真要把「新主」寬厚出來了。

整個朝廷宗室的震盪，直待年前方歇。

不論朝中對於此次大清洗持什麼態度，秦鳳儀私下跟媳婦道：「陛下可真夠意思。」

李鏡笑道：「皇上是多年君王，自然威儀不凡。」

有景安帝出手，這等流言消失之快，簡直就像從沒出現過一般。

秦鳳儀是「無流言一身輕」，現在也不提外放的話了，只是在御前服侍越發用心，以報君恩。景安帝看他如此殷勤，心下暗樂，還與愉親王道：「鳳儀真是個實心腸的性子。」

愉親王道：「這孩子，至純至真。」

愉老親王也很喜歡秦鳳儀，覺得秦鳳儀活得通透。

景安帝肅清宗室，自然沒少得愉老親王幫忙。

如今，活得通透的秦鳳儀卻是遇到了一樁糊塗事。不是朝廷的事，也不是他家裡的事，是岳父家裡的事。說來真是令人無語，出嫁的二小姨子，這不是嫁桓國公府去了嗎？出嫁後好端端的，結果大過年的，硬是鬧了一場氣。

他岳父多要面子的人，原本這事秦鳳儀不知道，是後丈母娘被桓衡氣昏了頭，才說出來的，用後丈母娘的話說：「這話要是不說出來，那真是要憋悶死我了！」

這事李家人提起來就一肚子的氣，便是李釗素來好脾氣，對桓衡也是無話可說了，景川侯現在更是不正眼看桓衡一眼。這事嘛，還就適合秦鳳儀去勸一勸。

秦鳳儀本來就熱心，便問了一下怎麼回事。李釗私下同秦鳳儀說：「阿衡有個房裡人，很不老實，二妹妹才嫁過去兩個月，他那個房裡人倒有三個月的身孕。你說說，著不著惱？」

秦鳳儀很驚奇，「我看桓衡不像腦子有病啊，他怎麼能做出這樣的事來啊？」

「看著不像有病，做出的事叫人沒法說！」李釗氣道：「太太已把二妹妹接回來了。」

秦鳳儀道：「他既有個心愛的人，幹嘛娶二小姨子啊？」

「你傻呀，他家能叫他娶個丫鬟嗎？」

「後丈母娘這麼疼二小姨子，怎麼先前連女婿房裡人都沒打聽清楚啊？」秦鳳儀道：「這要是知道桓衡房裡人都有身孕了，就是訂了親，也不能讓二小姨子嫁啊！」

「唉，這裡頭另有緣故。」李釗嘆口氣，方與秦鳳儀說起裡頭的事兒來。

桓衡本有兩個屋裡人，京城風俗，男孩子成年以後，尤其是世家，怕家裡孩子去外頭胡鬧，索性就給放兩個知根知底的丫鬟，省得孩子沒經過人事，出門反被人給帶壞。

桓衡亦是如此，景川侯夫人自然不可能沒打聽過，而且桓世子夫人也說好了，成親前就把兩個通房打發出去。桓公府不可能無此信用，奈何通房打發是打發了，可其中一個頗有心機，知道公府要打發她們，便偷偷停了湯藥，被打發前已有一個月身孕，出府後又悄悄同桓衡聯繫上了。也不曉得這個通房如何這般神通廣大，硬是哄住了桓衡給她置了外宅養胎。

桓衡大概是業務生疏，李二姑娘又是個心細的，一來二去就發現了。李二姑娘倒不是個性子烈的，但堂堂侯門嫡女，娘家是侯府，外家是郡王府，現在宮裡的皇后是她嫡親姨媽，李二姑娘哪怕是個好脾氣的，也不是麵團兒，這事便鬧了出來。

李釗道：「簡直氣死個人，二妹妹先時也沒跟娘家說，只是與桓世子夫人說了，桓世子夫人也是氣了個好歹，就要打發了那丫鬟。桓衡這個混帳東西，反是憋了勁兒，被那丫鬟哄得不知東南西北。」

「那現在怎麼著啊？」秦鳳儀問。

李釗道：「二妹妹已經說了，她不是容不下姨娘庶子，可這樣有心機的女人，她斷斷不敢讓她進門的。」

秦鳳儀點頭，「這是正理。叫桓公府處置了那個女人就是，又不是什麼大事。」

「你不曉得，桓公府的老夫人十分疼愛桓衡，桓衡求到老夫人跟前，老夫人又說已是如此了，處置了那女子，反叫桓衡與二妹妹離心，何況，一個丫鬟再如何也越不過二妹妹去。」李釗道：「你說說，這叫什麼話？」

秦鳳儀「嘿」了一聲，搖頭道：「這可真是……」

秦鳳儀又說大舅兄，「唉聲嘆氣有什麼用啊，要依我說，還不如叫二小姨子和離，趁著年輕，另尋個明白人。至於桓衡，他樂意娶丫鬟就娶丫鬟去吧！」

「婚姻大事，豈能說和離就和離？」李釗道：「能往一處過，還是要往一處過的。」

秦鳳儀道：「要不，我幫著去說說？」

李釗也是這個意思，「這事要我去說，就顯得上趕著了。必得教桓公府個明白，不然他家還覺得二妹妹嫁到他們家就是押給他們家了。何況，公府裡心大的丫鬟不止一個，有一就有二，有這麼一個成例在前，怕是以後多要有這種混帳東西近前了。倘桓衡依舊這麼混帳，不若叫二妹妹回娘家，另嫁個明白人。若他能明白，處置了那丫鬟，倒還有可談的餘地。」

大舅兄還是想得很周到的，秦鳳儀道：「我先過去問問，看看他家是個什麼意思。」

李釗深深嘆了口氣，拍拍秦妹夫的手臂。

秦妹夫揶揄道：「當初還騙我跳湖，現在知道我好了吧？」

李釗好笑，「是是是，你最好了，繼續保持啊！」

秦鳳儀回家跟媳婦說了這事，李鏡罵道：「那個不開眼的狗東西，娶了二妹妹，還敢跟丫鬟牽扯不清！」

「看，要是知道妳這樣生氣，我就不與妳說了。」

「不是生氣不生氣的事兒，就沒有這麼辦事的，這說不得還不是桓衡一人的主意，有這樣的醜事，誰家不是立刻就處置乾淨？他家能拖拉到這會兒，就是不把咱們家放在眼裡！」李鏡道：「還有什麼好說的，去都不用去，年前要是他家不把事處理明白，立刻與他和離。二妹妹年紀還小，另尋婆家，哪怕門第低些，也得尋個明白人，過一輩子的痛快日子。」

「唉，這畢竟是成了親的，能勸也是要勸一勸的。」秦鳳儀道：「我看桓衡也不似那昏頭的，這人年輕時，誰還沒糊塗過？能明白，便是好的。」

李鏡冷笑兩聲，瞥秦鳳儀一眼，意指小秀兒。

夫妻倆心有靈犀，秦鳳儀摸摸鼻子，笑著握住妻子的手，「妳看，我也有昏頭的時候，可不是後來明白了，咱們多麼恩愛，是不是？」

李鏡也不是動不動就翻舊帳的性子，與丈夫道：「你去說這事兒，必要不卑不亢才好。二妹妹雖嫁給他家了，可這世上也不是沒有和離的。咱們家雖不願意和離，但若桓家實在不識趣，也不必再遷就他家。」

「我曉得。」

秦鳳儀去桓家，在桓家老中青三代人跟前說這事。

秦鳳儀道：「我既過來，就是想著，若有萬一之可能，畢竟是二妹妹與阿衡的一樁姻緣，能過還是要過的。倘實在不成，也是無緣，便罷了。」

桓御連忙道：「鳳儀這是哪裡的話，哪裡就到這地步了？」

秦鳳儀道：「不是這麼說，您家與我岳父家，本是因著兩家交好方做的親家，如今出了這樣的事，倒不是二小姨子容不下通房侍妾，陪嫁丫頭好幾個呢，阿衡開口，二妹妹難道會不許？只是，誰家成親嫁人，也是盼著過太平日子的。不是我說，就這樣心大的丫鬟，我沒有姊妹，可您家也是有閨女的人家，將心比心，要是放您家閨女遇著這樣的事，得作何感想呢？何況，阿衡又這樣珍視此女，您家老夫人也說了，已是如此。我就不明白，這阿衡是叫丫鬟算計了，有了骨肉，就要『已是如此』，那倘是叫什麼青樓女子暗門子的人算計了，過個一二年，帶著孩子找上門來，難不成還要『已是如此』？」

桓家男人們的面色都不大好看。

秦鳳儀道：「要說手段，你們這樣的大戶人家，什麼樣的手段沒有。阿衡不是愛美色嗎？弄他十幾個瘦馬擱屋裡，叫他每天不帶重樣地玩就是，咱家又不是出不起那買瘦馬的銀錢。可說句心裡話，二妹妹嫁人，是想一輩子一條心過日子，不是成天雞生鵝鬥的。再者說，誰家給兒子娶媳婦，不是盼著兒子媳婦一條心過日子，難不成有人家娶媳婦，是要兒媳婦幫著管兒子一屋子小老婆的？」

「這原是您家的內務，您家的丫鬟，據那丫鬟說，她腹裡還是您家的骨肉，這事我們外人自是不好多管，只是叫我說，阿衡這心思也忒淺顯了些，叫個丫鬟挾制住了，他這樣的性子，眼下有你們諸位長輩瞧著，有家族護著，是無妨的，可你們敢放他出去嗎？他這樣的憐香惜玉，不用別個手段，他不是置了個外宅嗎？雇個暗門子在他那外宅隔壁賃間屋子，就他這能叫個通房丫鬟哄住的，哪裡經得起暗門子的手段？他有這一條，不要說官場上，就是以前我們商賈行裡，他也是好拿捏的了。」

「你們自然是護著自家孩子，可要我說，現在你們得教他個明白。這是家裡人，怎麼著也要留三分餘地的。要是以後讓別人教他個明白，就不知是什麼光景了。你們與我岳家，原是世交，阿衡他既愛丫鬟，何不娶個丫鬟？想是他自己也明白，得娶門當戶對之女，但我說句明白話，不論他與二妹妹這日子還過不過得下去，除非他以後娶的就是個丫鬟，那丫鬟一家子得靠他吃喝過日子，他才能愛納幾房納幾房，不然娶名門大戶之女，人家帶著大筆的嫁妝帶著家族人脈嫁過來，他還想要怎樣就怎樣，我竟不知世上還有這樣的好事。兩家聯姻，結的是兩姓之好。這事，您家年前給個答覆吧。到底如何，莫壞了兩家多年的情分，便是他們兩人無緣，也無須強求。」

其實，叫秦鳳儀說，這話去說都多餘，桓家也不像糊塗人家。這不，年前就把人處理得乾乾淨淨了。桓家不知使了什麼手段，桓衡雖有些消瘦，一下子就成了個明白人，親自去岳家把媳婦接了回去。至於那個外室，已是煙消雲散，不知去向。

桓衡私下與秦鳳儀謝了一回，秦鳳儀笑，「你不怪我多事就好。」還悄悄問他：「你這怎麼突然就浪子回頭了？我還以為你們得離了呢！」

桓衡瞪秦鳳儀一眼，「我也不過是一時糊塗，我原以為……唉，不說了。」

秦鳳儀沒打聽出來，倒是李鏡聽了些風聲，夫妻倆說私房話時說的，李鏡道：「二妹夫是聽到那丫鬟跟家裡人祕密商議事情，一下子寒了心，就此回了頭。」
秦鳳儀這人嘛，生來還有些個疑心，他搔搔下巴，「這事兒有點巧啊！」
李鏡嗔他一眼，「只要能讓那傻蛋回頭，有用就算了，那丫頭原也不是什麼好的。」
「孩子怎麼著了？」秦鳳儀問。
李鏡道：「孩子他娘都沒了，哪裡還有孩子？」
秦鳳儀唏噓，「那丫鬟固然可恨，孩子到底無辜。」
「好個糊塗人，你就知道那孩子是二妹夫的？」李鏡道：「她既存了這樣的心，祕密停了湯藥，這樣有心計的丫鬟，怎麼這孩子好不好的就剛好三個月？難道就不是她見停了湯藥，也沒動靜，私下與哪個男子勾搭，進而有了身孕？興許連她自己都不曉得腹中子是誰的。」
秦鳳儀徹底無語了，摟著媳婦道：「還是夫妻二人一條心地過日子最好。」
秦鳳儀後來再去岳家，頗受了後丈母娘好茶好果一番招待，後丈母娘更是把這後女婿一通誇，還與丈夫說：「待給咱們三丫頭尋婆家，再不找高門大戶，就照大姑爺這樣的，肯上進，人品好，一心一意的尋。」
景川侯好笑，「你倆現在倒是好了。」
「這叫什麼話，什麼時候大姑爺不好了？」景川侯夫人早把先時說秦鳳儀壞話的事忘得一乾二淨，「阿衡這雖是回了頭，到底讓人不放心。」
「他小孩子家，年輕沒見過世面，叫個丫鬟哄住了。」

「你看咱們大姑爺，怎麼就沒這樣的事？人家對阿鏡真心。」

景川侯心說，妳怎麼知道沒有？秦鳳儀混帳起來時更是叫人不想提，還跟個村姑牽扯不清。好在這是跟自家閨女之前的事了，但景川侯當初知曉此事，心裡也不是沒有剁了秦鳳儀的心。想你個鹽商子弟還幹過這樣的事，這樣的品行，竟敢來侯府提親？是不是嫌命長？結果，竟還讓這小子把親提成了。

同是做侯府姑爺的，景川侯夫人現下非但看秦鳳儀這後女婿順眼，私下還與閨女道：

「讓阿衡多與妳大姊夫來往，近朱者赤。妳大姊夫那人雖也有缺點，但在待妳大姊姊這條上，京城比得上他的人不多。」

可見景川侯夫人對後女婿品行的認可程度了。

桓家這事解決之後，也就到年下了。

肆之章 胎記驚現揭啞謎

一進正月，各家紛紛開始走年禮。

秦家分工清楚，秦鳳儀每天要當差，故而都是秦老爺去走禮。這落在別人眼裡，又是一景，想著旁人家都是老子忙，兒子去走禮，到了秦家，卻是反過來。當然，若是有人這般嘲笑，倘被自家老子聽到，必然換來一頓好罵，比如「我倒是願意你去忙差使，老子去替你跑腿送禮，但你也得有秦探花的本事」。

好吧，反正秦探花早就是「別人家的孩子」了。

先時有許多人嫉妒秦探花得皇帝青眼，如今嫉妒都嫉妒不起來了。自從皇上因著那些個流言發作了不少人後，大家說秦探花的壞話都要小心些了，實在是秦探花絕不是一般的得皇上青眼。原本那什麼「白鹿」、「白龍」的流言一出來，大家都覺得秦探花玩完了，肯定不能在京城待下去了，沒想到皇上大怒，處置了不少嘴壞的人，如今哪裡還有人敢說秦探花的不是？也不知這小子給皇上吃了什麼迷魂散，反正那樣的流言都不能拿秦探花如何，大家也就暫時歇了把秦探花幹掉的心思了。

秦老爺去各家送年禮，但要緊的幾家還是要秦鳳儀親自去的，如岳家、方閣老家、駱掌院府上，程尚書家則是秦家父子一道去的。另外，酈公府、桓公府兩家，及李鏡的舅舅家陳家、平郡王府，還有柳郎中府上、嚴將軍府和愉親王府，因此秦鳳儀也是忙得不得了，若是休沐日子，一天得要跑好幾家。

今年雪大，入冬就開始下雪，秦鳳儀只要在家就離不開炕，他與李鏡都搬到炕上去睡。秦太太笑道：「在北方，冬天沒炕過不了冬。」

秦鳳儀說：「今兒雪大，爹，您就別出門了，叫廚下切些羊肉，中午咱們吃熱湯鍋子，我把桓家的年禮送去就回來。」

秦老爺道：「坐車去吧。」

秦鳳儀道：「坐車總覺得氣悶，就這麼幾步道，我穿著大氅就好。」

李鏡命丫鬟取了羽緞的大氅，讓丫鬟服侍著丈夫穿了，方道：「也不知你怎麼就不喜歡坐車，外頭多冷啊。把帽子戴上，皮手套也戴著，別凍著。」

秦鳳儀都應了，還叮囑一句：「等我回來吃午飯。」

「知道。」李鏡一笑，扶著腰送他出屋門。

秦鳳儀道：「別送了，外頭風大。」

秦鳳儀大雪天跑了兩家送年禮，他是個笑嘻嘻的性子，這麼大雪天去了，桓家焉能不留飯？秦鳳儀道：「咱們又不是外處，出來前我媳婦說了，叫我回家吃的。我家裡備了熱鍋子，我媳婦的話，我可不敢違。」

全京城都知道李鏡有家暴史，一聽秦鳳儀這樣說，桓衡笑說：「那是不能再留你了。」便親自送了秦鳳儀出去。

桓衡送走秦鳳儀，回來還說：「我這位連襟什麼都好，就是大姨子太厲害了。」

他爹桓世子瞪他一眼，「媳婦厲害些沒什麼壞處。」

桓衡有些鬱悶，桓世子道：「嘴上的怕，那不是怕。誰要是在外擺出威風八面，不拿媳婦當人，那才是蠢。」

總之，桓衡算是有了前科，不論什麼沾不沾邊的事，都要聽他爹念他兩句。

桓衡道：「我也很敬重我媳婦的。」

「那就好。」桓世子道：「夫妻之間，既要有敬，也要有愛。男人威風是跟外人使，我與你娘早晚要先你們而去，兄弟姊妹雖是一父所出，到底要各自婚娶，兒女們以後也會各自成家，到最後陪你一輩子的，就是你媳婦。」

桓衡得他爹一通苦口婆心的教導，再者，他先時經了一回「女人的背叛」，心性到底穩重了些，默默聽了，自個兒也長進不少。

秦鳳儀回到家時，家裡正要擺午飯。他回屋換了衣裳，李鏡問他送年禮的情形。

秦鳳儀笑，「沒見著老國公，見著阿衡和桓世子，非要留我吃飯，我說妳在家等著我呢，我走時阿衡還一路送我到大門口。」

李鏡遞盞熱茶給丈夫，「這也就是看二妹妹的面子，不然再不與這等人家來往。」

「算了，我看阿衡已是改好了的。」

「你哪裡知道他們家裡的算計？」李鏡隨口道：「他家又不是沒手段，偏生不速速處置了那心大的丫鬟，非要等你去說，他家才動手。這就是想壓二妹妹一頭，這都瞧不出來？」

「瞧不出來。」秦鳳儀道：「一家人過日子，壓二妹妹一頭做什麼？」

媳婦明明是該讓著些的才對。

「這就是那等小家子氣，兒媳婦進門，必要給個下馬威。」李鏡道。

「可這事兒明顯是桓家沒理啊，而且，這麼丟人的事，哪裡是給二妹妹下馬威，倒是桓家自己丟臉，妳想多了。」

「可你看桓家先時硬是拖著這事不說話，豈不就令人惱？」

秦鳳儀道：「一樁小事罷了。那個丫鬟也不是什麼有本事的，倘真有本事，不要知會桓公府，先把孩子生下來再說。這丫鬟呢，既擔心阿衡娶了二妹妹，被二妹妹籠絡了去，自此將她忘諸腦後，又要母憑子貴，天下哪有這樣的好事？那不過是個糊塗人罷了。那人太貪心，什麼都想要，反是什麼都得不到。」

「何嘗不是如此？」李鏡感嘆了一回，就把這事拋到腦後了。倘不是這事著實令人惱，李鏡不見得事到如今都要說上一兩句。

年前倒是有一樁喜事，方悅得了個閨女。

秦鳳儀大喜，比方悅還高興，一直與方悅道：「以後給我家大陽做媳婦吧。」

方悅笑，「我倒是無妨，只是這輩分怎麼算？」

秦鳳儀一想，這倒也是，他比方悅還長一輩，他家大陽生下來就跟方悅一輩的。

秦鳳儀頗是鬱悶，李鏡不理丈夫，只問方悅：「囡囡還好，孩子幾斤？」

方悅道：「母女平安，我家大妞五斤八兩，早上生的，長得像我。」

秦鳳儀一聽這話，立刻道：「那就不做親了。」這不是長得像男人嗎？

方悅被他氣笑了，「有你這挑剔的公公，誰也不敢把閨女嫁給你兒子。」

「我哪裡挑剔了？是你說輩分不對的。」秦鳳儀一副忘了先時跟人家說親事的事，「這孩子生的時間好，現在雖是冷了些，屋裡多擺幾盆炭火也就是了，比夏天坐月子好。」

「我也這樣說。」方悅起身道：「我還得去堂叔府上，洗三時你們都要來啊！」

秦鳳儀道：「放心放心，一定去的。」

送了方悅出門，待秦鳳儀回屋，李鏡道：「你別見人家生女孩兒就要給兒子說親成不成？好似咱們兒子以後娶不上媳婦似的。」

秦鳳儀露出一副憂國憂民臉，「妳哪裡知道如今的行情，媳婦是越來越不好娶了，我當然得為兒子好生謀劃。」

李鏡白他一眼，「我就不信我兒子以後娶不上媳婦！」

「除非阿陽長得像我，智慧像妳。萬一長得像妳，智慧像我，哎喲，那我不得愁死？」秦鳳儀這話真真叫人惱也不是，笑也不是。秦鳳儀還摸著媳婦隆起的肚皮碎碎念：「兒子啊兒子，你千萬得相貌像你爹，腦袋像你娘啊！」

方悅的閨女洗三禮後便是過年了，朝廷也放了年假，大年三十，女人們在廚下看著煮供品，秦鳳儀跟他爹在另一間廚房間裡擦祭器。祭器是銀器，要一件件擦得鋥亮才行。

李鏡與婆婆在屋裡說話，她肚子大了，秦太太叫她在一邊坐著就行。秦太太上了年紀，愛絮叨，道：「以前窮的時候，也只有買塊肉，煮兩條魚來祭祖宗。如今咱們家日子好過了，阿鳳有出息，多給祖宗供一供，祖宗才能保佑咱們阿鳳和咱們阿陽。」

李鏡道：「母親，老家那裡，祖宗的墳瑩可有人照管？」

秦太太道：「哪裡用老家的人照管？早都遷到揚州了。咱們家發家後買了一塊上等的風水寶地合祖宗安葬，有咱們留在老宅的下人照管。」

李鏡道：「那與老家的人就無來往了？」

「來往什麼呀，當初那起黑心的還想害阿鳳，我這輩子不想再回去的。」秦太太說到老家就沒什麼好心情，李鏡見狀，就不再多提了。

秦家雖是人少，過年該有的規矩可是一樣不少，而且，今年還是四口人，明年更要添丁進口了。故而，今年祭過祖先的祭肉，秦老爺割了一大塊給李鏡吃，道：「這是福肉，妳跟阿鳳，一人一塊，吃吧，吃了有祖宗保佑。」

秦鳳儀道：「拿點鹽巴和胡椒粉來，不然吃不下去。」

說來，這祭肉的味道當真一般，只是這是長輩的好意，秦鳳儀與李鏡便都吃了。

李鏡想著，去歲還沒祭肉吃，今年懷了身孕就有祭肉吃。公婆待她雖不錯，到底是更疼孫子一些。不過，這也是李鏡的兒子，李鏡只是想到公婆做事好笑，一笑置之罷了。

過年很熱鬧，秦家便是人少，秦鳳儀一人頂二十個，晚上大家一起玩色子，連下人都能笑倒了去。第二日大年初一，李鏡有身子，公婆不讓她移動，拜年便是秦鳳儀與秦老爺去，李鏡與婆婆在家等著招呼過來拜年的親友。

過年就是各種忙，李鏡肚子大了，無非就是初二回了趟娘家，其他帖子都未赴約，便是有吃酒聽戲的事，也多是婆婆出門應酬，她在家待產。

景川侯夫人因去歲感受到了後女婿的好處，對李鏡也多了些關心，有空還過去瞧她。

李鏡道：「說到出門，一家子不放心，我也只好在家裡歇著，其實還有兩個月才生。」

景川侯夫人勸道：「妳這是頭一胎，雖是身子康健，可生孩子不是小事，要小心些才好。女婿家是單傳，親家自然看重妳這一胎，何況，妳這又是個哥兒。」說著，景川侯夫人都笑了。她與繼女關係平平，卻也是盼著繼女好的。

李鏡摸了摸肚子，京裡自有好大夫，待月份大些時請太醫診脈，太醫便說了像是男胎，李鏡與婆家自然都歡喜。

景川侯夫人又問：「產婆請好了？」

李鏡道：「請了打鐵巷子的趙產婆來家裡。」

景川侯夫人點頭，「她也是京裡有名的產婆了。」

景川侯夫人生產經驗豐富，這時也就不吝賜教了，同李鏡說了不少產前的注意事項。繼母女之間多少年冷冷淡淡的關係，倒是因此親近不少。

便是秦太太私下也與丈夫說：「以前親家太太淡淡的，興許就是待咱們，看她待媳婦，還是極好的，又送來這許多的藥材衣料子來。」

秦老爺道：「雖說是繼母，也是媳婦幼時就嫁給親家公的，我看媳婦兄弟姊妹間很親近，親家太太瞧著也不是笨人。本就是一家子，多來往些才親近。」

「可不就是這個理？」

景川侯夫人仍是與秦太太說不到一處去，但瞧著後女婿與李鏡的面子，景川侯夫人如今也能與秦太太有說有笑的了。

李老夫人看媳婦如今總算跟上家族的腳步，方是放下心來，想著這媳婦即便笨了些，到底心也是好的，遇事明白得晚些，終歸也能明白。

待過了年，秦鳳儀依舊是去宗人府當差。倒不是景安帝不想他到御前服侍，而是愉親王現在離不得秦鳳儀。景安帝看二兒子事務上手了，就想把秦鳳儀調回御前，愉親王硬是不同意，說自己老眼昏花，宗室改制正是要緊時候，得有個年輕力壯的跑腿。他也看不上別人，就看上秦探花了。愉親王這樣直截了當地搶人，景安帝也不能不給他叔面子。

宗人府現在不忙，秦鳳儀又一心撲在媳婦生產的事上，顧不上去景安帝那裡獻殷勤了。他因著媳婦要生產，現在每天是晚出早歸，就盼著媳婦生啦。

李鏡也想早點生，實在是秦鳳儀每天睡前對著她的肚子必要念叨一回「兒子你什麼時候出來啊」，把李鏡念叨得耳朵要生繭了，恨不得立刻把兒子生出來才好。只是，這事不是想早就能早的。直待進了二月，秦鳳儀剛起床，李鏡衣裳穿了一半，覺得不大好了。秦鳳儀嚇得連忙把媳婦扶到床上躺著，李鏡道：「不成，扶我去產房。」產房是早就收拾好了的。

秦鳳儀急得一腦門子的汗，一把就將媳婦抱了起來，兩步到產房把人放床上，丫鬟已是跑去叫秦太太和產婆了。產婆到底是經驗豐富，看了看便說：「大奶奶這是剛發動，還得有些時候。」立命人煮了雞蛋來給李鏡吃，讓她吃了攢些體力。

李鏡是一陣子一陣子的疼，待她的疼好些，看秦鳳儀臉色煞白，想他定是嚇壞了，當下強笑道：「我沒事，你先出去吃飯，讓母親陪著我就行。」

秦鳳儀眼眶紅紅的，拉著媳婦的手問：「是不是很疼啊？」

產婆都受不了這神仙公子了，直接把人推了出去，道：「男人莫要聒噪，大奶奶胎位正得很，大爺在外面等著就是，大奶奶肯定會平平安安把哥兒生下來！」

秦鳳儀在外面也是站不住腳，他來回地轉圈，一時又命人去岳家知會一聲，然後對小廝吩咐道：「趕緊把我岳父叫來，我媳婦要生了，我可是一點主意都沒有了。」

小廝跑去侯府報信，秦鳳儀是一沒主意就找岳父，可景川侯還得上朝，景川侯只好與妻子道：「妳過去瞧瞧，阿鳳家人少，怕是支應不過來。」

景川侯夫人飯都沒吃完，放下筷子就要過去。

崔氏立刻道：「我服侍著母親一道過去吧。」

李老夫人也想去看孫女，只是家裡得有人看家，還有壽哥兒在呢。而且，李老夫人畢竟上了歲數，家裡人都不想她過去跟著著急，於是，崔氏服侍著婆婆，大車小輛地去秦府了，不知道的還以為秦家出什麼事了。

秦鳳儀看了一圈，沒瞧見岳父，遂問道：「我岳父呢？」

景川侯夫人道：「你岳父又不懂生孩子的事，你也別在外轉悠了，有我呢！」

秦鳳儀一想也是，岳父不會生孩子啊，倒是後丈母娘生產經驗豐富，秦鳳儀便握著後丈母娘的手就交代開了：「我看阿鏡疼得很，丈母娘您可好生安慰著她。這有什麼我能做的沒？我可是要急死了。」

景川侯夫人哭笑不得地道：「你老實在外頭守著就是，別再囉嗦了。」說完，就帶著兒媳婦崔氏進產房去了。

這半日的煎熬就不提了，秦鳳儀簡直心肝肺都似被這漫長的光陰輾過一遍又一遍，直到裡頭傳來嬰兒啼哭聲，秦鳳儀撒腿就往屋裡跑，結果一頭就撞上門框。

他急急地推開門，就聽產婆報喜：「恭喜太太奶奶，喜得貴子！」

秦鳳儀進去時，乳母已是抱了孩子去清洗，產婆正在幫著李鏡收拾。

秦鳳儀去看媳婦，李鏡臉色微白，汗濕鬢髮，眼神卻是喜悅的，此時看向秦鳳儀，秦鳳儀扁了扁嘴，一副快哭出來的模樣，李鏡輕聲道：「莫不是高興傻了？」

秦鳳儀抽了抽鼻子，道：「咱們以後還是不生了，嚇死我了！」

大家聽這話皆是覺得好笑，乳娘將孩子洗好用小包布包好抱過來，笑道：「哥兒整六斤，這孩子生得可真俊啊！」

秦鳳儀一看兒子那相貌，更想哭了，張嘴便道：「咋醜成這樣呢？」

像個小老頭兒一樣，皺皺巴巴的。

產婆笑道：「大爺有所不知，這是一層胎皮，待褪了這胎皮，孩子就飽滿了。聽我的準沒差，這可是個極俊俏的哥兒。瞧這眉眼，跟大爺一個模子刻出來的。」

秦鳳儀都有衝動再去照照鏡子了。

秦太太滿面喜色地附和道：「可不是嗎？跟阿鳳小時候一模一樣。」

乳娘說：「哥兒一看就有福氣，肩上有個胎記，瞧著跟條小龍似的。」

聽到這話大家也沒覺得如何，孩子被放到了李鏡的枕邊，李鏡已是有些倦了，便隨口問道：「哦，在哪兒？」

乳娘掀開小包被一角，秦鳳儀仔細瞧了一回，道：「還真有點兒像。」

正趕上景川侯夫人端了燕窩進來，一見那胎記，手裡的燕窩直接掉地上了。

景川侯夫人是個沒心機的，錯愕地直言道：「青龍胎記！」

景川侯夫人嚇傻了，好在她到底是大家大族出身，回過神來，立刻命人將產婆請下去歇著，屋裡丫鬟收拾好都找間空屋子待著去。

景川侯夫人兩眼冒火，問秦鳳儀和秦太太：「哥兒身上怎麼會有青龍胎記啊？」

秦鳳儀還糊塗著，想了想，才想起「青龍胎記」的典故來。

秦鳳儀道：「難不成，大皇子家小皇孫的胎記就是我們大陽的這樣啊？」

秦鳳儀這一看就是個不知情的，倒是秦太太那面部表情，怎麼看怎麼可疑。

景川侯夫人可是出身郡王府嫁到侯爵府的女人，哪怕笨些，於皇室祕辛卻是聽說過不少的。景川侯夫人立刻對崔氏道：「讓大管事把妳父親叫回來！」

崔氏現在也是驚得六神無主，忙跑出去吩咐丫鬟打發管事找公公過來。

秦鳳儀這會兒也反應過來了，他兒子身上怎麼會有什麼青龍胎記啊？難道他家祖上原不姓秦，該是姓景？哎呀，那他家不也是宗室啦？

秦鳳儀胡思亂想一堆，問他娘：「咱們家不會是祖上與太祖皇帝有什麼血緣關係吧？」

景川侯夫人怒道：「當初跟太祖皇帝八竿子打不著的窮親戚都封官的封官，賜爵的賜爵，請問你家是哪一支啊？」

秦鳳儀看向他娘，他娘長嘆道：「我兒，一言難盡啊！」

景川侯夫人簡直要氣死了，屁個一言難盡，妳家不是跟晉王先太子有什麼關係吧？他娘的，簡直被姓秦的坑死了！

便是景川侯，自認為人中龍鳳，但秦家這對夫婦也是平生之罕見了。

景川侯見自家管事來尋他，還以為是閨女出什麼事了，連忙交代一聲，就去了秦家。這一去，閨女倒是沒事，但景川侯一看外孫身上那胎記，那心瞬間提了起來，心知秦家這事絕對不小。

秦鳳儀這一看就是個啥也不知道的，景川侯與秦鳳儀道：「你先陪你媳婦。」又問秦家這夫妻倆：「哪裡有能說話的地方？」

秦老爺忙請親家公去書房細談。

景川侯夫人兩眼冒火地留在產房照顧繼女，崔氏端了一碗燕窩來餵小姑子吃，輕聲安慰道：「放心吧，父親過來了，不會有什麼大事。」

景川侯夫人欲言又止，她一肚子的火啊，什麼叫「不會有什麼大事」？這姓秦的一家到底是什麼來頭？怎麼就生下個有「青龍胎記」的孩子啊？

這秦家要是說不清楚，他們侯府連帶的也說不清了好不好？

李鏡強撐著精神吃了一碗燕窩粥，又去看兒子的胎記，記得繼母曾經形容過皇孫的胎記，說是一條小龍的形狀，一眼就能瞧出來。當初李鏡還不信，覺得除非是畫上去，不然一個小孩子的胎記，哪裡會那般肖似？如今她自己生了一個出來，才算是信了。

李鏡看看兒子，再看看丈夫。秦鳳儀想了想，道：「興許秦家祖上就是有太祖皇帝的血脈也說不定，不然這也太巧了些。」

李鏡問：「你沒聽公婆說過什麼嗎？」

「沒。」秦鳳儀道：「咱們家一看就是早敗落了，爹小時候可窮了。」

景川侯夫人沒好氣地道：「就是敗落了，也得有個名姓吧？當初你們跟我家阿鏡提親的時候，你家說的是淮西農戶！」

「太祖皇帝的親戚，難不成就全是富戶了？」秦鳳儀不服氣道：「您沒聽過那句俗語嗎？皇帝家都有三門窮親戚的。不說皇帝家，就是你們世家大族，難道就沒有那邊邊角角的旁系末枝，過得也就跟尋常人家一樣。」

崔氏道：「妹夫這話倒也有理。」

「有什麼理啊？」景川侯夫人道：「就是太祖皇帝直系血親，都多少代沒有青龍胎記了。宗室十萬人，也沒哪家生出來的，怎麼你家這邊邊角角的旁系末枝就生出來啦？」

秦鳳儀道：「這我怎麼曉得啊？」

景川侯夫人快被他氣死了。

秦鳳儀乾脆接過大嫂子手裡的碗餵媳婦吃燕窩，安慰媳婦道：「別擔心，有岳父在，該怎麼著就怎麼著唄，天塌下來還有高個子頂著呢。媳婦，妳這剛生了咱們兒子，多吃一點，吃完再睡一覺，養養精神。」

李鏡也實在支撐不住了，吃完燕窩就睡著了。

秦鳳儀讓大嫂子崔氏看著他媳婦，把丈母娘叫到外間去，說丈母娘：「您就別絮叨了，沒見我媳婦那麼擔心嗎？我去瞧瞧到底怎麼回事。」

景川侯夫人險些被秦家氣個半死，她半句不信秦鳳儀的話，什麼邊邊角角旁支末節的遠親，如今看秦家這結親就是騙婚，騙得李鏡給他家生了兒子，現在景川侯府可是纏在秦家這艘爛船上下不來了。

秦鳳儀過去的時候，景川侯的親衛守在院門口，便是秦鳳儀也不得進去。過了一會兒，景川侯自房中出來，秦老爺和秦太太跟在後面，秦太太還似哭過一般，眼睛有些紅腫。

秦鳳儀天生有一種敏銳的直覺，忍不住喊了聲：「娘？」

景川侯與秦氏夫妻都向秦鳳儀看過去，只是，景川侯的眼神意味不明多一些，秦家夫妻的神色憐惜多一些，秦太太更是眼淚刷地就落下來了。

秦鳳儀上前扶他娘道：「您怎麼了？不就大陽身上有個胎記嗎？又不是殺頭的罪過。」

景川侯沉聲喝道：「給我閉嘴！」

景川侯臉沉似水，簡直是都不想多看這秦家夫妻一眼，對秦鳳儀道：「我們這就要進宮，你在家老實待著，不要讓府中人亂說阿陽的事。」

「岳父，到底是怎麼回事啊？」秦鳳儀問道。

景川侯緩了緩口氣，「眼下說不明白，回來再說。」

這一去，結果直到傍晚，也沒見他爹娘回來，倒是他大舅兄落衙過來。李釗聽說秦家這事，拉著秦鳳儀私下問了許久他家裡的事。

秦鳳儀道：「我家的事，大舅兄也早知道啊！」

李釗是個細緻人，秦老爺做鹽商的事，李釗自然知曉，此時問的是秦家老家的事。

秦鳳儀道：「就是我祖父母死得早，我爹早早出來討生活，現在都不回老家了。」

「外公外婆呢？」

「我娘是獨生女，外公外婆也早死了。」

李釗現在尋思起來，就覺得以前沒有細想，如今看來，這就很有問題。時下人重宗族，便是秦家少與宗族來往，但這樣一點都不來往的也是少數。

李釗待細問，馬公公過來了，請秦鳳儀進宮說話。

秦鳳儀問馬公公：「我爹娘沒事吧？」

馬公公笑道：「沒事，陛下令老奴請秦探花進宮說話。」

秦鳳儀這一走，家裡就沒人了，只得把媳婦託付給大舅兄夫妻，方隨馬公公進宮。

秦鳳儀路上跟馬公公打聽：「到底怎麼回事啊？」

馬公公還是那副不露聲色的老褶子臉，「這老奴如何知曉，秦探花進宮就曉得了。」

此時在宮裡，景安帝恨不得生吃了秦氏夫妻。

愉老親王也是氣得不得了，「你們如何不早些把阿鳳帶到京城來？」

秦老爺縮縮脖子，「不敢啊！」

景安帝冷笑，「你們現在可是敢了？」

秦老爺哆哩哆嗦的，「原本也不敢多想。娘娘的意思，是想讓小殿下平平安安過一輩子便罷，可阿鳳這樣的才幹，景川侯爺又非得阿鳳中進士才肯嫁閨女。就是草民，見著阿鳳一日比一日有出息，也覺得揚州那樣的小地方，實在太委屈小殿下了……他偏偏又中了探花，他現在不說話也不結巴了，可見以前都是裝的。景川侯看秦老爺的眼神越發森冷，心裡的想法絕對與景川侯夫人是一樣的，那就是：這哪裡是親家，分明就是一家騙子！

秦鳳儀完全不曉得御前是何情形，他一進宮，沒見著他爹，也沒見著他娘，就被人帶到一間屋子。秦鳳儀沒來過這間屋子，中間還垂一錦帳。秦鳳儀來不及多打量，便有兩個侍衛進來，一人端個銀碗，另一人執起秦鳳儀的手。秦鳳儀只覺指間一痛，就被人擠了一滴血到銀碗裡，兩個侍衛隨即就去了隔間。

一時，景安帝召見秦鳳儀。

秦鳳儀此時心中已知，自家的事怕不是小事。他恭恭敬敬地行禮，景安帝擺擺手，想說什麼，又不知從何說起，還是愉親王道：「這裡沒有外人，鳳儀，你就不必多禮了。」

秦鳳儀一聽這話就聽出問題來了，他有些吃驚，「難不成我爹真是太祖皇帝的後裔？」

景安帝側著臉不說話，愉老親王糾正道：「不是你爹，是你。」

秦鳳儀驚訝至極，「這怎麼可能啊？我爹不是，我才是？這不可能啊！肯定是我爹是，我才是的啊！」他瞪圓了一雙桃花眼，都不懂這裡頭的邏輯了。

愉老親王感慨道：「可憐的孩子，竟被那對夫妻給糊弄傻了。」

愉老親王親自跟秦鳳儀說，你爹不是你親爹。

秦鳳儀震驚莫名，「怎麼可能？我爹我娘可就我一個兒子。」

景安帝忍不住道：「傻子，那都是騙你的。」

愉老親王道：「鳳儀，剛剛已是滴血驗親驗過了，你是咱們皇室子孫啊！」

秦鳳儀兩眼瞪得溜圓，喃喃道：「不可能吧？」

景安帝道：「滴血驗親能有假？你不信，與秦淮滴血驗親，看看你們可是嫡親父子。」

「可是，我爹一點也不像後爹啊？」

景安帝冷聲道：「你乃我皇室後嗣，他豈敢輕慢於你？」

「這就是陛下不懂人情世故啦，皇室先時也不知道我啊，我爹娘養我可精心了，什麼好的都給我。不要說後爹了，親爹也沒他們這麼好的。」秦鳳儀說著又問：「你們說我爹不是親爹，那我親爹是誰啊？」

景安帝無言，愉老親王拉住秦鳳儀的手，喜愛激動欣喜，各種情緒交織，誠懇地道：「鳳儀，你爹就是我啊！」

秦鳳儀嚇一跳，「愉爺爺？」

「我兒，以後可不能叫爺爺，得叫父王了。」愉老親王嘆道：「都是陰差陽錯，讓我父子分離二十一年啊！」

愉老親王把秦家夫妻叫過來，景川侯也旁聽，與秦鳳儀說了這番「陰差陽錯」的故事。

話說，當年秦太太是愉親王府的一個小宮女，後來被愉親王偶爾臨幸了一次，愉親王也未在意，待這宮女到了年紀，便要放出府去。這小宮女出府後，方覺出有了身孕，只是彼時這小宮女已有心儀之人，便未回王府，就此與心儀之人成家，做了夫妻。而這小宮女，便是如今的秦太太，那腹中之子，不必說，就是秦鳳儀了。

秦鳳儀聽著，都覺似說書一般，實在不大信，看向他娘問：「娘，是這樣嗎？」

秦太太點頭，「是這樣。」

秦鳳儀道：「那您以前怎麼不跟我說啊？」

秦太太囁嚅道：「這也是我的私心，要是說了你爹不是你親爹，怕你就不與他親近了，何況，我跟你爹也沒別個孩子……」

「這也是。」秦鳳儀立刻覺得能理解他娘了，忍不住又道：「要不是愉爺爺說爹你不是我親爹，我都不能信。」

秦老爺很想發表些什麼感激的話，但礙於身邊都是惹不得的人，也只是不捨地看兒子幾眼，垂下頭不說話了。

愉親王則彷彿年輕了十歲，道：「阿鳳，以後你可不能叫我爺爺了，得叫父王才是。」

秦鳳儀憋了好幾回，搖搖頭，「不行，一時間真叫不出來。」

「沒事，咱們慢慢來就是。」愉親王簡直是神清氣爽，道：「今日天色已晚，阿鳳你就先同父王回府吧。」

「不行，我媳婦剛生了大陽，我得回去看我媳婦。」

景安帝問：「孩子還好吧？」

「好著呢，就是長得太醜了。」秦鳳儀哪怕知道身世巨變，也沒覺得如何。總算不是什麼說不出口的身世，眼下他剛得了兒子，正記掛媳婦和兒子，秦鳳儀道：「我得趕緊回去了，我媳婦要是醒了，定是掛心的。」

秦鳳儀這就要走，愉親王道：「我也得去看看本王的孫子。」

這話聽得景安帝唇角直抽，秦鳳儀看景安帝沒別個吩咐，行個禮就要退下。

景安帝想說什麼，終是沒說，擺擺手道：「下去吧。」

於是，愉親王、秦鳳儀和秦家夫婦一道行禮退下，景川侯卻是留了下來，君臣二人自有不少祕事商議。

愉親王看過阿陽後，大讚孫子長得好，像自己。孫子還小，看一眼也就罷了。愉親王把自己的親衛留在了秦家，至於今日接生的穩婆、孩子的乳母、屋裡的丫鬟們，愉親王一併帶到了親王府去，臨走前還說了，明兒個再來看孫子。

愉親王一走，景川侯夫人與李釗夫妻此刻也聞知了秦鳳儀曲折離奇的身世。景川侯夫人的嘴張得能塞下一個大鴨蛋了，不可置信道：「大姑爺，你是愉親王的兒子？」

「是啊，都滴血驗親過了。」秦鳳儀道：「我現在想想，都像做夢一般。」

景川侯夫人心說，甭說你像做夢，她現在也回不過神。

天色已晚，李釗道：「阿鳳，你們早些歇了吧，我們這就奉太太回家去了，老太太打發人過來問好幾遭了。」

秦鳳儀親自送大舅兄一行出門，待得送走大舅兄，秦鳳儀回去瞧媳婦，媳婦還在睡。秦鳳儀沒令人打擾，秦太太叫了兒子吃飯去，「這一整天沒吃什麼，阿鳳你也餓了吧？」

秦鳳儀摸著肚子道：「您不說我也不覺得餓，淨擔心了。您一說，真是餓得不成了。」

秦老爺忙道：「先吃兩塊點心墊補墊補。」遞給兒子一塊糕，秦鳳儀去接糕時，見老爹眼圈兒紅紅的，秦鳳儀更問道：「爹，您怎麼了？」

秦老爺兩顆大淚珠懸在眼眶裡，要掉不掉的，哽咽地問：「阿鳳，你不會因為爹不是你親爹，就不認爹，與爹疏遠了吧？」

此情此景，秦鳳儀自然是百般心疼老爹。

倘若景川侯看到，必然要送秦老爺一句話：戲精啊戲精！

秦鳳儀待他兒子餓了，這才想起來，愉親王把奶媽也帶走了，他兒子吃什麼啊？

秦鳳儀急死了，他娘在屋裡哄孩子，秦鳳儀在外間跟他爹商量。

秦老爺一向靈光，「我去點心鋪子看看，他們有做奶點心，先要些羊奶來給孫子喝。」

秦鳳儀他兒子大陽那大嗓門，直接把他娘給哭醒了。

秦太太道：「媳婦，妳下奶了沒？」

李鏡……李鏡也不知道啊！

看兒子餓得哇哇直哭，李鏡道：「覺得脹得很。」

「這就是有了。」秦太太讓丫鬟去熱塊毛巾來給李鏡敷在胸前，敷一會兒就讓孫子去吸了。李鏡微微皺眉，秦鳳儀連聲問：「怎麼了怎麼了？是不是大陽咬妳了？」

秦太太道：「這麼點兒大的孩子，哪裡會咬人？」

李鏡道：「有點兒疼。」

「剛開奶，都是這樣。」秦太太拍拍孩子的小包被，看小傢伙在懷裡一拱一拱吃得很香甜，不由笑道：「咱們家大陽可算是吃上飯了。」

李鏡聽得很不好意思，秦鳳儀忙叫他爹不用去點心鋪子找羊奶了。

李鏡還記掛著家裡的事，見公婆都平安回來了，暫未多問。

秦太太道：「廚下燉了魚湯，媳婦喝一碗，補補元氣，也下奶。」

李鏡問：「奶娘呢？」

秦鳳儀道：「被愉親王帶走了，唉，我當時忘記說了。」

「可是奶娘有什麼不妥？」

「不是，剛亂糟糟的，沒留意，就都被他帶走了。」

李鏡初奶沒有多少，很快大陽吸不出來又開始抽抽噎噎，連忙給他換了另一邊。

秦鳳儀念叨兒子：「怎麼這麼愛哭？我小時候一點都不愛哭，是不是，娘？」

秦太太道：「有吃的就不哭，沒吃的就哭了。」

秦鳳儀看著兒子就發愁，「早知道大陽是這麼個醜樣兒，說什麼也該把阿悅家的醜丫頭給定下來。他倆一雙醜，多般配啊！」

李鏡一肚子心事，聽到這話不由來火，「都說了剛生下來的小孩子都這樣的，別總說我們大陽醜，我們大陽好看著呢！」

秦鳳儀覺得他媳婦眼神出了問題。

大陽吃飽，打了個小哈欠，閉上眼睛繼續睡了。

秦鳳儀稀奇地道：「哎喲，還會打哈欠！」

秦太太笑，「這怎麼不會，小孩兒什麼都會。」

丫鬟端來魚湯，生孩子傷元氣，裡頭還放了不少藥材，味道委實不怎麼好喝，李鏡也都吃了，看李鏡喝了魚湯，秦太太就讓他們小倆口休息了，就是有一樣，秦太太道：「奶娘不在，孩子可怎麼著啊？」

秦鳳儀拍著胸脯道：「不就一個小孩子嗎？有我呢！」

李鏡也說：「母親放心吧，眼下天還未晚，先去我娘家要個壽哥兒身邊的嬤嬤過來，叫她睡在外間。晚上孩子哭鬧沒什麼，就是換尿布我不會。」

其實秦太太挺想毛遂自薦帶孫子的，只是看兒媳婦這模樣，似是想自己帶。

秦太太走後，李鏡命人打來溫水，讓秦鳳儀洗漱，她自己也擦了擦頭臉，刷過牙。打發了丫鬟，夫妻倆躺著說話，李鏡才問起今日之事。

秦鳳儀早想跟他媳婦說了，先時他娘在，才沒好說的。

秦鳳儀道：「簡直稀奇死個人，原來咱爹不是親爹，愉親王才是親爹。」

便是以李鏡的大腦，也沒想到竟有如此離奇之事。

李鏡問：「真的？」

「當然是真的，都滴血驗親過了。」秦鳳儀伸出一根玉骨般的手指給他媳婦看，那雪白的指肚上還有個紅點呢。都不用媳婦問，秦鳳儀就把他的身世同媳婦原原本本說了一回。

李鏡聽完久久不能平靜，這也忒離奇了。

秦鳳儀道：「在宮裡我都沒反應過來，妳說，咱爹哪點像後爹啊？他對我可好了，要什麼給什麼，我說什麼是什麼，還給我掙下這偌大的家業。不要說咱們這一輩子，就是大陽這一輩子也是吃喝不愁了。突然之間，說爹不是親爹，妳說把我驚得，現在都有些回不過神。」他還與李鏡道：「媳婦，就是爹不是咱們的親爹，可這些年，爹對我可好啦，以後還是得叫爹的，知道嗎？要不，他老人家會傷心的。」

李鏡道：「這是自然。不要說父親將你自小養大，就是在大戶人家的奶嬤嬤，待孩子長大了也會叫聲嬤嬤呢，父親可真是大仁大義之人。」

「關鍵是心腸好。我覺得我跟咱爹比較像啦，妳覺得我長得像愉爺，不，愉親王嗎？」秦鳳儀眨巴著大大的桃花眼問。

李鏡仔細打量了丈夫的相貌一回，道：「皇家人都是鳳眼，你這麼看，倒也有些像，只是你比他們長得都好看。」

秦鳳儀道：「要是早知道我有這樣的身世，當初我不就費血勁考探花了，也不用當官了，咱們生來就有爵位。哎呀，要不要把宗室改制的事再改回去啊？我現在都覺得爵位不應該逐代遞減，應該世襲罔替才是。」

李鏡完全不想聽他說這些個渾話，只是把秦鳳儀進宮的事細細地又問了一遍。

李鏡問過之後，秦鳳儀就有些倦了，他今天守著老婆生孩子，擔驚受怕大半天，結果醜兒子一落地，家裡就出了這樣一件大事，又進宮聽了一通自己的身世之謎，早就睏了。待他媳婦把想問的問完，他閉眼就打起呼嚕來。

李鏡側身看看兒子，見兒子並未受呼嚕聲影響，方繼續尋思著丈夫這身世之事，一直失眠大半宿才緩緩入睡。

今日失眠的絕不止李鏡一人，景川侯府也是眾人無眠。

原本今天是李鏡生產，李老夫人在家看家就夠掛心的，中午倒是有媳婦子回來報信，說是自家大姑娘平安生下一子。李老夫人想著，兒媳婦孫媳婦下午也就回來了，她也好問問孩子的情況，結果等到晚飯了，也沒見人回來。待得一行人回來，還帶回了個把李老夫人都驚得不可置信的消息，孫女婿的身世竟然別有內情。

這也是李家人私下說話了，景川侯夫人道：「阿鏡生了孩子，我見著那青龍胎記就覺得不對，秦家原說自己是淮西農戶出身，你要是農戶出身，如何生出的孩子會有青龍胎記啊？我當時就急了，把我給嚇得半死。大姑爺是什麼都不曉得，可親家母那模樣，一看就是有什麼隱情的。他們再怎麼瞞著，這孩子一看也不是姓秦的呀，下午大姑爺還進宮了一趟，回來時就很晚了，我看大姑爺累得不成，也沒細問緣由，就知道大姑爺原該是愉親王的兒子。」

李老夫人道：「這怎麼能夠啊？」

「母親您想想，秦親家兩個都是圓乎乎的相貌，可大姑爺那一等的俊眼眉飛，又是大家氣派，哪裡像小家門第出身？」景川侯夫人真心認為，秦大姑爺這出身絕對是真的，她還拿出證據道：「早前我就看大姑爺不像小門小戶的孩子，頭一回來咱們家就大大方方的，要是小戶人家沒見過世面的孩子，哪裡有這樣的風采？」

這麼一說，李老夫人也覺得兒媳婦這話在理。

李老夫人看向孫子，「阿釗，今兒個可見著愉親王了？」

「見著了。」李釗道：「愉親王與阿鳳他們一道回秦府，老親王的模樣十分歡喜。」

景川侯夫人笑道：「突然知道有這麼大的兒子，還是阿鳳這樣的相貌人品，擱誰誰不歡喜啊？只是不曉得阿鳳如何就在民間長大的。愉親王多年無子，倘要早知道有阿鳳這孩子，那還不早接回來了。」

李老夫人嘆道：「想必其中定有緣故。」

李老夫人又叮囑一句：「阿陽那胎記的事，都不要再提了。」

見大家都應了，李老夫人便打發各人回去用飯了。

景川侯夜深方回府，李老夫人問了兒子幾句才打發兒子回房歇息。

李釗和崔氏也是大半宿沒睡地說秦鳳儀身世的事，一時，李鏡打發人來要個會照顧小孩兒的嬤嬤，崔氏問了才知道小姑子先時預備的乳母被愉親王帶走了，崔氏便把壽哥兒的一個乳母和一個嬤嬤打發過去，方說：「妹妹今天生產，最是虛弱的時候，偏生遇著這事。」

李釗道：「明天妳再過去看看阿鏡，別讓她太操心。」

崔氏應了，說起孩子來道：「你今天沒見，妹夫一看大陽就說孩子醜。」「他有什麼眼光，剛生下來的孩子都差不多，先時還說咱們壽哥兒醜呢，後來壽哥過滿月變好看了，他有事沒事的就過來看壽哥兒，還給買那些個吃的玩的。」李釗道：「阿鳳還是孩子性情啊！」

崔氏忍不住道：「你說，愉親王先時也不知道妹夫是他的血脈，就跟妹夫挺好，這是不是血緣天性啊？」

李釗道：「說不好。」

「我看是的。」崔氏道：「妹夫與皇室很投緣，陛下也喜歡他，幾位皇子與他也好。」

李鈺心緒有些煩亂，道：「早些睡吧。」

最高興的莫過於愉親王了，愉親王回去就交代了妻子，收拾院子給兒孫們住。

愉王妃待得問明白此事，有幾分猶豫道：「這妥當嗎？」

「怎麼不妥當了？我與阿鳳這是天生的緣分，妳不也很喜歡他嗎？」愉親王喜孜孜地喝著茶水，「陛下原意是想把二皇子過繼給我，二皇子也是個老實孩子，只是總不及阿鳳合我心意。妳沒見著咱們孫子，生得俊俏極了，那模樣跟阿鳳一個模子刻出來似的。」

愉王妃這些年無子，雖是有些擔憂，可聽丈夫誇了一通孫子如何如何可人意，亦是大為心動，便道：「那明兒我過去瞧瞧。」

「去吧，後日就是洗三禮，這可得預備起來。」

愉王妃道：「那是在咱們家預備，還是在秦家預備啊？」

「當然是咱們家預備了。」愉親王道：「把春華院收拾出來給阿鳳他們住，既是一家子，以後阿鳳是要繼承王府的，自然得住一起。對了，奶娘什麼的得預備幾個妥當的。他們雖也準備了，只是阿鳳以後身分不同，還是妳斟酌幾個的好。」

愉王妃道：「這是自然。」她還道：「以後他們小孩子事情多，我也能幫著帶孫子。」

「生得特別好，叫大陽，是皇上給取的名兒。」

愉王妃笑，「快別饞我了，我這晚上得睡不著覺了。」

待愉王妃知道大陽身上有青龍胎記後，就真睡不著了。

愉王妃問：「這是真的？」

「我親眼所見的。」愉親王道：「與大皇子家小皇孫那個一模一樣。」

因景安帝愛顯擺孫子，愉親王也見過小皇孫那個胎記。

「這可真是叫人說不出的緣分啊！」

「眼下這事不能拖，必要快刀斬亂麻。」

「唉，就怕咱們好心沒好報！」

「這是哪裡的話？」

「就不知道皇后那邊如何想了。」愉王妃輕聲道。

「她還要怎麼想？有此結果，她就該念佛了。」愉親王道。

「平郡王府那裡……」

「他們要是聰明，就該不發一言，不說一句。」愉親王道：「眼下這個形勢，只得委屈阿鳳了。唉，這孩子的運道真是不好說。」

愉親王再三叮囑：「待把阿鳳他們接府裡來，府裡的事，妳務必要精心。」

「這你只管放心就是。」

第二日，過去秦家看望的人便不說了，大公主聞信說李鏡生產了，雖未自己來，也打發管事娘子送了不少東西過來。秦鳳儀各家報喜，又有一番走動，但真正震驚京城的，莫過於秦鳳儀的身世之謎了。因為愉親王早朝後就與壽王說了，明兒參加他孫子的洗三禮。

壽王都不明白，愉王叔這原是連兒子都沒有的，怎麼突然就有孫子了。壽王自要打聽，這一打聽，愉親王半點都沒瞞著，三言兩語就與壽王說，他找到失散二十一年之久的兒子，那孩子不是別人，就是秦鳳儀。

壽王驚得，都不曉得要如何言語才能表達內心的情緒。後宮之中，是裴太后親自通報這個消息。

裴太后的妝容、神色，與往時沒有半分差別，就是臉上那一分恰到好處的喜悅也在表達著這位太后娘娘對於這件事情的認可與喜歡。

裴太后笑道：「愉王妃大概是去看孫子了，也不往哀家這裡來了。」

接著就把秦鳳儀的身世說了出來。

平皇后、裴貴妃等一干嬪妃，連帶小郡主、二皇子妃、三皇子妃、長公主、壽王妃等人皆是驚得說不出話，好半晌，長公主方道：「竟有此事。」

「是啊，真是叫人不知說什麼好了。」裴太后道：「那個宮人也是個糊塗油蒙了心的，就算打發妳出府，這有了孩子，妳總得給咱們皇室送回來吧？就為了自己的小日子，不管不顧就把這皇家後嗣留在自己身邊。要不是祖宗保佑，咱們皇室後嗣豈不就要流落在外了？」

平皇后道：「可是，那秦家夫妻怎麼先時不說，昨兒就突然說了？」

「他們是不說不行了。」裴太后道：「鳳儀家的那孩子，與咱們永哥兒一樣，身上有太祖皇帝的青龍胎記。景川侯夫人當場認了出來，頗覺驚訝，想著秦家一介平民之家，如何能有太祖血脈，秦家此方將實情說了出來。昨日已滴血驗親，確定無疑。」

這下子更叫人驚得不得了，尤其平皇后與小郡主的神色，驚詫中還帶了那麼一絲說不出的微妙。裴貴妃笑道：「可見是太祖皇帝保佑，不使後嗣流落民間。這孩子以後必有出息，必得是咱們小皇孫的助力。」

平皇后笑道：「都是一家子，說來，明兒個就是洗三禮了，愉王叔府上是雙喜臨門，母后可得厚厚的賞賜才好。」

長公主道：「是啊。唉，明明是王府貴子，流落在外這些年，那孩子也吃苦了。」

壽王妃道：「先時我見過秦探花一面，他那等形容俊俏，也委實不像寒門小戶，必得咱們皇家宗室方有的風采。」

一時太后乏了，便打發諸宮妃皇子妃公主王妃散了。

裴貴妃回了宮，吩咐心腹宮人備下一份洗三禮。

心腹大宮人道：「娘娘，小世子的洗三禮，咱們按什麼例來備呢？」

裴貴妃道：「去鳳儀宮那裡問一問，皇后照什麼例，咱們減一等就是。」

心腹大宮人應了，又笑道：「以前奴婢私下還說呢，秦探花這名字也怪，取得倒與咱們宮裡正宮名兒一樣。如今看來，果然就是個貴人。」

裴貴妃悚然一驚，繼而渾身冰涼，良久說不出話來。

秦鳳儀身世之事，簡直是轟動全城。

哪怕是不在京城的藩王們，也均有各家子弟寫信通報消息，將此一件不可思議之事紛紛寫信給自家長輩知曉。

所以，不長時間，官場上稍微有頭有臉的都知曉了秦鳳儀的身世。

大家深覺此事離奇之時，也得說秦鳳儀這運道著實不一般了。先時雖得帝心，也不過七品小官兒，現在搖身一變，成了愉親王唯一的兒子。縱是王府庶出，愉親王卻只此一子，以後自然是要繼承王府的。

眼下，京城最熱門之事，便是小世子大陽的洗三禮了。

原本愉親王是一力主張孫子在王府舉辦洗三禮的，愉王妃也是這個意思，尤其是見過大陽之後，愉王妃把個孩子那一通的讚。誇的那些個話，饒是一向自信的秦鳳儀也有些不好意思了。愉王妃守在床邊看了又看，道：「這相貌，的確是跟阿鳳脫了個影兒。」

秦鳳儀唇角直抽抽，道：「哪兒像我啊？醜得要命！」

愉王妃笑道：「這就是你不懂了，待過一個月你再看，這層胎皮褪了，還不知會是個如何俊俏的孩子呢！」

愉王妃喜歡極了，看孩子就看了半日，中午還在秦家吃飯，吃過飯才商量洗三的事。

秦太太道：「按理，該在王府舉辦的，只是眼下媳婦還在月子裡，大陽也才出生兩天，這天兒又有些冷，可不敢見風的。」

愉王妃道：「這倒是，我一時沒想到這個。唉，王爺還吩咐要在王府辦的。」

「在哪辦不一樣啊？這樣，洗三禮在我家辦，滿月時就能出門了，滿月酒在王府辦。」秦鳳儀向來腦筋靈活。

愉王妃一臉慈愛地看著秦鳳儀，不得不說，就秦鳳儀這相貌這神采，縱愉王妃心中原有些掛礙，可看到秦鳳儀也就心事全無了。

愉王妃笑道：「傻孩子，王府才是你的家。我已令人收拾院子了，眼下媳婦不能移動，這也沒法子，必要以媳婦坐月子還有咱們大陽為要，待坐滿月子就搬到王府去。一家人，原該住在一處的。」

秦鳳儀道：「搬家就不用了吧，我有空過去看看你們就是。」

先不說愉王妃聽這話是什麼反應，秦太太心中便感動得不行，想著兒子果然有良心，不會見著富貴爹就看不起他們。

愉王妃如何能應？

「你是咱們府上的世子，我與你父王唯你一子，你焉能住在外頭？你要是不放心你養父養母，哎，不是我說妳，王氏，當初妳實在該把阿鳳送回王府。妳生了阿鳳就是大功一件，便是妳想嫁人也無妨的。」見秦鳳儀聽這話不大樂，愉王妃一笑，轉了話意道：「不過，這些年妳與妳男人把阿鳳養得很好，我與王爺也承你們的情。你們便與阿鳳一道去王府去住吧，你們沒有其他的孩子，這一場養育之恩亦是不易，以後你們養老，還是阿鳳的事。」

秦太太就樂呵呵地應了，「只要能跟阿鳳在一處，怎麼著都行。」

秦鳳儀使勁兒對他娘使眼色，他娘就跟瞎了似的，啥都沒瞧見。

愉王妃笑著起身道：「這事就這麼定了，明兒我再過來看咱們阿陽。」臨走前又誇一回孩子，「瞧咱們大陽，睡得多香甜，這孩子生得可真俊。」

秦太太跟著附和：「是啊，就與阿鳳小時候一模一樣。」

秦鳳儀：他就不對兒子的相貌發表其他看法了。

原本秦鳳儀就結交了不少朋友，如今又有宗室湊熱鬧，這洗三禮甭提多氣派了。儘管是在秦家舉行的，愉王妃還是派了兩個得力的嬤嬤過來指點著，王府小世子的洗三禮該是什麼樣的規格，囉嗦得要命，而且，那副鼻孔朝天的模樣，秦老爺和秦太太還要點頭哈腰、殷勤周到地招待，秦鳳儀就看不過眼，說她們：「妳們派頭不小啊！」

那兩個嬤嬤知道秦鳳儀是小主子，笑道：「世子不曉得，這都是咱們王府的規矩。」

「什麼規矩啊？不知妳倆是什麼品階？」秦鳳儀問。

那兩人道：「世子，咱們都是奉王妃娘娘之命過來幫著籌辦小世子洗三禮的。」

秦鳳儀眼睛一豎，喝道：「還拿王妃來壓我？給我滾！什麼東西啊！」他直接把人給攆走了，剩下兩個大丫鬟看著是個懂事的，便問：「妳倆知不知道洗三禮該怎麼準備？」

這兩個丫鬟不傻，一看就知道兩位嬤嬤拿大，令這位世子不高興了，兩人當下恭恭敬敬地道：「知道。」

「妳倆看著來，有什麼不知道的問我娘就行，少像那兩個老貨似的，她倆倒成太太奶奶了。」秦鳳儀將事情交代給兩個大丫鬟，對他娘道：「娘，您瞧著些就是，再有那不知好歹的，不必對她客氣。」

秦太太欣慰地應了。

洗三禮當天來的人就不必說了，清流世家宗室，基本上，清流世家都是秦家的親戚或是朋友家的女眷，宗室這裡，當然，宗室不能說不是親戚，這完全就是一家人。有頭有臉的宗室們的女眷都來了，是的，洗三主要是女人們的活動。

三皇子也到了，他是來看青龍胎記的，順便看看秦鳳儀家的小子長得有多俊。

三皇子是正月裡得的一子，比秦鳳儀家這個大不了半個月。

秦鳳儀說了，得等洗三禮結束才能給三皇子看。

三皇子無所謂地道：「早點兒晚點兒沒啥。」

秦鳳儀道：「大皇子家的小皇孫也有青龍胎記，你沒見過啊？」

三皇子道：「沒，要不怎麼來你家看呢？」

想到三皇子與大皇子不和，秦鳳儀大方地道：「以後你想看就過來，隨便給你看。」

三皇子聽得一樂。

一時有宮裡的賞賜頒下，景安帝、裴太后、平皇后、裴貴妃，還有三位皇子妃，均有賞賜，秦鳳儀代自家兒子接了賞賜，然後在外頭招待三皇子。

屋裡可是熱鬧得不得了，愉王妃親自主持孫子的洗三禮。

小皇孫的胎記一般人是看不到的，大陽這個，大夥兒隨便看，反正洗三是脫了光屁股洗的，屋裡烤得暖烘烘的，吉祥姥姥給洗三。大家見了孩子，難免要誇聲俊俏。雖然現在完全看不出俊俏來，但有生育經驗的婦人都說是個俊俏孩子。

秦鳳儀是個實在人，哪怕一萬個人說他兒子好看，他還是只信自己眼睛看到的。

秦鳳儀對三皇子道：「一想到我家大陽，我就愁得慌。以前我還笑話我大舅兄家的壽哥兒醜，唉，我家大陽還不如人家壽哥兒小時候好看呢！你說說，我生得這般相貌，娶媳婦都這樣難了，像我家大陽，生得比我差遠了，以後娶媳婦就更難了！」

三皇子聽不下去，道：「堂堂王府小世子，還怕娶不著媳婦？」

「這你就外行了，要說娶媳婦，什麼樣的男人娶不到媳婦呢？我說的是娶好的。」秦鳳儀道：「好媳婦難尋啊！」

三皇子心說，你是當初遇上了難搞的岳父好不好？

待洗三禮結束，婦人們去吃席了，秦鳳儀這才領三皇子去自己的院子裡，讓三皇子在外間等著，他自己進屋裡，見他娘正守著他媳婦，秦鳳儀便說：「娘，一會兒就開席了。」

秦太太道：「我去外頭，媳婦這裡就沒人守著了，我一會兒跟媳婦一起吃就是。」

秦鳳儀未多想，道：「我把大陽抱給三殿下看看。」

秦鳳儀抱孩子向來跟抱著個包袱差不多，李鏡道：「你小心著些。」

「沒事，大陽喜歡我呢！」秦鳳儀把兒子抱出去給三皇子瞧。三皇子見過自家兒子了，倒沒覺得大陽有多醜，便道：「還好吧。」

「能跟我比嗎？」秦鳳儀道。

三皇子搖頭，「那不能。」

秦鳳儀拉開小包被一角給三皇子看兒子的青龍胎記。

三皇子也是頭一遭見，不禁道：「還真是神啊，真就是條小龍的模樣。」

「是啊，我要不是親眼所見，也是不能信的。」秦鳳儀幫兒子把包被包好，就把兒子送回媳婦那裡了，然後帶著三皇子出去吃飯，也把老爹叫上。

秦老爺現在見了皇子既不結巴也不順拐了，非但能正常交流，說的話還是很穩當。

秦老爺道：「我們阿鳳在京城沒幾個朋友，三殿下不是外人，以前你們就很要好，以後更是親戚了，要更加親近才好。」

三皇子道：「那是自然。」

「以前我還說家裡沒親戚，突然就來了這麼一大堆。」秦鳳儀看著三皇子，忽然道：「三殿下，你該叫堂叔吧？」

三皇子一口酒就噎在喉嚨裡，險嗆得半死。

秦鳳儀吃吃地笑，看出他那不情不願的模樣，哈哈大笑道：「咱們倆還是平輩論交，放心吧，不用你叫我堂叔。」

三皇子看秦鳳儀那一臉壞笑，就不知道誰要倒楣了。

這洗三禮熱鬧了大半日，待宴席結束，眾親戚朋友宗室誥命們告辭時已是下半晌，秦鳳儀跟著愉王妃送走客人。愉王妃畢竟上了年紀，面上有些倦意，神色卻是欣悅的，攏著秦鳳儀去了主院說話。

愉王妃道：「上午李嬤嬤和趙嬤嬤是不是不合你的心意？」

秦鳳儀道：「看她倆那樣，把我娘當下人使喚，她倆倒坐在炕頭吃茶。」

愉王妃道：「不喜打發了便是。」她未將此事放在心上，又道：「春華院我開始著人收拾了，你有空過去瞧瞧，屋裡喜歡什麼樣式，院裡要種什麼花草，都與我說就是。」

秦鳳儀不大樂意搬過去，但看愉王妃臉上的倦色，還是「嗯」了一聲。

愉王妃叮囑他幾句，把照顧孩子們的乳母嬤嬤等一串人留下，便登車回王府了。

秦鳳儀想著愉王妃也是一把年紀的人了，還為他家的事操心，怪不容易的，就親自送愉王妃上了車，命侍女小心服侍著。
秦鳳儀道：「娘娘，您路上小心，天兒有些涼了，這個手爐您拿著，別冷著。」
秦鳳儀為著秦太太掃她的面子，愉王妃其實是不大歡喜的，但見秦鳳儀這樣細緻孝順，又覺得這孩子就是天生的仁義。想想秦太太到底是把秦鳳儀養大的人，若秦鳳儀半點也不在乎，反是顯得涼薄了。
愉王妃接了手爐，笑道：「哪裡就冷著了？」
「那也是小心些的好。」秦鳳儀看著愉王妃的車駕走遠，方回了自家。
愉王妃身邊的侍女道：「咱們世子可真是孝順。」
愉王妃笑，「是啊！」
秦鳳儀回屋見他娘還守著他媳婦，秦太太問：「王妃走了？」
秦鳳儀點點頭，坐在床邊道：「娘、媳婦，我不想搬到王府去。」
「如何不想過去？」秦太太道：「王府多好，我跟你爹沒住過王府，咱們搬過去吧。」
秦鳳儀道：「怪不自在的。」
秦太太道：「你沒住慣，住慣就好了。」勸了兒子幾句，秦太太便起身了，讓他們小倆口說話，臨走前還給兒媳婦一個眼神，讓兒媳婦勸一勸兒子。
李鏡問他：「怎麼了？」
小方端上熱茶來，秦鳳儀接了喝一口，瞧了回兒子，看他還像個小豬似的呼呼睡覺，這才道：「在咱們自己家多好啊，去了王府，妳我沒什麼，可爹娘怎麼辦呢？妳看王府那兩個嬤嬤，眼睛長在頭頂上，拿爹娘當奴才使。」

李鏡道：「你跟王爺說一說這事，父親身上不是捐了五品銜嗎？這也是正經官身的。」

「可是娘身上沒誥命啊！」秦鳳儀道：「今天來了這麼多人，咱娘都沒上席，她說是跟妳做伴，其實是沒好意思上席，我都曉得。」

秦鳳儀嘟囔道：「早知這樣，還不如不認親呢！後丈母娘也是，有點雞毛蒜皮的小事就咋咋呼呼的，一點都不淡定！」這是把後丈母娘埋怨了一通。

秦鳳儀一向是個有辦法的人，他想了一晚，想出了法子。第二天一大早，他早早起床上朝了，李鏡還說：「今兒並不是大朝會的日子，起這麼早做什麼？」

秦鳳儀道：「這換了個王爺爹，沒聽到人家現在都喊我世子了嗎？現在小朝會我也能去啦，今天有要緊事！」

秦鳳儀穿官服時才想起來，埋怨道：「愉親王也真是的，怎麼沒給我弄一套世子的衣裳，今兒還得穿這七品官服。」

秦鳳儀讓媳婦繼續睡，他出去同爹娘吃了早飯，就騎著馬上朝去了。

秦鳳儀一到太寧殿外頭，不少人見他來了都覺得稀奇，轉念一想，如今秦探花身分今非昔比，的確是能參加大朝會的，於是，有不少官員過來跟他打招呼行禮。

秦鳳儀笑咪咪地還禮，還有些老熟人，如襄永侯、酈國公等都拱手示意。

秦鳳儀笑著作揖，「你們可別折煞我了，咱們還跟以前一樣，不然怪不自在的。」

襄永侯笑道：「心還是一樣的，只是禮數斷不能輕忽，不然耿御史得說我等無禮了。」

秦鳳儀道：「我現在還不是世子，你們這樣，倒叫我手足無措。」

酈國公道：「慢慢習慣就好了。」

兩家都有女眷參加秦鳳儀家長子的洗三禮，沒見過小皇孫青龍胎記的，都在秦鳳儀家大陽這裡見著了。女眷們回去說得有鼻子有眼，還斷定秦家這個孩子以後定有大出息。

大家說著話，景川侯、平郡王翁婿到了。秦鳳儀過去跟他岳父、大舅兄打招呼，又與平郡王招呼了一聲。眾人寒暄一二，就到了上朝的時辰。

秦鳳儀排位也變了，他自己尋了個位置，站在壽王之後，鎮國公之前，只是人家宗室這裡清一色的大紅，就他一個綠的插進來，景安帝實在不瞎，一眼就看見秦鳳儀了，秦鳳儀還悄悄地對景安帝眨眼睛。

景安帝心說，這可真夠自覺的。

早朝過後，景安帝並未留秦鳳儀說話，秦鳳儀見御駕走了，他嗖嗖拔腿去追，搞得想要跟兒子拉近感情的愉親王都沒來得及叫住人，兒子就跑沒影兒了。

三位皇子也是要往宮裡去的，人家的家在宮裡。

秦鳳儀卻不是啊，他家不在宮裡，但他跑得飛快，直接超過了步行的三位皇子。三位皇子簡直是目瞪口呆，就見秦鳳儀揮著手，朝他們父皇的步輦跑了過去，一邊跑，還一邊高聲喊道：「陛下……哥……陛下……哥……等我一下……」

三位皇子頓時整個人都不好了，更不必提坐在步輦上的皇帝陛下，聽著秦鳳儀這深情的呼喚，硬是在二月初乍暖還寒的時候，張嘴打了個驚天動地的大噴嚏出來。

皇帝陛下感冒了。

……

什麼時候才會讓一個帝王恨不得自己是個聾子呢？

對於景安帝而言，就是現在了。

連馬公公都恨不得一起聾了算了。

聽著秦鳳儀這一聲聲深情的呼喚，卻是想裝聾子都不成。

景安帝打了一個噴嚏後，步輦停了，秦鳳儀腿腳俐落地跟上去，笑嘻嘻地躬身作揖，「給陛下哥你請安了。」

景安帝道：「叫陛下就行了。」

秦鳳儀點頭，跟著步輦一道去了暖閣。

景安帝看他就是無利不早起的模樣，到了暖閣，也不急著問他事情，先換了常服。秦鳳儀慣會巴結的，他也沒有因為自己現在換了個爹就跟以前不一樣，還親自服侍著給景安帝換了常服，景安帝道：「讓宮人動手就是。」

秦鳳儀道：「陛下，雖然現在咱們已經是親戚了，但咱們的感情還是以前的感情，是不是啊，哥……」

景安帝被秦鳳儀喊了三五聲「哥」之後，心理承受力明顯有所提升。

景安帝笑道：「你一喊朕哥，朕渾身都彆扭，叫陛下就成了。」

秦鳳儀也笑，「其實我也彆扭。我比大皇子還小一歲，心裡一直拿您當長輩的，突然鬧，咱倆變平輩了，我好幾天都反應不過來。」

老馬端來溫茶，秦鳳儀先接了一盞奉給景安帝，自己接一盞啜了一口，繼續道：「我先時給您使眼色，您怎麼下朝就走人啊？」

「你那眼色，我以為是在跟我打招呼。」景安帝道。

「不是，我是想跟您說說話。」秦鳳儀道：「唉，我這些話都不知要跟誰說了。」

「怎麼了？可是哪裡委屈著了？」

「不是，現在我是京城第一熱灶，哪裡會有人這時給我委屈受啊？」秦鳳儀道：「昨天我家大陽洗三，您知道去了多少人嗎？一半的人我都不認識。」

「你不認識的，多是咱們宗室的親戚。」景安帝顯然沒有把這一半不認識的放心上，「大陽如何？洗三時哭鬧沒？」

「沒有，好著呢。聽我娘說，原本吉祥姥姥洗澡時孩子要哭兩聲才好，大陽隨我，不愛哭，把吉祥姥姥急得險些自己哭了，還是王妃打他屁股兩下他才哭了。」秦鳳儀說著直樂，景安帝聽得也是臉上帶笑，道：「是個乖巧孩子。」

「那是，不愛哭，就餓了才會哭。」秦鳳儀還道：「我兒子特有品味。」

景安帝就聽著秦鳳儀吹牛，秦鳳儀道：「頭一天家裡亂糟糟的，愉爺，不，愉親王還把先時找的乳娘給帶走了，大陽餓醒後，我們才發現乳娘不見了，沒法子，正好我媳婦的奶下來了，就讓他吃他娘的奶。後來王妃給準備了四個乳母，大陽都不吃她們的奶了。您說，大陽這嘴多挑啊？」

秦鳳儀說的話玄得要命，又道：「他偶有哭鬧，我一抱他，立刻就好。要是我媳婦抱他，就要慢些才能好，特別親我。」

「這是父子天性。」景安帝道。

「以前我都不信這種事，有了大陽，我才信了。」秦鳳儀道：「我就是擔心大陽以後不好看，可怎麼辦呢？」

景安帝道：「男孩子重要的是有本事，相貌在其次。」

秦鳳儀道：「像我這樣才貌雙全才好啊！」

景安帝被他逗得一樂，「我看阿陽以後肯定比你還好。」

「怎麼可能，我可是他老子！」秦鳳儀一副驕傲的模樣，跟景安帝絮叨起他家兒子來，簡直是把兒子誇得像一朵花。

景安帝留秦鳳儀吃飯，秦鳳儀說一回兒子，才說起自己小時候來。

「我見著大陽，就想到我小時候。我小時候自是不能跟大陽現在比啦，但我爹娘對我的心，就像我對大陽的心一樣。自小到大，家裡有什麼好吃的，爹娘都是先留給我吃。我想要什麼玩的，多少銀子，我爹都給我買。像我家小玉，救過我好幾遭。買小玉的時候，您都不知道花了多少銀子，足足花了一千兩銀子才買到小玉。那會兒小玉還是小馬駒，揚州城尋常的四進宅子也就一千兩。我有個朋友，他不是親爹呢，就因為有後娘，過得遠不及我。現在他自己做生意，從家裡分家出來，他爹屁都沒分給他。您看我爹，我家什麼都是我的。」

「你這樣的身分，只要明白人，更不會慢待你。」

「這可真不像陛下會說的話，便是嫡親骨肉，反目成仇的都不在少數，何況我爹原不是親爹。要不是滴血驗親，您跟愉親王一口咬定我不是我爹生的，我現在都不能信。」秦鳳儀夾了三丁包子，邊吃邊道：「我小時候跌個跤，摔破塊油皮，我娘心疼得直掉淚。家裡還窮時，用不起冰，我怕熱，晚上熱了睡不著，我爹和我娘兩人半宿地給我扇扇子，哄我睡覺。」

秦鳳儀說著自己都感動得不得了，「陛下，您說，世上怎麼會有這麼好的爹娘，還讓我給遇著了呢？我上輩子定是得做了什麼了不得的善事，方有此福報吧。」

「他們要是早把你送回來，夏天有冰盆，冬天有火炭，便不會讓你受那些苦。」

「那是苦啊？我一點都不覺得苦。」

景安帝道：「你要是早便身在皇家，娶媳婦起碼就便利許多。」

「這就是您不懂啦！」秦鳳儀喝兩口碧粳粥，說道：「在民間雖不比在皇家舒坦，還無權又無勢，但我是跟著我娘住的啊。爹雖不是親爹，但待我跟親爹有什麼兩樣？現在我既有親娘也有親爹，我爹對我還很好。如果當初把我送回來，我現在肯定不認得我親娘是哪個。人這一輩子可能有無數兒女，父母卻是唯一，所以，雖然是在民間二十幾年，但我則一沒受虧待，二則您看我現在長得多好，三則我要是在王府長大，估計就跟現在傻乎乎的宗室子弟一樣了，哪裡還能考探花啊？陛下，您說，是不是這個理？」

「你說是就是吧。」

秦鳳儀夾了個蔥油小花卷給景安帝，又道：「那陛下，您說，像我爹像我娘這樣好的人，該不該受到表彰？」

景安帝慢慢地撕開小花卷，感慨道：「你總算說到正題了。」

這拐彎抹角得……

秦鳳儀也沒否認，他望著景安帝道：「陛下不曉得，昨天我家大陽的洗三禮，原本只想請朋友的，後來出了我這檔事，就換成王妃娘娘主持了。以前我家有什麼事，內宅都是我娘和我媳婦張羅，現在知道我身世是這樣，我娘連中午的席面都沒上。想想，我娘算什麼呢？雖是生了我，禮法上說，我嫡母是王妃娘娘，現在我家裡來了人，有王妃娘娘在，我娘都不好露面了。還有王府的嬤嬤們，拿我爹娘當下人使喚，您是不知道那一等的勢利眼。王妃娘娘說讓我爹娘也一起搬到王府去，他倆是不放心我，可搬過去了，親戚不是親戚，下人不是下人，怕就是王府裡得臉的下人都得小瞧他們。我心裡很是不好受，昨兒想了半宿，想著陛下您比我聰明，就來求您了。」

「求我什麼？」

秦鳳儀道：「陛下，看在您是我哥的面子上，給我娘封個誥命，也不用多高的品階。我爹捐過五品銜，就給我娘一個五品宜人的誥命就成。」

景安帝嘆道：「這倒也不過分。」

「當然不過分了，就看我爹娘的品格，他們把我養得這麼好呢！」

景安帝道：「成，回去等著聽信兒吧。」

秦鳳儀登時喜笑顏開，晃晃手裡的包子道：「我得吃完飯呀！」還勸景安帝：「陛下，您也吃吧，看您怎麼都沒大動。」

景安帝笑，「看你吃我就飽了。」

「以前都說看我吃得香您便有胃口的。」秦鳳儀親親熱熱的，「陛下每天操勞國事，得多吃些才好。我現在最羨慕的人就是我家大陽，每天吃了睡，睡了吃，跟小豬崽兒一樣。」

「哪裡有這樣說孩子的？」

「本來就是啊。」秦鳳儀想到兒子就不由彎起嘴角。

自景安帝這裡告退後，他就回了家，把給他娘要誥命的事跟他媳婦講了。

李鏡點頭，「這樣也好。」

秦鳳儀回家就逗孩子，李鏡問：「你怎麼不去當差啊？」

秦鳳儀道：「咱們這就要搬到王府去了，還當哪門子差啊？以後我都不當差，就在家陪妳和大陽，還有爹娘，咱們在一處過日子。」

李鏡真是被此人氣了個倒仰，這是她下不得床，要能下得床，得把秦鳳儀打出去。就這麼著，也是給了他兩下，把人攆出門了，秦鳳儀只好去宗人府上工。他一去宗人府，原本就對他很客氣的下屬們對他越發客氣了，讓秦鳳儀奇怪的是二皇子，總是一副要說什麼卻又不好開口的欲言又止模樣。

秦鳳儀道：「二殿下，有事嗎？」

二皇子連忙搖頭，「沒事沒事，你忙你忙。」然後裝出一副認真研讀公文的模樣。

秦鳳儀正要細問，愉親王打發人找他過去，秦鳳儀只好先去了愉親王那裡。

愉親王原本就喜歡秦鳳儀，如今喜歡前面就得加個「更」字了。

愉親王笑，「下朝找陛下做什麼了，跑得像兔子似的。」

秦鳳儀把為他娘要誥命的事說了。

愉親王正色道：「很該如此，雖說他們早該送你回來，可這些年養你也算盡心盡力。」

秦鳳儀索性把搬王府的事同愉親王說了，秦鳳儀道：「也不用把我爹娘當客人，就是，也叫下人尊敬他們一些，不然我心裡實在過意不去。」

「這個你只管放心，咱們家素來寬和，何況他們對你有恩。」愉親王問：「怎麼耳朵這樣紅啊？」秦鳳儀皮膚白，略有些紅就能瞧出來。

秦鳳儀揉了揉，不在意道：「來時被我媳婦揪的。」

「哎喲，怎麼揪你耳朵啊？」愉親王忙過去細瞧，心疼地幫兒子揉了揉。

秦鳳儀道：「我說以後就不來當差，她急了，非但揪我耳朵，還打我好幾下子。」

「你媳婦不是在坐月子嗎？這都能讓她打了？」愉親王心疼得不得了，又問兒子還有哪裡疼來著。

秦鳳儀很慶幸，「幸虧是坐月子，不然還得多挨兩下。現在她下不了床，我跑得快。」

愉親王道：「我兒這是過得什麼日子啊！」

秦鳳儀笑嘻嘻的，「挺好的挺好的，打情罵俏嘛，就得這樣。」

愉親王心說，你這一身賤皮子到底像誰啊？

問過秦鳳儀身上沒事，愉親王才沒細看，不然非要秦鳳儀脫了衣裳給他看不可。就這麼愉親王私下還找景川侯說了私房話，裡裡外外跟景川侯說，婦人當以賢良淑德為要。

景川侯聽得一頭霧水，問：「王爺的意思是？」

愉親王嘆，「兒媳婦有些厲害啊，阿鳳當差累了，就說在家歇一日，兒媳婦就動手，打了阿鳳好幾下子，還把阿鳳的耳朵揪紅了。」

景川侯：……

景川侯能說什麼呢？

景川侯只好說：「等我去問一問阿鏡，她這樣可不行。」

「就是啊，夫妻相親相敬的才好，哪能隨便就動手？阿鳳可是王府世子，場面上的人，總把阿鳳耳朵揪得像兔子耳朵似的，讓外人瞧見也不好。」愉親王語重心長地道。

景川侯再三保證會跟閨女認真談一談，景川侯主要也是去看看外孫，看過外孫後，問起閨女此事，李鏡道：「氣死人了，他現在就想混吃等死！」把事情原原本本同他爹說了。

景川侯對於女婿這種剛認了個王爺爹就啥都不想幹的性子頗是無語，卻是與女兒道：「阿鳳就是這樣的性子，妳有話好好說，不要總是動手。」

「不把他打出去，他死賴著不去當差。」

好吧，景川侯認為，有必要跟愉親王談一下女婿的工作態度問題了。

自從景川侯和愉親王溝通之後，秦鳳儀發現，在宗人府反是更忙了。

秦鳳儀跟景安帝抱怨：「王爺以前說對我好，其實都是假的。」

「胡說，愉王叔待你還不好？」

「我原想著，我現在都是世子了，以後還不是妥妥的王爺嗎？鐵桿兒的莊稼都有了，稍微放鬆些可怎麼了？現在老頭兒不得了了，成天早上叫我起床上早朝，還把宗人府的許多事交給我做，我想早些回家看大陽都不成。他把自己的活兒給我了，自己早早從宗人府去我家看大陽。」秦鳳儀唉氣嘆氣，「您說，老頭兒還年輕得很，再幫我扛二十年，大陽就長大了。待大陽大了，我也不用襲什麼王爵，直接叫老頭兒把爵位給大陽，我跟媳婦天南地北逛去，把沒吃過的好吃的都嘗個滋味兒，沒看過的美景都看一看。將咱們大景朝的江山看遍了，我們就弄條大船出海去。」秦鳳儀蹺著二郎腿，搖搖大頭，很是嚮往，「這才叫一輩子呢！」

景安帝聽完秦鳳儀的理想，給了他一句評價：「想得真美！」

伍之章 雷厲風行鎮宗學

秦鳳儀的天資，便是景安帝這二十幾年的執政生涯，也得說他是一等一的。

景安帝畢竟不是自欺欺人的性子，不說那些亂七八糟的宗室子弟，就是皇子們，不可謂不用功了，但也沒哪個皇子能如秦鳳儀這般，能從科舉上出來。便是探花有些水分，是景安帝覺得秦鳳儀生得好，執意要給的，但會試貢生可是實打實的。

再者，秦鳳儀自庶起士畢業時，成績都能排到第四位了。

由此可見，秦鳳儀天資之不凡。

然而，秦鳳儀的憊懶也是景安帝僅見的。考進士就為了娶媳婦，還能給紈絝分等級，如今更不得了，眼瞅以後妥妥的王爵到手，都已經做好榮升一等紈絝的準備了。

不要說秦鳳儀這等有天資的，便是些天資平平的，誰在朝中不是兢兢業業打算做一番事業，偏生有這等小子。景安帝都覺得老天無眼，如何將這樣的天資錯付這憊懶小子。

景安帝聽完秦鳳儀的理想生活，感慨道：「你還有空來朕這裡說道，可見還是太閒了。這樣吧，宗室書院已經開課，你也是正經翰林出身，現在還是宗室，給他們講講課去。」

秦鳳儀道：「陛下，您要這樣，以後我有什麼心事，都不跟您說了。」這也忒沒義氣了，他來找陛下說話是想能清閒一二，怎麼反倒又給他找了個新活兒？

景安帝誠摯地道：「以後再有這種氣人的話，你千萬別來跟朕說，還不夠朕生氣。」

「這有什麼好生氣的？」秦鳳儀認真道：「人跟人怎麼能一樣呢？命不一樣啊！像陛下，您一看就是操勞的命，像我，一看就該是個享福的命。」

秦鳳儀沒能在皇帝陛下那裡蹭到飯，只好回家去。

他到家時天色尚早，愉親王正在他家看大陽。

秦鳳儀瞧一回兒子，戳了戳大陽的胖臉，笑道：「竟然醒了。」

愉親王道：「剛醒沒多久。」又問秦鳳儀：「怎麼這麼早就回來了？」

「也不早了，我把宗室書院的名單整理好送去給陛下，說了會兒話，出宮時看也快落衙了，就乾脆直接回家了。」

愉親王問：「陛下說什麼沒？」

「也沒說什麼，讓我有空去宗室書院講課，就叫我出來了。」秦鳳儀道：「現在宗人府就很忙了，哪裡有空去講什麼課？我又不想做夫子。」

「這有什麼，又不是讓你天天去，隔三差五講一節課就是。」愉親王倒是高興，見秦鳳儀回家，瞅瞅時辰，他也要回府了，便與秦鳳儀道：「春華院快收拾好了，你這裡的東西可著緊收拾，大陽擺滿月酒就在咱們王府擺了。」

「嗯，我曉得，東西好收拾。」秦鳳儀送愉親王一直送到門口，愉親王看他無甚精神，知他是個懶散的，就拍拍他的肩道：「你如今也大了，又是做爹的人，便是瞧著大陽，你也當努力當差，給大陽掙下些個基業來。」

秦鳳儀道：「不是有你和我爹嗎？」

愉親王心說，安慰你就是多餘，然後上車走了。

愉親王回家先同王妃說了一回大陽，笑道：「這才幾天，雙眼皮就長出來了。」

愉王妃道：「父母都是雙眼皮，兒子怎麼可能是單眼皮？只是有些孩子是生下來就是雙眼皮，有些大些才能長出來罷了。別看大陽生下來時有些黑，如今瞅著也越來越白了。」

「是。」愉親王道：「待孩子們搬過來，看大陽就方便了。」

「就是這話。」愉王妃道：「跟孩子們說了搬家的事沒？」

「說了。」愉親王道：「阿鳳這孩子就是機靈，又在御前討了個差事。」

愉親王這不曉內情的，還兀自高興著呢！

「什麼差事？」

「給宗室書院的宗室子弟講課。」愉親王去了朝服，換了家常衣裳，「他是翰林出身，現在又是正經宗室。不是我說，宗室裡學問比得上他的沒幾個。」

愉王妃笑說：「這倒是，先時清流都說宗室子弟不成器，阿鳳的身世是知道得晚，要是宗室大比前就曉得，正可堵宗室的嘴。」

愉親王想著也是一樂。

別說，景安帝當真是有識人之能，宗室書院雖是建起來了，也有許多宗室子弟過來就讀，但能直接來京城的宗室子弟，在宗室中也是有些地位的，基本是以後都能襲爵的那種。家裡讓他們來京城念書，一則為以後襲爵做準備，二則也是過來拓展些人脈，三則是多念幾本書，也不能忒不成器了。

所以，這些小子們著實難管。

景安帝這位[illegible]山長，每天國事還忙不過來，自然沒時間在書院坐鎮。兩個執事，一個是

[illegible]大閣老，一個是愉親王。大閣老向來與宗室不親近，叫他掛名，他老人家就當真是掛名。至於愉親王，愉親王有宗人府這攤事要忙呢。

宗室書院的先生們都是翰林學士，有學問是真有學問，但遇著這群宗室子弟，簡直能氣死個人。這群小子們，尊師重道便不提了，動不動就說他們祖上如何如何。原本翰林學士就不願意教宗室子弟，偏生又遇著這麼一群二五眼，每天不過點個卯，該講的課講了，其他也不多管。當然，也有些認真學習的，只是在這書院是鳳毛麟角。

秦鳳儀過去講課，睡覺的、鬧著玩的，一律攆出去，剩下幾個算幾個，他給這幾個聽課的講。其餘的，秦鳳儀不稀罕管那些頑童。奈何他不愛理，這些頑童卻不知好歹，要作弄他。這回樂子大了，秦鳳儀可不是翰林學士，不與宗室子弟計較，他直接把人收拾得鬼哭狼嚎，認錯都不算完，還要寫一千字的認錯書，明天交到案頭，不然有這些小崽子們好果子吃。

另有試圖跟他動手的，秦鳳儀縱不是什麼武功高手，也是學過拳腳功夫的人，而且有他媳婦督促，他每天一早都要打兩趟拳，如今頗有些火候了。對付高手還差得遠，對付這些小崽子們綽綽有餘，結果當天來接自家大爺小爺的下人們就發現，好些個爺鼻青臉腫不說，還有撅著屁股一瘸一拐的，這還得了？

第二天就有人告到景安帝跟前，景安帝召來秦鳳儀問其究境，秦鳳儀見有兩位鎮國公瞅著他，面有怒色，便道：「怒什麼怒？看看你們各家的倒楣孩子！我在上面講課，他們在下面不是交頭接耳，就是私下做小動作，把他們攆出去，他們還不服，這不是找抽嗎？還有的與我動手，這不是找揍嗎？你們還好意思來陛下這裡告狀？我問你們，你們還想不想讓孩子好生學習？不學你們就把各家的倒楣孩子領回去。」

其中一位鎮國公緩了臉色，溫聲道：「世子啊，我們知道你是好心，只是孩子得慢慢教，哪有你這樣動不動就揍個好歹的？」

「哪裡就揍個好歹了？我小時候也常打架，根本沒使勁打他們，不過是嚇唬嚇唬罷了。看你們一個個的，還來告我狀，你們可真是親爹，疼孩子也不是這個疼法啊！幸虧我現在是世子了，要是以前的七品小官，你們是不是還要把我打一頓，為你們各家的孩子出氣啊？」

秦鳳儀問得兩人面生尷尬。

秦鳳儀看他們也是有些年紀的人了，便略收回了些氣焰，繼續道：「算了算了，就這麼一回，下不為例啊！以後少來陛下這裡告狀，咱們都是為了孩子好，我揍他們兩下，回家你們就該說先生打的對，再問他們如何淘氣的。還有，以後書院裡禁止小廝進去，少弄一些個服侍的小子在外守著，還要有人服侍鋪紙磨墨，他們是手斷了，還是不會呀？瞧瞧你們這慣孩子的樣兒，好好的孩子都是被你們慣壞了，你們還來告狀？你們問問陛下，幾位殿下是怎麼長大的，他們念書不好，陛下都要拿戒尺敲他們的掌心呢，還要責備先生教得不好？你們倒是，我做先生罰兩下怎麼了？不問孩子的不是，先來問先生的不是，你們可真是親爹，就是疼孩子疼的不是地方！」

「去吧，明兒不許再讓他們帶小廝服侍，他們身上這些個亂七八糟的臭毛病，我還非要扳一扳不可！」秦鳳儀直接就在御前把人打發走了。

[illegible]看著兩個鼻青臉腫的國公就這麼出去了，也是哭笑不得。

笑道：「鳳儀先生好大的派頭啊！」

「陛下不曉得，現在宗室子弟實在不像話，比我小時候還淘呢！」秦鳳儀也是笑，「看他們那告狀家長的樣兒，要是不把他們壓下去，以後更沒法兒管了。」

景安帝挑眉問：「這差事如何？」

秦鳳儀高興了，「有意思。雖是管束頑童，但也有趣。」

景安帝把秦鳳儀召到跟前，道：「宗室再這麼下去，人就廢了。他們既來了京城，若有能教導的，還是要教導一二。既要教他們學問本事，也要教他們規矩法度，明白嗎？」

「明白。」

景安帝有些不放心，又道：「你細說說。」

秦鳳儀眉毛一揚，道：「這還不簡單？要是只教學問本事，不教規矩法度，心中便無善惡對錯之分。教了他們學問本事，還要他們明白這世間有什麼是當做，什麼是不當做的。其實規矩法度，還在學問本領之上。」

景安帝笑，「就是這個理。」

景安帝微微一笑，心說，什麼享福的命，朕看就是專愛啃硬骨頭的命！

還是牙口太好，能者多勞的命！

秦鳳儀原覺得差事無味，如今得了個有趣的活兒，就幹得有滋有味了。

然而，秦鳳儀得了趣兒，宗室書院的學子們卻是生不如死了。秦鳳儀跟皇帝陛下什麼關係啊，愉親王還是他爹。愉親王身為宗人府宗正，管的就是宗室。

曾經兩個國公說秦鳳儀壞話，被皇上削爵查辦，現下還關在宗人府。這不，又有兩個國公去皇上那裡告狀，然後秦鳳儀就全部宗室書院都給立了新規矩，一律不准有小廝進書院服侍，吃喝拉撒都得自己來。

秦鳳儀寫了二十張紙宗室書院的規章制度，先與二皇子商量。二皇子瞧著就有些心驚膽戰，道：「要他們在書院吃飯？我聽說他們都是各家帶飯的，他們吃得慣書院的吃食嗎？」

「咱們在衙門也是吃衙門的例飯。」秦鳳儀義正辭嚴，一點都不羞愧。他什麼時候吃過宗人府的例飯了，他與二皇子、愉親王關係好，他們三人都是家裡送飯。自從認了新爹，秦鳳儀便是與愉親王一樣，都是王府送飯了。

二皇子道：「還有這個，考試升級制，這個是怎麼個說法？」

秦鳳儀道：「民間的書院，分甲乙丙丁四種班次。丁班是最初級的班，等丁班的課程學好了，就升丙班，丙班升乙班，乙班升甲班。學習畢竟不是一蹴而就的事，有學習好的，念書也念得好，自然要照顧他們一些。倘是學習一般的，就先在低級的班裡念書就是。」

「不是，我是說每年的升等考試，是不是太嚴格了？」

「不嚴格，嚴格什麼呀？成績按照上、中、中下、下來評比，中下以上的才能升級，中下以下的全部留級。」秦鳳儀道：「除此之外，還有課堂打分、平時表現打分、到課率、請假率等等。連續留級三年者，就可以退學回家了。同樣，學習好的學子們，若有著實出眾的，每年可以有一次跨級考試。另外，除了每年年前的考試，我還準備每三個月考一次，看二皇子嘀咕道：「秦探花，你以前念書時也是這樣辛苦嗎？」

秦探花長了輩分，二皇子卻委實叫不出「叔」來，依舊稱他為秦探花。

秦鳳儀道：「這算什麼辛苦啊？他們辰初才來念書，申正就可回家了。我念書的時候，五更即起，入夜方歇，過年只休兩個半天。大年三十下午祭祖宗，大年初一上午拜年，全年無休地苦讀。跟我一比，他們算什麼呀？我那時三天就要給先生交上一篇文章。」

二皇子聽得大為嘆服，想著秦探花果然不愧探花出身。秦探花這樣聰明的人都這般刻苦了，相較之下，果然書院這樣也不算繁重了。

二皇子沒什麼意見了，二人才去見愉親王。

愉親王直接道：「就按你們的意思辦。」

於是，宗人府聯名，秦鳳儀上呈陛聽。

景安帝早有準備，直接就准了。

景安帝與大皇子道：「宗學那裡的事，你二弟與鳳儀畢竟年輕，你過去幫著把把關。」

大皇子與秦鳳儀素來不和，但不傻，知道京城宗學的事很是要緊，便是應了，而且，大皇子這次得了他外公平郡王的一句話。平郡王道：「宗學的事，大殿下要多上心才好。」

平郡王這話說得四平八穩，完全聽不出有什麼別個內容來，但是，要知道，能讓平郡王四平八穩說上一句的，這已是極其要緊之事。

大皇子道：「是，父皇也叫我去幫著把把關。」

平郡王點點頭，笑道：「陛下對殿下冀望頗深。」

大皇子問：「聽說阿嵐要回北面了？」

「他自去歲回京，也這些日子了，原早該走的，只是工部還有一批兵器要驗過，他正好一道押送過去。」平郡王即便與自己嫡親的外孫說話，因著大皇子的身分，亦是恭敬得很，沒有半點身為長輩便自尊自大的模樣。

如此，宗學立規矩的時候，大皇子也去了。

宗室這些小崽子們，雖有幾個被秦鳳儀給過下馬威，可兩三百人呢，多有不服的。秦鳳儀當天早早去了書院，把後門鎖上，門前擺三張椅子，一張自己坐，一張給大皇子，一張給二皇子，三人就坐在門口。只要帶小廝來的，宗室子弟進去，小廝留外頭。

有些宗室子弟不幹了，還理直氣壯地說：「沒有小廝服侍，我怎麼寫字，怎麼聽課？」

秦鳳儀道：「寫字用手，聽課用耳，哪個是用小廝的？」

「大家都用！」

看那小子斜愣個眼，一副欠捶的模樣，後面還跟著好幾個小子，也是清一色欠捶臉。秦鳳儀當下也斜愣個眼，比他們斜得還高。

秦鳳儀指了指大皇子，問：「小子，知道這是誰嗎？哈哈，諒你們也不認得！告訴你們，這是皇長子殿下，皇帝陛下他親親的大兒子！這位殿下五歲識字，六歲念書，從來都是親力親為，既不用內侍，也不用宮人，自己研墨自己鋪紙自己上茅房自己擦屁股，你們論身分，有皇長子殿下高貴嗎？」

幾個小子一聽說是皇長子殿下駕臨，連忙躬身行禮。

[illegible]擺擺手，笑道：「無須多禮。你們以後都是宗室的棟樑，我今日過來，就是看看你們在宗學學得如何。」

那帶著的小子連忙道：「萬不敢辜負陛下與殿下的期待。」

秦鳳儀冷冷一笑，「屁的期待！沒個小廝你們就不會寫字，不會聽課了，還期待啥？一群廢物，還不給我滾進去？」

幾個孩子畢竟年紀小，雖是淘氣些，無非仗著身分，別人讓著他們罷了，被秦鳳儀一聲厲喝，立刻屁滾尿流地跑進去了，小廝一個都沒敢帶。

降伏了這幾個帶頭的，後面的都好了些，只是這些個宗室小崽子們真是滑頭，有的知道大皇子的身分，還會笑嘻嘻過來向大皇子請安。大皇子知道你是老幾啊？沒關係，大皇子不知道，咱們自報家門就是。

秦鳳儀斜瞅著這些在他眼皮子底下跟大皇子拉關係的，心說，看以後不給你們小鞋穿！

大皇子倒是歡喜，笑說：「哎喲，宗室們的子弟，可算是都見著了。」

「是啊，閩王家的孫子，順王家的兒子，康王的侄子，蜀王家的小子，宗學裡的刺頭就是他們幾個了。」秦鳳儀道。

大皇子笑，「秦探花，你能者多勞，孩子們慢慢教就是，我瞧著都是聰明孩子。」

秦鳳儀笑嘻嘻的，「大侄子，你這話甚合我心啊！」

大皇子：……

秦鳳儀當天不讓小廝進宗學半步，然後又頒布新學規。半個月後不准各家送飯，待食堂收拾好，一律吃食堂。非但學生們吃食堂，所有在校的先生也一道吃。要是怕不安全，先生們先吃，學生們後吃，以保證學生們的飲食安全。

這條規矩一出，哀鴻遍野。

這回不是男人們去皇上那裡告狀，而是女人們去找太后說理了。

甲夫人說：「我們家那小子就沒在外頭吃過東西，倒不是咱們婦道人家嬌慣孩子，實在是孩子太小，不放心啊！」

乙夫人說：「我們家那個，上回在家吃魚還卡著，把我嚇得減十年壽，如今這學裡，不准小廝服侍，又要孩子們在學裡吃飯，這可怎麼吃啊？」

丙夫人道：「要是孩子大些，咱們也不能來娘娘這裡念叨這些個事叫娘娘心煩，何況男孩子以後當差做事，還是潑辣些好。只是孩子太小了，這過兩年孩子大些，也就無妨了。」

甲乙附和丙道：「是啊，就是這麼說。」

便是長公主與壽王妃，各家亦有孩子在宗學就讀，也覺得如今這規矩有些嚴苛了。

裴太后嘆道：「你們別急，哀家跟皇帝說一說，看看皇帝的意思。現在宗學都是宗人府管著，這得跟宗人府說去。」

甲夫人道：「聽說現在是愉王爺家的探花郎管事。」

裴太后道：「現在知道人家是探花郎了？知道人家學問好，可好學問也不是易得的。」

乙夫人道：「探花郎自是好心，聽說他教學的本事也是一等一的好，把這學問教給孩子

[illegible]。」

[illegible]是啊是啊。」

反正裴太后耳邊的閒話很是不少。

裴太后私下問長公主與壽王妃，長公主道：「探花郎性子暴，聽說順王家的二郎叫他把屁股都打腫了。不過，現下學裡的風氣說是好了很多，只是有些年紀小的孩子，不讓他們帶小廝，一時還適應不了，磨墨都是現學的。這要是叫他們在學裡吃飯，別個倒無妨，就是飯食上要精緻些，湯啊粥的，可別燙著。」

壽王妃道：「按理有這麼個人管著些才好。不說別個，先時宗學很有些不像話的事，宗學子弟以後多是要襲爵的，學裡的翰林先生們都是斯文人，叫他們去教國子監的書生行，讓他們教這些個頑童，有些個實在淘氣。要沒這麼樣的個人管著，也忒沒規矩了。」

「說的是。」裴太后道：「宗室畢竟是咱們自己人，他們學好了，以後才好授實缺，只是這探花郎大概也是有些嚴厲了。」

長公主笑道：「一張一弛嘛，如果太嚴格了，略鬆些也無妨。」

裴太后先是與長孫說了這事，皇祖母的吩咐，大皇子自然應了，大皇子也說：「如今宗學是嚴了些，既是如此，我與探花郎說一聲。」

結果，大皇子碰了個釘子，不為別個，秦鳳儀當場就說：「還不到做好人的時候，現下正立規矩呢，你別給我拆臺啊，大侄子。」

秦鳳儀現下有個絕招，一叫大皇子「大侄子」，大皇子頓時什麼話都沒了。

事實上，大皇子一聽到「大侄子」三個字，就覺得整個人都不對勁了。

大皇子碰個釘子也沒覺得面上如何，他正好回去與皇祖母解釋這事。裴太后一聽，呵，現在秦鳳儀可真是了不得啊，連她的面子也敢駁了。便有些個人，縱是不願意，面上答應下來，裴太后這裡也能跟宗室女眷們交代。秦鳳儀倒是大公無私了，裴太后也不是好相與的，秦鳳儀直接駁她面子，她乾脆叫秦鳳儀過來跟宗室女眷們解釋。

這個不識好歹的，妳們自己說吧！

秦鳳儀正忙著宗室食堂的建設工程，裴太后命人宣召，秦鳳儀只好把手頭上的事暫放一放，去了宮裡。秦鳳儀以為什麼事呢，聽著這些宗室女眷們嘰嘰喳喳個沒完，邊上還有皇后貴妃倒是沒幫言，但那模樣也不是要幫秦鳳儀的樣兒，倒似看戲一般。

秦鳳儀先向太后、皇后、貴妃見禮，裴太后賜了座，秦鳳儀坐下，聽著這些女人們嘰喳過一遭，秦鳳儀道：「煩死了，妳們嘰喳個頭啊？嘰喳嘰喳的，慈母多敗兒，說的就是妳們！一個個的，是不是吃飽了沒事兒幹啊？有什麼意見就說！我先說好，就這回啊，再有下回，大娘妳別叫人喊我了，我乃朝廷命官，又不是給妳們這些女人跑腿兒的。」

大娘？

裴太后好半天才反應過來，這小子是叫她呢！

裴太后彷彿聽到了慈恩宮裡響起無數迴響，都是：大娘……大娘……大娘……

不要說裴太后這個當事人一時沒反應過來，就是平皇后、裴貴妃、長公主、壽王妃也都呆住了，更不必提在場的宗室誥命了。

秦鳳儀道：「說吧，叫妳們說，妳們又不說了。妳們不說，我可就走啦？」

正主在這兒，焉能不說？
於是，就是那些個套話路，什麼擔心孩子在宗學食堂吃不好，秦鳳儀道：「我已稟明陛下了，自御膳房撥兩個手藝好的御廚到學裡，妳們哪家能有御廚的手藝？」
粥啊湯啊的怕燙著孩子們，秦鳳儀道：「不論粥湯，我都會叫他們提前做出來，說到適口時再給孩子們吃。還有什麼雞怕骨頭魚怕刺的事，魚吃魚丸，雞骨頭那個是沒法兒，妳們要是連這個都怕，就把孩子領回去算了，別叫出門了。就中午一頓飯，看妳們這大驚小怪的。最小都十歲了，十歲的孩子自己吃不了飯，他還認識哪個是鹿哪個是馬嗎？」
秦鳳儀把這些老娘們兒訓了一通，便有夫人道：「我們也是不放心孩子。」
「都讓妳們慣得一個個只會調皮搗蛋，回去叫他們老實些，再敢往門上搭水盆，往我書桌上放死耗子，被我逮著，我一個個都給揍扁！」秦鳳儀放狠話道。
裴太后問：「還有這樣的事？」
「多了！」秦鳳儀道：「別看他們在您老人家跟前說得家裡的孩子像花朵兒一般嬌嫩，怎麼到學裡便都是混世魔王了？妳們也就糊弄糊弄我大娘這樣不出門的老太太了！」
秦鳳儀道：「虧得我大娘還叫大皇子跟我遞話，叫我軟和著些。看看妳們各家的魔王們，我再軟和他們還不得上天啊？」
裴太后威嚴地看了幾位宗室誥命一眼，幾人紛紛道：「我們不知他們在學裡這般的。」還有人不承認來著，「探花郎說的是旁個孩子吧，我家孩子斷不會如此的。」
秦鳳儀一哂，「妳是順王家的大兒媳吧？

順王世子夫人不好意思地點點頭。

秦鳳儀道：「就妳家小叔子，頭一天跟我揮拳頭，被我揍了，第二天書包裡放半塊板磚去學裡，要拿板磚敲我。倘不是我機警，得著了那小子的道。」

「還有妳，蜀王家的二郎媳婦，妳家小子最壞，背後出壞主意的都是他。上回我一進課室，開門就有絆馬索，就是妳家小子帶到學裡去的。」

「妳，康王家的侄媳婦，妳家小子現在串連人呢，準備要起義，反抗我的暴政。妳趕緊回去跟他說，叫他歇了吧。小屁孩一個，還要翻天怎麼著啊？」

「還有這位國公夫人，妳瞧著也是個斯文人，怎麼妳家老三像個活土匪一樣啊？他在我跟前倒是老實，卻總欺負別個同窗是怎麼回事？」

秦鳳儀把她們挨個數落了一遍，數落得幾人個個面露慚色才算甘休。她們以為秦鳳儀不認識她們，沒想到人家非但認識她們，還把她們各家的孩子都拎出來說了一通。

裴太后是聽不得「大娘」兩個字，不肯再說話了，幾人也只得道：「我們要是知道他們在學裡這樣淘氣，早教導他們了。」

「現在也不晚，就妳們幾家這些個孩子，妳們還擔心他們在學裡吃不好？哎喲，妳們可真小瞧他們了，誰吃不好，他們也吃得好！」秦鳳儀道：「沒事了吧？」

沒事了。

非但沒事了，幾人還很有歉意地說：「就勞探花郎多管教他們了。」

「這不必妳們說，再有不老實的被我逮著，哼！」秦鳳儀哼一聲，一撣衣袍站起身來，然後笑咪咪地問：「大娘，您還有什麼吩咐沒？」

裴太后唇角抽搐著，擺擺手，「下去吧。」真是受夠了！

秦鳳儀去跟皇帝陛下說御廚的事時，還說起了這事，秦鳳儀道：「大娘實在是耳根子軟，陛下跟老太太說一聲，平日裡在宮裡吃吃喝喝得了，別淨讓人當槍使了。」

皇帝陛下都不確定，這小子是在說他娘嗎？

景安帝待心裡把輩分算清楚，這才確定：這小子真的是在喊他娘啊！

嘿！你個混帳小子，你知道朕的母后是什麼人嗎？

不待皇帝陛下教導幾句，秦鳳儀討了兩個御膳房幫廚的廚子，就帶去宗學食堂了。

秦鳳儀將那些宗室婦女訓了一通，直接導致秦鳳儀生辰時送禮的人數遠超預期。大家紛紛備了厚禮，尤其是宗室，簡直不惜銀錢，就怕秦鳳儀宗學立規矩立到自家孩子頭上。

甭看裴太后政治場上歷練多年，就像方閣老說的，秦鳳儀雖是清流出來，卻不是正統清流派的手段，他是屬於江湖派。裴太后的政治手段，在秦鳳儀身上，效用很不明顯。

秦鳳儀回家還跟媳婦說了這事，「妳說，太后一個老太太，還管這些個閒事做什麼？吃吃喝喝就好了啊！」

李鏡半晌無語，問他：「你不會在太后跟前就這麼說了吧？」

「沒有，我看她一個老太太挺熱心的，想來也是好意，我就沒說。」秦鳳儀搖頭，「這一幫智商不夠的老娘們兒，就知道添亂。」

李鏡千叮嚀萬囑咐，「在外可千萬不能這樣說啊？」

「我曉得，我就跟妳說。」秦鳳儀道：「真是要命，一個個都不懂，還特愛摻和。」

秦鳳儀絮叨了一回，李鏡問：「食堂準備得如何了？」

「房舍整理出來，再招幾個可靠的幫工，就差不離了。」秦鳳儀道。

「幫工也不要自己招，乾脆問一問皇上的意思，御膳房好幾百人，還差幾個幫工了？」李鏡道：「你既要在宗學設食堂，這上頭就一定要小心。」

秦鳳儀點頭，「妳說的也有理。我在想，一個月收多少伙食費呢？」

李鏡想了想，建議道：「十兩銀子吧。」

「也是，小崽子們還小，吃也吃不了多少，十兩足夠了。」秦鳳儀道：「宗室就是囉嗦，男人女人都愛告狀，要是哪裡不好，讓他們挑出毛病來，又得沒個消停。」

秦鳳儀正算計著宗室的事，李鏡道：「你有空去方閣老那裡走一走。」

「怎麼了？老頭兒挺好的啊！」

「囡囡今天來看我，說方閣老近來似有心事。囡囡說阿悅說的，書房的燈半宿亮著。」

「這是怎麼了？阿悅都不曉得嗎？」秦鳳儀連忙問。

「阿悅要是知道，囡囡就不過來跟我說了。」李鏡道：「你有空就過去瞧瞧老人家，問問可是有什麼麻煩事。」

秦鳳儀點點頭，「我這就過去。」

秦鳳儀說「過去」，外頭天色不大好，正趕著秦太太過來看孫子，說兒子：「這也不急在一時半刻的，瞧瞧這天兒，說不得就得下雪。」

「這幾天是挺冷的，不過這都開春了，不會還下雪吧？」

「不好說，以前京城也有開春下雪的時候。」

還真被秦太太說中了，明明二月的天了，突然不知哪裡來的一股寒流，竟忽悠悠下了一場大雪。當然，現在的天氣，雪落地即融，但方閣老這上了年紀的就有些經不住，下人服侍不周，身上便有些個不大好。

秦鳳儀原就想去瞧他師傅的，聽說師傅病了，忙帶了藥材過去。

自他這離奇的身世一出，再加上他兒子的洗三禮什麼的，接著是宗學一通忙，他都沒過來看望老頭兒。如今宗學這事，他也想跟老頭絮叨絮叨。

秦鳳儀頗是孝順，非端碗給方閣老餵藥，餵得方閣老生不如死。

方閣老道：「你就把藥碗給我吧，我一口乾了。你這一勺一勺的，快苦死老夫了。」

「苦嗎？」秦鳳儀道：「我媳婦吃燕窩就很喜歡我這樣餵她啊！」

方閣老氣得狠，「廢話，你媳婦那是燕窩，跟老夫這湯藥能一樣嗎？再說，老夫也不稀罕你餵！」他搶過藥碗，一口吞了。

秦鳳儀忙遞上蜜餞碟子，方閣老捏了幾粒蜜餞吃了，這才靠著引枕與秦鳳儀說話。

「鳳儀啊，要知道你是這樣的身世，我是再不會收你為弟子的。」

「瞧瞧這話說得，可真沒情義。都說人老多情，怎麼到你這兒，你就鐵石心腸啦，還要六親不認？」秦鳳儀對他師傅的話十分不滿。

「你看看，我就說一句罷了，誰家弟子對師傅這樣？」

「您還好意思說？誰家師傅會說，哎喲，再不會收你為弟子的話？」秦鳳儀哼一聲，「真是個沒情義的！」

「行啦，看來你不是來看我，是來招我生氣的。」

「您一把年紀啦，咋還氣性這麼大，開不起玩笑了？」秦鳳儀轉眼又笑咪咪的，「師傅，您是不是覺得我現在是宗室，你是清流出身，不想跟宗室離得太近啊？」

不待方閣老說話，秦鳳儀便道：「要是別個酸生，可能會這麼想，不過，我看師傅您可不是這樣的人。」

方閣老笑，「就會氣我。」

「誰說的，我可是你的關門弟子。」秦鳳儀道：「現在人家說起你來，雖然都是閣老大人什麼的，以後人們要是說起來，就得說，這是秦探花他師傅。若是後世子孫提起來，史書上提起我，必然要說，這是方閣老您的高徒啊！」

方閣老又笑，「別貧嘴了。你不是在整頓宗學，如何了？」

秦鳳儀道：「別提了，那群小崽子們淘氣些情有可原，年紀還不大呢，男孩子哪有不淘氣的，最可恨的是做父母的，只知道扯後腿，我才去宗學幾天，就被告兩場狀了。陛下跟前告完了，太后跟前兒告去。」

方閣老並不擔心，「他們告狀也告不過你啊！」

「那是，我能讓他們給告了？」秦鳳儀道：「昨兒我才在慈恩宮把一群老娘們兒好好說了一頓，[illegible]就算了，還跟著添亂，把太后扯進來。那老太太六十多了，還著大皇子與手邊話兒，叫我略鬆著些。她們知道什麼，我正立規矩呢，就來扯後腿。大皇子也真是的，耳根子軟得像拿麵捏的一般，老太太的話都聽，還去跟我說如何如何，我都不好意思講他。這是做人情攏人心的時候嗎？等該立的規矩立起來，再出一兩件優容的事，宗室也就認命了。」

秦鳳儀擺擺手，「陛下要給大殿下攢資歷，唉，我總要給陛下一些面子。」

秦鳳儀有些氣悶，方閣老笑道：「大殿下性子寬厚，你好生與他相處才是。」

「不是寬厚不寬厚的事兒。」秦鳳儀道：「陛下把他派去，咱們自然是要給他抬轎子的，可師傅您不知道他那個人，怎麼說呢？太一塵不染了。」

方閣老道：「這話我不大明白。」

「這有什麼不明白的？」秦鳳儀道：「為人處事，誰都喜歡只做好人，不做壞人，可您想一想，菩薩身邊還有兩個金剛呢。太一塵不染，就不接地氣，知道不？」

方閣老道：「你說，陛下的意思，是不是要你做大殿下的金剛呢？」

秦鳳儀搖頭，「我倆不合拍。」

掰個桔子，慢慢剝了，秦鳳儀道：「這人跟人，能看性情，像我跟陛下就很合得來。不要說陛下了，就是太后那老太太，都機靈得很。誒，師傅，我跟你說說昨兒的事兒吧。」

秦鳳儀把昨天在慈恩宮發生的事說了一遍。

「其實我早看出來了，太后是因著我沒應她叫大皇子傳的話，有些惱我，就把我叫去，叫我直接與宗室誥命說去。宗室幾個老娘們兒能奈我何啊？先時她們各家男人早在陛下跟前告過我的黑狀了，我能不防著？我早防著她們呢。我家大陽洗三禮時，她們都到了，我都記得她們，她們各家孩子在學裡時什麼樣兒，我一清二楚的。到慈恩宮後，我一下子就把她們給震懾住了。您說太后那老太太，機靈得不得了，我一彈壓住那幾個宗室誥命，她立刻就冷了臉，鎮壓住她們，這就叫機靈。這個時候萬不能說，哎喲，她們也是一派慈母心什麼的話。我這是為陛下當差，我把她們彈壓住，太后自然得向著我說。這下子，她們告狀告得沒理，以後也不敢胡亂咧咧了，我這裡的事兒就好辦下去。您說，是不是這個理？」

方閣老忍笑，「這是自然。」

「我跟陛下跟太后不用說，他們就知道要怎麼著，可我跟大皇子，簡直沒法兒說。」秦鳳儀自己說著都沒勁兒。

「是不是差事上有什麼不對盤？」

「他做事就不行。」秦鳳儀道：「陛下打發他過去，我能不知陛下的意思嗎？頭一天，我在大門口坐著，一個個瞧著那些小傢伙，不讓他們帶小廝進去。大皇子也要一起坐，那就坐唄。有些個刺頭見我不讓他們帶小廝，心有不服，我就拿大皇子來震懾他們，說大皇子五歲識字六歲念書，從來不用內侍宮人服侍，把大皇子誇了一通。那些小崽子一看到大皇子，便不敢同我強了。這個時候，堂堂皇長子應該說什麼？我是宗學的先生，剛那些小崽子在我跟前刺頭，大皇子親眼所見的，他就應該訓斥他們幾句，叫他們老實在學裡念書，不老實的話就讓我按規矩責罰。說這話，才有氣派，可他說什麼？你們以後都是宗室棟樑，莫要辜負君上期望。您不知道他說的那些個話，還不如貓叫兩聲呢！」

方閣老淡笑斥道：「你越發口無遮攔了。」

「我說的都是實在話。」秦鳳儀道：「何為儲君氣派？成天笑咪咪的，能做儲君嗎？不要說做儲君，就是我爹以前做東家，也得恩威並施，才能令人折服。唉，不說他了，師傅，您覺得我把這宗學管得如何？」

方閣老也得點頭，「不錯，有些模樣了。」

秦鳳儀猶有遺憾，「可惜這些宗室子弟嬌貴，不好狠管，要是有人肯放開手讓我管，我必能教出幾個真正有才幹的來。」

方閣老望著弟子那自信飛揚的模樣，一時失了神。

秦鳳儀看望過自己的師傅後，請教了些宗學規章制度的事，方閣老問了他一句話：「鳳儀啊，宗室的問題不是一朝一夕的，先時榮養宗室，也有歷代帝王的用意所在，可如今看著，宗室再榮養下去就全都廢了，所以，一貫榮養也不是法子。鳳儀，宗學能把人教出來，以後用在哪兒，你考慮過嗎？」

秦鳳儀道：「看他們適合在哪裡就在哪裡吧。」

「知其然，不知其所以然。」方閣老微微笑著，與小弟子道：「為何執掌六部的皆是翰林出身，為何陛下喜歡用寒門官員，為何不令宗室入朝，鳳儀，這三件事，你不要問別人，你自己慢慢想，當你想明白的那一日，便也明白了。」

這話說得，想明白的那一日，便也明白了。要是想不明白，他能明白嗎？

秦鳳儀湊近了，拈個蜜餞給老頭兒，笑道：「要不，師傅您乾脆告訴我算了。」

方閣老接過蜜餞吃了，「這事就是告訴你，你眼下也不能明白，何況也不是什麼要緊事，只是隨口說到這兒，問你一句罷了。」

「真個吊人胃口！」秦鳳儀嘀咕一句，方閣老道：「不許去問別人，知道嗎？」

「知道，我總不會問陛下就是了。」

景安帝其實不大喜歡別人揣摩他的事，像老頭兒說的這幾個問題，要是去問景安帝，怕景安帝會多想。秦鳳儀覺得，跟自己媳婦說一說還是無礙的。

方閣老在病中，也沒留他吃飯，就打發他走了。

秦鳳儀道：「我去瞧瞧大妞。」

方閣老急道：「你瞧我家大妞做什麼？」

大妞是方悅的長女。

秦鳳儀嘻嘻笑著，「聽說大妞兒現在長得很漂亮，我去瞅瞅唄。」

也不管老頭兒如何急，他高高興興地瞧孩子去了。

方悅家的閨女當真會長，方悅先時說像自己，秦鳳儀就絕了跟方悅家做親的心思，可這小丫頭嘛，倒不是女生男相，而是眉宇間有那麼些她父親的神韻。圓圓的眼，圓圓的臉，雪白的皮膚，一笑還有兩個小梨渦，秦鳳儀都說：「見著大妞兒，心都化了。」

方大太太笑，「前兒囡囡回來，說大陽也越發肥壯了。」

「那小子忒能吃，師嫂，妳說以後長成個小胖墩可怎生是好啊？」繼為兒子的相貌憂愁了一陣，秦鳳儀又開始為兒子的體型發愁了。

方大太太道：「孩子這會兒長得正快，可不就能吃才好嗎？大妞兒也很能吃的。」

「可怎麼大妞兒不肥，我家大陽那麼肥呢？」

「那是奶膘，待孩子大些就下去了。大妞兒也是肉肉的，她臉小，便看不大出來。」

秦鳳儀抱了抱大妞，軟乎乎，香噴噴的。

秦鳳儀道：「先時我一門心思想要兒子，如今看來還是閨女好，大妞兒咋這麼香啊？」

方大太太道：「閨女兒子都一樣，你們這才頭一個孩子，以後多生幾個就啥都有了。」

秦鳳儀很喜歡小妞妞，還解了腰間的玉佩送孩子，方大太太連忙推辭，秦鳳儀道：「以前也沒給過大妞什麼東西，這個讓她留著吧，也是我做叔祖的一番心意。」

方大太太便替孫女收了，秦鳳儀很是稀罕了一陣大妞妞。待方悅落衙回家，與方悅說了會兒話，並未留飯，告辭離去。

方閣老千叮嚀萬囑咐自家孫子：「要是阿鳳跟你說兩家結親的事，你可千萬不能應。」

方悅沒想過太早給閨女結親，他道：「輩分也不對呀！」

「皇室向來不講究輩分不輩分的事，我方家乃清流，家族以書香傳世，不必慕外戚之榮華。」方閣老道。

祖父在病中都這樣吩咐，方悅連忙應了。

秦鳳儀回家後跟媳婦說起方悅家的大妞兒，「別看小名兒比較土，當真是個俊丫頭，比阿悅長得還好。」

李鏡笑，「你這是又看上人家的閨女了？」

「是真的很好看，抱著都香噴噴的，不似大陽，昨兒一泡尿，把我給熏死了。」秦鳳儀說著，還低頭戳戳兒子的雙下巴，笑問：「是不是啊，小臭臭？」

「別戳阿陽了，他剛睡著。」

「成天除了吃就是睡，還有什麼追求啊？」秦鳳儀很是鄙視兒子，李鏡道：「奶娃子不是吃吃睡睡，還要叫他想什麼朝廷大事不成？」李鏡問：「方閣老的身子沒事吧？」

「沒事，就是著了涼，喝藥時生龍活虎的。」

「今天王妃過來了。」

「又來看阿陽啊？」

「除了看阿陽，王妃是想問問，你的生辰要不要在王府準備？」

「哎喲，不說我都忘了。」秦鳳儀道：「去歲被柳大郎攪和得，我生辰也沒好好過。在王府就在王府吧，咱們家現在妳在月子裡，咱爹和咱娘兩人張羅，現在有許多宗室會來，就又多了一重麻煩。」

「王府裡辦生辰宴倒也無妨，只是，咱們家與許多商賈都有來往，年節什麼的都有走動的。我先提醒你啊，他們便是能進王府的門，也是最末的幾席。」

事實上，如若是在王府過生辰，王府會不會請這些商賈都兩說。

秦鳳儀參加過他岳父的壽宴，想著侯府壽宴也沒有半個商賈。侯府尚且那樣，何況是王府呢？如果秦鳳儀強烈要求，估計愉親王會應他，只是王府下人那些個眉高眼低的，怕是他[illegible]這生辰宴辦著也沒意思。

秦鳳儀靈機一動，說道：「這也簡單，咱們家畢竟是商賈起家，便是以後要繼承王府，也不能忘了先時的朋友。在王府一塊宴請，他們去了怕也吃得不自在。王府那裡，府上的管事太監都是有品階的，讓他們應付商賈，他們多半也不情願。既如此，不如就分開來請，王府那裡接待官場上的朋友，咱們家請家裡的舊交，分開日子就是。屆時我和咱爹娘一樣招待，這樣如何？」

李鏡點點頭，「你先跟王府那裡商量好正日子的時間。你這生辰也不必大辦，熱鬧一日便是。之後，咱們家這裡就好定了。」

秦鳳儀應了。

秦鳳儀與他爹商量，秦老爺反正都聽兒子的。

要秦老爺說，這樣也自在，只是秦老爺有些猶豫，問道：「我兒，你現在都是世子了，還與商賈來往，會不會被人說閒話啊？」

「誰理他們啊？咱們家本來就是經商起家，難不成現在我做了世子，就不認以前的朋友們了？」秦鳳儀道：「那也忒勢利了。」

秦老爺讚道：「我兒果然是我兒啊！」深覺兒子品行一流。

秦太太亦是歡喜，「就是咱們搬去了王府，這宅子也留著。咱們這宅子的景兒好，就留做花園子，景致好時，我也請些太太奶奶過來賞景說話。」

秦鳳儀點頭，「就是，我請朋友也可以在咱們家。」

秦鳳儀這裡與爹娘商量好，又親自去王府那裡說了一聲。愉王妃自是願意秦鳳儀的生辰宴在王府辦的，聽秦鳳儀這般說，愉王妃笑，「你有哪些個要請的朋友，只管把名單交給我，我讓長史司備帖子，屆時一併請過來，也熱鬧。」

秦鳳儀道：「我這已是備好了。」把單子給了愉王妃。

愉王妃一看，心下甚是滿意。無他，先時愉王妃還擔心秦鳳儀會不會請些商賈來家裡，這一看，半個商賈都無，最尋常的也是翰林學士，餘者如景川侯府，這是正經岳家。甭說，就秦鳳儀結的這門親事，便是愉王妃現下看，都覺得很不錯。再有，酈公府、桓公府，這樣的公府，愉王妃就問：「桓公府我知道，這是咱們家的親戚，酈公府是何淵源？」

秦鳳儀笑道：「這說來就話長了，我剛來京城那會兒，過來跟岳父提親，就多虧酈公府的酈悠酈三叔和酈世子家的阿遠哥幫忙。」把先時的交情與愉王妃大致說了，然後道：「考科舉那幾年，我每年都來京裡為阿鏡過生辰，只要來，必要過去請安的。後來中了探花，就在京城住下，也沒斷了來往，過年我都帶著阿鏡過去的。」

愉王妃笑道：「這是應該的。」心中越發覺得秦鳳儀會辦事。

愉王妃繼續看名單，方家是秦鳳儀的師門，餘者多是翰林院的同窗們。

愉王妃對這份名單很是滿意，「那我就照著這單子讓他們發帖子了？」

秦鳳儀點頭應了。

愉王妃道：「到時也讓你爹娘過來，一塊吃酒才熱鬧。」

秦鳳儀笑，「正有事想同母妃說呢！」他慣是個嘴甜的，叫聲「母妃」又要不了命，愉王妃聽了，也歡喜，問：「什麼事？」

秦鳳儀就把在自家宴請商賈的事說了。

秦鳳儀道：「先時也不知我這身世，都是來往許多年的交情了，以前我成親都請他們的，現在雖則我在王府了，這些交情也不好就斷了，不然為人也忒勢利了些。我就想著，要是叫他們來王府，王府規矩大，他們都是鄉下人，來了怕也不自在，可不請也不好，所以就在我現在住的宅子裡，讓我爹娘請吧，屆時我過去陪著吃兩杯酒，便也全了這份情義。」

愉王妃想了想，終是道：「按說你現在的身分，實在是不相宜了。只是，你說的也有理，就這麼辦吧。」

秦鳳儀笑，「等我生辰的事結束，還有事要求母妃呢！」

愉王妃就喜歡他這親親熱熱的小模樣，「什麼事，只管說來。」

「現在不能說，待生辰之後再說，總歸我現在還沒準備好。」

愉王妃失笑，「還神神祕祕的？」

「等我辦得差不離，得請母妃幫我把把關。」

愉王妃很高興秦鳳儀與自己親近，愉王妃道：「對了，還有一事，昨兒平郡王府打發人過來，問咱們家生辰宴擺在哪日，他們好錯開。說來真是巧，你與平郡王的生辰同一天。」

秦鳳儀去歲生辰宴雖是沒辦成，卻也準備了，準備的時候就錯開了平郡王府的正日子，皆因平郡王為尊，秦鳳儀要是硬跟平郡王府擺同一天，那也能擺，只是好些個人必然是去王府賀壽的，他這裡便會冷清了。

去歲秦鳳儀頗是不服，但今朝愉王妃這樣問，秦鳳儀眼珠一轉，道：「這是平郡王府客氣了，我雖為親王世子，可平郡王年高德劭，又屢立戰功，我怎好奪老郡王的正日子？母妃，咱們把正日子讓出來，讓郡王府先辦壽辰，我還年輕，晚幾天無妨，我不爭這個。」

愉王妃拉他到身邊坐下，欣慰道：「我兒，你能這樣想，我就放心了。論理，咱們家是親王爵，你親王世子等同於郡王，何況咱們家又是宗室，平家是民爵，還是咱們家更高貴些。不過，平郡王畢竟是皇后的父親，今上的岳丈，他輩分高，又是這樣的年紀，咱們家便讓他，也都是說咱們家知禮的。」

愉王妃已是如此回了平郡王府，只是故意問一問秦鳳儀的意思罷了，見他如此識大體又懂事，愉王妃甚是欣慰，深覺不論出身，便是才幹，這孩子也是一等一的。

愉王妃很是喜歡秦鳳儀為人處事上的機靈，當退則退，當讓則讓，完全不似二十出頭的毛頭小子，非要爭個高下先後不可，故而非但留秦鳳儀在府裡吃晚飯，待秦鳳儀告辭離去，老夫妻二人說起話來，愉王妃還狠讚了秦鳳儀幾句。

「原我聽說，在太后跟前他把好幾個宗室誥命訓得啞口無言，再有他正是年輕氣盛的年歲，只怕他要爭個先後，沒想到這樣懂事，我都沒說，這孩子自己就想得通通透透的。」

愉親王笑，「這算什麼稀奇事？妳到宗學看看去。先時雞飛狗跳的，鳳儀這才去了幾天，那些頑童們個頂個兒都老實了，現在給宗學講課的學士們也不抱怨天抱怨地了。」

「先時來我這裡說情的也不少，只是我如何會應承她們？她們又去太后那裡，倒被鳳儀給說得沒理，我看現在她們也都老實了。」愉王妃笑了笑，又道：「先時聽王爺說過宗學有些亂，如何鳳儀一管就能管好？學裡不也有管事先生們嗎？」

[illegible]很是清氣，翰林學士們去講課是陛下吩咐的，他們也有各自的職司。二則要說管，一些頑童罷了，如何管不了？只是，瞧瞧鳳儀這才接手幾日，人們就紛紛往御前往慈恩宮那裡告狀，大家都知道是得罪人的差事，如何肯幹？」

愉王妃就有些擔心了，道：「既是得罪人，如何叫鳳儀去幹？」

「我的王妃啊，我說得罪人，那不過是些庸人的想頭罷了。」愉親王道：「做什麼事不得罪人啊？我在宗人府，給宗室的東西多了，清流叨叨，給宗室的東西少了，宗室罵我。做事沒有不得罪人的，端看如何做罷了。那些孩子也著實淘了些，正該有這麼個人管上一管。甭看現下都在說鳳儀的不是，待他們嘗到甜頭，就該說鳳儀的好處了。」

愉王妃道：「別說，看鳳儀的長相，真個神仙一流的好相貌，不似那等威重的，可他要是板起臉來，還真有那麼點意思。」

愉親王也道：「這孩子有那麼一股常人所沒有的魄力，有時大家覺得他冒失，可他也總能把事情辦得圓滿了。」

夫妻倆誇了一回便宜兒子，平郡王妃這裡也在與平郡王商量壽宴的事。

平郡王道：「我不是說讓一讓愉王世子嗎？」

「我打發人去說了，愉王妃說，世子年少，而且這又是世子的意思，請咱們正日子辦，他往後錯幾日便是。」

平郡王道：「這咱們豈不張狂？」

平郡王妃道：「眼下日子就近了，咱們兩家總要發帖子宴請賓客的，你讓我，我讓你的，有這麼宗事就罷了。我看，愉世子也不是非掐尖要強的人，去歲他還來給王爺賀壽呢，不曉得今年來不來？」

平郡王道：「留出愉世子的席位，必要與諸皇子同坐才好。」

平郡王妃道：「這我自是曉得。」

愉世子哪裡會不來，他非但來了，還帶著禮物，一臉笑咪咪的來了。

當天平郡王的壽宴上，愉世子的表現，怎麼說呢，便是平郡王心裡都暗想：可得快些為愉世子正式請封世子了！

說來平郡王還是李鏡的外公，雖則景川侯夫人是繼室，但也是正正經經的繼室，故而在禮法上，平郡王府也是李釗和李鏡兄妹的外家。去歲平郡王大壽，秦鳳儀與李鏡一起來的，今年李鏡在坐月子，便是秦鳳儀跟著愉親王夫妻一塊來。

平郡王為京城第一異性王，又是國朝外戚，於京城亦是一等一的顯赫人家。平郡王與愉親王也是老相識，兩人年紀差不多，平郡王的大日子，愉親王自是要來的。非但自己來，愉王妃也來了。這對夫妻多年無子，如今終於有兒子，自然要把兒子帶來顯擺一下。

愉親王夫婦上了年紀，都是坐車，秦鳳儀則是騎駿馬，著鮮服，帶護衛。那一等京城貴冑子弟的風流紈絝風範，在秦鳳儀身上展露無遺，但因他容貌俊美，便是如此紈絝姿態，卻也不討人厭，反是一路不知招了多少女娘們的喜歡。

如愉親王這樣的貴客，平郡王自要親迎，遠遠就望見愉親王一行的車馬浩蕩而來。秦鳳[illegible]秦鳳儀、[illegible]親自扶了愉親王和愉王妃下車。

[illegible]穿在這件春之袍，晨間陽光灑落，他又是這樣的神仙人物，縱是平郡王這見慣風采之人，亦是笑道：「這衣裳也就是世子這樣的人物，才能穿出應有的風采來。」一直接不是心裡讚，嘴上更是讚個不停。

愉親王向來謙遜，到秦鳳儀這裡委實謙遜不起來，笑道：「這孩子就是長得好。」

秦鳳儀笑嘻嘻的，「俗稱的才貌雙全，就是我啦！」引得旁人一陣笑。

愉王妃拍拍兒子的手，平郡王連忙引這一家人進去了。

秦鳳儀與愉親王夫婦那種自然而然的親暱，說實在的，秦鳳儀身世未曾揭露時，誰都不會想到他竟是宗室之後，可這事一揭露，雖則彼時難免震驚，但自相貌而言，皇家人多是鳳眼，秦鳳儀是神采飛揚的桃花眼，要是細看，還真有幾分皇家神韻，何況他這般的相貌，這般的風範。原本秦鳳儀在京城揚名後，便有不少話說的，「真叫人哪裡說理去，這麼個鹽商子弟，哪裡來的這樣的氣派？」

當初秦鳳儀能得景安帝青眼，全憑相貌與才智，他的禮節更是不差的。倘畏畏縮縮的，皇帝陛下也看不上眼。當時嫉妒秦老爺和秦太太命好的就不只一個，刻薄些的說秦家祖墳冒青煙了，就事論事的，就得說人家教子有方，秦探花不同常人。

如今，秦鳳儀身世之謎一揭開，所有的刻薄眼紅似乎都息了聲，大家都在想：哦，原來是愉親王之後，難怪啊！

今愉親王一家三口過來，愉親王與平郡王寒暄著，秦鳳儀就去找平嵐說話了。

秦鳳儀對平嵐道：「去歲我生辰沒辦成，過幾天我府上擺酒，你可得要去啊！」

平嵐笑道：「世子有召，不敢不去。」

秦鳳儀笑著捶他一下，「我先時是鹽商子弟時你沒嫌我，現在卻說這話。」

平嵐一邊引秦鳳儀進去，一邊道：「原本祖父想著，該是你今日擺酒的，你這樣的客氣，今天可得多吃幾杯。」

「誒，這就外道了，老郡王這樣的年紀這樣的輩分，理當是以老郡王為先的，何況，我隨著阿鏡還得叫聲外公哩，哪裡有叫長輩在我之後的理？」秦鳳儀說起漂亮話來也是一套一套的，便是平嵐知道秦鳳儀這話中有客氣的意思，聽著亦是無比熨貼。

一行人說著話就到了正殿，平郡王便在此相陪愉親王，秦鳳儀把愉親王妃送到內宅，跟平郡王妃打過招呼，請了安，方去了外殿。

秦鳳儀在口頭上斷不會小家子氣的，他自內宅出來，去正殿就見壽王到了。秦鳳儀連忙見禮，笑道：「我送母妃進去，向老王妃請安，就同來迎壽王兄，王兄可得見諒則個。」

壽王笑道：「別個人見諒，你就不見諒了。」

秦鳳儀見丫鬟端上茶來，笑接了一盞，奉給壽王，嘴上卻是道：「既不見諒，我便拿這茶堵了王兄的嘴。」

壽王大笑，接過茶，對愉親王道：「有了鳳儀，我看王叔年輕了十歲。」

愉親王謙道：「就是個貧嘴的，只知哄長輩開心。」也不知他這是謙虛還是臭顯擺。

秦鳳儀又去見過他岳父、舅兄等人，再者就是大公府的駙馬、在京的幾位國公世子，餘下者也有幾家相熟的，以至朝中高官，秦鳳儀更是都能說上幾句話，倒不

[illegible]的交情，[illegible]宗室改制時，秦鳳儀是清流主力軍，自然是與內閣幾位大人都有所來往。何況，他不是那等愛擺架子的性子，也不因現在是世子了，就拿捏矯情什麼的，還是以往笑嘻嘻的模樣。

就秦鳳儀這性子，不要說他眼下這般的身分，就是以往七品芝麻小官時，清流的幾位大人還會與他說上幾句。倒是如今他成了宗室，清流對他不及以往熱絡了，不過，盧尚書看秦鳳儀的眼神倒比往日溫和許多，無他，近來秦鳳儀給宗室立規矩，頗合盧尚書的眼。可不就是嗎？這些個宗室頑童，許多事盧尚書都知道，只是礙於他清流的身分不好越俎代庖說宗學罷了，但誰又真看得過眼呢？而今秦鳳儀把人收拾了，盧尚書心中很是解氣加滿意。

秦鳳儀一圈招呼打下來，方坐回愉親王下首，聽著大家說笑。

待大皇子和二皇子帶著皇帝與平皇后的賞賜過來時，都是快開席的時候了。這是常理，皇子畢竟身分不一般，通常都是最晚才到的。待大皇子頒下賞賜，親手扶起自己的外公，如此便正式開席了。

與皇子同席的是平郡王、愉親王、壽王，平郡王府把秦鳳儀也放到上席，秦鳳儀並未推卻，他正好坐在愉親王下首，就給愉親王執壺了。愉親王這樣的身分，不會久坐，待大皇子飲一盞酒告辭時，愉親王便也告辭了。

秦鳳儀本想一起走，卻被壽王拉住，必要秦鳳儀陪他喝酒。

愉親王笑，「那你就多坐一會兒，好生敬壽王幾杯。」

秦鳳儀又坐了半日，看了兩場戲，把壽王灌趴下，這才告辭離去。

秦鳳儀不是表現得不好，而是表現得太好了。他的交際，他的人脈，雖則秦鳳儀宗室改制時把整個宗室得罪狠了，可如今他掌著宗學，宗室們就是為了自家孩子，也不敢太過得罪他的。再者，秦鳳儀那一等獨有的既豪爽又大方的氣度，不知為何，哪怕知道這小子不是什麼好性子，卻仍是引得人願意與他來往。

不要說別人，就是平郡王，拋開各種利益糾葛不談，早在秦鳳儀剛在御前露頭時，平郡王就很看好他了。

然而，就因為秦鳳儀這獨有的魅力，平郡王便希望盡快落實愉世子冊封之事。

這事，平郡王府自然不好自己出面。

而且，需要一個恰當的時機。

平郡王壽宴後，就是秦鳳儀的生辰宴了。

皇室以世子例賞賜了秦鳳儀的生辰宴，壽王過去吃酒時，特意多灌了秦鳳儀幾杯，還對愉親王抱怨：「這小子壞呀，上回在平郡王府淨灌我酒了。」

愉親王笑，「今天叫他多敬你幾杯。」

秦鳳儀的生辰宴自是不比平郡王府的壽宴熱鬧，並不是規格比不上，而是兩人的年紀相差太遠，秦鳳儀上頭還有愉親王夫婦呢，他這樣的晚輩，生辰宴本身不會大辦。當然，朝廷該有的賞賜還是要有的。

如二皇子、三皇子、六皇子都被秦鳳儀請了來，另則平嵐、酈遠、桓御和桓衡兄弟等，[illegible]再有就是翰林院的同窗、宗人府的同僚，餘者便是宗室的親戚們了。這回宗室們等[illegible]待生辰宴結束，愉王妃看侍女整理出的禮單時才發現，私下還與丈夫說：「鳳儀過生辰，他們如何送這樣的厚禮啊？」

愉親王一想便明白，「他們各家都有孩子在宗學，現在阿鳳正管著宗學的事。」

愉王妃有些哭笑不得，「咱們家豈是眼皮子淺的人家？」

愉親王笑道：「送都送了，也不能再退回去。看看有什麼得用的，拿出來用就是。」

愉王妃應了，又問：「先時阿鳳說待生辰宴過了，有事找我幫忙，到底什麼事呢？」

「有什麼事啊？」愉親王擺擺手，「不可能的，有事也是找我幫忙。」

「都說是找我了。」愉王妃再次強調自己的重要性。

老倆口上了年紀，愉親王識趣地不與老妻爭這個。

這事嘛，是秦鳳儀在自家宴請過商賈朋友才同愉王妃說的，秦鳳儀請愉王妃到宗室書院吃飯，讓愉王妃幫著嘗嘗味道。

秦鳳儀道：「以後都叫他們在學裡吃午飯，省得這家送那家也送，搞得宗學外頭跟坊市一般，哪裡像讀書的地方？這是我從陛下那裡要來的御廚，母妃您嘗嘗味道，要是覺得好，先在宗學這裡宴客，請宗室們先來吃一吃食堂的飯菜，省得他們歪纏。」

母子倆就在宗學吃午飯，愉王妃逐一嘗了，覺得味道很不壞，回家便又把秦鳳儀誇了一回，說秦鳳儀辦事仔細妥當，還提到秦鳳儀宴客時如何幫諸宗室排座次。這可是不是個簡單的活計，要知道，宗室與宗室之間，有些個也是有矛盾的，故而，不能只看官爵大小，倘有些個彼此不睦的宗室，就得把他倆分開來坐，省得待一處鬧氣又不痛快。

這些都是要避諱的。

忙完這個，再以宗人府的名義給各宗室發帖子，定在一個休沐的日子，再到御前打過招呼，請了大皇子和二皇子相陪，大家到宗學吃一回食堂，嘗一嘗食堂的味道。

秦鳳儀在御前先與大皇子說了：「大殿下到時講幾句話，但也不要太長，你說幾句，咱們就開始吃了。等吃完飯，大殿下就把宗學現在的規矩法令都與他們說一說。以後要在學裡吃飯，每月十兩銀子的飯錢。」

大皇子道：「學裡不過兩百多小學生，一個月三千不到的銀子，何必還要他們出錢？」

秦鳳儀道：「幹嘛不要？這錢也不是咱們要，每個月採買，還有廚下那些廚子幫工，總得叫他們有些個賺頭。再者，也不是全都收錢，每次考試，各班前五名就不用交這個銀子了，屆時還有東西獎勵他們。」

大皇子心中覺得秦鳳儀小家子氣了些，但看他父皇沒說什麼，只好笑道：「你這算計得也忒到了。我看，你掌學幾年，沒準兒還能賺些銀子。」

「賺銀子不是根本，根本是要他們好生念書，學些本事。」秦鳳儀道：「凡事絕不能白給白拿，因為任何東西都沒白送的，不然任誰也不稀罕。」

大皇子算是無語了。

秦鳳儀與大皇子說好一起到宗學吃飯的事就告退了。

秦鳳儀走後，大皇子道：「愉世子終是脫不了商賈氣。」

[illegible]子來，與長子道：「宗學瞧著人不多，可就是宗

[illegible]林林總總的這些個東西，工部報上來單子，也有數萬兩了。現在是朕當家，以後你當家，就知道柴米貴了。」

大皇子被父親說得，連忙道：「兒子萬萬不敢有此念頭。」

「這可怎麼了？誰都不能真活萬萬年，這江山早晚都是要交給你的。」景安帝道：「別看鳳儀口中談錢，有商賈氣，待你當家就曉得了，有這樣會省錢的，你以後就滋潤著吧。」

大皇子笑，「宗學從學費到書費到飯費，兒臣看，起碼是虧不了本的。」

景安帝笑笑，打發大皇子下去了。

景安帝為什麼愛用秦鳳儀啊，不止是眼緣和私人關係。其實有了私人關係，景安帝用秦鳳儀時反是要多些思量，只是有時還是樂意用這孩子，不是一般的順手，順手至極。

秦鳳儀不是那等好面子的，他敢做事，也肯做事，關鍵是，做的事還特別合乎景安帝的心意。景安帝可不是大皇子這等涉事未深的皇子，他積年的帝王，深知錢糧之要緊，不然也不能冒著得罪整個宗室的風險，進行宗室改制了。

實在是，朝廷缺錢啊！

結果還是被宗室給敲了一頭，就這宗室書院，籌建花幾萬兩，倒是不多，但接下來是源源不斷，每年每年的投入。像講學的先生還好些，反正都是自翰林出，只領翰林一份俸祿而已，大頭是每年對宗學的投入，各項花銷瞧著不多，卻處處用錢，而且絕對是細水長流的用錢。當初在宗學收學費這一項，就是秦鳳儀最先提出來的，簡直是再合景安帝心意不過。

景安帝倒不會想從宗學賺錢，但宗學能自負盈虧再好不過。

在這方面，秦鳳儀根本是個天才。

為什麼景安帝對秦鳳儀予取予求啊，就是因為基本上只要給秦鳳儀出他要的人，他從來不會再給景安帝上一份銀錢預算單，別個事這小子自己就能解決。

簡直太順手了！

倘不是礙於身分，景安帝都想去瞧瞧秦鳳儀是如何宴請宗室吃飯的。因著實心癢，景安帝派了身邊的大太監跟著大皇子一起過去旁聽。

秦鳳儀把宗室的幾位領頭人都請到了，愉親王是宗正，壽王是在京城的皇弟，另外還有閩王、順王、康王、蜀王他們各自在京的兒孫，各家都請了一個當代表。餘者便是宗室中襲爵的國公、侯爵、將軍等，亦是一家一人，多的沒有。

然後，對應的就是各家女眷了。

大景王朝民風開放，不太重男女大防，什麼男女不能見面這種更是沒有。想就知道，當初李釗和李鏡兄妹下江南，秦鳳儀就能邀李鏡出門遊玩，雖則有李釗作陪，但民風如何，可見一斑了。再者，秦鳳儀所邀宗室男女加起來不過四五十口人。其他的就是學裡的文武先生和兩位皇子，還有就是秦鳳儀了。

秦鳳儀見人都來全了，率先起身道：「本來想請方閣老也過來，但他老人家上了年紀，前些天又下了場雪，便有些不大康泰，就沒有過來。請大夥兒過來沒別個事，先時你們都聽著消息，以後學裡規矩得立起來，首先就有兩條，第一條是不能再帶小廝到學裡服侍，第二條[illegible]都在學裡吃午飯。我知道大家都是親爹親娘親叔叔親嬸嬸親兄弟親媽媽的，不放心孩子在學裡吃。你們一千個不放心，怕孩子們吃不好。我特意從陛下那裡請來御廚，就是幫工，也是御膳房裡派過來的，沒用一個外頭的人。今天中午大家就嘗嘗廚子們的手藝，看看可還合各位的口味兒。」

秦鳳儀又道：「行了，我也別囉嗦了，請大殿下給咱們說幾句吧。」

大皇子主要就是傳達自己父皇的意思，表達了對宗室子弟的期冀，他道：「食堂的事，二弟和愉世子頗多辛勞，為的就是宗室子弟能念好書，以後能為朝廷效力。今天大家嘗一嘗御廚的手藝，倘是哪裡還待改進，只管提出來，叫他們改去。你們還有什麼意見，盡可以說。不論是父皇、愉叔祖，或是我，還是咱們在座的所有人，都是為了孩子們。」

接下來就是吃飯了。

雖是從御廚裡選了兩個幫廚，但這幫廚手藝也頗不一般，而且，但凡宮裡有什麼大的宴會，這些幫廚也要掌勺的。大家吃著御廚烹調出的飯菜，他們自家的烹調水準不見得比這個強去，還有些如國公、侯爵、將軍等府第，更是不能與之相比。

也有些說鹹說酸的，大皇子吩咐一旁的隨從：「都記下來，一會兒叫廚下改去。」

席間，秦鳳儀就跟大夥兒說了廚下的規矩：「以後學生們吃什麼飯，學裡的先生就吃什麼飯，而且先生比學生吃在前。這不是優待先生，就是陛下用膳，還有個試飯的，故而學裡飯食，先生們先吃，尤其是廚子們，與先生們一道吃，還有我，我們吃完，才是學生吃。」

「還有，這裡的劉御醫是我從宮裡要來的，以後就專管宗學這一塊，每天要負責檢查食材。另有，孩子們上學，倘有個磕碰，都是劉御醫的職司。」秦鳳儀介紹了回劉御醫，接著又解釋道：「這個大夫的職司，以後會由御醫院的太醫輪值。」

秦鳳儀都做到這個地步了，大家不好再挑什麼刺，尤其男人們都是說好，倒真有婦人問秦鳳儀：「愉世子啊，我們家小子沒在外頭吃過飯，他吃得清淡，你們這飯有點油啦！」

秦鳳儀道：「清淡有素菜。」

「哎呀，這個湯不行，太油啦，老母雞的湯，得把油濾掉，要清澄澄的才好喝。」該婦人繼續瞎歪纏。

秦鳳儀看大皇子那侍從一眼，侍衛振筆如飛，還在記錄著。

秦鳳儀道：「女人是要細緻些，還有什麼意思，請這位內侍官一併記下來吧。」

於是，女人們就嘰喳開了，什麼我家兒子不吃甜，你家兒子不吃酸的事都念叨起來。秦鳳儀逐一聽了，待女人們嘰喳完了，秦鳳儀問內侍官：「都寫好了沒？」

內侍官道：「回世子的話，寫好了。」

「拿過來給我看看。」

內侍官看自家殿下沒什麼意見，便捧了過去。

秦鳳儀瞧足足寫了三頁紙，起身道：「諸位嬸子大娘嫂子弟妹的話，我都聽到了。」然後刷刷兩下就把這三頁紙給撕了，不待婦人們嘰喳，搶先道：「不要聒噪，聽我說！」

「妳們婦道人家不知事便罷了，諸位叔伯叔兄是知朝廷規矩的，就是六部尚書在內閣吃的也是例飯。你喜甜，他喜酸，他嗜辣，你愛鹹，告訴你們，倘是哪個先生教課不好，宗學建設都是要改進，你們說了，學裡該改的就得改，這些個事都少給我嘰歪！不論是喜甜，喜

[illegible]菜的[illegible]適應的，就讓他們適應。還是說，咱們都吃得下的飯，擱孩子們身上，就吃不下了？」

有人道：「可先時大殿下不是還說，是為了讓孩子們吃好嗎？」

「吃好？什麼叫吃好？妳能吃，我能吃，在座的皇子、親王、長公主、親王妃們都能夠吃，就妳家的孩子不能吃？有這麼嬌慣孩子的嗎？」秦鳳儀問得那女人無言，「請來御廚，是為了讓孩子們最大限度的吃好。有句話說，眾口難調，要合乎你們各家口味，那豈不是又要你們各家來送飯了？我最恨一到中午門口就像坊市似的，攀比之風盛行。你今兒四個菜，他明兒就要八個菜。你八個菜，他明兒食盒十二層。除了攀比淘氣，還有什麼？」

秦鳳儀道：「御廚的手藝在這裡了，以後每頓每人四菜一湯。四菜中兩葷兩素，餐後有時令水果。每頓十個菜，自己選，想吃什麼就選什麼，諸位覺得如何？」

這回連女眷也沒意見了，實在是咱們的意見都被這可恨的愉世子給撕了。

有位鎮國公就很有眼力，笑道：「某是粗人，聽著挺好。」

於是，大家紛紛附和。

秦鳳儀繼續道：「以後為了檢查學生們的學習進度，每三個月一小考，半年一次大考。也就是說，從現在看，第一次考試就在六月了。六月考完，各班前五名都有獎勵銀錢，第一名一百兩，依次往下排。我知道你們諸位看不上這幾兩銀子，但這是學裡的心意。另外，每次前五名還有勳牌。每次考試後，宗學統一開會，凡是知會到的都要來。」

有人不理解了，「世子，我們來做什麼？」

「跟你們說一說自家孩子的學習情況，哪裡不足，哪裡是好的，以後你們在家也要督促著孩子些。孩子們正是學習的大好年華，莫辜負了這大好時光才是。」

這自古以來，老師是最受人尊敬的職業之一，便是宗室這種特權階級，只要是正常人，對老師都很尊敬。何況，秦鳳儀把事情說得這樣細緻了，就是對他再不滿的人，憑心而論，秦鳳儀在宗學上的用心，也值得各家長點頭認可。

說完這些，秦鳳儀才說了午餐收費的事。都是有爵宗室，大家腰包還是很鼓的，就是有些個宗室道：「我們倒是沒啥，就是怕學裡有些貧困學子。」

秦鳳儀道：「各班考試前五名不收伙食費，而且，以後各地方考上來的宗室學子，酌情看成績收取學裡一應費用。」

「這是為啥？」

「書讀得好，就有這樣的好處！」秦鳳儀居高臨下，看這位宗室一眼。

大家被秦鳳儀的一番規矩說得都沒脾氣了，有些人彼此私下商議幾句，還覺得有這麼個狠人幫著管孩子倒也好。

最後，大家表示沒意見了，吃食雖不是頂好，但也還可以啦。

用過午飯，秦鳳儀帶著大家參觀了宗室的學堂、校場、教室、先生們辦公的地方、劉御醫問診的地方，以及廚房。當然，君子遠庖廚，男人們就不看了，但女人們細緻，沒這個窮講究，何況，她們都是在家當家理事的，硬是去廚房瞧了一回，卻見不論是廚子還是幫工，[illegible]整潔，連[illegible]的碗盤也清一色是官窯瓷，這些個婆娘才不嘰歪了。

家屬們公推家長作[illegible]，這些個也不是全部的家長，只能算是家長代表。餘者有同支的沒被邀請到的，這些個代表就回去再各自知會一聲。

如此，把學裡的規矩立起來後，秦鳳儀還是遇到了一次宗學學生的集體反抗。這些宗學的小崽子們，個頂個的沾親帶故，大家都覺得再不反抗就沒法兒活了。

秦鳳儀對幾個帶頭的道：「這樣吧，你們想滾就都滾，我另招學生，不然就比一比。」

「我們幹嘛走，這就是給我們建的書院，你說怎麼比？」

「看你們這倒楣樣兒，也不像有什麼學問的。也不比什麼高深的，比文就比背書吧。咱們隨便抽一本，你們正著背，我倒著背，誰先背錯，算誰輸，如何？」

「我……我們武功也很好！」

「武功我不成，但我有個朋友，你們能在她手下過十招，就算你們贏。」

「什麼朋友？」

「一個女人。」秦鳳儀輕蔑地看小崽子一眼，「能在女人手下過十招，就算你們贏。文武各三場，就請宗學的先生們當裁判，如何？不敢比，你們就滾，要不就老實回去念書。」

最終，秦鳳儀把這些小崽子們徹底收拾服氣，然後又讓嚴大姊出了一回名兒。

現在宗室裡都開始流傳著嚴大姊武功蓋世的傳說了，而且，宗室這些小崽子們對秦鳳儀依舊是懼大於敬，一千個不服，一萬個不忿，但對嚴大姊卻是敬仰得不得了。嚴大姊那颯爽的英姿，那冷峻的氣質，那高不可及的武功，在很久很久以後，都令嚴大姊在宗室中有著一種很特殊的地位。

陸之章　身世翻轉驚天地

宗學之事告一段落，李鏡出了月子，就到了搬家的日子。

秦家人全都搬到愉親王府去住，愉王妃看著兒子媳婦孫子，簡直是舒心得不得了。現在愉王妃找著新活兒了，就是幫著兒媳婦帶孫子大陽。要不是大陽非親娘的奶不吃，挑嘴挑得不成，愉王妃那模樣，都有心留大陽在身邊養了。

秦鳳儀倒沒什麼意見，反正孩子也是要嬤嬤們帶的，愉王妃是祖母，沒得不細緻的。秦鳳儀還親自去了他爹娘的住處，見也是一處寬敞的院落，服侍的都是以前家裡的人，秦鳳儀才放下心來。

剛搬好家，就是大陽的滿月酒。

秦鳳儀感慨道：「這孩子果然是滿月就大變樣，看咱們大陽也白嫩了，雙眼皮長出來了，眉宇間還真有點像我。」只是，他越看兒子越是鬱悶，「怎麼這鼻子有些像岳父啊？」

愉王妃直笑，「男孩兒多有似母親的，而女孩兒多似父親，阿陽還是像你多些，就是這鼻子像媳婦。媳婦生得似景川侯，阿陽自是有些像外公了。」

秦鳳儀輕刮阿陽的鼻子，「小臭臭，你可要多向你爹長啊，你爹才是天下第一俊。」直把愉王妃逗樂，愉王妃還問李鏡：「怎麼管咱們叫小臭臭啊？」

李鏡瞥丈夫一眼，道：「有一回阿陽不小心拉了，被他瞧見，可算是把他臭著了。」

愉王妃笑得寬和，「孩子家，難免的。」

秦鳳儀道：「母妃，您不知道有多臭，臭得我第二天都吃不下飯。」

愉王妃覺得，多了秦鳳儀一家三口，整個府裡都鮮活得不得了。

大陽的滿月酒自不消說，比秦鳳儀的生辰宴還要更熱鬧三分，奈何李欽春闈落榜，難免有些鬱悶，所幸他還年輕，便是鬱悶也有限。不知李欽是不是到了想成親的年紀，見著阿陽喜歡不已，還學著抱了抱。

秦鳳儀嘀咕道：「以前還看不出來，現下看，大陽這鼻子真是跟岳父一模一樣。」

景川侯一臉端嚴，「像我怎麼了？」

「好！好得不得了！」秦鳳儀連忙拍岳父馬屁。

景川侯唇角一翹，見外孫除了那俊挺的鼻子外，這相貌是越長越似秦鳳儀，心下暗暗擔憂，想著外孫可千萬別像這小子的性子才好。

於是，就大陽的相貌，翁婿倆彼此暗暗吐槽了一回。

大陽的滿月酒過後，李鏡出了月子，也就能出門走動了。許久沒回娘家，李鏡便回了一趟娘家。她娘家離得近，與愉王妃說了一聲，就回去了。

娘家人見著李鏡回來，自是高興，一家子在一處說了半日話。午飯後，李鏡就在祖母那裡歇息。李鏡打發了下人，讓祖母的心腹嬤嬤守著門口，方說了心裡的事。

李老夫人問：「什麼事這樣慎重？」

既是要緊事，為何早上來的時候不說，等到這會兒才說？

李鏡一向沉得住氣，溫聲道：「這事雖要緊些，卻不是很急。」

「什麼事？」李老夫人又問了一遍。

李鏡輕聲道：「我生阿陽那天，太太見到阿陽的胎記後，就懷疑婆家的血統了。這事祖母自然知道，後來相公與我說了他進宮的事。那天父親也在宮裡，我聽相公提及滴血驗親，相公說，有侍衛取了他一滴血，就端著碗去了隔間，然後就說他是愉親王之後。」

李鏡盯著祖母的眼睛，清楚地看到祖母眼中的震驚。

李鏡道：「那麼，是另一位了？」

李老夫人未答反問：「妳怎麼知道？」

「那天我生阿陽，相公本就焦急牽掛，結果宮裡又出了他身世這事。當天的事太亂，他可能是震驚得沒有多想，可我是在京城長大的，這些年未聞有『青龍胎記』的皇孫降生，去歲小皇孫降生時有青龍胎記之喜，陛下就欣喜至極。若相公是宗室之後，陛下怎肯如現在這般重用於他？何況，愉王夫婦只見喜色，不見憂愁。倘是自己的血脈有太祖胎記，那麼，愉王的反應，應該是既喜且憂才對。」

李鏡直接問道：「我今日過來，就是想問祖母一句，相公的生母到底是誰？」

李老夫人應道：「阿鳳的生母是秦太太。」

「不。」李鏡淡然篤定，「如果相公的生母是母親，按照我對相公生父的推測，母親也是侍奉過陛下的人，現在的母妃不會忽視她至此。母妃對待母親的態度，不像對待一位侍奉過陛下的宮人，更像是對待下人，所以，當初母親只說了一半實情，她不是相公的生母。」

李老夫人露出淡淡的倦色，嘆道：「妳不要問我，我也不曉得。」

李鏡閃過無數的詫異，乃至一絲不可名狀的悲傷，她輕聲道：「我已知曉了。」

若是皇子，那怕是在民間長大，又有什麼不能認的？何須記在愉親王名下？

宮裡不是沒有庶出的皇子，能讓宮裡如此諱莫如深的，只有一個可能，那就是，秦鳳儀的出身更在皇長子之上。他並不是庶出皇子，而是嫡出皇子。而能在皇長子身分之上的，也唯有一個可能……

只是，李鏡百思不得其解，「那位娘娘不是在陛下登基前就過世了嗎？如果相公是那位娘娘所出，焉何流落在民間？」

「這些事不過舊事。」李老夫人道：「阿鏡啊，當下要緊的是你們如何平安活下來。」李鏡顯然早在月子裡把這件事思量清楚了，她原只是推斷丈夫是皇子，沒想到還有個更要命的身分。李鏡道：「眼下皇上還年輕，在這京城，誰在這個時候先動，誰就輸了。」

李老夫人道：「這件事暫時不要告訴阿鳳，依他那性子，若是他知道親生母親的事，斷然是忍不住的。」

李鏡長長地嘆了口氣。

李鏡回家時已是傍晚，她是等父親回家，父女倆密談之後，才回了王府。

愉王妃問：「如何現在才回來？阿陽盼妳盼得，小腦袋一直望著門口呢！」

李鏡忙接過兒子，笑道：「跟祖母說話說久了，一時忘了時辰。見我父親落衙，才曉得都傍晚了，我這才趕忙回來。」見兒子拚命在她胸前拱啊拱的，她忍不住拍了拍兒子的小屁股兩下，「母妃，我去裡間給阿陽餵奶了。」

「去吧，阿陽中午吃奶媽的奶，下午又吃了一回，剛剛餵他，他沒吃，定是等著妳。」

愉王妃讓李鏡餵孩子去了。

阿陽嘟著小嘴，拱著小屁股，吃得那叫一個香甜滿足。

晚上愉親王與秦鳳儀回府，大家一起吃了晚飯，愉王妃就讓夫妻倆回春華院歇著。

秦鳳儀說些宗學的事，就開始逗胖兒子了。剛滿月的小孩子懂什麼，硬是叫秦鳳儀給逗得咯咯笑。李鏡瞧著這父子倆如此高興，暫時把心事放一旁，道：「你別逗他了，把阿陽逗得精神，晚上他又該不睡了。」

「現在還早呢！」秦鳳儀還說：「今天我幫咱們家大陽洗澡。」

李鏡道：「大陽都是中午太陽正好的時候洗澡，這會兒天晚了，別給他洗了。」

正說著，阿陽就拉了。秦鳳儀抱兒子玩呢，倒沒拉他身上，大陽屁股底下還包著尿布，卻是免不了臭味蹭一身。

秦鳳儀被臭得直皺眉，連聲道：「快快快！張嬤嬤，趕緊抱遠些，臭死我了！」

張嬤嬤跑進來，笑著接過大陽，幫大陽換了尿布。丫鬟端來溫水，幫大陽洗了屁股，擦乾淨。秦鳳儀也去換了衣裳，大陽還轉著小腦袋想找他爹玩呢。

秦鳳儀在床上一躺，道：「就說我睡了。」

李鏡接過兒子，對張嬤嬤道：「一會兒再給大陽裹尿布吧。」

張嬤嬤應聲退下。

李鏡把兒子擱秦鳳儀臉上，秦鳳儀大叫道：「哎喲哎喲，他抓我頭髮了！」把兒子擱臂彎摟著，先聞一聞，便一句句「小臭臭」地叫人家，捏人家肥屁股和小胖腿，還道：「大陽[illegible]啊，不能白天拉嗎？」

李鏡道：「這也奇，不見你他也想不起拉，總得你回來才拉。」

「哎喲，這可真是肥屎不拉外人身了！」秦鳳儀感慨一回，又陪兒子玩。因為現在接手宗學，便道：「以後咱們兒子可得好生教，瞧瞧學裡那些小崽子，哎喲喂，討人嫌得很！」

李鏡笑道：「教兒子就是你的事了。」

愉王妃是個時常進宮的人，以往李鏡月子裡沒辦法，眼下既出了月子，身體也恢復得很好，因著孩子這嘴給養刁了，必要吃李鏡的奶，李鏡也沒急著去瘦身，故而，臉上較先時有些圓潤了。這於李鏡的身分並無妨礙，反是妻憑夫貴。如今秦鳳儀成了愉王府的世子，李鏡自然就是世子妃了，所以愉王妃進宮，也帶著李鏡和孫子一起，去向太后請安。

相較先時李鏡進宮多是要求長輩帶她進去，現在已是隨時可以進宮了。

慈恩宮永遠是富貴繁華的地界，不論是宮裡服侍的青裙宮人，還是來往的宮妃貴人，皆是臉上帶著柔和的笑意。見著愉王妃帶了李鏡母子進宮，愉王妃要行禮，早被裴太后免了。兩人早便是多年的妯娌，關係一直不錯。

李鏡抱著孩子行過禮，裴太后笑道：「前幾天阿陽過滿月，我就念叨著呢。聽大郎說，這孩子長得很好，過來給我看看。」

大陽有神仙公子秦鳳儀這個爹，固然他娘不大美貌，但那也是相對於他爹的相貌而言，何況這孩子是真的很會長，除了鼻子像母親，八成相貌都似父親，便是肚子裡很有些別個心思的平皇后及小郡主都得承認，這小崽子生得不錯。

那樣雪白的皮膚，雙眼皮、大眼睛，現在就能看出鼻子高高的，一點都不矮，小嘴吧嗒吧嗒地咬著手指，被裴太后抱在懷裡完全不鬧，只是抓著裴太后手腕上的金鐲玩。

裴貴妃笑道：「這可真是個乖巧孩子。」

裴太后也說：「生得也好，委實俊俏。」

平皇后道：「相貌倒不似阿鏡。」

李鏡笑，「阿陽是鼻子像我，其他像相公。母親說，阿陽的相貌與相公小時候一樣。」

阿陽本就生得得人意，又不淘氣，裴太后抱著他，他便老實給抱著，時不時咬咬手指，還咿咿啞啞說話一般。裴太后道：「哀家這兒有幾樣皇孫們常玩的玩具。」便叫宮人找出來，逗著阿陽玩。

阿陽倒也樂呵，人家一逗他就歡脫了，自己咯咯笑出聲來。

裴太后笑道：「可見是真高興了。」

愉王妃笑，「在家也是這般，一天都這樣高興，等閒都不哭一聲的。洗三的時候，別個孩子吉祥姥姥一洗就哭，阿陽卻是怎麼都不哭，把吉祥姥姥急得腦門兒直冒汗，還是我拍他屁股兩下，他這才哭了兩聲，但也立刻就好了。」

裴太后又笑，「這孩子生來不愛哭，定是個有福分的。」

李鏡道：「就盼他應了娘娘的話，平安一世才好。」

裴太后抱了一會兒，就交還給李鏡了。

裴貴妃半路截胡，「母后給我抱吧，我看了半日，可是饞死了。」

裴太后還留了愉王妃和李鏡婆媳在宮中用膳。

[illegible]咱們也看看去。聽鳳儀念叨過好幾遭，先是說醜，後來又說變好看了。」孩子到底什麼樣，實在是令人好奇。

馬公公見皇帝心情不錯，笑道：「愉世子那般形容，尋常人在他眼裡怕都是看不得了，他的眼光太高了。」

景安帝一笑，便去了慈恩宮。一見著阿陽，心說，這還醜？那不醜的得是啥樣啊？

景安帝道：「聽鳳儀說過好幾回，還說阿陽生得醜，他這眼神兒可真不怎麼樣。」

裴貴妃笑說：「愉世子怕是照鏡子看慣了自己的臉，才說阿陽醜的。」

眾人說笑一回，景安帝瞧了一回孩子，問了李鏡孩子的一些事。

李鏡恭敬地道：「先時月子裡還看不出來，如今大些了，但凡醒著，總要人跟他玩兒，玩兒累了才肯睡。」

景安帝問：「照顧阿陽的是哪幾個嬤嬤？」

張嬤嬤和李嬤嬤忙上前行禮，景安帝道：「好生服侍小主子，以後自有妳們的好處。」

二人齊聲道：「奴婢定一心一意服侍小世子。」

景安帝命人各賞了十兩金子。見著阿陽，景安帝很是高興，非但留在慈恩宮用午飯，還給了阿陽不少賞賜，方攜皇后回了鳳儀宮午歇。

景安帝如此厚賜愉王府的小世子，清流們並沒什麼話。這是皇家宗室的事，皇帝見著誰家孩子喜歡，多賞賜幾個東西很正常。

然而，關注愉王府的人不這樣想。

在這些人的解讀版本裡，這次賞賜有了諸多的含意。

秦鳳儀回家得知兒子得了不少賞賜，倒是高興，笑道：「陛下還是很夠意思的。」又誇兒子：「咱們大陽就是有財運，剛滿月就得了許多好物件。」

李鏡瞧著丈夫那無一絲憂愁的絕美面容，心中不免思慮更甚。

秦鳳儀還說：「陛下對咱們大陽這麼好，我得更加用心當差才好。」

於是，秦鳳儀這一用心，便給景安帝出了個要命的主意。

時至三月，平嵐辭了皇帝還有家裡，押運著新一批的刀槍去了北安關。秦鳳儀特意去送平嵐，回頭還與妻子說：「阿嵐這人沒得說，不過，看他這時常要去北面打仗，家裡的媳婦豈不是要獨守空房了？」

這話也就是秦鳳儀同自家媳婦說了，他要是跟別人說，就有不正經之嫌。你一大男人，還與平嵐關係不錯，這麼關心人家媳婦是什麼意思？

李鏡卻是知道丈夫的性子，一向是想到什麼說什麼。李鏡道：「有什麼法子呢？平家以武功起家，平嵐更是嫡長孫，倒是聽說平嵐的媳婦有孕了。」

秦鳳儀道：「平嵐救過我的命，雖然我不大喜歡平家的女人，不過，一碼歸一碼，妳有空帶些滋補藥材去瞧瞧她。」

「這還用你說？」李鏡笑道：「說來，平嵐家的長女長得漂亮極了。」

「真的？」秦鳳儀立時來了精神，自從有了兒子，秦鳳儀因著自己當年娶妻一波三折的，就很怕兒子以後娶妻的命運也像自己，於是，但凡聽到那家有出眾的小閨女，他就特

「當然了，上回我跟母妃過去，親眼見過的。一雙大眼睛水靈靈的，像黑葡萄似的。圓圓的臉，小小的嘴，好看又乖巧。」李鏡道。

秦鳳儀只可惜自己沒見過，但他叮囑媳婦：「妳現在細心留意著，可惜平嵐走了，不然我還能去他家瞧瞧他閨女長啥樣。唉，我就擔心這孩子受了平家的魔咒啊！」

「什麼魔咒？」這是哪兒跟哪兒啊？

「這都不曉得？」秦鳳儀一本正經地道：「妳想想看，後丈母娘就笨笨的，皇后娘娘瞧著也不是什麼聰明人，我覺得平家的女人都有些笨。」

秦鳳儀自詡為世間第三聰明之人，找的媳婦是世間第二聰明之人，以後給兒子娶媳婦，自然也要娶個比兒子更聰明的才好。

秦鳳儀道：「平家的男人，像平嵐這樣的，倒是不錯，可女人就差很多啦。這女孩子生得這麼好，千萬別長笨了才是。」

李鏡聽得哭笑不得，「太太那裡，你打趣玩笑都好，皇后娘娘這些話，可不好說的。」

「我就只跟妳說。」秦鳳儀小聲道：「妳說，陛下多聰明的人啊，可大皇子就笨笨的。這孩子笨，自然得是有緣故的。我雖然見皇后娘娘見的不多，但從大皇子那裡推斷就知道，她肯定不是什麼聰明人。」

李鏡揶揄道：「就你聰明！」

「我起碼不笨吧？」秦鳳儀對於自己的智商還是很有信心的。

秦鳳儀是在一次大朝會上，有禮部侍郎上書，請朝廷冊封愉王世子，秦鳳儀這才知道，原來自己現在的世子還只是個名頭，未經正式冊封，禮法上他還不是愉王府的世子。

秦鳳儀自己倒沒什麼，景安帝的反應也很平淡，道：「世子要愉王上書親自請封，禮部不用著急。」這便打發了那禮部侍郎。

盧尚書都多看了那位侍郎一眼，心道，是不是有病啊？這世子冊封可不是小事，親王世子一旦冊封，位同郡王，朝廷立刻就是一筆大支出，故而，一般世子之類的冊封都是待王爵上了年紀，再說冊封之事。當然，現下愉親王也六十出頭的人了，可人家老親王還硬朗著，急什麼冊封世子？

盧尚書雖是這樣想，卻也沒說什麼。

秦鳳儀先時宗室改制時，或是他行事不看人臉面，得罪過人，所以盧尚書雖未多言，當下卻是有人道：「愉王長子眼下剛入宗室，各項規矩禮法還未諳熟，何況，愉王長子還年輕，倒也不急著冊封，何不待世子再穩重些，方行冊封禮，亦是不遲。」

別看冊封的話沒人附和，這話附和的人卻是不少，更有御史台的嘴炮小官兒道：「前兒晉地蝗災，剛剛募捐了一大筆銀子，眼下正是說賑災的事，愉王長子素來心地寬和，想來也不急著冊封吧？」這話說得好似秦鳳儀多急似的。

秦鳳儀道：「我要是急，就是心地狹窄了。多謝你，我寬和著呢！」

能在朝中混的，真沒幾個簡單的，那小官兒當即對著秦鳳儀一揖，再三道：「多謝殿下秦鳳儀背著手踱到小官兒跟前道：「我覺得我臉皮就夠厚的了，真是江山代有人才出，原來還有比我臉皮更厚的。」

小官兒嘻嘻一笑，拱手道：「還是殿下仁慈，方容小的放肆。」

秦鳳儀哼一聲，甩袖子走了。

就這麼著，秦鳳儀的世子冊封竟也沒成，所幸秦鳳儀並不急此事。景安帝還問過秦鳳儀，秦鳳儀道：「我又不想做什麼世子，以後也不想襲王爵。待我家大陽長大了，直接冊他為世子吧。等他長大，我就跟媳婦遊山玩水去。」

景安帝完全不理秦鳳儀這發夢的話，叫他到跟前，問了他一些宗學的事。

秦鳳儀給景安帝出的那要命的主意，就是在宗學六月大考之後。

時至六月，宗室的第一次大考結束，排出名次，還有就讀的各宗室子弟，一家一份課業評語，由各自班裡的先生寫好。之後，宗學召開了一次由師生和家長都在的表彰大會，表彰那些學習成績出眾的孩子們。

秦鳳儀很熱情地邀請了大皇子、二皇子和愉親王做為嘉賓出席，還請內務府的工匠們打製出金銀銅三種勳牌，表揚那些成績好的宗室子弟。成績好的孩子們，每人除了勳牌，還有兩個大元寶拿。當然，這大元寶也是令內務府特別鑄的，下面還鑄考試優的字樣。

秦鳳儀準備了一箱大小不一的元寶，要求大皇子、二皇子及愉親王三人必要穿著正式朝服過去，不能穿常服，他三人是要給成績好的孩子們頒獎牌發元寶的。

景安帝也很想去湊熱鬧，秦鳳儀卻不讓他去。

秦鳳儀道：「陛下，年中考試您不能去，年底考試您再去。」

大皇子自然要為親爹求情，道：「父皇去了，宗室子弟更知上進。」

「大人物不能經常出場的，知道不？你們要是跟我似的時不時就去宗學轉一轉，那些頑童們就不怕你們啦！」秦鳳儀這樣說，景安帝只得道：「罷了罷了，朕不去就是。」

秦鳳儀與大皇子道：「屆時殿下要想幾句詞，表彰大會時得用。之後，大殿下您負責給學習第一的孩子發獎牌和元寶，二殿下您負責第二名，我愉爹負責第三名。」

是的，秦鳳儀現在對愉親王喊爹了，不過也不知怎麼回事，他都是叫愉爹的。這稱呼常聽得愉親王唇角抽抽，秦鳳儀道：「我請了壽王給第四名頒獎，我負責第五名。」

秦鳳儀把這第一次宗學大考之後的表彰大會辦得頗是熱鬧體面。

宗室嘛，特權階級，別個都好說，就是好面子！

秦鳳儀這次是按班級按年級給宗學的學生們排名次，排名靠前的自然光彩。就在宗學教室前的大院子裡，成績好的小學生們一一被表揚，還有皇子親王給發獎勵，甚至家長也被每人送了一朵大紅花。便是時下人們成親時，親郎官兒胸前繫的那樣，喜慶得不得了。

家長與孩子一起在宗學臨時搭建的高臺上領獎，哎喲喂，那叫一個光彩啊！

至於沒得獎勵的，當然，沒得獎勵的占大多數，但這些宗室們，哪個沒有虛榮心？瞧著別人家的孩子這般給家裡爭臉，再看看自家孩子。考中等的還好說，那些吊車尾的，個個心驚膽戰，生怕回家挨捶。

[illegible]也沒斷過。

表彰大會進行，各家長都收到了一份自家孩子這半年的成績總結。之後，上了半年學，給孩子們放五天假，待五天之後再來學裡上課學習。

秦鳳儀這一手，可是沒少招那些成績不好的宗室子弟偷偷地罵，可有什麼法子，打也打不過，說也說不過，真是氣死個人。

倒是宗室各家都很滿意，覺得秦鳳儀是真心幫忙管孩子，雖則宗室改制之事，秦鳳儀把宗室得罪慘了，但在管理宗學上，大家還是很認可秦鳳儀，尤其是家裡孩子學得不錯的那幾家，都說愉世子管得好，是個做實事的人。

宗學表彰這事兒，國子監、禮部都知曉了。

盧尚書私下同耿御史說：「愉世子倒是個做事的性子。」

這一點，耿御史也不否認。

宗學表彰大會之後，秦鳳儀與大皇子、二皇子去御前回稟此事。剛到御書房外，就聽到程尚書咆哮的聲音，然後程尚書就怒火騰騰地自御書房出來了。憑程尚書的地位修養，竟是彷彿沒看到他幾人一般，大步離去，可見真是氣得狠了。

接著，裡頭就傳來摔茶盞的聲音。

秦鳳儀便知現在陛下心情不好，不宜見駕，當下一捂肚子，對大皇子道：「哎喲，叔叔尿急，大侄子，我……我先去方便一下。」然後哧溜跑了，直把大皇子氣壞了。

內侍出來傳他們進去，大皇子只得帶著老實弟弟二皇子進去回稟宗學表彰之事。

景安帝是個喜怒不形於色的人，哪怕大皇子和二皇子進去時，小內侍還在地上小心翼翼收拾碎瓷片，景安帝也已收了盛怒，換了平淡模樣，問大皇子：「表彰大會開完了？」

大皇子連忙恭恭敬敬地跟君父回稟了一番，景安帝讚了幾句，沒見秦鳳儀，不禁道：「怎麼鳳儀沒與你們同來？」

大皇子道：「剛剛見程尚書怒沖沖出去，愉世子尿急，說去方便，就沒回來。」

景安帝氣笑了，「這個滑頭東西！這是知道朕不高興，怕進來遭受池魚之殃！」又看向大兒子和二兒子，說道：「你們倒是老實。」

大皇子道：「父皇何曾遷怒過誰？何況，縱是剛剛看程尚書面色不豫，兒臣想著，亦是因公事而起罷了。」

景安帝嘆道：「還是你知朕心。」

大皇子道：「父皇因何煩惱，兒子可能為父皇分憂？」

「算了，程尚書就是這麼個性子，朕用他，就是用他剛正不阿。這副性子，既有他的好處，也有他的壞處。」景安帝先打發了二皇子，方與大皇子道：「泉州港市舶司的稅銀到了，半年是七十八萬兩。」

大皇子想了想，道：「往年也差不多這個數。」

景安帝道：「是啊，現在戶部吃緊，程尚書又是個急脾氣。罷了，他就這性子，人還是可用的。」父子倆說了幾句，景安帝便打發大皇子下去了。

隔日景安帝召秦鳳儀陛見，秦鳳儀一副小心謹慎的模樣，景安帝沒好氣道：「怎麼，還果然大皇子告他黑狀了，可惡的告狀精！

秦鳳儀見沒外人，景安帝不似生氣模樣，遂狗腿地上前給景安帝奉茶捶肩，「陛下可不曉得，我畢竟是小地方來的，雖則得以在陛下跟前奉承，皆因咱們投緣的緣故。前兒看程尚書氣成那樣，陛下您在裡頭還捽東捽西的，我一則膽子小，二則也是想著，誰不要面子啊，陛下也是一樣。大殿下和二殿下是您的親兒子，您在他們跟前生生氣倒沒啥，您畢竟是長輩，可咱倆不一樣，咱倆是堂兄堂弟，是平輩。我不是不想進來勸您，是擔心您在我這個堂弟跟前萬一失了面子，那多不好啊，是不是？」

「行了，朕也沒拿你當平輩過，你才多大，你比大郎還小一歲，真是個滑頭！」景安帝給了秦鳳儀這個評語。

秦鳳儀笑呵呵地隨便胡扯，不過，他是個好奇心旺盛的人，便問：「陛下和程尚書為什麼吵架啊？你倆可都不是性子不好的人。」

「還不是因著泉州港的事。」

「泉州港什麼事啊？」秦鳳儀隨口問。

「泉州港市舶司半年的稅銀押解回京了，不過七八十萬兩銀子，程尚書大是不滿。」

「才這麼點？」這事要別個人可能聽不出緣由來，秦鳳儀出身商賈卻是極明白一些生意上的道道，秦鳳儀道：「我有個朋友就在泉州港那裡開了鋪子，做些洋貨生意。我這可不是懷疑市舶司如何，只是，京裡不少洋貨鋪子，洋貨的價錢長眼的都曉得。我與陛下說句實在話吧，像一些海外的香料寶石，到京城的價錢與泉州港相差十倍不止。當然，這也不是純利，路上各關卡，他們商賈自也要打點，但洋貨的利潤不低，市舶司的商稅收的也不低。」

景安帝淡淡地道：「閩地是閩王的封地，朕總要顧惜著些。」

秦鳳儀想了想，說道：「這倒是，何況，宗室改制剛開始，閩王是老牌親王了，還是陛下的叔伯輩，若市舶司那裡礙著閩王的顏面，略放一放也未嘗不可，陛下心裡有數便是，也不至於為此動怒。」

「若是你，你怎麼辦？」景安帝問。

「事兒倒是不難，只是說了難免得罪人。」

「在朕跟前，有何不能說的？老馬也是個仔細人，朕也沒你那麼大嘴巴。只要你不往外說，就沒人會知道。」

秦鳳儀看景安帝心情不錯，便道：「自來錢財關乎權勢，市舶司這事，想根除的話，眼下也不能辦這事，但是待閩王百年，另給閩王子嗣其他封地便罷。閩王一支不在閩地，自然鞭長莫及。再派個能臣，把市舶司清理乾淨便罷。或者，不要動閩王一支，防範著他們些，把泉州的市舶司關了，港口也關了。不就是一年兩百來萬銀子嗎？另尋什麼地方建不了港口？蘇杭一帶都可建港。重新建港，重建市舶司，任誰的手也伸不進去。」

「說得容易，你知道港口修建得多少銀錢？」

「陛下，您要是跟別人說銀錢，他們清流上來的，有些個酸生，還覺得談錢銅臭氣，他

[illegible]我根本不必朝廷出錢。」秦鳳

「行了，別賣關子了。」景安帝就愛看秦鳳儀眉眼活絡的模樣，那雙靈氣滿滿的眼睛，不知有多少精巧心思在裡頭。

「小生意呢，支個小攤子，租個小鋪子，都是用自個兒辛辛苦苦攢的銀錢來經營，故此戰戰兢兢，可大買賣不同。到了大買賣，用的都不是自己的錢，起碼一半是用別人的錢，大買賣都是這樣的。」

「這話有點意思。」

「有意思吧？」秦鳳儀見景安帝愛聽，繼續道：「朝廷上的事，要是從商賈事上論就俗氣了。我近來給宗學的那些小崽子們講太祖皇帝打江山的故事，您想想，太祖皇帝落魄時，一刀一馬一人而已。他老人家打天下時，錢糧人馬都是從哪兒來的？難道是祖上傳下來的？太祖皇帝之人，我看他也曾經經商求生，結果鋪子很快就倒灶了。他這人的本事，就不在三瓜兩棗的小鋪子上頭，他的本事在於他口才好，人品立得住，有的是人願意投靠他。待他漸漸壯大，錢糧自有出處，所以，越是大事，銀米上的事就越不是一家之事。您尋對了法子，自有人願意捧上真金白銀。」

景安帝當天留秦鳳儀在宮裡用膳。

事情發生得猝不及防。

這件事還是要自景安帝的兩位寵妃說起，景安帝新得一對姊妹花，雙生姊妹，自相貌看沒有半點差別，皆是生得膚若凝脂，面若桃花，正值十六七的好年華，而且，一人善琵琶，另一人善綠腰。景安帝頗是喜愛，這男人啊，哪怕是帝王，有什麼好東西也愛顯擺。

正值八月十五，宮中有中秋宮宴。

要說以往，秦鳳儀的品階都不夠參加的，可今非昔比了，縱他的世子之位未經冊封，但愉王除了他沒別個兒子，在別人看來，就愉王與皇上這樣融洽的叔侄關係，秦鳳儀冊封世子是早晚的事，故而，宗人府給秦鳳儀置辦一應出行的行頭，都是按世子規制。就是別人稱呼秦鳳儀，也都是愉世子長愉世子短的。

故而，這中秋宮宴自有秦鳳儀一份。

非但秦鳳儀要去，李鏡也要隨愉王妃一道進宮。

自來這宮中的宮宴，男人這邊是景安帝主持，女人那裡便是裴太后、平皇后主持。秦鳳儀的座次還很不低，他便坐在壽王之下，離御前很是親近。

能進主殿的除了宗室王爵、世族豪門，便是朝中大員，就是一些宗室的閒散公爵，都是放到偏殿的。今中秋佳宴，景安帝心情很不錯，君臣齊聚一堂說說笑笑，亦是和樂。

宮中樂坊自然有歌舞呈上，待賞過宮中舞樂，景安帝便命兩位美人出來給大家彈琵琶舞綠腰。秦鳳儀正是年輕，且是歡脫的性子，他平日裡對自家媳婦是真情真愛，但見這對姊妹

「凡是雙生花，多少總有些不同的，陛下這一對卻是如對鏡中人一般，自然是好。」說著，秦鳳儀一臉壞笑，拱手道：「小臣恭喜陛下。」

景安帝瞥他一眼，道：「鳳儀，你善琵琶，也看看她們的琵琶如何。」

姊妹花對著景安帝福身行禮，抱琵琶的那位美人坐在一張繡凳上，五指輕撥，當下琵琶聲起。另一位美人則身隨聲動，舞姿曼妙，難以形容。

不要說秦鳳儀這正年輕的，便是鄭老尚書這上了年紀的，也覺得樂好舞好。

待得樂舞結束，大家紛紛舉杯，大讚琵琶好舞姿美，秦鳳儀還悄悄在壽王耳邊笑，「陛下可真是好福氣！」

壽王小聲問他：「是不是羨慕了？」

秦鳳儀正色道：「我可是有媳婦的人，我跟媳婦是貧賤夫妻，我此生再不染二色的。」

在壽王看來，秦鳳儀有許多行為當真是異於常人。就拿這夫妻關係來說，秦鳳儀不說現在愉王世子的身分，就是先前當個七品芝麻小官時，秦鳳儀初入官場就得皇上青眼，而且他的手段一看就非池中物，但秦鳳儀為人，不要說尋常男子的風流韻事，聽聞他家中妻子縱是有了身孕，秦鳳儀也未曾納寵。要說秦鳳儀怕媳婦，這話要是打趣秦鳳儀，壽王興許聽聽，可在實心裡說，秦鳳儀這樣的本事，怎麼可能是怕媳婦的人？

秦鳳儀如此，只能說是夫妻情深了。

不過，這於京城的官宦人家，當真是極怪極怪的一件事。

大家欣賞過皇帝寵妃的琵琶舞蹈，便繼續飲酒，秦鳳儀也未當如何，然後，他的記憶就停留在去在恭房方便時了。待秦鳳儀再醒，他覺得臉上有些疼，然後兜頭一盆冷水。八月天已是冷了的時節，秦鳳儀睜開眼，就覺懷裡軟綿綿的，他順手還摸了一把，以為是他媳婦，可摸著又不像，他媳婦不是這種手感。

秦鳳儀剛睜開眼，就聽得女人一聲尖叫，那尖叫聲何其淒厲，竟震得秦鳳儀耳膜生疼。秦鳳儀猛然睜大眼睛，先是看到懷裡半裸的女人，接著看見景安帝正站在門口鐵青著臉盯著他，身後還有一干重臣。秦鳳儀再一瞧，也嚇得大叫。

她她她……這女人不是他媳婦！

一瞬間，秦鳳儀完全清醒過來，他不是在宮裡參加中秋宴嗎？再四下打量，這不是家裡啊！秦鳳儀當時冷汗都下來了，愉親王卻是一副搖搖欲墜的模樣。

秦鳳儀大聲道：「我也不知道怎麼回事！」

那半裸的女人哭道：「陛下，妾身原在室內休息，並不知，並不知……」然後砰一下，撞到邊上方勝形的矮几上，頓時頭破血流，沒了聲息。

秦鳳儀臉色慘白，以他天下第三聰明人的智慧，他已是明白，他陷入了一種複雜難言的境地。秦鳳儀急道：「我要是能撞死一證清白，我也就死了，可如今情勢，就是我撞死了，也清白不了！這是哪裡，我根本不曉得……」

不待秦鳳儀說完，景安帝轉身離去。

秦鳳儀大叫：「不不不……你別告訴我媳婦，我真不知道是怎麼回事啊！」

[illegible]的話：「皇兄，鳳儀絕不是這樣的人。」

似乎還有平郡王的話：「愉世子並非這等人品。」

再遠，便聽不到了。

一時，有兩個小內侍過來，用一床被子裹了那半裸女子離去。另來了兩個內侍，抬來一桶清水擦地。此時，秦鳳儀才發覺，這裡是皇帝冬天常用的暖閣，而剛剛那名女子，正是姊妹花中的一人。

秦鳳儀思量著這事到底是如何發生的，可他的記憶只到去恭房小解為止，再多的，他實在是想不起來了，而且，他身體的感覺並不似辦了那事了，只是，眼下如何能說得清，他早不是童男子，那女人既是陛下的人，自然更非處子之身。

媽的，這想想也知道，他怎麼會失心瘋去動陛下的女人？

他又不是沒媳婦！

秦鳳儀在這裡團團轉的時候，宮裡的消息傳得何其迅速，裴太后那裡得知宮中竟出了如此醜事，立刻就推說累了，結束了宴會，打發眾人出去。

此時，一屋子宮妃貴婦還不曉得發生何事，但太后娘娘推說累了，大家只好散了。

李鏡扶著愉王妃出宮，還是長公主自幼在宮裡長大，宮裡人頭且熟，長公主的女官悄悄告知了長公主此事。長公主素來很喜歡李鏡，何況與愉王妃也是嬸侄關係。長公主想著愉王妃上了年紀，不敢告訴愉王妃，便讓身邊侍女悄悄告知李鏡。

李鏡聽了，臉色當場大變。

李鏡直接過去同長公主道：「我家相公的性子，全京城都深知的。縱我當初在孕中想為他指兩個通房，他都與我鬧性子不願意，如何會做下此事？」

長公主輕聲道：「連我的侍女都曉得，怕是宮中已是傳遍了。」

李鏡索性不再小聲，正色道：「我家相公斷不是這樣的人！」

壽王妃連忙勸她：「妳莫急，倘阿鳳是冤枉的，自能還他清白！」

李鏡氣到渾身顫抖，「這樣的事，縱相公是清白，可多少小人就愛傳些莫須有之事！這些個小人，縱是無風還要捉影呢，何況，相公這是被人有意誣陷！」

大皇子妃小郡主正聽到這話，小郡主淡淡地道：「世子妃妳也莫急，清者自清。況且宮闈森嚴，也不是等閒就能冤枉人的。世子若是清白，自然能還他清白。」

愉王妃也曉得是什麼事了，臉色頓時難看至極。

有位國公夫人道：「愉世子妃想一想，愉世子可是得罪過什麼人？」

小郡主立刻道：「您這是什麼話，愉世子得罪了人，難道人家能往宮裡來報復他？」

李鏡聽著她們這些不陰不陽的話，她正是擔憂丈夫的時候，此事便是今日能決斷，能查出丈夫清白，但丈夫的名聲也是徹底毀了的。不，這雖是極大的禍事，卻也是一個極好的機會。電光石火間，李鏡已是拿定了主意，她嚴肅地道：「這位國公夫人說的不錯，我相公的確是得罪過人，而且，得罪的怕就是這宮裡的人。」

那位國公夫人眼中閃過一絲快意，忙問：「是哪個？如今皇后娘娘、貴妃娘娘和皇子妃

[illegible]得罪宮裡哪個了，要設此局害他？」

是相公的身世得罪了誰！」李鏡看向平皇后、小郡主與諸多或擔憂或興災樂禍的人，沉聲道：「相公有今日之禍，皆因為，相公並非愉王之子！」

「阿鏡！」愉王妃驚呼一聲，意欲阻止，李鏡卻是上前一步，厲聲道：「今有人竟行此歹毒之事陷害我夫君，我還有什麼不能說的？如果妳們還記得當年陛下的元配王妃柳王妃，就知我夫君因何被害！他不是愉王之子，他是陛下與柳王妃的兒子，他才是今上元配嫡出！」

李鏡說著，眼淚滾了下來。

她此話一出，整個慈恩宮外頓時鴉雀無聲。

平皇后渾身都在微微顫抖，小郡主喝道：「世子妃不要胡說！」

「我是不是胡說，皇后娘娘去問陛下，當日與我夫君滴血驗親的，究竟是他還是愉王，便曉得我是不是胡說了！」李鏡當真是憑著一股孤勇之氣道破往事。

說完，她直接走出了後宮，來到皇帝舉辦宮宴的永寧宮。她現在已是世子妃的品階，侍衛見到她並不敢攔阻，只是，眼下中秋大喜的日子，景安帝逢此打臉之事，今日已是將眾臣打發出去了，皇帝陛下要一個人靜一靜。

李鏡到來時，諸多臣子還未散去，正在永寧宮偏殿外頭議論這事。

景川侯也在其間，更是為女婿擔憂，就見閨女來了。

景川侯忙問：「妳怎麼來這兒了？」

李鏡先問：「相公呢？」

「眼下還無事。」

李鏡又問：「皇上呢？」

「皇上有些乏了，在休息。」

李鏡少時隨永壽公主做伴讀，小時候不懂事，也來過前殿，只是記憶已是不清。

李鏡問她爹：「皇上就在屋內休息嗎？」

景川侯道：「妳先回去，我想想法子。阿鳳的人品，不會做出這樣的事。」

李鏡哪裡肯走，她三兩步來到偏殿門口，曲膝跪下，而後高聲道：「陛下，您亦知我夫君為何為人所害，而至今時今日，不為我夫君，只想想地下可憐的柳王妃！當年柳王妃在宮外九死一生，為陛下誕下一子，陛下怎能忍他受此誣陷？陛下，求陛下還我夫君清白，也請陛下還自己的兒子一個清白！」而後，恭恭敬敬地磕了三個頭，方才起身。

在偏殿外的群臣們，彷彿集體被雷劈了一般，皆是瞠目結舌，久久說不出話來。

李鏡放了兩個雷之後，施施然出宮回府去了，她出宮前還留下一句話：「我的丈夫有神仙公子之名，京城多少閨秀傾慕，他自來京城起，收到的花帖沒有一千張也有八百張了，也沒見他對誰動過心。他若是個風流人，一時頭腦發昏犯下這樣的過錯還有可能，可以他往日人品，諸位大人都是曉得的，說他對宮人無禮，我是不能信的！」

「我信我的丈夫，想來陛下亦是信自己兒子的！我們不爭名不爭利，到頭來還要為人陷害至此，既是如此，就別怪我把事情全都抖出來！若是我的丈夫在宮裡有個好歹，就是有人說一說笑，好大大大，揚眉吐氣地出宮去了。

秦鳳儀常說，他是天下第三聰明之人，陛下是天下第一聰明之人，而比他略高一位的，就是他的媳婦，天下第二聰明之人。

以往人們聽到這話都會覺得，這姓秦的腦子有病吧？

如今才知，李鏡不一定是天下第二聰明之人，但就依這女人啥都敢說的性子，還真不愧是秦鳳儀的媳婦。

真是個神人啊！

夫妻倆都是神人！

消滅一個醜聞最好的辦法，就是爆出一個更大的醜聞來。

於是，李鏡很不客氣地直接把天捅了個窟窿出來。

這下好了，沒人再尋思秦鳳儀宮裡這點事兒了，大家都開始震驚於秦鳳儀的身世到底如何了。倘真如秦鳳儀他媳婦說的那般，秦鳳儀是柳王妃與皇上的兒子，那麼，這便是妥妥的元配嫡子。再者，縱使秦鳳儀年紀較皇長子小一歲，可秦鳳儀若是柳王妃之子，其出身尊貴，必在諸皇子之上，包括皇長子。

李鏡把天捅破就回府睡覺去了，愉王妃都不曉得說她什麼好了，只得什麼都不說了。

愉王妃一宿沒睡好，半宿了還在跟老頭子商量：「鳳儀這事可如何是好？」

若秦鳳儀這身世沒爆出來，讓他繼承愉親王府這支，愉親王夫妻都是願意的。如今他這身世之事一出，不要說皇室，便是平民百姓家，也沒有過繼元嫡之子的道理。只是，有了這些天的母子關係，秦鳳儀又會討人喜歡，愉王妃心裡就放心不下。還有阿陽呢，阿陽自滿月以來，白天都是跟著愉王妃的，愉王妃也放不下阿陽。想到秦鳳儀的身世竟然就這麼給爆了出來，她簡直是愁得不輕。

愉親王嘆道：「眼下就要看皇上是什麼意思了。」

愉王妃跟著嘆氣，「這個阿鏡也是，如何就把事說了出來。阿鳳這樣的身世，唉……」

「要是不說破，鳳儀在宮裡我都不能放心。」愉親王道：「何況，這種有礙人倫的汙名，豈是好背的？鳳儀以後如何在京裡抬得起頭來？」

「我何嘗不知這個理，只是，阿鳳這身世，原是最尊貴不過，可他是在民間長大的，不要說朝臣了，便是宗室這關就不好過。莫說他是柳王妃之子，便隨便是個外頭長大的庶出皇子，想認祖歸宗都不容易，何況，他是元嫡之子？」愉王妃道：「即便能與皇上滴血驗親，可怎麼證明他是柳王妃之子？柳王妃已是過世了。唉，這孩子，真是有命無運！」

愉親王聽了「有命無運」四個字，沒說什麼，卻是想著，倘秦鳳儀無此運，他原在揚州長大，焉能這麼稀裡糊塗就到了京城來？而且，這孩子何等的出眾。愉親王不瞎，幾位小皇子暫且不提，便是幾位年長的皇子，也是愉親王看著長大的。不說別人，就是皇長子，在愉親王看來，遠不及秦鳳儀，但皇長子到底有個了不得的外家，再者，皇長子一路長大，他身後那些糾雜不清的勢力，怕也不能輕易讓秦鳳儀認祖歸宗。

愉親王聽老妻嘀咕一回，淡淡地道：「先睡吧。」

愉王妃道：「這都是誰尋著？你說，鳳儀先時是不是就知道他的身世了？」

倘若……他是知道自己的身世……」壓低了聲音，愉親王道：「他若是知道皇上才是他生父，倒是沒什麼。讓他認我，他也認得順溜，這孩子心地寬，可如果他知道了柳王妃之事，焉能不翻臉？當初就是顧及此事，方叫他認在咱們這一支。」

「柳王妃當年是怎麼回事，如何就出宮了？」

「我也不大清楚，那時候亂糟糟的，皇兄突然在北地殞身，朝中群龍無首，忙朝事還忙不過來，宮裡的事誰會曉得。」愉親王道。

想到柳王妃，愉王妃又是一嘆，那才是真正有命無運之人呢！

愉親王夫妻直至夜深方睡。

慈恩宮的燈燭也是亮了很久，景安帝發怒過後，還得跟他娘商量秦鳳儀這宗事。裴太后嘆道：「若是認子，問題倒是不大，滴血驗親即可分明，可說他是柳氏之子，有何憑證？」

景安帝道：「這也只得委屈鳳儀了。」

「這樣倒是最妥當的。」裴太后道：「你若認他為柳氏之子，大郎怎麼辦？他的位置當如何尷尬？何況，只認作庶皇子，對他對朝廷都好。」

景安帝恨恨地道：「今日之事，蹊蹺之處甚多，還請母后徹查！」

「我曉得，宮裡的事你放心。今日是有心算無心，不然焉能有這等事？」裴太后想想，還是與皇帝兒子道：「我知道你喜歡鳳儀，只是，他的身世……你還是少疼他些的好。」

夜深了，景安帝起身道：「母后也早些休息吧。」

裴太后問：「你去哪裡？」

「我去看看皇后，她怕是現在也未睡。」

「去吧。」

平郡王府的老郡王和老郡王妃也失眠了。

老郡王妃震驚過後就是掉淚，「這是哪輩子的冤孽啊？」

「閉嘴！」縱是室內並無他人，平郡王也是低喝：「這話豈是能說的？」

「有什麼不能說的？」平郡王妃哽咽道：「當初柳王妃誰也沒怎麼著她啊，她既有身孕，想生便生，如何跑到宮外去？二十多年了，又有這麼個兒子來京裡，是個什麼意思？她都走了，咱們大丫頭做了皇后，現在豈不是說是咱們家害她的嗎？天地良心，咱們大丫什麼都沒做，偏要擔這樣的名頭，我想想，就為大丫委屈。」

「好了，說這個有什麼用？」

「我也喜歡鳳儀那孩子，他與咱們阿嵐交情亦好，只是……」平郡王妃低聲道：「若他是元嫡之子，大皇子可怎麼著啊？」

「明日妳便進宮同皇后娘娘說，鳳儀身分不同，倘是庶出皇子，還好過繼愉王府，襲愉王之位。既是柳王妃之子，身分更在大皇子之上，請皇上一定要認下鳳儀才好。」

平郡王妃大駭，「這豈不是要，要……」

「妳放心，不論宗室，抑或清流，都不會坐視此事不管的。」平郡王淡然道：「陛下若認他為子，只需滴血驗親，既是龍種，自當認下，可柳王妃怕是早過世了，拿什麼來證明他……他能不願意，我看他認慣王就認得挺樂呵，一口一個父王、母妃的，叫得別提多親了。」

「他若是這樣的庸人，當初就不能一入翰林便得皇上青眼。妳少在皇后娘娘跟前哭訴先時說的柳王妃的那些話。柳王妃之事雖則與咱們家無干，娘娘如今怕也得為小人所非議，可如果當年柳王妃沒出宮，在宮裡生下鳳儀。先不說誰尊誰貴，鳳儀這樣的資質……」平郡王話未說盡，轉而道：「總之，要讓娘娘拿出一國之母的氣度來，給鳳儀的賞賜只能多不能少，斷不能依庶皇子之例，必要以嫡皇子之例，明白嗎？」

平郡王妃點頭，「這你放心，只要陛下不認他為嫡皇子，一點子東西算什麼？他既在外吃了這許多年的苦，原也該多賞賜些的。」

平郡王妃仍是不放心，又問：「王爺，你說，皇上這麼喜歡鳳儀，會不會……執意要認他為嫡皇子？」

「不會。」平郡王篤定道：「皇上對他原是對年輕臣子的喜愛，至於父子之情，自小未在一處，能有多少？大可不必驚慌失措。皇后娘娘越穩越好，還有大皇子那裡，必要讓娘娘說服大皇子，對鳳儀一定要兄友弟恭。不論鳳儀如何，大皇子要拿出長兄的氣度來。」

「成，我曉得了，你放心吧。」平郡王妃另又有懷疑，「阿鏡既知此事，難不成，鳳儀能是不曉得的？」

平郡王思量片刻，搖頭道：「他定不知柳王妃之事，鳳儀不是能沉得住氣的性子，我觀他脾性，雖則往日有些跳脫，卻是天生有一股烈性，他若知生母之事，焉能不聞不問？」

「或許天生便有此心機呢？」

「不可能，他才多大，斷無此心機。」平郡王恨恨地道：「不知何等人行此鬼祟之事，要害鳳儀名聲？」倘不是因此宮中之事，李鏡斷不可能把事情抖出來的。

平郡王妃道：「那阿鏡焉何知曉？」

平郡王沉默片刻，道：「當年柳氏離府，不知去向。皇上登基後曾著景川出過幾次外差，想來景川是知道的。」

「難道景川是有意讓阿鏡嫁給鳳儀？」

「妳想哪兒去了，景川對皇上何等忠心？」平郡王嘆道：「怕是陰差陽錯啊！只是，當初阿陽身上那胎記之事，二丫頭便知秦家血統有異，是景川帶秦氏夫妻進宮的。從滴血驗親時起，景川怕就知道了。」

平郡王妃道：「景川約莫是有自己的打算。」

「這是什麼話？」平郡王正色道：「女兒嫁人，便是別人家的人了。大丫頭嫁給皇上，大皇子是皇室中人，咱們不過大皇子的外家。就是二丫頭那裡，景川也是堂堂侯爵，並非我平家附庸，妳以為景川是何人？他豈是那等鬼祟小人心思？若他早知鳳儀身世，斷不會令阿鏡婚配。就是如今，也是景川是景川，鳳儀是鳳儀，他們雖為翁婿，也各為各的主，豈可混為一談？妳這樣想，就想錯了景川。」

「好了好了，我曉得了，不過隨口一說罷了。」平郡王妃連忙道。

皇后娘娘是咱們的親女，二丫頭難道就不是了？這原是他們皇家之事，我等外臣，私下說一說也只是私下的話，可說到底，終是皇室之事，與咱們家，與景川家，並無相干。」

平郡王妃生怕丈夫動怒，再三應下，服侍著丈夫歇了。

當然，睡不好的還有秦鳳儀，他一會兒擔心如何自證清白，一會兒擔心要是媳婦知道他這事不得氣死啊。沒想到，待得稍晚些的時候，馬公公帶著內侍抬了一小桌的飯食來給他，瞧著還都是揚州菜色，獅子頭啥的都有，更是秦鳳儀愛吃的。

秦鳳儀端坐在暖閣的炕上想事情，突然有人進來，秦鳳儀連忙起身，見是馬公公，便上前拉住他道：「老馬，我真是冤死了！」

馬公公躬身見禮，「殿下勿急，眼下天色已晚，老奴奉陛下之命，送些吃食給殿下。」

秦鳳儀瞧一眼菜色，眼睛一亮，道：「陛下是不是知道我是冤枉的了？」

倘不知他清白，陛下如何肯打發人送這些吃食給他？

馬公公溫聲道：「今日天晚，殿下就在宮裡歇一夜。這是夜宵，殿下只管享用。」

「哎呀，我哪裡有心情吃東西？我問你，我的事是不是已經查分明了？究竟是誰人要陷害我？」秦鳳儀還是要問一問的。

馬公公道：「殿下先用夜宵吧，這些個事，豈是老奴能知道的？陛下何等聖明之人，自然會將事情查個水落石出。」

這話倒是，秦鳳儀對景安帝一向信任，聽馬公公這般說，便也道：「你這話有理，陛下絕不是什麼人都可以糊弄的。只是，我什麼時候能回家啊？我媳婦不知道我這事兒吧？可是千萬不能告訴她啊！」

馬公公心說，你媳婦啥都抖出來了！

不過，馬公公仍是一副平平淡淡，彷彿什麼事情都沒發生的模樣，安慰秦鳳儀道：「殿下先吃飯吧，天大的事，也不能不吃飯啊！」

秦鳳儀長嘆一聲，「要是我媳婦誤會我，那可就慘了。你說，陛下這樣聰明的人，隨便一想也知道我是中了別人的圈套。能入我眼的女人，要不就是我媳婦那種比我聰明的，要不就是比我好看的。瞧瞧剛剛那個女人，她占哪樣啊？她還要撞頭自殺，我還想自殺呢！我這樣的相貌，多少女人妄想我都沒成，結果卻被她毀我清白……」

馬公公聽秦鳳儀嘀咕自殺不自殺的話，嚇得臉色都變了，連忙道：「殿下，您這樣的明白人，可得想開些啊！」

「我有什麼想不開的，我才不死，我要是死了，豈不是更叫人把屎盆子往我頭上扣？」秦鳳儀拿起勺子，剛要舀一勺獅子頭，忽然對馬公公道：「老馬，你可得跟陛下說，把我保護好了。說不得這是個連環套，倘他們見陛下信我清白，說不定還要暗下黑手。」

馬公公道：「殿下只管放心，您在這裡，斷然無事的。」

出了這麼大的事，秦鳳儀還是很有胃口，他在宮宴本就沒吃多少，又受到驚嚇，體內能量儲存過少，竟一下子把馬公公送來的飯菜吃了個七七八八。

待秦鳳儀用過飯食，馬公公令人抬走小飯桌，又有人送上溫水巾帕，供秦鳳儀洗漱。之後還有常服可供替換，馬公公方告辭離去。

秦鳳儀在洗漱完後，暗自思量，若是陛下仍在惱我，斷不會令馬公公送吃食過來給我，更別說有這些人服侍我。這般一想，秦鳳儀便安心睡了。

同樣睡得很好的，便是李鏡與兒子阿陽了。

阿陽沒見著他爹，有些不習慣，只是李鏡哄了哄他，阿陽每晚一便後，也就乖乖睡了。至於李鏡，雷是她放的，有放雷的心理素質，誰睡不好，她都能睡得好。

故而，這一夜，睡得最好的，反是處在風暴中心的一家三口。

今夜諸多權貴都無眠。

這其間不僅僅是與皇家關係緊密的眾人，還包括清流重臣。清流們全都驚呆了。

哪怕見多識廣如鄭老尚書，出宮後硬是沒有回自己家，而是令轎夫去了方閣老那裡，去打聽情況。鄭老尚書的思路很簡單，秦鳳儀之所以能從揚州到京城，能在春闈中有所斬獲，這其中出力最大的莫過於秦鳳儀的恩師方閣老。

他如今雖也做到了內閣首輔，但身為方閣老的後輩，此時此刻，鄭老尚書的心裡還是對這位老前輩升起了深深的敬意。

太厲害了！

方閣老致仕後回老家，在老家四年教出了一位狀元、一位探花，這在仕林中已是傳為經典美談，但更厲害的是，這位老大人，他他他……他教導的探花郎竟然還別有身分，極有可能是陛下的元配嫡子。

鄭老尚書於公於私，都要去這位老前輩那裡拜訪才行。

方閣老原還奇怪，這會兒天色晚了，鄭老尚書來做什麼？

然而，能讓鄭老尚書親自前來，自然不是小事。

方閣老原想著，今日中秋佳宴，宮中自有宮宴，大兒子方大老爺也在宮宴名單之內，只是，以方大老爺的官階，只能待在偏殿了。此時此刻，大兒子還沒回來，倒是內閣首輔先到了。方閣老稍一思量便明白：出事了，還是大事！

無奈憑方閣老的腦袋，也沒料到竟是出了這樣的大事。

待鄭老尚書把事說完，方閣老陷入了深深的沉默中。

鄭老尚書看方閣老久久不語，便道：「老相爺，鳳殿下這事，您老人家怎麼看？」

鄭老尚書沒好問「您老人家是不是早便知曉鳳殿下的身分」這樣的話。這樣的話即便問了，方閣老也定是「不知道」的，既如此，何必要問？鄭老尚書直接詢問方閣老的意思。

方閣老沉默良久，方道：「咱們是老交情了，想必鄭相也知道，當年請旨冊平娘娘為皇后的摺子還是我先上的。」

依鄭老尚書多年的眼力，竟看不出方閣老此時的心思，但方閣老此話一出，鄭老尚書不禁為先時疑方閣老之事感到慚愧。不為別的，單憑這一條，方閣老便不可能早知秦鳳儀的身世。是啊，當年請冊平皇后為正宮的奏章，還是方閣老先上的。

鄭老尚書長嘆，「我真不曉得這事要如何是好了。按理，這原是陛下家事，倘鳳殿下只是尋常皇子，不論是過繼愉親王為子，還是過繼愉親王為孫，這也不過是口頭上的計較罷可如今，這叫人怎麼說呢？」

這個難題，令兩位內閣首輔同時陷入了沉默。

鄭老尚書本想著第二日早朝時看一看皇上的意思，清流那裡，皇上想是要受些非議，但在鄭老尚書看來，清流非議無甚要緊，不過是人的話頭。要緊的是，這秦鳳儀到底是不是柳王妃所生的啊？

第二日，景安帝因病免朝。

秦鳳儀在早膳後被放了出來，秦鳳儀誰也沒見到，沒有見到景安帝，也沒有見到旁人，就是馬公公奉口諭放他出了暖閣，然後命一隊侍衛送他回王府。

王府門房見秦鳳儀回來，立刻跑出來迎接。

秦鳳儀指了指送他回來的御前侍衛，對門房道：「這幾位侍衛大哥送我回來的。」又對那個侍衛頭領道：「喝杯茶再走。」

宮裡別的事傳得都不快，唯獨流言最快。

有關秦鳳儀身世的流言，眼下不論是王府還是宮裡，怕只有秦鳳儀自己不曉得了。

那侍衛頭領哪裡還敢吃茶，拱手道：「殿下平安回府，下官等就要回去覆命了。」說完再行一禮，就帶著手下離開了。

秦鳳儀也沒多想，他原想著還要給些銀兩打賞，結果侍衛竟然清廉起來了。

秦鳳儀心裡記掛著家裡，連忙就往府裡去了。

秦鳳儀先去王妃的正院，這會兒愉王妃、愉王爺，還有李鏡、大陽、秦老爺和秦太太都在。愉王妃看孩子，李鏡和愉王爺在商量事情。這幾人顯然得到家裡小廝跑進來傳的信兒，知道秦鳳儀回來了。見到秦鳳儀還很歡實，幾人心中憂愁更盛。

「怎麼了？見著我還不高興啦？陛下放我回來了，想是昨晚的事已調查清楚了。」秦鳳儀很高興，還誠懇地對李鏡道：「媳婦，昨兒我真的是被冤枉的，那個女人沒妳聰明，沒我好看，我怎麼可能會看上她呢？真的！」

秦鳳儀的神色，稱得上是信誓旦旦了。

李鏡嘆口氣，正色道：「不要再說昨天的事了，我有一件事要同你說。」

「媳婦，妳說！」秦鳳儀拉張椅子坐下，伸手接過侍女捧上的香茗。

李鏡道：「關於你身世的事，愉王爺並不是你的父親，母親也並不是你的生母。你還記不記得我曾與你說過的，陛下元配柳王妃的事？」

「自然記得。」秦鳳儀說著，心中已似靈犀般浮現一絲隱憂，就聽他媳婦道：「你的生母便是柳王妃娘娘，你的父親便是當今聖上。你昨日之所以會被人陷害，很大的原因可能在於你的出身，你是陛下的元配嫡子。」

李鏡三言兩語就把在外人看來天一樣大的事情說完，秦鳳儀則愣愣的，好半晌才問：「不是說，柳王妃在陛下登基前就過世了嗎？我可是在揚州長大的。」

秦太太忍不住了，逕自跳出來說道個中緣由。

「陛下登基的時候，娘娘根本沒死。娘娘十五歲便被指婚給了今上，那時今上不受先帝寵愛，只是先帝一眾皇子中的一位普通庶出皇子罷了。我們老爺是先帝最看重的工部侍郎，三十六歲就是正三品高官了。當初就是因老爺為先帝重視，裴賢妃費盡心思為今上求娶了娘娘為正妃，裴賢妃就是現在的太后。娘娘在宮裡，日子過得也不錯，後來，娘娘進門四年未曾有孕，裴賢妃便要為陛下納一側室。」

「別人家納側，沒有哪個會給兒子納比正室出身還高的姑娘，偏生裴賢妃就有這樣的本事。聽說陛下先對著平家姑娘彈什麼《鳳求凰》，後來平側妃終是進了門。先帝帶著先太子與重臣北巡，聽說陝甘之亂，先帝、先太子和去的人都死了，我家老爺，也就是殿下的外公，也在隨駕當中。一時之間，京城亂成了一團，當時今上並未隨駕，宮裡也亂，我也不曉得是怎麼回事，但自平側妃進門，裴賢妃對平側妃極是喜愛，對娘娘也還不錯。再後來，平側妃診出身孕，裴賢妃就格外照顧她一些，娘娘也不至於為這個吃醋，可先帝在陝甘崩逝，裴賢妃命身邊內侍送了一匹大紅的鳳凰織錦給平側妃。宮裡的人，誰不勢利？我們老爺死在了陝甘，平國公卻是正經公府，一時間，宮裡人都去平側妃那裡奉承，很多人還說今上要登基為帝。論理，娘娘才是先帝為陛下娶的元配王妃，可那時柳家已經敗落，平公府卻如日中天，何況，娘娘嫁給陛下五年沒有身孕，平側妃卻是入府兩個月便診出孕事。陛下要先為儲君，再登基為帝。當時便有人上摺子要立平側妃為太子妃，娘娘想著，再不能受此辱，當時就說想去廟裡住一段時間。陛下與裴賢妃簡直是巴不得，裴賢妃還說她夢中常夢到先帝，讓娘娘多念兩日經。呸！她夢到先帝，她怎麼不去地下服侍先帝，反是讓娘娘去念經？」

「娘娘在廟裡一個月，忽然發現有身孕的跡象，當時我想著，娘娘既有身孕，合該回宮才好。論身分，平家再顯赫，平側妃也是自偏門進的門，她如何能比得過娘娘去？可娘娘說，她有了小殿下你，便再不能回宮的。平家對正宮之位虎視眈眈，娘娘便是回宮，只怕命不久矣。便是誕下殿下您，沒有娘娘的庇護，您怎麼長大呢？何況，倘娘娘回宮，仍被平氏奪了正宮之位，非但失正嫡之位，便是將來，娘娘與殿下仍是平氏的眼中釘肉中刺。與其在宮裡提心吊膽地過日子，還不如搏一搏，娘娘就帶著我與阿淮哥逃出了廟裡，我們原想著就在民間好生過日子，可自廟裡逃出，再加上一路擔驚受怕，娘娘的身體也不是很好，生下小殿下您，沒多久便過世了。」

秦太太憶及往日，不由得落下淚來。

「我與阿淮哥帶著小殿下一路輾轉到了揚州，後來在揚州安了家。原也沒想著殿下您來京城認這無情無義的親，可殿下慢慢長大，一日較一日出眾。到您長大，要說親的時候，想給您說商賈家的女孩子，就覺得對不住您的身分。」

秦太太抹了一把淚，又道：「您的眼光是比世人都強的，一眼就相中了阿鏡。我與阿淮哥想著，殿下這樣的身分，可不就得匹配侯府貴女嗎？後來，您中了探花，咱們一家搬來京城。看您越來越好，我與阿淮哥既欣慰又擔心。殿下您一向心善，哪知君王的無情無義呢？」

「就是！」秦老爺也開了口，「自殿下做官，皇上表面上待殿下好，實際上讓殿下做的差使，都是得罪人的事。他怎麼不讓他家大兒子做？因為那是他的心肝兒，卻是拿殿下您當苦力使，說不得什麼時候就讓殿下犧牲了。殿下您想人向來往好裡想，焉知人心歹毒？」

「皇上對阿鳳，也是真心的欣賞疼愛。」俞親王實在是聽不下去了，輕咳兩聲，「我雖……的事所知不多，但皇上登基之後，也是著人去外頭尋找過柳王妃。」

秦老爺並不領情，道：「不就是景川侯嗎？他還到揚州去了，我都見著了，我還抱著小殿下在他跟前走過去，他都沒認出我來。」

說到這件事，哪怕與景川侯做了親家，秦老爺也是有些得意的。

秦太太不似丈夫這般粗線條，她是女人，女人心思細膩，遠勝男人，見秦鳳儀呆呆的不說不動，秦太太嚇得不輕，過去拍著秦鳳儀的背，急得眼圈都紅了。

「殿下？小殿下？阿鳳啊，你這是怎麼了……」秦太太直叫喚。

秦鳳儀兩隻眼睛都紅了，不是那等要哭泣的紅，而一種仇恨的淡淡的紅色。他猛地站起身，手中的茶盞什麼時候翻覆的都不曉得，上等的絲緞繡花長袍已是被茶水沾汙，

秦鳳儀轉身就往外走去，秦太太連忙追上，只是，她一個中年婦人，哪裡有秦鳳儀的腳程，秦鳳儀幾步就走遠了，秦太太只來得及喊一句：「殿下，小殿下，您別急呀！」

秦鳳儀出了二門，要了匹馬就往宮裡去。

秦老爺也不攔他，騎馬帶著侍衛跟在他身旁。秦老爺進不得宮，便與侍衛在宮外等。

今日進宮的人不少，有過來相勸景安帝的，還有的是過來稟事的，結果見到秦鳳儀殺氣騰騰地進宮……真的是殺氣騰騰。秦鳳儀雖則不是什麼好性子的人，但他頂多就是與人打打架而已，這樣露出殺人的模樣，還是頭一遭。

秦鳳儀直接去了景安帝理事的御書房，不等內侍通傳，逕自推開內侍，一腳就踹開了御書房的門。景安帝看向雙目通紅的秦鳳儀，秦鳳儀死死盯著這個自己以前既仰慕又崇敬的男

人。秦鳳儀的目光幾乎是仇視與憤怒了，景安帝卻是莫測高深，不動聲色。

秦鳳儀與景安帝，自相貌而論，當真是不大像。

如果二人相貌相似，不可能至此時，秦鳳儀的身分才被揭露出來。相貌最肖似景安帝的人是大皇子，而秦鳳儀是獨有一種天人之姿，故而，他少時至京城便有神仙公子之名。但此時，秦鳳儀這種仇視與怒火，對上景安帝的深沉如淵，卻令鄭老尚書與平郡王有一種再相似不過的感覺。不論是秦鳳儀的年輕，還是景安帝的老辣，這二人此時此刻，就是給人一種骨子裡的肖似之感。

秦鳳儀開口，聲音卻是沙啞的。

秦鳳儀道：「馬公公，拿一碗水來！」

馬公公看向景安帝，景安帝淡淡地道：「不必了。那日與你滴血驗親的，並非愉王，而是朕，你的確是朕的子嗣。」

景安帝的話音甫落，饒是善戰的平郡王，都未能攔住秦鳳儀突如其來的攻擊。

秦鳳儀腳一蹬，身子猛然竄出。大概是人憤慨到極致時會有驚人的爆發力，秦鳳儀幾乎成了一道殘影，越過鄭老尚書與平郡王，跳上景安帝面前的紫檀大桌，然後縱身撲下，一拳便落到了景安帝臉上。接著，便是無數拳頭對著景安帝的臉招呼過去。

秦鳳儀行為魯莽，在朝中不是什麼祕密，說來，他還挨過御史台好幾回參。頭一回是秦鳳儀與北蠻三王子打架，秦鳳儀被人家打成個爛羊頭，北蠻三王子也沒好到哪兒去，被秦鳳[illegible]秦鳳儀行為不謹，其時景安帝還覺得小探花這事辦得有

[illegible]起，秦鳳儀與順王掐起來，御史再次參秦鳳儀對上無禮。

景安帝彼時忙著宗室改制，暗道小探花幹得好。而今，秦鳳儀的拳頭落到自己臉上，景安帝很有些悔不當初，所幸景安帝自己也學過武功。

被秦鳳儀驚得一時忘了反應的平郡王和鄭老尚書先後反應過來，饒是兩人是當朝一等一的權貴，也未料到秦鳳儀居然會一上來動手。

鄭老尚書是文官，人也上了年紀，行動就緩慢。平郡王略年輕些，又有多年征戰之功，他連忙上前去阻攔。秦鳳儀與景安帝兩人一個攻一個防，正打得不可開交，平郡王當下一記手刀把秦鳳儀劈暈了過去。

秦鳳儀身子一軟，栽倒下去。

景安帝臉上疼得很，已聞到了血腥味，卻還是不忘扶了秦鳳儀一把。馬公公此時也哆哆嗦嗦地跑過來，幫著景安帝扶住秦鳳儀，把秦鳳儀架到隔間去。

景安帝流了滿襟的血，臉上也是火辣辣的疼，氣惱道：「這個混帳東西！」鼻子都被打破了！

鄭老尚書實在不想看帝王如此狼狽，只是，如今看都看了，只能硬著頭皮道：「陛下，還是宣太醫吧。」

景安帝這副形容，也只有宣太醫過來了。

為景安帝診治的，一向是太醫院的院使，安院使一見皇帝的臉傷成這樣，心裡一抖，卻是不敢多問，先看傷再診脈。

景安帝擺手，「診什麼脈，不過是些皮外傷。」

安院使連忙稱是，手腳俐落地幫皇帝清洗傷口，然後上了傷藥，就識趣地準備告退。

景安帝淡淡地道：「今日之事，誰外傳一字，便不要怪朕不講多年情分了。」

不論是安院使，還是平郡王、鄭老尚書，皆是躬身應下。這三人皆是御前得用之人，自然明白景安帝的意思。景安帝不希望秦鳳儀動手的事傳出去，這事對秦鳳儀現在的形勢自然是雪上加霜。對於景安帝，做父親的被兒子揍了，難道是什麼體面事不成？

景安帝是絕不願意看到這樣的事情發生，可既然發生了，就不希望此事傳揚出去。

幾人見皇上再無吩咐，連忙退下了。

以平郡王對秦鳳儀的了解，再沒想到秦鳳儀竟能幹出揮拳揍親爹的事來。

這完全不是普通的有血性，簡直是……

唉，平郡王一聲嘆，出得宮去。

鄭老尚書也覺得，不必再考慮秦鳳儀之事了，這位殿下可真是……別人遇到這等情勢，怕想的最多的是如何利用形勢利用皇上的內疚為己謀些利益好處，鳳殿下別個不說，為人當真是，世間有一無二的。想來什麼嫡皇子啥的，根本沒在這位殿下心裡。

這一頓老拳下去，還需要考慮什麼嗎？

什麼都不必考慮了。

便是如今在宮裡同母親哭訴的平皇后，怕是也不知，她心中擔憂之事，眼下已完全無
[illegible]「我真是一百張嘴也說不清了，當初柳妃之事，我如何清

妳請去廟裡念經，然後又說過世了。誰與她爭過什麼，如今倒好，這個秦鳳儀到底如何誰知道呢？可天下人會如何說我？」

「現在說這個有什麼用？」平郡王妃道：「莫說些沒用的，我說的話妳須記得才是。」

「哪裡還用母親囑咐，我早問過皇上，要不要給那位一些賞賜補償。」

「皇上怎麼說？」平郡王妃有些緊張。

「皇上沒說什麼。」平皇后道：「我已命人列了單子，什麼東西都是上上好的。這會兒也不要瞅哪位皇子的例了，若是皇上的骨血，這些年終是虧待了的……東西多少我都不心疼，只是，母親，皇上要認兒子，這誰都沒有攔阻的理，可若認他為柳妃之子，叫我與大郎如何在這宮中立足？」

「這個妳不必操心，有家裡呢。妳這會兒要拿出一國之母的氣度來，就是大殿下那裡，也務必囑咐大殿下，必要對鳳殿下兄友弟恭才是。」平郡王妃苦口婆心地叮嚀。

「母親放心，我都曉得的，我已是囑咐大郎了，哪怕那位鳳殿下有什麼難聽的話，就叫大郎聽著便是。」平皇后說著就氣悶，只是這股氣悶卻又不知該如何排遣，好在她畢竟是為人母為人祖母的年歲了，此時孰重孰輕，還是分得清的。

平皇后已經決定，不論皇上如何封賞，只要不認為嫡皇子，都隨皇上封賞去。

母子倆在鳳儀宮商議著，秦鳳儀此時已自昏迷中醒來，醒來後，見到了正在批閱奏章的景安帝。秦鳳儀覺得後脖頸有些疼，卻不影響他靈活地自榻上跳起來。

景安帝看他一眼，「怎麼，還要與朕再打一架？」

秦鳳儀朝地上啐了一口，轉身踢門離去，再未回頭。

景安帝握住筆的手微微一頓，看向那虛掩的半扇門，直待秦鳳儀決絕的背影消失不見，此方低頭繼續批閱奏章。

秦鳳儀出宮，秦老爺一見兒子出來，連忙上前上下打量兒子，見兒子完好，仍是忍不住問一句：「兒啊，沒事吧？」

秦鳳儀搖頭，上馬後發現無處可去，只得回了王府。

秦鳳儀回王府後，未再去愉王妃的院子，逕自回了春華院。不一時，李鏡也抱著阿陽回來了。秦鳳儀坐在榻上不發一語，李鏡命丫鬟端來溫茶給他，問：「沒事吧？」

秦鳳儀不接茶，反是問李鏡：「妳什麼時候曉得的？」

李鏡打發丫鬟下去，默然半晌，終是如實告知了丈夫。

李鏡道：「你與我說了滴血驗親時的事，我就有些懷疑。若是你與愉王爺驗親，何故要取了你的血去隔間驗？我起了疑心後，越思量越覺得可疑，出了月子回娘家，問了祖母。」

「合著，你們個個都知道，就瞞著我？」秦鳳信低喝。

李鏡道：「這要怎麼同你說？你的身世便是不說，有人猜到都要害你至此。我要與你說，柳娘娘這樣可憐，你哪裡耐得住性子？何況，皇上已做出了選擇，他把你過繼到愉王這裡，這事要怎麼說？」

秦鳳儀大聲道：「有什麼不能說的？就是不做這什麼親王什麼皇子，也不能讓我娘這麼[illegible]，也還想再扎兩刀，大陽嚇壞了，長嶺哭了起來。

李鏡瞪他一眼，怒道：「你給我閉嘴！」

「明明是妳嚇著兒子了，看妳那凶樣兒！」秦鳳儀倒打一耙，過去接兒子，李鏡還不給他，秦鳳儀氣道：「我兒子，我還不能看了？」

李鏡拍拍大陽的小身子，細心哄著他，說秦鳳儀：「你就知道想著你自己，也想想兒子。我提心吊膽多少天，就是怕兒子有個好歹。你別忘了，咱們兒子與大皇子家的小皇孫一樣，也是有青龍胎記的。」

「以前什麼事都瞞著我，現在也不要跟我說，妳自己想法子好了，妳不是法子多嗎？」秦鳳儀也生了李鏡的氣，他有什麼事從來不瞞李鏡，而今這樣的大事，李鏡竟然瞞著他。

在秦鳳儀眼裡心裡，這便是大大的不對。

秦鳳儀剛揍了景安帝，怒火未消，再想到李鏡欺瞞他之事，心中難免起了芥蒂。於是，他不理李鏡，逕自往書房去了。

李鏡被秦鳳儀氣得臉都青了。

很奇異的，李鏡在此時此刻，竟與景安帝心有靈犀了。

李鏡惡狠狠地罵了一句：「這個混帳東西！」

柒之章 ● 封藩南夷消隱患

秦鳳儀不僅生李鏡的氣，連他爹娘、愉王爺愉王妃，還有他岳父一家，他都很氣。這些人拿他當什麼，平日跟他好得不得了，這麼要緊的事卻都瞞著他，不跟他說。

秦鳳儀想到自己親娘死得那麼憋屈，就忍不住哭了一場。想一回，再哭一場……

於是，柳郎中過來的時候，秦鳳儀的眼睛已經哭得像爛桃子似的了。

柳郎中的神色很是激動，上前兩步，雙臂一下子抱緊了秦鳳儀，然後，一雙虎目滾出熱淚。此情此景，莫說柳郎中，便是李鏡見了亦是淚濕雙目。

李鏡沒有進書房，讓舅甥二人在書房說話。

柳郎中哭了一時，望著秦鳳儀的眼睛裡滿是激動與傷感，良久，方哽咽道：「當初看你臉形就跟姊姊很像，覺得你有眼緣，沒想到，阿鳳你竟是姊姊的孩子。」

秦鳳儀忍不住又哭了一回，自己拭淚道：「我跟我娘長得像嗎？」

「長得不像，可我第一次見你，就覺得你臉上的骨頭與姊姊像極了。」柳郎中用粗糙的手掌摩挲著秦鳳儀的臉，又是一陣淚意湧出。

柳郎中在書房與外甥說了很多事，包括許多秦老爺和秦太太都不知道的事。

柳郎中道：「當時皇上剛剛被立為儲君，姊姊忽然要去廟裡小住，我就覺得不大對勁，可那時父親和大哥都死在陝甘，連先帝都死了，京城裡亂，各家也都亂。我過去看望姊姊時，姊姊與我說了不少話，我那時粗心，竟然沒察覺出姊姊那天與我說的話特別多。後來，人人都說姊姊在廟裡染病過世，別人信，我卻是不信的。什麼染病，分明就是宮裡那些人下

[illegible]子。你不過

如何能平安長大呢？」

柳郎中很是心疼自家姊姊和外甥，說起當年事，強忍著方能不哭出來。

柳郎中問秦鳳儀：「你可有什麼打算沒有？」

秦鳳儀道：「京城我是再也不想待了，我一想到跟那個噁心傢伙在同一個地方就想吐！我想著，帶著我爹娘還有媳婦兒子回揚州過日子！」

「好！」柳郎中道：「這官兒我早不想做了，待舅舅收拾一二，與你一道回揚州。以前舅舅沒能照顧你，以後咱們都在一處，再不分開了。」

其實聽柳郎中與秦鳳儀說話，就能聽得出來，這甥舅二人雖則相貌完全不像，但性子還是有幾分相似的，只看柳郎中這說辭官就辭官的架勢，這完全是秦鳳儀他親舅啊。

當然，秦鳳儀不止柳郎中這一個舅，甥舅倆說了半日的話，連肚子餓都沒察覺出來，直待天晚，秦鳳儀才想來要請舅舅吃飯，當下令人去廚下備飯。

柳郎中起身道：「飯就不吃了，我這就回家收拾行李。你吃過飯，明兒一早也收拾吧。待收拾妥當，咱們便往揚州過清靜日子去。」

秦鳳儀也不與舅舅客氣，起身送舅舅出去，然後送三舅出門的時候，就遇著了二舅。不待秦鳳儀有所反應，二舅嚎啕一聲就撲了過來，抱著秦鳳儀放聲大哭，「我可憐的甥兒啊……我可憐的甥兒……」不知道的，還以為秦鳳儀怎麼了呢。

二舅就是前恭侯，今恭伯了。當初派市井混混刺殺秦鳳儀的柳大郎，如今看來，算是秦鳳儀的舅家表兄。秦鳳儀現在心情很差，見到三舅才稍稍好了些，覺得世間還是有真情的，結果，一見到二舅，秦鳳儀那心情又跌入了谷底。

秦鳳儀對付這主動上門認親的恭伯很有法子，他正色高聲道：「先告訴伯爵一聲，我絕不會認那無情無義的東西做父親的，更不會去做什麼皇子！我已經決定回揚州了，三舅要辭官與我一道回揚州，你看，你是不是也辭個官，與我一道去揚州，過平民百姓的日子？」

恭伯的嚎哭瞬間止住，他彷彿一隻突然被掐斷脖子的鴨子，大張著嘴，臉上還有兩顆要掉未掉的淚珠，被秦鳳儀的話深深震驚住了。

恭伯急得一把抓住秦鳳儀的手臂，勸道：「外甥豈可這般意氣用事？還有老三，你當勸勸外甥，外甥可是陛下元配嫡出皇子，論尊貴，更在大殿下之上！何況，陛下現在尚未立儲，憑外甥出身之尊貴，儲位必是外甥莫屬啊！」

秦鳳儀心裡的火騰騰往外冒，他甩開恭伯的手，冷笑道：「什麼狗屁儲位？現在就是他死了，叫我去做皇帝，我都不會去！我一想到我娘，便恨不得放火把那個狗屁皇宮燒了！」

恭伯覺得秦鳳儀現在的情緒實在不大穩定，連忙道：「我知道外甥正在氣頭上，那舅舅就先回去了，明兒再來看你。」

然後，說明兒個再來的恭伯，卻是再未來過。

秦鳳儀已是拿定主意，不在京城待了，要回老家過日子去。

秦老爺和秦太太向來是聽兒子的，見兒子這麼說，夫妻倆便打發下人開始收拾行李。

李鏡私下與秦鳳儀商量：「回揚州好嗎？」

[illegible]氣和也說話了，道：「揚州是咱們

李鏡道：「我知道你為婆婆抱不平，我說這話你別惱，眼下皇上在位，自然還有兩分香火情，咱們在揚州，起碼平安是能夠的。倘陛下百年，大皇子登基，家裡日子要如何過？」

秦鳳儀正在氣頭上，還真沒想太多，此時李鏡一問，他竟不知要如何應答。這一急，心中又生出惱意，就犯了強頭病，惡狠狠地道：「難道我會怕他？」

「屆時人家為君王，咱們是平民，你縱不怕，人家要拿捏你也是一拿捏一個準，端看人家心情吧。心情好，興許留你一命，心情不好，闔家赴死也不是什麼稀罕事。」李鏡道：「你也是讀過不少書的人，嫡庶之分，難道僅僅是尊卑之別？便是尋常人家，庶子承繼家業，嫡子的日子都不能好過。到了皇室江山，血流成河之事更不少見。我不是讓你去爭皇位，只是眼下不計較明白，咱們是不怕，阿陽怎麼辦？」

秦鳳儀道：「北有北蠻，西有吐蕃，南有南夷，東出是海。北蠻自是去不得，吐蕃那裡是佛國，而且聽說那裡的水煮不開，飯做不熟，肉都是吃半生的。吃食上且不論，咱們中土人過去，氣都喘不過來，有時候跑兩步就會倒地沒氣，那裡也是去不得的。至於南夷，還是那噁心傢伙的治下，要不，咱們出海算了？」

「出海？」李鏡挑眉道：「說得容易。現在閩王就守在泉州港，我們一去，必落入閩王之手。更別提縱僥倖能出海，阿陽這樣小，海上缺醫少藥，倘阿陽有個病痛，尋誰治去？」

秦鳳儀一時沒了主意，沒好氣地問李鏡：「那妳說，去哪兒？」

李鏡道：「就去南夷！南夷雖則也在朝廷治下，但朝廷一向鞭長莫及，有名無實。我們去那裡，那裡是土人的地盤，可土人的地盤只在山上，南夷也有州府。再者，南夷氣候好，四季如春，物產也豐富。」

秦鳳儀心裡明白眼下不是賭氣的時候，便也同意了。

李鏡道：「去南夷，總得有個名頭。」

秦鳳儀與李鏡夫妻兩年，認識卻是兩輩子了，當然，李鏡認識他只有這一輩子，但秦鳳儀識得「夢中之事」，對李鏡了解更深，他當即聽出李鏡話中之意，登時大怒，「妳還想讓我去找他要個官兒還是怎地？」

「你喊什麼喊？」李鏡一掌就把面前的矮几拍得粉碎，「我有這麼說嗎？」

秦鳳儀怒道：「妳最好歇了這個念頭，不然……」終是放不出什麼狠話，他大哼一聲，虛指李鏡道：「不然叫妳好看！」

李鏡簡直是被秦鳳儀氣得暈頭。

李鏡乾脆不理秦鳳儀了，只與秦老爺和愉親王商量。

李鏡道：「為以後的日子計，再不能回揚州了。回揚州一時無虞，可往後呢？陛下百年之後呢？我與相公商量了，想著就去南夷。」

「南夷？」秦老爺道：「那裡不都是土人嗎？」

「正因是土人的地盤，才要去那裡。」李鏡沉著臉，目光鎮定，「柳妃娘娘的事，我想想都覺傷痛，可說句老實話，眼下皇上在位，相公起碼能得平安，以後的事我真不敢想。若[illegible]我只為可揚擔憂。他這孩子也不知如何就有太祖身上才有的青

[illegible]忌諱，倒不若尋一個偏僻地界，倒可平安一世。」

秦老爺與愉親王都不是沒見識的人，秦老爺不大曉得南夷州的事，但秦老爺想到的是，的確如李鏡所說，一旦回揚州，將來大皇子登基，不要說阿陽，就是秦鳳儀的出身，怕也會為大皇子所忌諱。

愉親王則想得更為深遠，他是知道南夷州的情勢的，說是朝廷所屬，可就看每年來朝請安的土人族長，又多似土人與朝廷自治的地盤，這樣的地方，朝廷勢力有所不及，若是能將這塊地盤經營起來，倒也是一條生路。

愉親王道：「這主意不錯。」

秦老爺很是信服兒媳婦，見愉親王也說好，便道：「王爺說好，必是好的。」

李鏡道：「那我就進宮與皇上說一聲。」

景安帝委實未料到，過來找自己談話的不是秦鳳儀，而是李鏡。

李鏡欲行大禮，景安帝擺擺手，指了一旁的繡凳道：「坐吧。」

李鏡福身行禮，這才過去坐下。

李鏡道：「我有幾句私房話與陛下說。」

景安帝看馬公公一眼，馬公公便清場了。

景安帝道：「朕還以為得是鳳儀過來燒朕的皇宮，倒是妳先過來了。」

李鏡面色不變道：「相公的性子，陛下比誰不清楚呢？當初相公來京城做官，那樣得陛下青眼。其實不一定是他才幹如何出眾，學識如何不凡，朝中有才幹有學識的人多了，想來陛下就是喜他這赤誠的性子。我至今還記得，春闈後您點他為探花，他私下與我說起殿試見到您的事，他與我說，彷彿見到了天神一般。」

這話說得，便是景安帝也不禁微微失神，似是想起那個往日在他面前快活大笑的少年。

「如今想來，或許真有血緣相吸的緣故。相公與陛下，那樣的投緣，就是我，有時也覺得您待他不似君王待臣子，他先時待您亦是一片孺慕之情。」李鏡道：「越是情分深，陡遇這樣的變故，若相公此時在家盤算著能自您對柳妃娘娘的虧欠中得到多少好處，想來您也不會對他另眼相待了，是不是？」

李鏡說著，眼睛微微濕潤。

「相公就是這樣至情至性之人。」李鏡拭淚道：「不要說他，我一想到柳妃娘娘之事，都覺傷悲，不過，我也明白當時陛下的為難，我更相信，縱使陛下當時有效仿漢光武帝之意，若當時柳娘娘肯回宮，告知孕事，依陛下的性情，焉能不保柳妃娘娘與相公的性命？」

「只是，柳妃娘娘自有性情，何況，當一個女人做了母親，所行所為，必然要為自己的子女多加考慮。彼時，柳家一夕之間家破人亡，柳娘娘離宮，或許也是不想陛下再為當時的局面為難。柳娘娘當年，便是臨終前，也未有要相公以後認祖歸宗之意。身為一個母親，對兒女最大的期冀，從來都不是榮華富貴，位高權重，而是一世平安，這比什麼都重要。」李鏡道：「無奈，世事弄人，哪裡料得今日之事？」

「當初，我對相公身世生疑，後來回家問了祖母，又前後思量數日，也覺得，依相公[illegible]，不說別個，就他的性子，如今知曉柳娘娘之事，這樣的悲

[illegible]他在家裡每每想到柳娘娘，都要哭一場的。」李鏡壓抑著哭聲，卻又讓人聽得更覺悲痛，「我一婦道人家，朝中大事雖有耳聞，可並不大懂。相公的性情，陛下深知，他現在是絕不想再留在京城了，我們家裡也在收拾行李了，只是，他這樣的出身，我總要為以後的兒女考慮。現今天下，北有北蠻，西有吐蕃，南有南夷，東出是海，我與相公商量著，想去南夷州，陛下看，可還妥當嗎？」

景安帝長嘆，「他以前與朕說過很多次，想去南夷為官，只是朕先時捨不得他，如今你們既商量好了，南夷便南夷吧。」

李鏡道：「先時我是想相公過來，跟陛下說去南夷的事，可他現在仍是不能理智看待柳娘娘之事。何況，現在要陛下給他一個在南夷州的名分，他斷不會開這個口，我便過來跟陛下說了。我們去南夷州，總得有個名分，名正，方能言順，是不是？」

「妳想要什麼名分？」

「請陛下將南夷州之地分封給相公，請陛下下旨，允我們這一支世代永駐南夷，王爵之位，世襲罔替。」

「可。」

李鏡繼續道：「請陛下允相公掌南夷軍政之事。」

「可。」

「此一去，山高水長，陛下也知道，南夷那裡貧苦，我與相公都不是奢侈之人，但去了總要建王府。再者，我是做母親的人，我知道做母親的對兒女的心。相公現在也是做父親的人了，他一時悲痛不能自持，可他不是不通情理之人，只是現在仍不能諒解柳妃娘娘之事。終有一日，他疼愛阿陽時，總能將心比心想到陛下。陛下在柳娘娘之事上於情有虧，可陛下待相公，哪怕您不知曉他的身世之時，都那樣喜歡他，何況現在？有朝一日，他終會明白陛下對他的父子之情。做為一個兒子，不能在父親膝下長大，這是天下憾事，可身為一個父親，沒能看著兒子長大，難道就不是憾事嗎？陛下，為帝為君者，或許有諸多不得已，相公眼下還不能理解您，但我知道，您心裡怕是比任何人都不容易。」

李鏡險些把景安帝的眼淚說下來，景安帝輕聲道：「朕這一生虧欠了許多人，也辜負過許多人，但朕無愧江山社稷。」

景安帝給了李鏡五十萬兩白銀及一萬名藩王親衛。

既然決定要去南夷州，便需向親友辭行。看秦鳳儀目前的狀況，李鏡也不勉強他了，就把大陽放在家裡讓秦鳳儀帶著。無他，秦鳳儀總是哭，想到自己親娘就要哭一回，李鏡擔心他把眼睛哭壞，便讓他帶大陽。

秦鳳儀感懷身世，雖則自己沒有確切的感受，但秦鳳儀待大陽的確是非常疼愛，尤其是知道自己的身世之後，比以前更疼大陽了。

愉王妃知道李鏡一家要去南夷後，最捨不得的就是大陽，很願意再幫著帶幾日。李鏡看秦鳳儀情緒總是不好，便跟愉王妃說了秦鳳儀的事，把孩子交給秦鳳儀帶，李鏡則同愉王妃商量帶往南夷的東西。

王妃笑道：「聽說那裡是個蠻荒地界，更不能只帶銀子，家私器皿的還好，那邊要是不現成去了能置辦新的，帶些常用就是。餘者如工匠、繡娘等各式的手藝人，都得帶一些，就怕到了那裡，許多東西有銀子沒處買去。叔祖母也不用送我別的，這些手藝人，也不用老手藝人，年輕力壯的送我幾個便可。」

「這如何沒有，咱們府裡就有的。」愉王妃便給李鏡準備了許多這上頭的人，這個時候也不問人願意不願意了，上頭的吩咐，誰敢不去？

李鏡回娘家也是這樣說的。

除此之外，寧可送銀子，不要送東西了。

聽到李鏡一家要去南夷，李老夫人極捨不得的，她想了想，無奈嘆道：「這也好。」

景川侯夫人問：「大姑爺好些沒？」

李鏡道：「還是那個樣子，每想到柳娘娘之事總要傷心的。」

想到柳王妃，景川侯夫人也不曉得要說什麼好了。柳王妃當年離宮，受益最大的是自家大姊，可現在自家繼女嫁的是柳王妃之子。

景川侯夫人與李鏡道：「這傷心啊，總憋在心裡不成，會憋出病的，但總是傷心也不成，傷感太過，就傷身了。」

「妳太太這話說的是，回家好生勸勸阿鳳。」李老夫人道：「這上一代的事，現在再如何說也無濟於事了。想想阿陽，還是得振作起來才好。」

「是啊。」後女婿這身世，雖則當初得利者是自家大姊，但景川侯夫人也覺得後女婿很可憐，「你們現在正是忙亂的時候，唉，妳父親和大哥都有衙門的差使，讓阿欽過去幫襯幾日吧。妳有什麼事，只管吩咐他便是。」

李鏡道：「二弟過去自然好，他是個細心人，我手邊就缺二弟這樣的幫手。」

景川侯夫人一笑，「缺什麼只管說，咱們家別個不多，人手絕對足夠。就是妳說的工匠等人，明兒我就開始挑人，保證都給妳備齊全了。」

李鏡在娘家吃了午飯才回王府，還得給大陽餵奶呢。興許是丈夫身世可憐的緣故，李鏡也很捨不得兒子受半點委屈。大陽果然是餓了，如今大陽快六個月了，飯量越來越大，秦鳳儀道：「中間吃了回蛋羹，讓他吃奶娘的奶，他就是不肯吃。」

「他不愛吃奶娘的奶，你又不是不知道。」李鏡拍著兒子埋頭吃奶的小身子，側頭問秦鳳儀道：「你吃飯了沒？」

「吃了。」秦鳳儀嘆口氣，半晌才道：「祖母還好吧？」

「挺好的，祖母和太太都說起你，讓我好生勸你，叫你不要太傷心。」李鏡這話一出，秦鳳儀的眼睛又濕潤了，李鏡無奈道：「你不是最不愛哭的嗎？怎麼哭起來沒完沒了？」

「我一想起我娘，心裡就很難受。」秦鳳儀抽噎道。

李鏡把帕子給他，「你這麼難受，更當為柳娘娘爭口氣才是。」

然後，秦鳳儀又小哭了一場。

李鏡第二天去了方閣老府上，方閣老見是李鏡過來，就曉得秦鳳儀是個什麼態度了。

李鏡道：「他還在家裡哭呢。自從知道了柳娘娘的事，相公沒一天不哭的。」

方閣老嘆口氣，「就是因他這性子，當初皇上才請愉王爺認下他。鳳儀的身世雖是曲秦氏夫妻待他如同親子，未讓他受過半點委屈，他又是個重情重義的，乍然知曉柳娘娘當年情形，如何能不傷心？就是我們這些人……想來鳳儀心裡也是怪我的吧。」

李鏡道：「過往之事，已然過去。當時形勢複雜不說，便是當年漢光武帝為情勢，不得已亦是以陰麗華為貴妃，郭聖通為皇后。史書只一筆帶過，便想陰麗華當年也不知流過多少眼淚了。師傅，您畢竟是朝中首輔，權衡利弊，形勢使然。相公的性子一向分明，他能有今日，也是多虧了您的教導。您都致仕了，回鄉是想養老的，卻破例收徒，日日悉心教導，所費心血，豈是尋常？我知師傅您的性子，當年便是我大哥，也只是掛名弟子罷了。若早知相公身世，如何會收他為徒？只是，師傅信不信命？或許，這便是命。當日師傅第一個上表請立當今平皇后為后，今日便有師傅與相公這一段師生之情。」

「就像我父親，當年一樣上過請冊平氏為后的奏章，可他當年又豈能料到我今日會與相公結髮？」李鏡說得字字懇切。

方閣老一嘆，便是不信命，被李鏡說得都得信起命來。何況，方閣老年邁，自從得知秦鳳儀的身世之後，便一次又一次想過，當年致仕，不過偶動了思鄉之情便返鄉了。而李家兄妹，李鏡因在大皇子妃一事上失利兼尷尬，遂與長兄李釗一起，與方悅去了揚州散心。這一散心，便遇到了名滿揚州城的鳳凰公子。

鳳儀鳳儀，當年的柳王妃，對后位何等的不甘心，才會為兒子取此二字為名呢？

或許，便如李鏡所說，這興許就是命運的指引。

當年朝廷虧欠了柳王妃，他上了那道奏章……有了當年之因，便有今日之果。

李鏡與方閣老早便相識，只是彼時李鏡是侯府的大姑娘，景川侯的嫡女罷了。而今，李鏡已是可以與方閣老在書房密談半日的人了。李鏡並未在方家留飯，還叮囑方閣老好生保重身體，李鏡道：「世間無不可解之事，相公的性子，您是深知的，他不是糊塗人，終有一日能理解您當年所做的選擇。師傅，我們這一走，不知何日方回。天涯海角，終有再見之期。」

方閣老送李鏡出門，李鏡豈敢托大，連忙請方閣老回屋裡休息。

方閣老則想著李鏡說的話：天涯海角，終有再見之期。

李鏡最後去的是平郡王府。

平郡王妃沒想到李鏡竟然到訪，親自到二門相迎。李鏡原本世子妃的品階便是與平郡王妃同級，如今秦鳳儀身世一出，秦鳳儀既是皇子，李鏡自然是皇子妃。皇子與親王同品，李鏡品階便等同於親王妃，比平郡王妃還要高一階。

平郡王妃要行禮，李鏡忙雙手扶住她老人家，笑道：「外祖母如何這般外道？」

平郡王妃道：「阿鏡，鳳殿下身分畢竟不同尋常。」

「那太太一樣是我的母親，您老一樣是我的外祖母。」李鏡笑道：「難不成，先時您是郡王妃，我沒誥命時，咱們尚是祖孫。如今因著皇家是非，咱們倒不是親戚了？」

平郡王妃一笑，「看妳說得……唉，鳳殿下那裡，我心裡覺得很是對他不住。」

「那不過是皇家之事，與您老有何相干？就是與外祖父也無干係的，我心裡都明白。」

[illegible]身後還有平郡王妃的[illegible]相隨。一大群人，熱熱鬧鬧的去了平郡王妃的

丫鬟奉上茶來，平郡王世子妃將一盞茶捧予婆婆，平嵐的媳婦便將一盞茶捧予李鏡。

李鏡起身接過，「嫂子莫要這般客氣，都坐吧。妳們這樣客氣，我反是不自在。」

李鏡啜口茶，轉手放在了手邊的海棠花几上，開始說起他們做的決定。

「我們就要走了，這一走，怕是再不能回京城。前兒我回了一趟娘家，昨兒去了師傅那裡，今兒就想著過來看看外祖母。一則，外祖母疼我這些年，太太雖沒生我，我自小喪母，後來在宮裡，時得皇后娘娘照應。哪回外祖母見了我，有二妹、三妹的，就有我的，便是我不在家，也讓太太給我存著，都給我送到宮裡使，我心裡一直沒忘。」

「當年我與相公的親事定下來，外祖母還親自去給我添妝，幾位舅媽嫂子，誰的添妝不是厚厚的，人家一看都說我有福。我如今要走了，焉能不過來看望外祖母和幾位舅媽嫂子？二則，相公的身世，誰能料得到呢？他自個兒都不曉得。如今說來，只能說是造化弄人。外祖父的人品，我是深知的。就是皇后娘娘，我在宮裡這些年，也知道皇后娘娘是何等樣的人。外頭雖則小人詬誶，我是一字不信，只是我若不過來，更要叫小人猜疑，也擔心外祖母誤會了我。相公的性子，不要說他自幼沒在宮中長大，便是在宮裡長大，他也不是為君的材料。他呀，就是跟我過過小日子才成，可他竟被人如此陷害，我當時要不說破相公的身世，一個男人背負著調戲宮人的名聲，日後要相公在京城如何立足？我心知必是有人知道相公的身世，才設此圈套害他。我索性以毒攻毒，說破了相公的身分，也不能叫小人如願。外祖母且想一想，挑撥起當年舊事，倘相公與大殿下相爭，他二人皆是陛下龍子，亦是骨肉兄弟，若因長輩舊事反目，得利的是誰？竊喜的是誰？」

李鏡長嘆一聲，又道：「眼下我們便是要走，我也必要將此話在外祖母跟前說破說透！我們便是永離京城，我亦不能坐視有人這樣利用、愚弄我的丈夫！」

平家自李鏡口中得知李鏡一家要去南夷州，並永鎮南夷，再不回京之事，亦不是不震驚的。按平郡王妃等人心裡盤算著，秦鳳儀有這樣的出身，定要在出身上一爭長短。沒想到，這一家人反是要去南夷州。

平郡王妃條件反射地道：「這如何使得？南夷苦寒，聽說那是遍地土人的地界。妳與鳳殿下自小嬌生慣養地長大，便是小殿下也年紀尚小，如何使得？」

平郡王妃連說兩句「如何使得」，可見對此事的震驚，但是想到秦鳳儀即將遠走南夷，卻又稍稍將心事放下。

一堆女人皆是苦勸，李鏡道：「已是與皇上說過了，皇上也是允准的。」

這下子，女人們都不好說什麼了。平郡王妃又問何時啟程，屆時必會前去相送。

李鏡說了大概的日子，便告辭而去了。

平郡王妃晚上與平郡王說起此事時，嘆道：「阿鏡說到這些年的事，把我說得眼淚險些落下來，她還是記得這些年的情分的。」

平郡王便問李鏡說了些什麼，平郡王妃大致說了。

平郡王嘆道：「真可惜呀！」

「可惜什麼？」平郡王妃問。

「當年便是令阿嵐散盡妾室，也該把阿鏡娶進門的。」平郡王道。

「這叫什麼話？」

平郡王搖搖頭，「只怪阿嵐無福。」

平郡王妃道：「以往我還說阿鏡傲氣了，今天聽這孩子說的話，的確是個體貼孩子。」

平郡王不欲多說李鏡，他道：「還是要備些東西的。」

「這我能不曉得，已讓大郎媳婦去準備了。」平郡王妃問：「他們真要去南夷了嗎？」

平郡王點點頭，平郡王妃道：「雖是委屈鳳殿下了，但他們離開京城倒也好。」

平郡王道：「何止是委屈，實在是太委屈了。鳳殿下為人與常人皆不同，世人只是想著皇家的元嫡之爭，焉知鳳殿下眼裡並無這些權位之事。」

「要不，王爺還是與皇上說說，多賞賜鳳殿下一些才好。」

平郡王道：「鳳殿下自小便在揚州長大，南夷乃土人聚居之地，他這樣的人去那等蠻荒之處，如何受得了啊？」

「我也是這樣說，可阿鏡說已經與皇上說好了的。」

「唉，別人可坐視，我們豈能坐視？」

平郡王與女婿景川侯商議秦鳳儀封地之事，平郡王道：「鳳殿下雖是想離開京城，也不必去南夷那等蠻荒之地。他在揚州長大，何不為殿下求揚州為封地？既是殿下幼年所居，且揚州繁華，也不至委屈了殿下。」

景川侯十分冷漠地道：「這是他的事，與我不相干。」

平郡王嘆道：「你這是怎麼了？」

「也沒什麼。」

景川侯的傲氣，倒不至於去說秦鳳儀的不是，平郡王只好讓老妻問一問二閨女。景川侯夫人私下同母親道：「大姑爺怨侯爺呢，先時因他身世之故，連阿鏡都受了埋怨。」

「這話怎麼說？」平郡王妃問。

景川侯夫人道：「埋怨阿鏡已是知道他的身世，卻沒有告訴他。唉，說來我之前都不曉得大姑爺的身世呢。我們侯爺也是沒法子，皇上不讓說，誰敢說呢？再加上大姑爺的性子，您瞧瞧他知道身世這樣傷心，誰也不敢輕易告訴他啊！」

說著，景川侯夫人便來了火，低聲罵道：「也不知哪個狗東西，還去跟大姑爺說，當年請冊妹妹為后的奏章，我們侯爺也是上了的！母親，您說說，這是哪裡來的野狗，到處亂叫！那會兒柳王妃都辦過喪事了，不是妹妹做皇后，還是誰能做皇后？」

「真個小人可惡！」平郡王妃亦是罵道：「這個時候，與鳳殿下說這些事，豈不是擺明了要離間咱們至親骨肉嗎？」

「誰說不是呢？」景川侯夫人很是氣惱，「以前大姑爺與我們侯爺多好啊，兩人就跟親父子一般。去歲秋狩，侯爺獵得一頭猛虎，得的虎皮，壽哥兒都沒給，就給了阿陽。現下叫這些小人離間得，大姑爺可不就怨上我們侯爺了，侯爺心裡焉有不惱的？只是，眼下大姑爺那裡，阿鏡都勸不過來，侯爺畢竟是做長輩的，再說侯爺的性子，跟誰也沒低過頭啊，如今可不就僵持著了。」

平君王妃嘆道：「鳳殿下是一時傷心，遷怒女婿。他並非糊塗人，過些天自會明白。」

「唉，希望如此吧。」景川侯夫人道：「我們侯爺啊，當初宮裡一說要阿鏡給大殿下做皇妃，都能立刻把阿鏡從宮裡接出來，還叫阿鏡隨阿釗南下避嫌。母親，您說，這不是陰差陽錯嗎？誰就料到大姑爺是這樣的身世呢？」

誰能料到？

誰也料不到！

除了秦爹和秦媽這兩個知情人。

秦鳳儀雖然也有些怪他爹他娘沒早些把他的身世告訴他，但也體諒他爹他娘。要是小時候就知道自己的身世，估計秦鳳儀非揣著菜刀來找景安帝拚命不可。

秦老爺和秦太太也不怕被兒子埋怨，這兩人能把這樣的祕密一藏二十幾年，平安養大秦鳳儀，還把秦鳳儀養得這麼好，其間沒露半點餡兒不說，還成了揚州巨富，這倆絕不是凡人。如今哪怕小殿下的身世揭露出來，夫妻倆還要繼續為小殿下發光發熱呢！

秦鳳儀這身世一出來，多少人過來看望秦鳳儀，像宮裡的幾位皇子都來過，秦鳳儀卻是一個都未見，倒是大公主過來，秦鳳儀很給面子。

秦太太說了：「德妃娘娘最重情義，她與娘娘自幼交好，後來娘娘能帶著我們平安出去，還是德妃娘娘在廟裡替娘娘騙過了那些侍衛宮人，可惜好人不長命。先時聽說德妃娘娘生下大公主不久便過世了，我這心裡還替德娘娘傷感了許久。」

秦鳳儀心說，怪道大公主當初出事，他爹娘連連鼓動他去援助。

大公主特意過來看秦鳳儀，大公主也不是個會勸人的，她就問秦鳳儀一句：「聽阿鏡說，你們要去南夷？我與相公也在收拾東西了，屆時一道與你去南夷。」

秦鳳儀道：「我們去了，就不回來了。」

「愛回不回吧。」

秦鳳儀道：「妳可想好了？」

「我不是為你，我是為了阿盛哥，他在京城這一年多也沒差使了，你到南夷，總要用人的。南夷雖則偏僻，阿盛哥正是大好年華，不能再蹉跎下去。」大公主道。

秦鳳儀道：「要是這個，妳再等幾年，待龍椅上那位消了氣，必要用張大哥的。」

「囉不囉嗦啊，我就是要與你一道去南夷還不行？」

秦鳳儀只好說：「行，如何不行？」

他雖然嘴上說得硬，心裡還是很知大公主的情的。這世上不是你救人家一回，人家便要生生死死地來報答你，何況，張盛也救過他的命，要說報答，早報答過了。眼下大公主還願意收拾行裝，舉家與他共去南夷，這就不是恩，而是情了。

李鏡更是忙得不可開交，各路親戚朋友，秦鳳儀不想見的可以不見，李鏡卻是大都要見一見的。所幸秦老爺和秦太太還有過來幫忙的李釗和崔氏、李欽，委實幫了不少忙。

李玉潔有了身孕，還是把自己的丈夫派過來了。桓衡突知連襟由親王世子升格成皇子，很有些懵，家裡男人還為此開了個小型會議，會議最後的主題是，把桓衡派去幫忙，大忙幫不上，把馬駕著料理車馬的小忙，再者，跑跑腿兒總是成的。

於是，樁便就送來了。

李釗是侯府嫡長，而且同輩中他年紀最大，亦是最為能幹。李鏡把要做的事交給她哥，她兀自應付各路過來問候的人。上至幾位皇子，下至朝中官員，皆是李鏡應付的。

過來問候的人都懵了，想著，秦家這是李鏡當家了嗎？

反正見不著鳳殿下，見一見李王妃也是好的。

平郡王還是想為秦鳳儀另換一塊封地，雖則沒有說動景川侯一起向景安帝建言，但平郡王身為朝中重臣，又是國丈，便是自己說這事也是可以的。

平郡王是尋了君臣私下共處時說的。

平郡王嘆道：「鳳殿下的品行，老臣心裡再清楚不過，他並非俗人，乃是世間至真至純之人，皆因此，方傷心至此。老臣聽聞鳳殿下想去南夷，此雖陛下家事，只是老臣思來想去，委實太過委屈鳳殿下了。陛下，鳳殿下自幼長在江南繁華勝景之地，又是最愛熱鬧，那南夷州滿山遍野的土人，鳳殿下這樣尊貴，如何能去那樣的地方，實在太委屈鳳殿下了。老臣想著，何不將揚州封給鳳殿下，既是殿下成長之地，且淮揚有鹽鐵之利，也不至於委屈殿下。再以老臣私心而論，鳳殿下才智一流，待他過了這段傷心的日子，總能明白當年的不得已。他縱有怨懟，恨的也是老臣，而非陛下。只要陛下父子和好，依鳳殿下的手段，大可以鎮淮揚，以節制閩地。」

景安帝聽平郡王說完，方道：「淮揚有鹽鐵之利，自來繁華，但封王從無人封淮揚之地。柳氏當年是朕有負於她，與你們皆無相干。朕的確可將揚州封給鳳儀，可做父母的，愛之則要為之思慮長遠。淮揚之地可封一時，難封一世。朕既要賜王爵，所慮便非他這一代，而是他這一支以後如何自處。南夷之地，遠離京城，素來荒蠻，而且頗多土人不服朝廷管制，待鳳儀鎮南夷，一則，可為朝廷安撫南夷土人，二則，南夷與京城、與江山，皆無大礙，他的子孫便永居南夷吧。」

景安帝把話說得這般分明，平郡王只得作罷。

秦鳳儀一家的準備工作做得既快速又細緻，一家子是打算去南夷過日子了，多少人過來問候兼打探消息的，聽到這個消息，也各自盤算起來。更多的人，在盤算之後，對秦鳳儀一家失去了興趣。就南夷那地方，到處都是土人，聽說吃飯用的還是泥碗，好一些的用木碗，要是有件陶器，就是富裕人家，倘能有件瓷器，便是豪富之家了。

天啊，想也知道那是什麼地方！

據說連個炒菜都沒有。

秦鳳儀不要說是元嫡出身，就真是個鳳凰出身，一到那蠻荒地界，也就鳳凰變麻雀啦！

再有消息靈通者，知道皇上已下旨令內務府準備藩王的一應寶印儀仗，這明擺著皇上是要分藩秦鳳儀的。一旦封藩，秦鳳儀此生前程已定，再什麼樣的出身都沒有競爭力。無他，你都是藩王了，還有什麼資格與立場來爭儲位？何況，從皇上把秦鳳儀封到南夷去，便可知秦鳳儀在皇上心裡的地位了。

唉，縱是元嫡之子，到底這些年在外頭長大，與皇上親緣淺淡，即便是身世分明，又有什麼用，還不是得個鄉下地方養老。說來，南夷之地比鄉下地方還不如。

秦鳳儀即將赴南夷之事，楊貴閣議論頗多。

宮裡也在商量秦鳳儀鎮南夷之事，平皇后與裴太后商量：「先時咱們不知道那孩子，我每想到那孩子在民間長大，就覺得虧欠頗多。如今他們要去南夷了，母后，咱們設宴叫上那孩子，還有阿鏡、阿陽，宮裡的幾位皇子、皇子，以及大公主，進宮來吃頓團圓飯。」

裴太后笑道：「妳想得很是妥當，就這麼辦吧。」

秦鳳儀在宮裡其實不大有什麼人緣，不過，宮裡到底是宮裡，宮裡也有自己的規矩，再者，秦鳳儀這樣的身分，哪怕諸多人不想看到他，不願看到他，但縱是做給外頭人看，也得一家子親親熱熱的才好。

何況，這不討喜的小子馬上就要滾蛋了。

結果，宮裡樂意表表情，誰能想到秦鳳儀根本沒來。

李鏡倒是進宮了，一進宮先幫丈夫請假。

李鏡道：「蒙太后娘娘、皇后娘娘恩典，設此宮宴，相公本是想過來的，只是這幾天傷痛過甚，身上不大好，倘是來了，形容不佳，反叫娘娘擔憂。阿陽年紀尚小，又怕他鬧人，就讓他們父子在家裡歇著了，我過來給長輩們請安。」說著，恭恭敬敬地福身。

裴太后擺擺手，「不必多禮。」她和顏悅色地讓李鏡坐到自己身旁，嘆道：「哀家曉得，鳳儀那孩子，一時半會兒的，怕是轉不過彎來，心裡怕是現在還怨著咱們。」

李鏡忙道：「這豈敢？相公只是傷心母親之事。」

裴太后亦是一嘆，「柳妃啊，當初的確是虧欠了柳妃。」

李鏡道：「朝廷也有朝廷的難處。」

裴太后聽這話很是高興，握著李鏡的手，輕輕拍了拍，「妳這丫頭，也就妳這丫頭知道體諒皇家的難處啦！」

裴太后又細細問了東西收拾得如何，家裡如何等話。

裴太后道：「南夷那地界，哀家知道艱苦了些，可怎麼說呢，江山都是咱們景家的，什麼樣的地方也得有人去不是？就跟朝廷做官是一個理，越是難的地方，越是見真章，要不，怎麼說亂世出英豪呢？都是一個理。」

雖則秦鳳儀沒到，裴太后、平皇后和裴貴妃一干人待李鏡亦是極好的，大家一處熱熱鬧鬧地吃了回飯，裴太后便打發平皇后等人下去，單獨留李鏡說話。

裴太后屋裡沒留別人，只留下一個老嬤嬤服侍。這個嬤嬤姓陳，年少時陪裴太后嫁進宮來的，一生未嫁，就留在了裴太后身邊服侍，乃裴太后的頭號心腹。

裴太后望著李鏡秀美沉靜的臉龐道：「妳自幼在哀家這裡長大，哀家早就看妳好，想要妳做孫媳婦。以前還想著無此緣分，如今看來，咱們就是有這段祖孫緣。」

李鏡道：「真是再想不到的。」

「人能想到的，便不是天意了。」裴太后沒再說什麼祖孫之類的話，她道：「柳妃之事，已然如此。當年的情形，你們小輩人如何能知道？先帝有十位皇子，嫡出的太子，心愛的晉王，還有那許多在先太子與晉王之間，或是依附或是徘徊之人，哀家與皇帝則皆不得先帝青眼。先帝啊，喜歡斯文人，喜歡能詩善武之人，皇帝沒這種詩賦的天分，於皇子間自是詩文作得的好，可這治理江山，難道要的是詩詞歌賦？一番北巡，便葬送了大半江山。柳妃，是皇室對不住她。她嫁給皇帝四年未能生育，哀家才為皇帝選了側室。阿平的確出身高貴，這裡頭有哀家的私心，當時裴家沒落，先帝偏愛先太子與晉王，如果皇帝沒有為帝的才幹，哀家情願他安安穩穩做一地藩王，可哀家的兒子才幹遠勝先太子與晉王，更遠勝先帝，哀家也是做母親的人，便為他納了阿平為側室。你們沒有經過先帝的年頭，先帝在位之時，喜愛文官遠勝武官。平家雖是國公府，阿平願意居於側室之位，便是因當時文官地位遠勝武官之故。誰也沒料到會有陝甘之亂，先帝在陝甘殞身，京城大亂。彼時先帝北巡，如何挑選隨駕皇子呢？先做《北巡賦》，誰做得好，便帶誰一道北巡，皇帝因為賦作得不好，便未能跟去。與皇帝一樣被留下來的，除了壽王，還有六皇子，而六皇子當時娶妻，便是平郡王嫡親的一個侄女。那時為了帝位，也為了情勢，方委屈了柳妃。」

「我不想說什麼不得已的話，對不住就是對不住，當初我與皇帝都未料到的是，柳妃離開廟中時竟然有了身孕。」裴太后輕聲一嘆，「後來皇帝登基，一直忙於朝政。以前也有人提過為柳妃追封的事，只是恭侯府得了爵位，親自上書，說柳妃既已過身，不必再打擾她的安眠。追封之事，便不了了之。如今鳳儀身世大白，原該給柳妃一個公正的追封，可現在鳳儀的出身，現在的態勢，柳妃一旦追封元后，清流便要問個究竟。清流一亂，宗室必然落井下石，宗室改制剛剛開始，這個時候朝廷不能亂。何況，鳳儀在民間長大，他雖則來朝後結識了幾家不錯的朋友，清流中亦有一些名聲，但這樣的交情與名聲，不足以撐起他元嫡皇子的實力。如果沒有這種實力，元嫡皇子的名頭，於他，於你們一家，都不是好事。你們選擇選去南夷，南夷之地固然艱難，卻是一處進退得宜之所，這也是最適合鳳儀的地方了。」

裴太后道：「鳳儀那孩子不與常人同，他雖在民間長大，可是，他的血統，他的天分，他的手段，在皇室亦為一流子弟。以前我就說妳眼光一流，如今看來，果然如此。」

李鏡謙道：「當時因緣際會，其實若早知相公的身世，我斷不會嫁他的。」

裴太后微微一笑，「如先帝那樣的人，因他擁有這世間最大的權勢，為家族為利益，我皆要苦苦謀得一個妃位，更有無數女子趨之若鶩。鳳儀身世複雜，可他在男女之事上，非但比先帝強，就是比皇帝亦要好上一些。阿鏡，妳不止有眼光，也很有福分。」

裴太后並未有半分囉嗦，與李鏡說了些柳妃當年之事，便命陳嬤嬤取來一個紅木匣子給了李鏡，裴太后道：「你們就要遠去南夷，之後必有賞賜，但那些個東西放著好看也體面，卻一不能換錢，二不實用，無非就是擺著瞧瞧罷了。這是二十萬兩銀子，是我的私房，已令人換了銀票，妳且拿著，屆時到了南夷，多的是用錢的地方，就不要與我外道了。」

李鏡起身謝過裴太后，裴太后道：「這就去吧。」

李鏡行禮告退。

直待李鏡遠去，裴太后方若有若無地嘆了口氣。

李鏡自慈恩宮出去，接連又被宮中兩大巨頭平皇后和裴貴妃請去說話，說的話也無甚特別，李鏡一一聽了，方出宮去了。倒是回家時，見秦鳳儀正在屋裡轉圈，見她回來，方怒氣沖沖道：「我不是說不去嗎？妳去做什麼？」

秦鳳儀[illegible]進宮的大禮服，穿上家常衣衫，接過侍女捧上的茶啜一口，這

「就是不去怎麼了？就是不去！」秦鳳儀在李鏡身邊生氣，說她：「妳要是被那老虔婆害了，我跟大陽怎麼辦？」

李鏡聽他這怒吼吼的關心，方道：「胡說什麼呢？」現在宮裡只恨不得立刻送他們走人，哪裡會出手害她？宮裡現在最怕的莫過於他們尋個由頭不走了。

「什麼胡說，我說的都是實話。」秦鳳儀氣呼呼地坐在一邊的榻上，也拿茶來喝，並數落李鏡：「都說三從四德，妳知道家裡誰是戶主嗎？妳知道要聽誰的嗎？我的話都不聽，真是反了天了！」

李鏡喝兩口茶，問他：「阿陽呢？」不是叫相公在家帶孩子的嗎？孩子呢？

「叔祖母接去了。」

李鏡道：「再有五天咱們就要走了，你還有要辦的事嗎？」

「沒！早走早好，咱們清靜，別人也安心！」

李鏡發現，秦鳳儀現在也很會說些陰陽怪氣的話了。

秦鳳儀終是問：「那老虔婆能有什麼好宴，妳非不聽我的要去，去了能如何？無非就是說些不得已的話，跟放屁有什麼差別？」

拋開秦鳳儀話中不大尊敬的部分，別個上頭，還真是與秦鳳儀說的差不離。

李鏡道：「咱們反正都要走了，還說這個做什麼？宮裡你不去，那先時來往的朋友們，要不要去告別一二？」

秦鳳儀道：「咱們這一去，就不回來了。現在我這身世一出，不知多少人得輾轉難眠。若是真心的交情，自然會為我擔心，可以後終歸是大皇子當家。大皇子與我早有過節，甭看他眼下一副親近的模樣，平家也啥都沒幹過的清白樣，全是狗屁！以後大皇子登基，還能是這副嘴臉？屆時不曉得如何忌諱咱們。我娘當初從廟裡跑了，算是撿了一條命。當年他們如何對我娘，以後少不得如何對我。平時說得來的幾個，終是要在朝中當差的，與我交好，便於他們今後前程無益。這會兒也不必親親熱熱的，有這份心，就放在心裡吧。那些原與我僅面子情的，現在我找他們，他們也不敢見我。既如此，都不必再見了。」

甭看秦鳳儀眼睛還是有些腫，心裡如明鏡一般。

李鏡點了點頭，對他道：「咱們這就把大陽接過來吧，他肯定餓了。」

秦鳳儀便同媳婦一起去接大陽。

愉王妃問了李鏡幾句宮宴的事，聽聞一切都好，便放心了。

大陽一見娘親就是要吃的，愉王妃笑，「趕緊餵阿陽吧，今兒中午他吃的是煮得爛爛的米糊糊，還不愛吃，拌了些魚湯才吃得香，足吃了小半碗。」

李鏡拍拍兒子的肥屁股，抱去隔間餵奶。

秦鳳儀在家什麼人都沒見，景安帝卻不能一直稱病，只是，一上朝，就受到了清流的狂轟爛炸，所問的也沒別個事，就是秦鳳儀的身世。先時說是愉王的兒子，如今怎麼又成皇帝的兒子？這可不行，差著輩兒呢！就皇家也不能這麼幹啊，這把爹喊哥，把奶奶叫嬸兒，對當然，說這些個沒用話的，都是些嘴炮御史。現在說這些還有什麼用，像盧尚書、耿御史等清流大佬，反是未在朝堂說這些，他們都是私下找景安帝談的。

盧尚書是禮部尚書，他的性子擺那兒，不能不說這事。盧尚書早憋好幾天了，就跟景安帝說了，一則是皇子排序問題，先不說柳王妃之事，先得給秦鳳儀在皇子間排序，另則該補的認祖歸宗儀式得補上。還有，盧尚書也表達了，柳王妃為先帝賜婚，是陛下髮妻，雖則亡故，亦當追封后位。

這可不是景安帝自己娶的媳婦，這是景安帝他爹，先帝給他娶的。時人重孝道，你自己娶的，你降妻為妾，這還得有個說法呢。親爹賜婚，且柳王妃未有不賢之事，這麼不明不白，總不能陛下登基，就不念髮妻之情了吧？

所以，盧尚書請景安帝為柳王妃追封。

景安帝只一句話：「朕已決定，令鳳儀封藩南夷。」

盧尚書眉心一跳，「臣曾得陛下恩典，任大殿下的史學先生，這要在朝廷來說，臣還做過大殿下的史學師傅，可老臣說句公道話，鳳殿下的出身，貿然令其就藩，未免倉促了些。」

「沒什麼倉促的，朕心意已定。」

盧尚書道：「那，柳娘娘追封之事……」

「這事朕自有主張。」

合著，盧尚書說了半天都是廢話，把盧尚書氣得半死。

盧尚書道：「陛下自登基甫始，多少英明之舉，焉何在鳳殿下之事上如此委屈他們母子？史筆如刀，僅鳳殿下之事，叫後世之人如何評價陛下？」

「那是後世之人的事了。」景安帝簡直是刀槍不入，水火不侵。

盧尚書氣壞了。

還是鄭老尚書，身為內閣首輔，親眼所見秦鳳儀如何撲上去對皇帝陛下揮拳的，鄭老尚書私下勸他：「鳳殿下之事，委實叫人不知道怎麼說啊！」

「有什麼不知道怎麼說的？鳳殿下雖則在民間長大，到底是柳娘娘之子，這樣尊貴的身分，朝中不能沒個說法！」盧尚書擲地有聲，還道：「原顧及陛下龍顏，我方沒有在朝中論及此事，不料陛下這般偏心。我這就回去寫奏本，明天必要上書直言此事！」

「你就別添亂了，唉，聽說鳳殿下就要走了。先時宗室改制，咱們在一處共事，鳳殿下出力不少。」鄭老尚書嘆道：「你說得容易，鳳殿下認祖歸宗容易，可如何證明他是柳娘娘之子呢？宗室的幾位親王，先時宗室改制時，沒有不恨鳳殿下的。就是你我，要從律法上證明鳳殿下的母系血統，如何證明？」

盧尚書道：「我就不信鳳殿下手裡能沒有柳娘娘的證據？」

「他就是有，現在也不會拿出來。」鄭老尚書道：「他這就要就藩去了，先時咱們相識一場，我想要去瞧瞧他，你要不要同去？」

盧尚書自是要一起去的。

倒不是他與鄭老尚書的面子大，實在是，前些天鳳殿下心情太壞，幾位皇子來都碰壁，如今總算好些了。他們過來，鳳殿下就見了他們一面，盧尚書便提及給柳王妃追封一事。

鳳殿下當場就朝門外啐了一口，怒道：「我要他為我娘追封？別噁心我娘了！我娘當初要不是眼瞎嫁給他，現在還活得好好的，他什麼玩意兒！」

盧尚書驚呆了。

天啊！

他看到了什麼？

他聽到了什麼？

鄭老尚書早見識過一回，倒還能心平氣和地勸道：「殿下是個率真人，長輩們的事暫且放放，老臣是覺得，殿下總要認祖歸宗的，是不是？」

秦鳳儀冷笑一聲，「認什麼祖，歸什麼宗？我要不是倒了八輩子血楣，也不是今天這個下場！我自小在街上見著討飯的，沒一回不捨銀子的，哪回去廟裡，我娘都還要我好生燒幾炷香。我從未作惡，也不知怎麼就有這樣的惡報！還認祖歸宗？叫他發他的白日夢去吧！」

盧尚書哆嗦著道：「怎能這樣目無君父？我知道殿下委屈，可到底天下無不是的父母，殿下一時激憤也能理解，只是，可莫要在外這般才好！」

秦鳳儀哼一聲，翻個白眼，問他倆：「你倆過來做什麼？我這冷灶現在都沒人來燒了，你倆是朝中大員，過來幹嘛？」

盧尚書看秦鳳儀這副嘴臉，還是道：「原想著過來同殿下說一說柳娘娘追封之事。」

「不必！我自個兒的娘，不用你們費心費力討什麼狗屁追封！不就是后位嗎？誰愛坐誰坐去！我娘要是稀罕這狗屁后位，當初就不會離開京城！我要是稀罕這什麼狗屁皇位，現在就該去跪舔你們偉大英明的皇帝陛下了！我告訴你們，不論富貴，還是權勢，不論后位，還是皇位，他們汲汲營營之物，在我這裡都是狗屁！我所行之路，縱不及你們京城的富貴繁華，卻比你們正大光明百倍！即便世人皆下賤，我也絕不會行下賤之事！即便天下皆是賤人，我也會活得堂堂正正！我這一生不與你們同，更不與你們的皇帝陛下同，哪怕就是他的十二旒天子冠就放到我的面前，要我俯身屈就，我都不會彎那個腰，低那個頭！」

「我會比他強百倍強千倍，不是因為我讀的是一肚子的酸生儒文，是因為我比他更有才幹！」秦鳳儀又是冷笑，「我的母親用得著你們這麼畏畏縮縮來找我商量追封之事？她有我，將來自會比任何人都要光彩榮耀！把你們那些個擔驚受怕的正義感都收起來吧，用不著！」

秦鳳儀就這麼把兩位朝中大員直接噴走了。

繼傷心欲絕的階段之後，秦鳳儀進入了新的階段——瘋狗模式。

以往秦鳳儀在京城就是個狂人，他多狂啊，啥事說幹就幹，想幹就幹，七品小官兒的時候就把大皇子的長史給幹掉了，可縱是二位內閣相臣，也沒想到，秦鳳儀被親娘的事這麼一刺激，竟成這模樣了。

盧尚書喃喃道：「我看，他簡直是瘋了。」

…書反倒是能理解，「年輕人嘛，年輕氣盛，難免的。罷了罷了，看鳳殿下這模

「他是不是氣狠了，腦子不正常了？」盧尚書道。

「先時南夷土人，鴻臚寺不願意招待，鳳殿下就嘰哩呱啦同那些個土人說得投緣，說不得是與南夷有緣。」鄭老尚書道：「去南夷也好，他這個性子，倒是能跟土人說到一處。」

兩位老大人一路商量著鳳殿下的精神問題，便各回各家了。出人意料的，現在也不擔心鳳殿下了。瞧瞧，還是生龍活虎的嘛，這精神多好啊！

這年頭，女人總是有諸多限制，李鏡可以幫著丈夫做許多事，哪怕許多親戚，或是與丈夫來往的朋友，李鏡都可以代為相見，唯獨鄭老尚書、盧尚書這樣的朝中大員，必然要丈夫親見的。結果，秦鳳儀把人都給噴走了。

李鏡念叨道：「我看兩位老大人是好心來看你。」

秦鳳儀道：「妳沒見這兩個老頭兒想商量我娘追封的事，用他們商量？什麼狗屁追封？人都沒了，追封有什麼用？」他坐下看兒子，大陽正撅屁股在榻上爬得歡實。

人家都說孩子七個月才會爬，大陽養得好，這才六個多月就會爬了。見他爹坐榻上，大陽嗖嗖兩下就爬到他爹腿上去，秦鳳儀道：「咱們大陽怎麼跟小狗似的？」

「你小時候學爬時也這樣。」李鏡見兒子緊抓著丈夫的衣襟，便道：「真是稀奇，我成天帶他，餓了餵奶，冷了添衣的，你一進來他就這麼高興。」

「哼哼，我們父子之間的感情，豈是妳一個婦道人家能明白的？」

「都說師徒如父子。」李鏡看秦鳳儀心情不錯，便趁機與秦鳳儀道：「咱們走之前，你還是去看看師傅吧。」

「不去！」秦鳳儀斬釘截鐵，「我幹嘛要去？他們該先過來跟我解釋，我幹嘛要先過去？就是岳父那裡，我也不去，以後我不跟他好了！」

李鏡看秦鳳儀又犯了強頭病，無奈道：「你這麼有骨氣，那怎麼我哥、阿欽還有大嫂過來幫忙，你沒把他們都噴回去啊？」

「他們又沒做對不住我的事。」秦鳳儀恩怨分明得很。

李鏡氣極。

秦鳳儀要是犯了強頭病，那是誰來說都沒用。

秦太太養育強頭的經驗豐富，同李鏡道：「不用理他，過些日子就好了。」

李鏡道：「可再過幾天，咱們就要走了。相公不過去同師傅說說話，他老人家上了年紀，難免把事積存在心，若是因此鬱結傷身就不好了。」

秦太太想想，雖則當初方閣老上過舉薦平氏為后的奏章，可當初若不是皇家有那意思，朝臣誰會舉薦平氏為后呢？說到底，娘娘之事，錯也不在方閣老。

秦太太嘆道：「說來，阿鳳有如今的出息，也多得方閣老教導之功。」

秦太太親自去勸，卻也是沒用，誰勸都沒用。

秦太太診斷後，對李鏡道：「我看這強頭病一時半會兒是不能好的了。」

李鏡哪怕有舌粲蓮花的本事，遇著強頭病，也是沒招了。

[illegible]封南夷的聖旨。李鏡有些焦急，卻不好與秦鳳儀說。

秦鳳儀看她這一天神思恍惚，便道：「急什麼？愛封不封，不封咱們也照樣去南夷！」

「到底是名正言順的好。」李鏡向來心思靈敏，問道：「你說，陛下的意思，是不是還是你去宮裡一趟的好？」

景安帝不可能言而無信，可冊封聖旨至今未至，李鏡想來想去，也只有這一種可能了。景安帝想見一見秦鳳儀，但依景安帝的身分，自然不可能來王府與秦鳳儀相見，這便是要秦鳳儀進宮了。

秦鳳儀把爬到榻沿的大陽拎回裡頭，叫他重新爬，嘴裡卻是道：「管他什麼意思，我要考慮他什麼意思嗎？急什麼，他不過是抻著咱們。」

李鏡道：「要不，你進宮一趟？」

「不可能！」秦鳳儀立刻擺臭臉，瞪李鏡一眼，「別跟我提那人，再提我可翻臉了！」

李鏡覺得，先時她嫁秦鳳儀，這幾年夫妻恩愛，多少人羨慕她有福，便是家裡二妹同二妹夫鬧彆扭時都說「能有大姊姊一半的福分便知足了」，可見李鏡與秦鳳儀夫妻之和睦。倘秦鳳儀是個渾人，現在李鏡也不必費神了。可秦鳳儀嘛，比渾人還要強些，說起話來，雖是叫人生氣，可有事跟他說，他都明白，偏一樣，強得能氣死人。

李鏡心說，我這還有福呢，真不知是哪輩子修來的強頭福！

可人家秦強頭雖強頭，卻真是一猜一個準兒。

及至傍晚，景安帝都沒見秦鳳儀進宮。自來藩王便是就藩，也要來宮裡謝恩的，何況，秦鳳儀封藩的旨意還未下？

馬公公見天色晚了，小心翼翼地問一句：「陛下，到用膳的時辰了。」

「哦，那就傳膳吧。」景安帝道。馬公公轉身就要去吩咐，景安帝忽然又道：「老馬啊，鳳儀是恨透了朕吧？」

馬公公連忙道：「陛下，怎麼會呢？」頓一頓，繼續道：「鳳殿下至情至性，正因如此，方性情激烈。他還這樣年輕，又非世故之人，說真的，要擱別人，便是裝，也裝出個孝順樣兒過來陛下這裡討好了。正因鳳殿下不是這樣的人，才格外讓陛下掛心，不是嗎？」

景安帝道：「傳膳吧。」

馬公公過去吩咐，令御膳房將裡頭淮揚菜色的菜都撤了下去，再命人將膳食呈上。

封藩旨意是第二日一早到愉親王府的，愉親王府連忙設香案備香燭。

秦鳳儀擺手道：「不必如此麻煩！」說完，伸手自駱掌院手裡取聖旨。

駱掌院平生未見如此無禮之人，登時急了，怒道：「天子旨意，你這放肆小子……」

「我放肆也不是一回了！」

駱掌院不放，架不住秦鳳儀力氣大。秦鳳儀自稱是山一樣的小牛犢轉世，非但有些強頭病，還很有些牛勁，硬生生把聖旨搶到了手，駱掌院臉都氣黑了。

秦鳳儀見上面給他封藩南夷，藩號鎮南，又封他媳婦為鎮南王妃，他家大陽是鎮南王世的聖旨，問：「哪個是親衛將軍？」

親衛將領潘琛過來向秦鳳儀行禮，戶部程尚書則送了銀兩過來。

秦鳳儀對藩琛道：「去清點銀箱，然後與戶部交接，銀兩、車隊都由你們護衛了。」

藩琛未料到剛與鎮南殿下見面就被委予如此重任，連忙過去親自瞅著點銀箱去了。自有郎中過去相陪，還要請藩琛一一驗過，之後簽字，才算是接收完畢。

程尚書看向秦鳳儀，道：「路上保重吧，秦兄和秦嫂養大你不容易，你現在也是一家之主了，別讓長輩再為你操心。」

「我知道。」秦鳳儀道。

秦老爺見程尚書親自過來，自然過來說話。程尚書其實心裡也有些個說不出來的滋味，那種滋味，還與景川侯有些相似，那就是，原以為智慧樸實的貧賤之交，有救命之恩的老大哥，原來是個戲精，真是……

秦老爺還是那副笑模樣，與程尚書道：「我們就要走了，老弟，你保重啊！」

程尚書道：「秦兄一路保重。」

秦老爺點頭，「保重保重。」

看過旨意，留下潘琛清點銀箱，秦鳳儀先攙妻子上車，愉親王和愉親王妃則帶著阿陽也上了車駕，一行人往城外駛去。

愉親王妃在車裡狠狠地親了阿陽的小肉臉幾口，哽咽道：「我就是捨不得阿陽，這孩子自滿月就沒離開過我，這一走，不知以後還能不能再相見。」

愉親王道：「這是哪裡來的不吉利的話？藩王三年必要回京請安的。」

愉王妃道：「你就別哄我了，你看阿鳳的模樣，像是還要回來嗎？」

「現在一時想不通罷了，待他想通了，終會回來的。」愉親王道。

「只盼能如此才好。」

一行車駕浩浩蕩蕩到了永寧門外的十里長亭，諸皇子、平郡王府眾人、景川侯府、方閣老府上、酈國公府、桓國公府、裴國公府、襄永侯府，另則長公主、壽王，以及秦鳳儀在朝中一些交情不錯的朋友都在。讓秦鳳儀意外的是，內閣幾位老大人也到了。還有大公主與柳郎中兩家人，也都提前到長亭，等秦鳳儀的車隊匯合。

秦鳳儀倒沒似前些天那樣，神人不理，也不似先時的瘋狗模式，對人就是一頓噴。他今日忽然正常了，身上穿的也是暗繡龍紋的玄色常服，雖不及大禮服莊重，但襯著秦鳳儀那略微消瘦的臉龐，很是帶出了幾分冷峻。

大家好意過來相送，秦鳳儀下車與大夥兒相見。他先下車，而後扶了李鏡下車。親友相見，自然有說不出的不捨。大皇子這回倒是很識趣，大概是聽說了秦鳳儀的瘋狗病，未說什麼多餘的話，就兩句：「路上小心，保重身體。」

二皇子，不，現在應該是三皇子了，不過，鑒於秦鳳儀從來沒有承認過皇子排序，還是叫二皇子吧。二皇子道：「二哥，我聽說南夷州很苦，不過，那裡離兩湖近，要是缺什麼，你就著人去兩湖買。要是過不下去，就給父皇來信。」

……不過，他也知道二皇子是個老實人，而且，看二皇子是真的三皇子則拍拍他的肩，道：「委實想不到。那個，你在南夷，我求封地，便靠著南夷求塊兒封地，以後書信往來也方便。」

四皇子和五皇子與秦鳳儀不熟，也就是說些客套話。

六皇子道：「阿鳳哥，我等你回來啊！」

秦鳳儀摸摸六皇子的頭，「天色不早了，幾位殿下回去吧。」

大家儀程已是提前送過，何況，他們不走，別人也拘束，如此便辭了秦鳳儀回宮去。

平郡王親自過來了，秦鳳儀簡直是半點都不想看到平郡王。平郡王也沒說什麼客套話討秦鳳儀的嫌，一則，哪怕現在瞧著正常了，可秦鳳儀的喜怒無常也是出了名的，誰曉得秦鳳儀會不會突然爆發。他要是爆發了，鬧人家個沒臉，平郡王也沒法子的。二則，彼此都是聰明人，平郡王從來不會畫蛇添足。

平郡王讓第五子捧上一個匣子，道：「南夷的事，我知道的不多，這是在兵部職方司徵用的一些南夷的資料，或有不全，只盼能有些微用處，也是老臣的心意了。」

送過軍事資料，平郡王便也走了。

內閣眾人也是說了些面子上的話，便告辭離去。剩下的秦鳳儀的同僚們，全都露了個面兒。餘者幾家公門侯府，有沒有交情的，皆露出不捨之意。李鏡也與親友們一一告別，待藩琛帶著大部隊趕到，秦鳳儀便道：「我們這就走了，大家都回吧。」

愉王妃很是不捨地把阿陽交給了李鏡，再三吩咐道：「路上不要急行，多顧看阿陽，定要以阿陽為最要緊。別忘了，三天一請平安脈。」

李鏡道：「叔祖母放心吧，我們到了，就打發人送信回來。」

愉王妃想著，有李鏡在，還是能放心的。

秦鳳儀便攜妻兒登車，一家人就此離開這風起雲湧的京城，一路往南夷而去。

秦鳳儀這個人呢，別看大大咧咧，也是個愛交朋友的豪爽性情，但其實心中很有些個小心眼兒。辭了親友，秦鳳儀在車裡就有些鬱悶，還不著痕跡地朝外瞅了兩眼。

要是別人，多半猜不透秦鳳儀的心思，可李鏡是誰啊，李鏡哪怕不似秦鳳儀似的曾有一「夢」，但李鏡與秦鳳儀認識也這些年了，兒子都六個月大了，對秦鳳儀了解得透透的。見秦鳳儀這模樣，李鏡道：「不用看了，我爹和方閣老都沒來。」

秦鳳儀立刻否認，「我哪裡有看，我就是看，也不是看他們！愛來不來，不來才好！我是看外頭的秋景，明兒個就是重陽了！」愛來不來！不來就不來，誰稀罕啊？

秦鳳儀說著，抱起肥兒子親兩口，「香香爹的小臭陽。」

大陽很喜歡他爹，一個勁兒用胖臉蹭他爹。孩子會爬了，小腿兒也有了些勁兒，正拿著小腳在他爹懷裡踩啊踩的，笑呵呵地跟他爹玩。

望著父子倆的笑臉，看來，離開京城，秦鳳儀的心情也好了許多。

秦鳳儀跟兒子玩了半日，下午便出去騎馬了。他到底不是先時無憂無慮的少年了，而且，潘琛剛到他身邊，雖則那人應該不會派不靠譜的人給他，但秦鳳儀不是那等垂拱而治的[illegible]，讓他垂拱而治沒問題，但他對手下的人還生疏得很，哪叫著大管呢。時間短或許成，時間長了，很容易被人糊弄的。

再者，他現在是戶主，家裡老老小小都指望著他。三舅和張大哥、大公主夫妻，也是投奔他而來的。秦鳳儀心情其實沒有李鏡想得那般好，只是他知道身上的責任。先時哭了好些天，也的確是把傷心都哭出來了。秦鳳儀騎著馬，沿著馬車隊走了個來回，人自是不少的，不過，先時見過秋狩的場面，秦鳳儀也就不覺得自己的排場如何了。

親王其實有很多沒用的儀仗，還有些吹吹打打的家什，秦鳳儀先命儀仗隊把儀仗收了起來，那些頗影響行軍速度，又問範琛兵丁的情況。

潘琛道：「這一萬人都是自禁衛軍中撥調出來的，其中，騎兵兩千，步兵八千，皆是一等一的健卒。」他說著，語氣裡就很有些自豪。藩王親衛，從來沒有撥過這樣的精兵，可見皇上對鎮南殿下有多重視。

秦鳳儀點點頭，問了潘琛的行軍計畫，潘琛隨身帶著行軍地圖，親自說給秦鳳儀聽。

秦鳳儀道：「一天只走二十里太慢了，這到南夷得走三個月。眼下已是九月，咱們雖是由北往南，可就是揚州，冬天也要下雪的。倘遇大雪，又要耽擱行程。這麼算著，年前都不一定能到南夷。」

秦鳳儀接著道：「走快些。」

潘琛道：「路上官道還好走，可馬車走快未免顛簸，只怕殿下、王妃和小世子委屈。」

「這有什麼委屈的？行軍怎麼走，現在就怎麼走。怕顛簸的話，我叫王妃在車裡多墊幾層被褥就是。」秦鳳儀道：「別理那些個沒用的排場，又不是出門郊遊。」

潘琛連忙應了。

秦鳳儀交代了潘琛一回，便回車與李鏡說這行車速度的事。

李鏡道：「快些也好，冬天行軍本就不易，咱們這裡沒事，你跟父親和母親那裡說一聲，還有大公主、舅媽那裡也知會一下。」

「放心吧，公主那裡有張大哥。舅媽那裡，我已著人通知了。」

張盛還沒有軍銜，但秦鳳儀檢查軍隊軍備都會帶著張盛與柳郎中。張盛做過大公主的親衛將領，柳郎中在工部管著兵器鍛造，柳郎中看過親衛所裝備的刀槍，說雖不是現在工部新出的兵器，也算是上等的了。

秦鳳儀先讓潘琛調整行軍速度，然後又問潘琛：「怎麼軍中沒有獸醫和軍醫？」

潘琛道：「殿下，咱們這才一萬人，十萬禁衛軍，專門的獸醫也不過五六人，倘若大軍行動，還會有專門的獸醫相隨。軍醫就更少了，因著咱們原本在京城，將士們有個病痛，都是請假出去藥堂抓藥。藥堂的大夫，比軍中大夫要好一些。」

秦鳳儀想了想，道：「此次去南夷，山高路遠，我這裡倒是有兩位獸醫，還有兩位太醫。這樣吧，今天你是頭一回見我，我也是頭一回見你們，晚上我設宴，咱們都見見面。你們有什麼事只管與我說，我身邊的人你們也認一認，往後在一處做事，彼此要熟悉些才是。」

潘琛自是求之不得。

晚上，秦鳳儀一行便在郊外一個縣裡安置。那是個很小的縣城，估計闔縣也就萬把人一下子來了這麼多兵士，把縣令嚇得不輕。知道是鎮南殿下的儀仗，便親自過來請安，要獻出縣衙給鎮南王殿下休息安置，秦鳳儀只讓他給將士們尋個寬敞地方睡覺便可。之後，就是帶著一群中低階的將領在驛館開會了。

潘琛領著手下小將們見過秦鳳儀。甭看一萬人馬，潘琛是正三品昭勇將軍，手下有兩位四品副將。副將之下，有十位千戶、一百位百戶。百戶之下還有總旗、小旗等不入流的小武官，這次主要是見一見千戶以上的將領們。

眾人向鎮南王行禮，每個人自我介紹了一回。秦鳳儀把張盛、柳郎中、他爹、兩位太醫和兩位獸醫，介紹給了這些武官們認識，算是先混個臉熟。

接著，就是秦鳳儀說軍中之事了。

首先是行軍速度，要加快行軍速度，潘將軍須重新制定一份行軍計畫圖來。第二是，軍中獸醫就由秦鳳儀的兩位獸醫擔任，軍中兩千匹馬，兩位獸醫各自負責一千匹，需要什麼東西，只管跟他講。再者是兩位太醫也有了差事，秦鳳儀道：「按理，你們都是有品階的太醫，如今跟我出來，就別講究宮裡那些規矩了。咱們軍中沒有軍醫，暫且就得你們二人擔任，將士有哪裡不適，你們管著開方抓藥。」

秦鳳儀一向講究負責到位，又與潘琛道：「一會兒你與兩位獸醫、兩位太醫商量，看他們各自負責哪個副將麾下？」

潘琛起身應是，兩位獸醫及兩位太醫自沒有別個意見。

秦鳳儀又問輜重糧草，每日吃用多少，如何補給之事。基本上把想到的都問了一遍，秦鳳儀又問眾將領可有什麼事要回稟。大家見秦鳳儀雖不是很懂兵事，但也不是糊塗人，更兼秦鳳儀不是那等享樂紈絝之人，心中都不敢將他小瞧。

第一天也沒什麼事，開完會，秦鳳儀方命傳宴，大家一起聚餐。

秦鳳儀舉杯道：「跟著我，沒有在京城舒服，現在許下榮華富貴就太虛了，但從今往後，有我的一日，便有你們的一日。大家滿飲此杯，以後自當甘苦與共。」

秦鳳儀這人，才幹雖有，但不一定是頂尖的。不過，他有一個說不上優點的優點，那就是，這是個氣派人。他不畏縮，更不是沒主見的人，反而有一種無畏無懼的氣概。

如潘琛等人，雖是與秦鳳儀第一次相見，但這當差第一日，他們心中便都明白，這位鎮南王殿下，絕非無能之人。

與眾武官用過飯，秦鳳儀把其他人都打發了，留下潘琛與兩位太醫、兩位獸醫。

秦鳳儀道：「冬天行軍艱難，眼下九月尚可，十月便入冬了，章李二位太醫，哪些藥材是禦寒常用的藥材，咱們隨身帶了多少，你們心裡可有數？」

二人商量片刻，道：「各色藥材有兩車，供應幾位大人是足夠，供應大軍怕是勉強。」

「那就開出單子來，咱們沿路買一些。」

二人應了，章太醫道：「如乾薑、玉桂、蜀椒、胡椒、丁香，都是防寒禦寒的藥材，不妨多買一些。平日裡煮飯煮水時摻一點乾薑，吃了便能防寒。」

秦鳳儀道：「這個主意好。」命張盛記下。

秦鳳儀又叮囑了兩位獸醫一定要注意馬匹的情況。

……匹馬，傷一匹便少一匹，你們務必要用心。」

二人正色應了，並保證一定會用心照顧馬匹云云。

安排好這些事情，秦鳳儀才去驛館後院歇息。

李鏡服侍他去了外袍，換了柔軟的常服，問他：「餓不餓？廚下還給你留著飯。」

秦鳳儀先問：「妳吃了沒？」

李鏡道：「吃過了。我同大公主、舅媽，還有母親一道用的晚飯。」

秦鳳儀便命人傳了飯。這趕了一天的路，沒有不累的，何況，秦鳳儀雖是騎馬，要考慮的事情卻多。他一口氣吃了兩碗飯，待用過飯，方與李鏡說了些與眾武官開會說的事。

李鏡點頭，「這很是妥當。」

洗漱過後，夫妻二人便也上床安歇。

大陽已是睡了，秦鳳儀看兒子睡得像隻小豬崽似的，小臉兒紅撲撲的，不禁愛憐地摸了摸兒子的小胖臉，問道：「大陽沒事吧？」

「沒事，他高興著呢，就是晚上等你許久，一直朝門外看。沒見著你，先前還不肯睡，我哄了哄他，他這才睡了。」

秦鳳儀摟著媳婦，縣裡的驛館沒什麼能講究的條件，就是秦鳳儀，換在以前，也不會住這等地方的。秦鳳儀心裡很是歉疚，輕聲道：「原想著娶了妳，是要妳過好日子的。現下跟著我，卻要受這樣的辛苦。」

「這是哪裡的話？」李鏡攬住丈夫的脊背，低聲道：「莫非我是只能同甘，不能共苦的？既做夫妻，便要一生一世在一起。內闈的事你不必操心，管好外頭的事就成。只是一樣，你還沒個長史呢？難不成，以後就事事親力親為了？」

秦鳳儀道：「到揚州把趙才子捎上，叫他做長史。」

李鏡有些訝異，「怎麼想到他了？人家可願意？」

「怎麼不願意？咱爹說，當初母親那事，朝廷要冊平氏為后，就趙才子仗義執言，說要先追封母親，再冊平氏。就因著這事，趙才子雖是狀元出身，在朝一直不得意，於翰林院沒待幾年就辭官回鄉了。」秦鳳儀道：「我看，他是個憑良心說話的人。他要願意，就一道去南夷，要是不願，另尋他人便是。現下路上事情少，還有張大哥、舅舅幫我，我支應得過來。何況，別個事好託付他人，這軍隊之事，必要我熟諳在心方好。」

李鏡點頭，「這話是。」

秦鳳儀不是那種有心機的人，當然，該有的心眼兒也不少。甭看秦鳳儀爽快，做事卻是細緻，每天連兵士們吃什麼都要看一看，擔心兵士們吃不飽。還有，兵士們喝水，這年頭秦鳳儀這樣的身分，便是喝白水都要燒開了喝，可底下兵士們如何有這樣的條件。若是經過山溪河流，還能有口乾淨的水喝，但偶有渴了，不甚講究也是有的。

說來，秦鳳儀還是頭一回見著底層人的日子。便是在揚州時，秦鳳儀也是鹽商家的大少爺，先時認為的底層人，就是小秀兒那樣家裡種菜謀生的人家了。而今見著隨行兵士，方曉得兵士們過的是什麼樣的日子，這還是自禁衛軍撥出來的軍隊呢。

[illegible]，現在心腸也沒硬到哪兒去。見兵士

李太醫道：「要說淨水，不要說路上行軍，便是鄉下村莊，除非是守著河溪之所，不然便是鄉下土井，打來的水都要澄一晚才可食用。路上沒有澄水的時間，倒是明礬可淨水。」

秦鳳儀本身就有朝廷撥下的五十萬兩，李鏡身邊也有現銀，經祁州時，祁州藥行極多，便讓人把太醫們列的藥單子，連帶著明礬大宗購買許多。另外，聽說南夷那裡有瘴毒，一些解毒的藥材，兩位太醫也要人收購了一些，在路上可製些解毒常用的丸藥。

在祁州買了上萬兩銀子的藥材，秦鳳儀讓太醫們教兵士如何用明礬淨水，明礬的用量是多少。然後發了一些給大家，起碼路上要是沒熱水，也不要喝汙水。再者，晚上休息時，都能喝上一頓薑湯水，或是用乾薑煮的粥。

待到了豫州，天降大雪，實在行不得路，秦鳳儀才下令在豫州停下休整。但凡將士們的棉衣禦寒之物，秦鳳儀還逐一過問。

秦鳳儀跟媳婦說：「將士們不容易啊，這麼跟著咱們，自京城到南夷。唉，我本以為路上得有不少跑路的，如今看來倒無此事。」

李鏡笑道：「他們雖是禁衛軍，但在京中，哪個上官能這樣關心他們？路上雖辛苦，咱們並無奢侈之事，況且你事事關心，他們自然也知感恩。」

「可見人心換人心，世上大多數人還是好的。」

秦鳳儀便是休整時，亦沒在炭盆燒得暖若三春的屋裡待著取暖，他跟豫州巡撫借校場，只要不下雪，便讓將士們進行日常訓練。秦鳳儀每天都到，也跟著一塊練。軍中還有比試，秦鳳儀出彩頭。如此每日事情不斷，秦鳳儀的精神也一日較一日好起來。

秦鳳儀精神好了，就開始給大家畫餅了。

先時將士們與他不熟，只知道這位是親王殿下，哪個敢在他跟前嬉笑？現下一路行來，大家都熟了，秦鳳儀不是愛擺架子的人，有時與將士們說起話，還很隨興。

秦鳳儀道：「你們這麼單蹦個兒的跟我去南夷，身邊也沒個知冷熱的，待咱們在南夷安頓下來，你們把家小都接來，一家子住一處才好。」

有個百戶道：「俺們還沒有媳婦呢！」

秦鳳儀望向那百戶，有些納悶，「看你也不年輕啦，如何沒娶著媳婦？」

百戶怪不好意思的，摸摸頭道：「嫌俺是臭當兵的，沒婆娘肯嫁。」

「這些沒眼光的婆娘！」秦鳳儀道：「她們曉得什麼，就知道愛書生，愛富貴！那些書生有什麼好啊？一個個像弱雞似的，男人還是得在床榻間見真章！咱們當兵的漢子，這身板，這力氣，這體格，哪樣不比書生強？無妨，京城的婆娘們沒眼光，待到南夷，哎喲，你們可有福了！知道南夷什麼地方不？在京城，夏天的鮮荔枝，十兩銀子買不了五六個，到南夷，荔枝隨便吃，管飽！還有，南夷的婆娘們，哎喲喂，跟你們說，南夷好啊，那地方暖和，四季如春，冬天都不用穿夾襖。夏天更不用說，那裡的婆娘們，夏天都露出膀子來，那膀子又白又嫩又滑啊！」

秦鳳儀說得眉飛色舞，一幫大老爺們兒，哪怕是已婚如潘琛這樣的，都聽得不禁連吞口潘琛訕笑，「這不是聽殿下說的，那啥……」

大家一陣笑，秦鳳儀揶揄道：「那啥也沒你的份啊！」

剛剛那名百戶很實誠地問：「殿下，俺沒成親，俺光棍兒著，能有俺的份不？」

「好生跟著我幹，以後一人給你們發一個媳婦！」

眾將士一陣歡呼！

不過半個月，秦鳳儀非但連一百名百戶都個個熟悉起來，便是總旗、小旗，也有不少能叫出名字的。待豫州大雪停了幾日，斥候回報可繼續南下行軍了。

豫州巡撫主動給大軍補足糧草，親自送鎮南王出了豫州，同知卻說：「大人也太實誠了，這麼些人，光這些天在咱們豫州吃用就花銷不少，又給補了糧草，下官都替大人心疼。」

豫州巡撫道：「有什麼心疼的？只看鎮南王每日與軍士同吃同練，我等便不可慢待。」

秦鳳儀已是南下，卻不知自己一路頗受好評，無他，秦鳳儀以往雖也有些個臭美愛排場的虛榮心，但這一路行經各州縣，從不需哪位官員獻宅安置，從來都是住在當地驛館。倘時有不巧宿在城外，也不挑剔住宿條件。再者，他關心將士，素不擾民。

在秦鳳儀看來，這些都是很正常的事。這一萬親兵可是他的家底，於他眼裡，這就是他的財產。每個將士都是他的，他當然要好生珍惜了。至於擾民之類的，秦鳳儀做平民做了二十年，最知道什麼樣的官員最招人厭，他不會有點兒身分權力便做出那些可厭可惡之事。故而這些對於秦鳳儀很尋常之事，傳回朝中，便是沒人稱讚，可在一些公道人的心裡都覺得，秦鳳儀人品可敬。

捌之章 ● 招商畫餅謀盛事

秦鳳儀因為人品太好，然後，發現麻煩事了。

這事兒呢，還是起於秦鳳儀。

秦鳳儀是個心善的，這種心善很大程度上來自於自小衣食無憂。別個大戶人家還有個兄弟姊妹爭奪家產的事，秦家就秦鳳儀一個，沒人跟他爭，故而秦鳳儀連這種事也沒遇到過，一路小紈絝地長大。他就與李鏡說過小時候見著乞丐乞討，他給銀子受騙的事。秦鳳儀就是這樣心軟的人，他當然也幹過要對小秀兒如何如何的事，但那時秦鳳儀本身對自己的觀感有所偏差，一直覺得自己招人待見，覺得小秀兒能跟他，是小秀兒的福氣。完全不曉得，人家姑娘會不願意。

總地來說，在秦爹和秦娘的養育下，秦鳳儀幾乎是在一個純白的空間長大的。

所以，他能至情至性。

而人的性格養成，最重要的一段時間便是少時光陰，但在秦爹秦娘的精心養育下，秦鳳儀很完美地錯過了這段時間。當然，秦鳳儀不是不知人間疾苦，他身為商賈子弟，也曾被人深深歧視過。也曾遇得嚴師，被師傅嚴格管束過，但這些都是極短的時間，還不足以對秦鳳儀的性格產生深遠的影響。

秦鳳儀人生遇到的第一個大坎坷，就是十六歲去京城提親，他岳父給他提的兩個條件：不中進士就要入軍營，成為五品將領，方答應他的提親。

然而，縱是有這樣的條件，秦鳳儀都能憑著過人的天資，一舉得中探花。

由此可知秦鳳儀人生之順遂。

為什麼許多優秀出眾的人遇坎坷反容易一蹶不振，並非優秀之人禁不起打擊坎坷，是因為，出眾的人因其自身資質卓絕，反而會越過許多常人必經的坎坷。就像秦鳳儀參加春闈，別人讀二十年能中進士，已是罕見的俊才，他讀四年便金榜題名。

你這區區數載便中探花的心境，與人家苦讀二十年的心境自然不同。

然後，順遂了二十一年，秦鳳儀終於遇到了生平最大的坎坷，那就是他的身世。

所幸秦鳳儀熬過來了。

奈何秦鳳儀性情已是養成，縱是經歷了身世的巨變，他也只會說，縱天下皆是賤人，我也絕對會活得堂堂正正。

可見秦鳳儀之脾性。

這樣的秦鳳儀，頭一回見著冬天乞討之人時，直接就吐了。

冬天不同於夏天，夏天不論是天上飛的，地上走的，水裡游的，再沒吃的，啃幾口青樹皮也餓不死人。可冬天不同，便是豫州這樣富庶的州城也會開粥棚，救濟那些窮苦百姓。

秦鳳儀哪裡見過這個，潘琛就要驅散那行乞之人，秦鳳儀吐過之後，正喝水漱口，攔了潘琛，「這是做什麼？他們只是餓了，又不是刺客。」又命人給些糧食。

好在秦鳳儀沒昏頭給細糧，給的都是粗糧，但就是粗糧，也足夠這些乞討者多活幾日。

秦鳳儀見著可憐的，必要發善心。潘琛也知道這位殿下的好意，便暗暗加強了秦鳳儀身邊的護衛工作。秦鳳儀這樣發善心，有些人乞得些糧食，磕頭後便離去，有些人則會遠遠跟在車隊後面，待得將士們停下吃飯，他們就過去幫著升灶做飯打掃。俱是可憐之人，哪裡就真能驅趕呢？便是驅趕，對著惡人，給兩鞭子不算什麼，對著這些人，自是下不去手。

潘琛身為秦鳳儀的親衛將領，得與秦鳳儀報告這事兒。

秦鳳儀每天在軍中走動，也知道這些事，潘琛道：「不如每人給幾兩銀子打發了吧？」

這話相當厚道了，也很照顧鎮南王殿下的心情。

秦鳳儀問：「他們跟咱們走了有五六天了吧？」

潘琛道：「六天了。」

「咱們行軍，現在路不好走，每天也有三十里，六天便是一百八十里地。現在打發了他們，他們也找不著家了呀！」秦鳳儀道。

潘琛道：「臣知殿下心善，但咱們該救濟的也救濟了，總不能帶他們去南夷吧？」

潘琛說著，望向張盛，想讓張盛也勸諫一二。

張盛道：「眼下只有百十來人，再這麼下去，怕是人越來越多。百十人便是百十張嘴，殿下，現在還不顯什麼，待到千餘人時，咱們的糧草必然吃緊。」

秦鳳儀沉默半晌，方道：「當年，我參加科舉最初是為了娶媳婦，後來娶到媳婦了，知道中進士就能做官。那時我便想，要做什麼樣的官呢？」

「我的才幹，巡撫總督或許不成，我就想，在一個小地方做個縣令，縣裡該修的路修一修，有窮苦的百姓，想法子讓他們能過得溫飽的日子，這就是我的志向。」秦鳳儀道：「若將他們遺棄，輕而易舉，可我輩來世上一遭，我們不是這些飢民，誰能有永世的富貴？我今日救他們，不是為了讓他們對我感恩戴德，只希望，我今日對他們伸出手，將來有朝一日，他們遇見一樣的飢民時，也可以伸出手，活人性命。」

秦鳳儀說完，起身道：「你們都隨我過去。」

許多飢民尾隨大軍，秦鳳儀又心善，故而，晚上也會給他們休息的地方，不令他們在外凍著，不然這樣的冬天，真能凍死人的。

秦鳳儀率將領侍衛過去，這些人見著一行穿戴如此威武之人過來，嚇得跪到了地上。

秦鳳儀道：「都起來！本王是朝廷欽封的鎮南王，這是要就藩南夷。你們跟隨我們大軍數日，我問你們，你們可有去處？」

飢民以為是要驅趕他們，紛紛叩頭不止。飢民裡有一位黃臉漢子，雖身量高大，亦是瘦得可憐。這漢子回稟道：「我們委實是沒了生計，厚顏追隨大人車隊，求吃討喝。大人仁善，我們不能欺善，求大人再收留一夜，明日我們便往他處去。」

秦鳳儀擺擺手，「不是問這個？你們若有去處，焉能隨我大軍數日？只是，你們再繼續跟著我，可就要回不了鄉了。」

飢民們紛紛道：「便是回鄉，亦是餓死。」

秦鳳儀嘆道：「既如此，你們可願與我去南夷？到了那裡，我予你們土地，予你們房舍，你們只要勤勞，只要肯耕種，不敢說富貴，絕對讓你們填飽肚子，不再受貧寒之苦。」

飢民們一聽這話，又是一番叩頭謝恩。

秦鳳儀指了指那黃臉漢子，「你與我來，」

秦鳳儀沒問別的，只道：「我看如今世道還成，你們如何落得這般淒苦？」

黃臉漢子道：「我等原是村裡地主家的佃戶，今年自春天就少雨，到收成的時候，又開始澇，收成十分不好。待交了佃租，剩下的糧食活口都難。唉，我們村的地主，家裡都只餘粗糧糊口了，不得已，我們只得出來討些吃喝。可今年收成不好的不止我們一村，便是縣裡，也討不得什麼。路遇大人這樣的菩薩，肯給我們些吃食，為著活命，我們便顧不得臉皮了。大人慈悲，我給大人磕頭了！」

「罷了，起來吧。」秦鳳儀不愛看人磕頭，「那你家不要了，跟著我，不會後悔？」

黃臉漢子慘淡一笑，「為了活命換糧食，屋舍地基都賣了，我們全家都在這兒了。」

秦鳳儀問他姓名，黃臉漢子道：「姓施，單名一個田字。」

「聽你說話，倒似念過書？」

「我少時，年景好的時候，家裡也有幾畝薄田，跟著村裡的秀才認得幾個字。終不是那塊料，如今落魄，能遇得貴人，也是施田的福分了。」

秦鳳儀道：「以後你們就跟著我吧，眼下軍中尚是粗細各一半給將士們吃，他們是要打仗的，必然得吃得好些。你們這裡，便有只粗糧了。」

施田連忙道：「能得活命，已是三生幸事！大人待我們大恩，我我我……我都不曉得說什麼才好了。」話到感激處，已是虎目含淚。

秦鳳儀問他一些話，便打發他下去了。

之後，秦鳳儀對張盛道：「阿盛哥，我知你是個有能為之人。飢民們的事，交給別人我還真不放心，就得由你照看他們了。」

差事並沒什麼，張盛也沒覺得小材大用，張盛問的是：「不知殿下是何打算？」

秦鳳儀道：「眼下這些，多是可憐之人，但人一多，事情便多。別個不說，先活命吧。現在只有百十來人，可如你所說，以後人會越來越多。這些人得有人管，我便交託張大哥你。咱們私下說，飢民雖可憐，但我看他們穿的都不成樣子，也怕有什麼瘟病。待得下一城，我想法子給弄些棉衣來，叫他們換洗乾淨。就是張大哥你，自己也注意些，阿泰還小。」

「放心，我心裡有數。」張盛道：「先不使其飢寒。我瞧著如軍中這樣，總要給他們尋幾個領頭人，這樣以後有事也好分派。」

秦鳳儀見張盛行事有條理，笑道：「就是這個理。」

張盛提醒秦鳳儀：「糧草之事，殿下必要放在心上，可不是所有官員都似豫州巡撫。」

「我明白。」

秦鳳儀是把善心先發了，再想法子。

說來，秦鳳儀真是個好人，不說認識他好幾年的張盛，便是在秦鳳儀手下當差未久的潘琛都得說，這位殿下極其心善。

只是，秦鳳儀這善心一發，但凡有飢寒者，見秦鳳儀大軍後面跟著飢民，便有日子過不下去的加入隊伍。待秦鳳儀出了豫地進入徽州境內，後面的飢民已有五千之眾，那真是攜老扶幼。非但飢民吃喝逐漸成為大問題，便是車隊的行走速度也被拖到每天剩二十里左右。

便是柳郎中，也面諫秦鳳儀，這得想個法子，不然光是糧草也不夠吃的。

秦鳳儀南下，怎麼說，沿路還真沒受到什麼為難。想也知道，沿途官府都知道秦鳳儀的身分，哪個不要命的敢為難他？便是秦鳳儀被放逐南夷之地，那也是皇上的嫡子，倘路上有個好歹，他們便吃不了兜著走。故而，對秦鳳儀都客客氣氣的。

然而，官府有官府的講究，你鎮南親王過來了，咱們供應吃喝糧草，這是咱們的本分，可你身後的飢民，要是人少，咱們管一管無妨，就當行善。但這五千多口，誰供應得起啊？咱們實在也沒這義務啊！

甭看秦鳳儀愛發善心，他真不是劉皇叔那樣到這兒哭一場，到那兒再哭一場的性子。人家不願意供應，秦鳳儀完全不勉強，但飢民們得填飽肚子。

張盛提出減餐，秦鳳儀道：「減餐倒是無妨，可除非軍中軍糧供應不上，方行減餐之法，現下還未到那田地。」

張盛道：「可再這樣下去，怕是連將士們都吃不飽了。」

潘琛在一旁跟著點頭，秦鳳儀道：「讓將士們挨餓，是我無能啊！」

二人連道「不敢」，潘琛道：「倘殿下允准，臣去與那巡撫說道一二。」

當然，潘琛嘴裡說著「說道一二」，實際上絕不是「說道」這麼簡單。

秦鳳儀道：「徽州自古繁華不遜揚州，不必去尋那巡撫，我自有法子。」

秦鳳儀的法子很簡單，他就暫時住在徽州不走了，他要招商。

秦鳳儀跟他爹道：「咱們初去南夷，別個不說，親王府要去了才建。另則，這麼多將士與我一道，不能叫他們沒了住處。那些飢民，亦是信任於我，我不能將他們拋下。飢民去了[illegible]給他們安排住處，再者，這一路上，糧草供應是大事。讓各地官衙供應咱們

[illegible]的確不錯。爹，我想要就地招募商賈，看可有願意與我去南夷興建城池的。」

是的，秦鳳儀要建一座城。

說來，秦老爺先時也是揚州有名的大商賈，但秦老爺經營鹽業比較在行，這種他兒子直接要建一座城的事，秦老爺還是平生頭一回遇著。

秦老爺驚道：「要建城？」

「自然。我聽聞南夷州的城池十分老舊，怎配我藩王身分？我就藩之後便要修建新城，營造宮室，大興土木，造福萬民！」秦鳳儀理所當然地說了一通。

秦老爺問：「可這城怎麼建呢？」

「不知道。」秦鳳儀道：「聽聞徽州地靈人傑，請父親為我尋來此地的能工巧匠，我要詢問建城之事。爹，您先放出風去，就說我要建一座王城，不是王府。是王城，一座新城。至於怎麼個建法，就說我在揚州長大，思念舊土，想建個揚州那樣的。」

秦老爺啥都聽兒子的，見兒子要建城，就尋思著，也是，我兒如此身分，到南夷那荒野之地著實委屈了，要是建座新城，方能配得上兒子的身分。於是，秦老爺就去幫兒子張羅。

秦鳳儀又與他爹道：「我不能被人坑了，這事也不必瞞人，爹，您只管大張旗鼓，我要讓這徽州的商賈都知曉我南夷的盛事！非但要讓徽州的商賈知曉，待到揚州，亦要廣徵能人，為本王營建新城！」

秦鳳儀把事情吩咐下去，便去後宅見媳婦。他媳婦帶著兒子正和大公主說話，還有他娘及柳舅媽也帶著孩子們一道。見秦鳳儀過來，大家紛紛起身。

秦鳳儀擺擺手，笑道：「都坐。剛在前頭說了建城的事，見著公主想起來了，待到南夷，先給公主建一座媲美親王制的公主府。」

大公主問：「這是怎麼說，如何就說到建城的事了？」

不是說現在糧草不大寬裕了嗎？

秦鳳儀道：「先時剛自京裡出來，一路上瑣碎之事頗多。我這些天剛騰出空來，想著南夷城破舊，如何堪配妳我身分？待到南夷，我必要重建王城，再建王府、公主府、將軍府，以及這些個兵士，有品階的，百戶一人一套二進宅院，千戶三進，副將便是四進宅子，潘將軍與張大哥一人一套五進大宅。公主，妳雖有公主府，張大哥這套宅子亦是要有的。至於舅媽這裡，舅舅亦是一套五進宅院。另則，那些飢民好的沒有，只要他們隨本王去南夷，本王皆不虧待他們，按丁口免費分田地，每戶一套四合院。我的王城，不能建在南夷府城之內，我要新建一座王城，這座王城便名鳳凰城。」

秦鳳儀把一屋子女眷說到頭暈，秦鳳儀解釋道：「只是，南夷畢竟人才不及徽州等繁華之地多，咱們要在這裡多停留幾日，待招募些能工巧匠，再行動身不遲。妳們婦道人家，出門的時候少，不過，徽州繁華不輸揚州，妳們要是想出去逛，只管讓人備好車駕。咱們一路因著趕路，也沒有擺開儀仗，如今到了徽州，只管伸伸胳膊腿，賞一賞這徽地的風華。」

繼每人發個媳婦的大餅後，秦鳳儀又給大家畫了個更加美好的未來。

李鏡私下問他：「我聽說徽州巡撫不肯供應飢民食糧，我正為你發愁，你如何又突發其秦鳳儀微微一笑，「你愛使應不使應，又不差他那三瓜兩棗的。」

李鏡看他一臉壞笑，屋內只一家三口，李鏡便問：「你又想什麼主意呢？」

「現下不能說，我要看妳悟性如何，什麼時候能悟出來？」秦鳳儀問妻子：「咱們出京時有五十萬兩現銀，妳手裡有多少銀票？」

李鏡道：「五十萬左右吧，怎麼了，是不是要用銀子？」

秦鳳儀道：「是晉商銀號的銀票嗎？」

「對。」

「徽州也有晉商銀號。」秦鳳儀沉吟道：「咱們爹娘也有兩百萬兩左右的家底。」

秦鳳儀正等著他爹回來，結果他爹天黑了才回來。

秦鳳儀道：「爹，您怎麼去了那麼久？」

秦老爺笑呵呵地道：「我一說要建城，哎喲喂，那些個商賈簡直了，一個個拉著拽著我，不讓我走。實在是盛情難卻，我就多與他們說道了幾句。」

秦鳳儀聽他爹說了這些商賈的反應，問他爹家底的事，秦老爺道：「現銀只有五六萬，我是想著路上你打點人零花。另則有兩百多萬兩，分別存在四大銀莊。怎麼，你要用錢？徽州就有四大銀莊的分號，現取便好。」

秦鳳儀與他爹商量：「先時咱們糧草不富裕之事，怕是瞞不住人。這些商賈精得像鬼，沒些真金白銀鎮不住他們。爹，您拿一百五十萬兩銀票給我，媳婦這裡還有五十萬兩。請四大銀莊的掌櫃過來，我要現兌銀兩。」

秦老爺道：「他們各銀莊壓庫的現銀也不過二三十萬兩，如何能拿得出這許多銀子？一時怕是取不出的。」

秦鳳儀微微一笑，「要的就是他們取不出。」

秦老爺行商多年，一點就通，鬼笑道：「不愧是我兒，這腦袋瓜兒委實靈光！」

秦鳳儀拿出大筆銀票要兌現銀，僅有徽商銀號畢竟是總號，能兌出銀子來。只是，他們銀號最最要緊的就是現銀。銀號東家親自過來送銀子不說，還送了厚禮。

秦鳳儀笑道：「康東家好生客氣。」徽商銀號的東家姓康。

康東家恭恭敬敬地請過安，方道：「殿下要用銀子，小的自是要親自送過來。」

秦鳳儀道：「你這樣懂禮的商家，現在倒是不多了。」

康東家連忙再行一禮，說了許多恭敬話，把秦鳳儀奉承得高興了，方覷著秦鳳儀的臉色，小心翼翼地探問：「聽說殿下是要用這銀子建王城？」

「自然，難不成是用來幫著買糧草？」秦鳳儀唇角一翹，露出譏誚的高傲來，「本王少時居於揚州，後來去了京城，那都是繁華之地。往日聽聞徽地繁華不遜於揚州，想著亦應是個地靈人傑之地。沒想到此地之人當真是小鼻小眼沒見識，本王原想著，徽州到底也些個可用的人才，將來建城，應是用得上的。掃興掃興啊！既如此，兌了銀子，本王去別處尋人才便是。天地之大，本王就不信，別處都像你們徽地人這般沒見識。」

康東家忙道：「我等小民，如地上塵土，殿下高貴，若天邊白雲，若有不周到之處，殿下只管指教便是。」

「行了，這也不與你相干，本王只是略有所感罷了。」

秦鳳儀令人秤好銀兩，便打發康東家回去了。

餘者三家，一時湊不齊，又不敢得罪秦鳳儀，紛紛先送了一部分過來，餘下的說是去安慶府調銀子去了。秦鳳儀冷冷地道：「敢讓本王坐等的，除了當今聖上，還就是你們幾家銀號了，你們的派頭當真不小！」

他那種說翻臉就翻臉的模樣，險些把幾家銀號的東家掌櫃嚇死。

商賈的嗅覺永遠是最靈敏的，聽說秦鳳儀把四大銀號懟得都要去安慶府調現銀了，便知這是位財主，登時便不懷疑他建新城之事了，紛紛過來打聽。

秦鳳儀他們見不著，卻是能見著秦老爺，端茶倒水加賄賂地問秦老爺招商建城之事。

秦老爺問秦鳳儀，秦鳳儀笑，「爹，您與他們說，正式的新城招商一事，在南夷州舉行。還有，當地的糧草商如何說？」

秦老爺道：「誰會嫌銀子燙手？我一說要他們供應糧草，他們樂得合攏嘴。這一路跟著咱們，各城門沒有商稅不說，便是回程時，他們也可採購別個地方的物產帶回鄉裡倒賣，又是一筆收入。何況，他們想做的，可是長線的生意。」

秦鳳儀道：「如此也省得咱們自己再出人運送糧草了，勞心勞力的，到了各州府，還得要看他們的臉色行事。」

秦老爺道：「我兒就是有智謀。」

秦鳳儀假假謙道：「都是跟爹您學的啦！」

秦老爺笑咪咪的，甚是開懷。

秦鳳儀在徽州停留不過十日，便連兩湖的大商賈都跑到了徽州來。整個徽州城熱鬧得，像是在過年似的。徽州巡撫一看這陣勢，硬是把先時沒糧供給飢民的話忘了，直接拿出倉裡的糧米給飢民吃喝，還得跟秦鳳儀賠不是說好話，道：「先時司庫昏饋，也是把下官給氣出好歹，說是算錯了糧草，這不是委屈了殿下嗎？都是下官的不是。」

「哪裡哪裡，知過能改均是好的。」秦鳳儀一副油條樣兒，「許巡撫的難處，本王曉得。本王在你這裡花費的確不小，眼下該辦的事辦妥了，本王該移駕了，咱們有緣再見吧。」

自徽州府出發前，李鏡收禮就收了半屋子，李鏡還說：「咱們這樣收禮沒事吧？」

「只管收著。」秦鳳儀問：「四家銀號都送了什麼？」

李鏡讓秦鳳儀看，足有鴿蛋大小的大珠便有十顆，俱是東珠，寶光雅致。另則有上等寶石、名家寶硯、傳世字畫，皆是一等一的好貨色。依秦鳳儀的眼光，都覺得老值錢了。

秦鳳儀笑道：「他們倒是出血不少。」

李鏡道：「商家真是會鑽營，話裡話外打聽著想去南夷建銀號之事。」

秦鳳儀挑眉道：「妳看誰心誠，應了她們也無妨。」

李鏡這些天也見到了幾家商賈的太太們，自有其思量，道：「要我說，還是徽商銀號與晉商銀號更為恭敬。」

「那便允了他們。」秦鳳儀拿了兩顆大珠上下拋飛著玩，「先時取出來的兩百萬兩銀子，分別存這兩家銀號，讓他們隨我去鳳凰新城建銀號分號吧。」

笑道：「人家說商賈精明，我看，他們還是囿於眼界，不然也不能這麼被你牽著鼻子走。」

「商賈與商賈也不同，咱們家先前也是行商的，這行商最忌只將眼光放在銀子上頭，可大多數商賈免不了有此短見，我不得已便拿銀子震懾他們一二罷了。其實，兩三百萬兩的銀子，如何就夠建城？但他們知道我能拿出兩三百萬兩，南夷州的地盤也都是我的，便有能拿出更多的實力。只是，我焉能叫他們在我手上討得便宜？」秦鳳儀道：「屆時兌了銀票，把咱們爹娘的一百多萬兩還叫爹娘收著才是。」

「這我能不曉得嗎？」

「不過白囑咐妳一句。」秦鳳儀頗有些得意，「媳婦，我這手段如何？」

李鏡道：「還成吧。」

「什麼叫還成啊？妳不曉得，那勢利眼的許巡撫，先時跟我哭窮說沒糧食，這會兒又不窮了，拿出許多米糧給飢民吃。我看，咱們走前，他還會送咱們許多糧草。」

李鏡笑著搖頭，「都三品巡撫了，這做派也是夠了。」

李鏡又問：「這些飢民就這麼帶到南夷去嗎？」要李鏡說，一路倘是各衙門供應糧草，反是能省下銀子。若是叫商賈供應，這一路開銷可是不少。

「當然，妳以為我說的給房子給地的話是假的嗎？男子漢大丈夫，一諾千金！」秦鳳儀盤腿坐在榻上，把肥兒子抱到懷裡，「先時我也愁他們的事，光吃飯我便愁了許久，如今我倒不愁了。妳想想，南夷州那裡，戶部記載不過幾萬人。一個南夷州，有兩個安徽省的大小。光徽州人口，也不下十萬，可見南夷州人口少成什麼樣。」

「這裡頭，怕是土人沒算在內。」李鏡道。

「土人能有多少，何況他們都住山裡。」秦鳳儀道：「這不論是經商，還是要治理地方，得有人，生意才做得起來。也得有人，這地方才能富裕。原本我是想忽悠一些商賈來給咱們供應糧草，可現下想著，南夷州那地方就是人氣不旺，人少啊。眼下的飢民，食不果腹，給頓飽飯，他們就願意跟著咱們去。屆時去了，給他們田地，該開荒的開荒，該紡織的紡織，若有強健之人，還可徵召入行伍。妳想想，以前看史書，有些地方絕戶，便看哪裡百姓多，遷徙些過去。那要給遷徙的百姓發銀子發好處，百姓還不樂意，覺得生離骨肉。這個呢，咱們一個子兒不用花，給頓飯就成了。媳婦啊，這可不是飢民，這是咱們家的家底啊！」

秦鳳儀說著，眼神明亮，眼尾微微上揚，自有一股飛揚之意。

秦鳳儀笑，「咱們非但要收飢民，便是工匠商賈有願意相隨的，也只管跟著，這些人還不用管他們吃喝。我與妳說，商賈雖逐利，但他們心眼兒活，能生錢。南夷州是產荔枝的好地方，四季如春，物產豐饒，這樣的地方，如何會是個窮地方？」

「京城那些傻蛋們懂什麼，叫他們去，也只會守著金山要飯！」秦鳳儀意氣風發，「待把南夷州整治好了，這以後就是咱們子孫後代的萬世家底了！」

秦鳳儀帶著軍隊進入徽州時，不過一萬六千人不到，待他出徽州，整個車隊人數加起來已逾兩萬。車馬綿延數十里而不絕，整個車隊，除了鎮南王殿下的儀仗親衛車馬之外，便是……的商賈，有木材啊瓦石啊之類的商賈相隨。

要知道，商賈們有錢，這些東家也不是委屈自己的性子，即便委屈自己，也不能委屈鎮南王殿下啊，於是，路上竟有水果商、酒商、廚子、侍妾、工匠，亂七八糟的人都有。既有了侍妾，女人便要穿衣打扮，結果不曉得如何，有幾家綢緞商布商也跟著混在了隊伍裡。

糧草的問題早就解決了，現在沿路不停有糧草商加入。車隊的人越來越多，自然要吃要喝。有糧商的話，大家也就省得再自家攜帶糧食了。便有糧商發現，雖則沒能取得供應大軍糧草的大生意，但供應這些跟隨鎮南王殿下的商賈夥計，也能賺不少錢。

至於鎮南王殿下，現在過的是神仙一樣的日子啊！

每到一個地方，什麼特產啊，一車一車地送給鎮南王殿下。非但是鎮南王殿下，便是鎮南王殿下身邊的諸人，也由原來時刻擔心會斷糧的苦巴日子，變成了眾人奉承。雖則奉承之人多為商賈，但是吃喝享受，誰會嫌舒服呢？而且，鎮南王殿下跟他們說了：「要是被人奉承得昏了頭，別怪本王不講情面。」

然後，鎮南王殿下的車隊越發龐大。等出安徽，入淮揚之地時，整個車隊已逾三萬人。

消息傳回京城，所有人都懵逼了：鎮南王殿下，您這是要做啥哩？這回鄉省親的排場也忒大了點。還有，那些商賈是不是有毛病啊？你們也跟著鎮南王殿下背井離鄉的做什麼啊？啥？鎮南王殿下要建鳳凰城，我咧個神，這是大消息啊！

有朝臣將此事彙報給了景安帝，景安帝道：「銀子只撥了五十萬兩，是給他建王府，他要是有本事用五十萬兩建一座新城，只管隨他建去。」

秦鳳儀要去南夷就藩，按理，經安徽往江西一路南下才是，所以，秦鳳儀出安徽後拐了個彎直接去淮揚，這就叫淮揚的總督巡撫有些摸不著頭緒了。咱們與這位殿下可無甚交情，何況，您這天下第一大冷灶，特意來咱們這兒，叫別人誤會了如何是好？

然而，別人誤會是以後的事，這位曾經考取過探花，身世曲折離奇的皇子藩王殿下，已經在眼前。縱是各官府邸報裡只是通報了秦鳳儀皇子的身分，沒有說他的生母是哪位娘娘，但秦鳳儀的身世是在中秋宴後，李鏡親自在百官面前說破的，總督巡撫都是耳聰目明之人，自然也早聽說過。

這位的親娘很不得了，乃陛下元配的柳王妃。

雖然柳王妃現在仍未追封，且秦鳳儀被打發到南夷那荒僻地界就藩，可知聖意不在這位皇子殿下身上，以後的皇位歸屬怕仍是皇長子殿下。不過，現在皇上年輕，尚論不到以後。當然，秦鳳儀這尷尬的元嫡皇子身分不討喜也是真的，幾位皇子都未封藩，就先把秦鳳儀給封了，還是這樣的荒野之地，與土人做伴，可見這位殿下在皇上心中的地位。

即便秦鳳儀是天下第一大冷灶，他這是南下就藩，途經淮揚，淮揚眾官員也不敢慢待。不過，預料中一萬人出頭是頂天的了，這這這……這咋來了這些人啊？三萬不止吧？

揚州知府當場就有些傻眼，巡撫總督亦未料到鎮南王殿下的車馬隊是這等排場，好在後來知曉鎮南王殿下的車駕只有一萬七千人左右，餘者皆是隨駕而來，要去南夷給鎮南王殿下造王城的商賈工匠。這些人不必理他們，他們自個兒能安置。

[illegible]秦鳳儀道：「罷了，今次過來，只是回鄉來

我自幼在揚州長大，按理，就藩南夷，一路南下不經淮揚，只是實在想念故鄉，若今次不來，以後怕也沒機會再見了。」

淮揚總督連忙道：「殿下何發此慨嘆？殿下就藩的南夷，離淮揚並不遠，殿下何時想念淮揚，與皇上說一聲，只管過來。咱們揚州的山山水水，也想念殿下啊！」

淮揚總督說得很動情，秦鳳儀只是一笑，「我們去驛館安置便好，不去你家擾你了。」

淮揚總督欲再勸，秦鳳儀擺擺手，命儀駕去了驛館。

晚上淮揚總督準備了宴會，秦鳳儀都叫免了，讓他們官員自便，不必過來服侍。他當天帶著大夥兒去獅子樓吃了一回獅子頭，秦鳳儀吃得一臉滿足，道：「這幾年在京城，我最想念的就是他家的獅子頭了，便是明月樓的獅子頭，與他家的比，味道上也略差些。」

肥兒子吃不得這些菜，秦鳳儀命廚下蒸一碗蛋羹，用獅子頭的高湯拌一拌給兒子吃。大陽這孩子，自小口壯，吃啥都是香噴噴，看他吃得香，阿泰也急了。阿泰現在已經會說話，指著大陽就跟他娘說：「吃，阿泰也吃。」

秦鳳儀樂了，笑著逗阿泰：「哎喲，阿泰你也要吃啊？叫舅舅，才給你吃。」

阿泰立刻大聲迸出兩個字：「舅舅！」逗得滿桌人大樂。

秦鳳儀命人再上一碗蛋羹。

大公主笑，「見人吃什麼他就要吃，阿泰原是不吃蛋羹的。」

張嬤嬤道：「孩子就是這樣，你喝口涼水他都嘴饞。阿泰和阿陽要是在一處吃飯，兩人都吃的比平時還多。」

秦太太也說：「就是這樣，阿鳳小時候愛吃糖，我都是買飴糖給他吃。飴糖多貴啊，也好吃。我們一道去鋪子裡，他見別人家孩子都買麥芽糖，就也吵著要吃麥芽糖。」

秦鳳儀道：「明兒早些去瓊宇樓吃早點，我跟媳婦就是在瓊宇樓第一次見面的。」

李鏡很不好意思，「吃早點就說吃早點唄，哪來這不相干的話？」

「哪裡就不相干了？」大公主還問：「頭一回見，莫不是就一見鍾情了？」

秦鳳儀想到往事，眼睛也是笑得彎彎的，「媳婦見我，興許一見鍾情，我見她卻是險些嚇死了，夢裡剛夢到過的媳婦，怎麼還是真有其人啊？我差點從樓上跌下去，一路就跑回了家，還跟我娘說呢！是吧，娘？」

秦太太笑，「還真是這樣。阿鳳跑得滿頭大汗，我以為出什麼事了，他急惶惶同我講，他先時做了個夢，夢到娶媳婦的事，結果就見著人家姑娘了。我還以為是揚州城裡哪位人家的千金，阿鳳以前看到過，才做了這樣的夢。可媳婦以前根本沒來過揚州，阿鳳也未去過京城，這可不就是天上掉下來的緣分嗎？」

柳舅媽也連連稱奇，便是大公主聽過坊間傳聞，此時聽秦太太說起來，仍覺驚異。

當天嘗了揚州美食，眾人心情都不錯，秦鳳儀傍晚回驛館，揚州知府正候著呢。秦鳳儀不是那大作排場的性子，但也知道這是官場老例了，他無所謂官員奉不奉承，卻不是所有人都不無所謂的。揚州知府這是寧可無功，也不能有過。

秦鳳儀便與他道：「明兒一早我去瓊宇樓吃早點，之後去棲靈寺給我母親做道場，你且

[illegible]聲去了。

故而，第二日去與媳婦的定情之處吃過早點，秦鳳儀一行便去了棲靈寺。

秦鳳儀在為他娘做道場時，難免又哭了一回。

柳舅舅早就跟著含淚了，越哭越是止不住。柳舅媽也是傷心，明明自家大姑子才是皇上元配，不想卻是這般福薄。大公主則是想到自己的親娘，至於秦太太，更是主僕情深，想到前事，亦是傷感。於是，所有人都哭一遭。

秦鳳儀是在第三天去找趙才子的，他這回出門就沒帶著妻兒老小了，只帶著張盛和侍衛去。秦鳳儀微服出行，所幸趙家門房還認得他。即便秦鳳儀幾年沒回揚州，他這張臉也不是輕易能忘的。門房又驚又喜，跑出來相迎，作揖請安道：「秦探花，您咋回來了？」

秦鳳儀笑看攬月一眼，攬月立刻拿銀子打賞門房。

秦鳳儀問：「你家老爺在不在？」

門房道：「在呢。」

有個伶俐的小廝上前引路，他們不知秦鳳儀身分有變，待秦鳳儀還是先時的親熱。

趙才子聽說秦鳳儀到了，更是喜上眉梢，立時過去相見。

趙才子見秦鳳儀依舊是眉目如畫的好模樣，更加歡喜，哈哈大笑道：「阿鳳啊，你怎麼有空回來？不錯不錯，還知道過來看看老哥我。先說好，這回可得讓我畫上三天。」說著，伸出三根肥肥的手指來。

秦鳳儀笑咪咪地道：「只要你應我一事，別說三天，以後天天給你畫有什麼難的。」

「什麼事？」趙才子一屁股坐在右上首，拿了個桔子給秦鳳儀，「你怎麼有空回揚州啊？不是在京城做官兒嗎？莫不是有什麼差使？」

「是有件差使，只是，你也知道，我身邊沒人，得要個有才幹的才子幫我一幫。我能認識誰啊，就找你來了。」秦鳳儀手指靈巧地剝了桔子，遞給趙才子半個。

「只管說。我先說啊，要是難的事，得讓我畫五天，要是容易的事，三天就成。」趙才子吧嗒吧嗒吃著桔子，已是十分技癢。他擅長畫美人圖，但畫美人圖得有美人才成。結果，揚州最大的美人秦鳳儀跑到京裡做官去了，趙才子好幾年都沒找到過像樣的美人了。不要說與秦鳳儀比，就是秦鳳儀七成美貌的都沒見著過。

秦鳳儀吃了瓣桔子，覺得很甜，方道：「我都說了，以後天天讓你畫都成。既然你應了，這就收拾收拾，與我去南夷吧。」

「幹嘛去南夷啊？」

秦鳳儀道：「去南夷，給我做長史官啊！」

趙狀元呆愣片刻才反應過來，他大叫一聲，自椅子上跳了起來。

趙才子有些肥胖，秦鳳儀眼疾手快地扶了他一把，他方不至跌倒。

趙才子結巴道：「你你你……你就是前天來的鎮南王？」

秦鳳儀微微頷首，三言兩語簡單地把自己的身世說了，「……前天到揚州有些晚了，昨兒去棲靈寺給我母親做道場，今天我就過來找你了。我算是看透京城那些個人了，眼下我身[illegible]老趙，咱們是老交情，你先時亦是狀元出身，現下年紀不過與我爹彷彿，

[illegible]這些年的美人圖，先時天街諸官的榮耀與志向，你可還記得？」

趙才子像是沒聽到秦鳳儀的話，望著秦鳳儀的臉看了又看，喃喃道：「你竟然是柳娘娘的孩子？天啊，咱們認識這些年，我竟是半點都沒認出來。」

趙才子感慨一回，神神叨叨良久，才回神道：「你剛說啥？叫我去給你做長史？」

「對。」秦鳳儀道。

趙才子把手裡剩下的兩瓣桔子放下，認真道：「先前我雖為柳娘娘說過話，但那不過憑良心說的，你不用這麼報答我。」

「我報答你什麼呀？我就是覺得你是個能做事的人。何況，我現在身邊可用之人實在太少，就來找你了。」

趙才子問：「你出來時，皇上沒給你配長史司？」

「我還用他來給我配？」秦鳳儀提到景安帝就沒什麼好氣，「你直接給個痛快話，到底跟不跟我走啊？」

趙才子氣道：「你這也像個請人的樣兒？不用你三顧茅蘆，也得客氣些吧？」

「咱倆誰跟誰啊？」秦鳳儀念叨趙才子：「你還不是一樣，要畫我的時候，就一口一個阿鳳，如今我請你去做事，就這般磨唧了。」

趙才子嘟囔道：「我家裡上有老下有小，還有我這家業呢！」

「全都搬到南夷去，我著人來給你收拾。」秦鳳儀多的是人手。

趙才子道：「這可不是小事，你得讓我想一想。」

秦鳳儀轉眼便有個主意，「這坐在家裡乾巴巴的想能想出什麼來，不如你隨我去驛館，眼下我手上事務不少，你也看看我手下這些人如何。這樣，你願意便願意，你不願意，我也不強求，畢竟買賣不成交情還在嘛。」

趙才子剛要應，繼而笑了，「好你個小鳳凰，我險些被你誆了去。」

趙才子想著，自己雖是狀元出身，到底不比這小子商賈出身，鬼精鬼精的，「這樣吧，我總要想一想，三天後給你答覆。」

秦鳳儀在趙家吃過午飯才告辭。

秦鳳儀還去找方灝，方灝也不曉得秦鳳儀如今的身分，見到他也挺高興的，還問他如何就回揚州了。待秦鳳儀說了自己的事，方灝驚得眼珠子差點掉出來。

秦鳳儀道：「你去年秋闈又沒中，要是沒到秋闈的水準，我得勸你多念幾年書，再繼續科舉，但你文章火候早到了，就是心思太重，一入貢院便做不出平時水準的文章來。這樣一年年蹉跎，就真蹉跎廢了。我就要去南夷就藩，趙才子已答應做我長史，你要不要同去？」

方灝又是一驚，秦鳳儀按住他的手，溫聲道：「阿灝，咱們是自小一處長大的，我也不拿什麼花裡胡哨的話糊弄你，南夷我沒去過，但聽說是個窮苦地界。我不能應你高官厚祿，可我既是就藩南夷，那就是我的地盤。我不以科舉好壞看人，我知道你的本事，知道你能做什麼。我只能說，你與我過去，我不會叫你的青春再蹉跎在這些看了一遍又一遍，寫了一篇又一篇的時文裡。待有哪日，你心性堅實，想回來繼續科舉，我不會強留你，如何？」

方灝則氏三經，被秦鳳儀這般推心置腹的話一說，當下便應了秦鳳儀。

方灝還道：「先時咱們拌嘴打架，你可不許給我小鞋穿。」

秦鳳儀嘿嘿壞笑，「哎喲，你不說我還忘了，多謝你提醒啊！」

方灝想想也是一樂，尋思著我雖兩次秋闈落第，可咱也是揍過親王殿下的人啦。一念至此，方灝就覺得，明兒得買些好的潤脂膏來保養自己的小拳頭。

方灝回家一說要隨秦鳳儀去南夷的事，把家人驚得不輕。

方大太太特意找秦太太打聽了一回，這下子，連秦鳳儀曲折而尊貴的身世都打聽出來。方大太太與丈夫商量後，便也同意了。無他，兒子兩次秋闈不中，夫妻倆也能瞧出兒子心中的抑鬱來，想著，秦鳳儀現在是親王了，南夷雖是個窮地界兒，但跟著秦鳳儀也吃不了什麼苦，安全上亦有保證。如此，便幫兒子行拾行裝，讓他隨秦鳳儀一塊去。

方大太太還怪榮幸的，與四鄰八家吹噓此事：「哎喲，可真是再想不到的，誰能想到小殿下竟是這樣的身分。小時候他還常來我家吃我做的花生糕，誇我手藝好，一口一個嬸嬸的叫我。」一想到竟然被親王殿下叫過嬸嬸，方大太太便高興得失眠半宿。

此乃閒話。

倒是趙才子打聽了秦鳳儀的事後，又親自去瞧了一回秦鳳儀的親衛，還有秦鳳儀收留的那些個飢民。秦鳳儀的親衛兵，便是到了揚州這樣繁華的地界，依舊是每天按時訓練，沒有半點懈怠。而秦鳳儀收留的飢民，雖不敢說吃穿多好，但衣裳是乾淨的，吃的是粗糧，卻都能吃飽，還能幫著親衛兵們洗洗衣裳、燒燒飯，做些雜務，沒有閒著白吃飯的。

趙才子回家同媳婦商量一回，這年頭家裡的事都是男人做主。

最後，趙才子同秦鳳儀道：「原想著我先與你過去看看再說，唉，也不必如此囉嗦了，我便將家一起搬過去。」這是死心塌地跟著秦鳳儀了。

秦鳳儀大喜。

秦鳳儀帶了將近兩萬人，卻無一擾民之舉，還這樣的訓練有素。就是那些飢民，先時揚州知府巡撫還擔心他們見到揚州繁華，會死乞白賴留在揚州討生活，沒想到人家根本沒這個意思。有人問，這些飢民們道：「跟著殿下去南夷，有屋有田，揚州再好，俺們在這兒無非還是給人做工做佃戶罷了。」

也不是沒人說秦鳳儀是開空頭支票，不一定能不能成真。

飢民們便道：「俺們快餓死的時候，殿下給吃給喝，還給棉衣穿，俺們不信殿下，難不成信你這話？」說著，還叫來兵士，將這挑撥小人抓了起來。

秦鳳儀並未覺得如何，他也沒對人施展他親王殿下的王霸之氣，實在是，秦鳳儀現在是恨透了景安帝，若不是情勢如此，秦鳳儀根本不願意跟人提自己的身分，他覺得很恥辱。

他如此低調，軍紀卻如此整肅，淮揚的官員可不是安徽巡撫那般沒眼力的，能到淮揚這裡做總督巡撫的，皆是景安帝心腹中的心腹。

這些大員，別的不說，一個個都不是沒眼光的。

雖則秦鳳儀說了，糧草自有糧商們供應，可到了淮揚地界，焉能叫殿下的親衛花錢吃糧商們的糧草？就是飢民們的伙食，淮揚也一併出了。非但如此，南夷那裡，誰也沒去過，但聽說山高林密，瘴毒極多，鎮南王殿下就藩，自然不會鑽什麼高山密林，但相應的藥材還是要多備一些，何況，這大冬天的，人容易有病痛，揚州府的藥材不夠，還自金陵蘇州等地調了許多過來，給殿下帶著。

淮揚總督動情道：「殿下自幼在揚州長大，臣有幸督淮揚，今又是三生有幸得以親見殿下風範。老臣先時還覺自己也算能臣，今見殿下，方知慚愧。南夷雖在人口中乃偏僻之地，但這樣的地方，正需要殿下這樣的大才治理。老臣身在淮揚，目之不及，卻知南夷必定能人口繁茂，地理昌隆。殿下才名，日後必能天下皆知。」

然後，這位總督大人不是白動情的，也不是白送這許多東西的，他把自己的一個孫子送給了秦鳳儀使喚。吳總督道：「這小子雖是念過幾本書，到底見識淺薄，倘殿下不棄，讓他在身邊牽馬墜蹬，便是他是福分了。」

秦鳳儀還是頭一回遇到出他自家子弟使喚的一地大員，秦鳳儀有些驚訝，卻沒露出來，笑望向吳總督的孫子，見是一位眉目清秀的青年，瞧著比自己年長幾歲。吳總督敢薦人，起碼便是個妥當的。於是，秦鳳儀道：「我看小吳眉清目秀，是個機靈人。你和小吳若不嫌南夷艱苦，我這裡正是用人之際。」

小吳，大名吳翰，連忙過來與秦鳳儀見禮。

秦鳳儀笑，「不必多禮。哎呀，你姓吳，是不是與吳道子是一家？」

吳翰恭恭敬敬地稟道：「殿下明慧，屬下一家正是吳道子十八世孫。」

秦鳳儀讚嘆，「我那裡正有一張吳道子的畫，待找出來賞你，也算物歸原主了。」

吳翰連稱不敢，秦鳳儀笑道：「這有什麼不敢的？我一見你便覺得投緣。不然，那樣的寶貝，你以為我誰都給嗎？瞧你祖父饞得，我就不給他，只讓他饞著去。」

秦鳳儀這人，交際上很有一套，三言兩語，氣氛便輕鬆許多。與吳家祖孫說些話，又問了吳翰一些功課，秦鳳儀對吳翰的學業水準也就有數了，便打發他們祖孫下去，讓吳翰回家收拾東西，明兒隨他一道南下。

秦鳳儀離開淮揚時，隨行之人多了五千不止，除了趙才子一家幾十口，吳翰身邊也有十來個下人相隨。方灝則帶了五六個人，剩下的，皆是商賈工匠之流。

這些商賈還不全是揚州的，另有金陵、蘇州等地的商賈，聽聞秦鳳儀要在南夷建新城，這些商賈打聽過，連徽商銀號與晉商銀號都要去新城開分號，而且，這位鎮南王殿下的財力也是兩家東家親口證實過的。最後，忽啦啦來了一群人。

這些人多是想著去南夷做生意的，不過千餘人罷了。其他的，有些是投到飢民隊伍裡去的，更多的是供應各項吃食的商家，還有就是一些聽聞親王殿下就藩要行經江西，他們是蹭著隊伍一道走，這樣不僅路上安全，到江西時還可少些盤剝。

這倒罷，更讓秦鳳儀無語的是，還有些嬤嬤帶著一票年老色衰的閨女跟著做生意。

別說，人家還供不應求哩！

秦鳳儀就藩途中究竟帶了多少人到南夷，在後世史書上也是個謎，但眼下在章顏章巡撫這裡，絕不是個謎。章顏早就收到朝廷的旨意，鎮南王殿下要就藩南夷，同時收到的還有朝廷的邸報，那上頭有關於鎮南王殿下秦鳳儀身世的大致說明。總地來說，就是母不詳的皇子[illegible]。當然，[illegible]是在[illegible]知底裡的人看來，章顏早就收到家裡的書信，信中他爹章尚書就章顏一邊讀信一邊咋舌，再沒能想到秦鳳儀有這樣的身世」。

信中他爹還問他，要不要活動一下回京城任職，反正三年任期還有一年就到了。

章顏還沒給他爹回信，但是知道秦鳳儀就藩南夷，章顏覺得這實在太解氣了。原本人家章顏要謀的是國子監一職，結果秦鳳儀這大忽悠再加上秦鳳儀親自在景安帝跟前進言，直接把人家章顏忽悠到了南夷州來與土人做伴。

南夷的確是個需要治理的地方，倘能治理好，的確是大功一件，奈何南夷州才多少人？有記載的人口是十萬，當然，戶部那裡的記錄可能很久沒更新過了，可這裡的確是個地廣人稀的地界。自從就任南夷巡撫一職，章顏也是鼓勵生育，輕徭薄賦，開墾耕地，撫民安民，反正撫民之政到處施行，可惜人口基數在這裡。

依章顏計算，南夷州要是想有成效，起碼得十年以上。

章顏剛來南夷州時，也是想有一番作為的，現在凌雲壯志都快消磨殆盡的時候，秦鳳儀給放到南夷就藩了。章顏嘴上說：「得為迎接藩王殿下做好準備啊！」心裡卻真是痛快，你小子也有今天啊！

因為秦鳳儀要來，章顏就不急著回京了，他還要多幹幾年，看看這嘴炮小子當初說得天花亂墜的，到底有什麼本事。

章顏做好準備，把巡撫衙門騰出來給鎮南王殿下。另則，殿下的親衛足有一萬，章顏也準備好了給親衛軍的軍營，最後親自帶著南夷的老弱病殘官員們出城三十里相迎。

秦鳳儀見著章顏很高興，跳下車，一把扶起行大禮的章顏，親熱地拍拍章顏的肩膀，「老章啊，我可是想你想一路了呀！哈哈哈，山水有相逢，我就說南夷州是個好地方！走吧，你與本王同乘！」

章顏還是頭一回見給封藩到南夷還能有秦鳳儀這般精神面貌的，當然，他也是頭一回見著封藩的藩王。其實，章顏見著秦鳳儀也高興，尤其秦鳳儀這精神抖擻的模樣，起碼比哭喪著臉強。章顏笑道：「小臣不敢放肆，還請殿下回車上，小臣隨駕便可。」

「你我還用如此客套？」秦鳳儀挽著章顏的手，「上車，有事與你商量。」

章顏聽秦鳳儀如此說，仍是先恭請秦鳳儀上車，方登上車駕。

秦鳳儀的王駕自然寬敞，章顏一看，車裡還有一個人，倒也認識，便揚州城的趙才子。這原是揚州城有名的鄉紳，章顏曾於揚州知府任連任，自然認得趙才子，二人關係不差。

秦鳳儀道：「都是熟人，我請趙才子做了我的長史，現在就是趙長史了。」

兩人打過招呼，秦鳳儀道：「我這回帶來的人不少，趙長史說說咱們建城的事。」

什麼建城的事？

章顏一下子有些懵，不過，趙長史是個有條理的人，先把一頁文書給了章顏，同章顏介紹了這次秦鳳帶來的人。

趙長史道：「親眷這些暫且不算，我們自有安置，約莫八百人左右。另外，殿下的親兵一萬，都是自京城跟著殿下過來的。還有就是飢民有一萬兩千餘人，這一萬兩千飢民裡，四十歲以下的壯丁有五千七百人左右，四十歲到五十歲之間的有一千五百左右，婦人兩千三百餘人，孩子兩千五百左右。有家人長輩的孩子約一千，剩下的約一千五百，多是路上乞討的十二歲以下的孩童。」

章顏心中一喜，先問：「這些個丁口身體如何，能耕種不？」

趙長史道：「路上都給他們吃得飽飽的，雖然一路南下有些辛苦，身體卻都不錯，耕種沒問題。殿下的意思也是帶他們過來，給他們田地，讓他們開耕種田。」

章顏聽說是能耕種的丁口，喜得不得了，搓手笑道：「哎呀，殿下可真是咱們南夷的福星啊！咱們南夷地方多的是，就是缺人。成丁的，每人一百畝，若是山地，還能多給些。」

秦鳳儀問章顏：「這麼缺人啊？」

章顏道：「最缺的就是人了。土人們在自個兒的山上不下來，咱們這裡地氣暖，外頭一年兩季稻，到咱們南夷，一年能種三季。只是，人少地方就窮啊，好不容易有幾個不錯的，讀書識字都往外頭去了。待外頭有了基業，一家子都接了去。別個地方還佃戶什麼的，咱們這裡，只要他們願意往遠一些的地方去，我都按丁授田，哪裡用給人當佃戶？」

秦鳳儀笑，「那這回帶人是帶對了。」

「殿下英明啊！現在冬天，尤其北方，冬日大雪，氣候也冷，有些家境不大好的百姓，便過得艱難。若是年景不濟，賣房子賣地賣兒賣女的都有。其實現下已算是盛世了，只是什麼年頭都會有吃不上飯的。殿下收留了一萬多人，怕是把從北到南的飢民都帶來了。」章顏笑著說：「他們在自己家鄉，就是討飯的命。在咱們南夷，重授田地，而且咱們南夷地氣暖，只要肯耕作，餓不著人的。」

章顏又是讚了秦鳳儀一回：「殿下大才啊，知道咱們南夷人少，便收攏這些人過來。」

「好說好說。」秦鳳儀笑嘻嘻地謙了一句，還道：「我說南夷是個好地方吧？」

章顏自知道秦鳳儀帶了一萬多的移民過來，現在是半點也不嫌秦鳳儀了，他瞅著秦鳳儀就稀罕得不行，拍馬屁道：「殿下說好，自然是好的。」

章顏也是為官多年了，拍過馬屁後問道：「那這一路飢民們吃什麼呀？殿下是如何籌措糧草的？」這麼由北到南的一路，這許多的飢民，吃食上便是大事。

秦鳳儀道：「路經大的州府，他們願意供應，便讓他們供應一些。倘是小地方縣衙之類，也不勞他們，有糧商呢。對了，這回還有好幾萬商賈跟著一道來了。」

好幾萬？

章顏驚住。他在揚州做父母官，揚州算是商事繁華之地了，也沒好幾萬的商賈啊！

趙長史細細地與章巡撫解釋了這好幾萬商賈的來歷。其實不只是商賈，還有匠人、商賈帶的家眷、服侍的人等等，章顏嘆為觀止，起身對著秦鳳儀一揖，再次道：「殿下大才！」

秦鳳儀拉他坐下，「車裡這麼窄巴，下車再作揖吧，那些人都是來給本王建新城的。」

章顏一拍大腿，「不管幹啥，來了就好！」

這南夷，人家說蠻荒之地，半點也不假，別的不說，這路就不行啊，坐車裡那是左搖右擺。當然，氣候宜人，一到南夷，先時自京城出來時，秦鳳儀穿的是夾襖。到了豫州，天降大雪，就換了大毛衣裳。待到揚州，也是大毛衣裳，可一入南夷的地界，那真是暖和，秦鳳儀更換了夾襖，還是薄料子夾袍。

趙長史與章顏說了秦鳳儀欲修建王城之事，章顏道：「何不就在南夷城修建？」

秦鳳儀道：「新城方有新氣象。這次非但有我的王府，還有大公主的公主府，你們各人的官邸。親衛軍裡有一位昭勇將軍、兩位四品副將、十位千戶、一百位百戶，皆是要有各自的房舍，另外還有那些飢民。路上我就說了，多的沒有，每家一套四合院。再者，趙長史他們，本王身邊長史司的人，也要各有各的宅院。南夷人少，非止種田的百姓少，我這次雖帶了許多商賈匠人來，但有才幹的人終究是少的。以後招賢納才，自然不能少了這些人的房舍住。故而，要另建新城。」

章顏問：「殿下想把新城建在哪兒？」

秦鳳儀道：「待回去咱們再說，你心裡先想想，要在哪裡給飢民授田。咱們回去再看看南夷州的地形圖，我這裡還有陰陽風水先生，他們在地理方面是精通的，咱們先擇好地方，再讓他們過去看看。」

章顏與秦鳳儀相識並非一日，一些話也敢說，「殿下，這建城可是耗資巨大。」

秦鳳儀笑，「放心，我把徽商銀號與晉商銀號的東家帶來了。」

章顏縱不知秦鳳儀打算如何運作，也著實是服了秦鳳儀。真不知秦鳳儀使了何等手段，竟然把這兩家財主帶到了南夷來。

秦鳳儀帶人浩浩蕩蕩地進了南夷城，朝中也收到了消息，江西巡撫奏章中寫的是，十數萬人相隨鎮南王殿下車駕，把朝廷都驚了一跳。十數萬人可不是小數目，再者，鎮南王殿下離京時不過一萬多點兒人，這怎麼到南夷城就十數萬了？

這十數萬人，都是些什麼人啊？

這倒不是什麼祕密，因為上奏章說此事的不是一人兩人，主要是，秦鳳儀經過各州府，州府供給糧米，這些自然要跟朝廷報備。另則，各地大員也會在摺子中說一兩句，這其間便有鎮南王殿下收留各地飢民之事。

安徽巡撫也說了，鎮南王殿下要在南夷修建新城，在徽州廣招匠人商賈，淮揚那裡也提了此事。故而，這事到底如何，景安帝心知肚明。

不管是建新城，招募商賈，還是收留飢民，秦鳳儀又不是把人綁去的，十好幾萬人？反正景安帝認為，這個數字頗有水分。不過，哪怕是幾萬人，能讓這些人心甘情願跟著過去，真不曉得這小子是怎麼忽悠的。

不止景安帝好奇此事，滿朝上下沒有不好奇的。

鄭老尚書同程尚書私下說起此事，還說：「殿下只有五十萬兩現銀，建王府差不多，他要是建城，那是萬萬不夠的。」便是秦家先時做鹽商有錢，也不夠建城啊！

鄭老尚書同程尚書打聽：「程尚書，依你所見，倘是要建一座城，得要多少銀子？」

程尚書道：「這得工部出預算吧？今春修城牆就花了二三十萬兩，要是現建城，大幾百萬肯定是要有的。」

鄭老尚書就奇怪了，秦鳳儀哪來的錢呢？就敢建城。

李釗同父親說起來，也覺奇異，「按理，阿鳳剛到南夷，應該是先接手南夷政事，為何這麼急著建城呢？」

景川侯道：「南夷本就地廣人稀，南夷巡撫章顏是阿鳳的老相識了。章顏任南夷巡撫，當初就是阿鳳在御前興薦的。南夷政務有限，何況，南夷州駐兵不過萬餘人，阿鳳的親兵就有一萬了。他的親兵俱是精銳，政事有限，可他帶了這麼些飢民過去，得安置啊。現下那些人無田地還好說，南夷地方夠大，有的是田可授，但光授田還不行，住也得有住的地方。如今盛世，便是有飢民，朝廷未有大的災荒，他收攏飢民，無非就是遷移人口。由北至南，飢民能有多少，撐死不過一兩萬。奏章上說，跟隨他之眾，足有十數萬。十數萬怕是沒有的，可他在徽州、揚州兩個最繁華之地，大肆宣揚他要到南夷建新城之事。他本身再加上飢民，三萬人頂天了，剩下的撐死再有兩萬，這兩萬，便是要到南夷發財的各類商賈。」

「就是建城，弄這麼多商賈做什麼？」

「銀子。」景川侯道：「為了銀子。他手裡的銀錢，斷不夠建新城的。秦家以前行商，天下間，商賈為富，所以，他要大募商賈。」

李釗倒是明白這個道理，卻是道：「雖則商賈最富，但商賈也最是精明不過，阿鳳想從他們手裡弄出銀子來，怕是不易。」

「那就得看他自己的本事了。」

方悅也把秦鳳儀這大作排場建新城的事與祖父說了，方閣老還是那副模樣。秦鳳儀知曉自己的身世後就再沒來過方家，臨走前，方悅過去相送，秦鳳儀倒沒有不理方悅，卻是沒問方閣老一句。

方閣老已經恢復心境，聽長孫說完此事，笑道：「胡說八道，如何能有十數萬？他不過一萬親兵，加上一些他自己的人，也就一萬多人。若再計入收留的飢民，以及一路同行的商賈匠人，能有五萬人就不錯了。」

方悅道：「祖父，您說，他這城能建起來不？」

方閣老道：「誰曉得？」然後，擺擺手，「以後莫與我說他的事，我們早不來往了。」

方悅：不知剛剛豎著耳朵聽得賊認真，還長篇大論的人是誰？

裴太后在後宮也聽說了這事。

景安帝還是那句話：「反正該撥的銀子已撥給他了，再多的一分沒有。」

裴太后道：「我就覺得，鳳儀這事稀奇。」

景安帝心說，這還叫稀奇？真正稀奇的在後頭呢！

饒是誰也百般猜不透秦鳳儀眼下的謀劃，因為，任誰看來，秦鳳儀這不過是剛剛就藩的藩王，人剛挨南夷的地界，空口白牙就要說建一座新城，那啥，你有那財力嗎？

景安帝卻是想到秦鳳儀先時說的一句話，小生意用的是自己的本錢，戰戰兢兢，養家糊口，而大生意鮮少用自己的銀錢。

景安帝就要看看，秦鳳儀如何做成「建新城」這單大生意。

這一日，是被載入史書的一日。

雖然在秦鳳儀明怕章顏、趙長史看來，他們是坐在搖籃一樣左搖右晃的車裡商量了大半日有關南夷建設的事，但在後世，這是光明的一日，是被載入史冊大書特書的一日。

這一日，走到天黑，也沒到南夷城，還是在城外歇了一夜。

當晚，秦鳳儀就見到了南夷城的老弱病殘，不，南夷城的諸位官員。哎喲喂，看到他們的時候，秦鳳儀就特別慶幸把章顏給弄到南夷來了。瞧瞧這些個官員，就南夷城的知府，年紀瞧著能做秦鳳儀的爺爺。至於同知、通判，是兩張不得志的老臉。再看南夷城的將軍，秦鳳儀算是知道南夷為啥這麼窮了，看看這些官員的精神面貌就曉得這是個什麼地方了。

不過，這些人再沒精神，在他面前仍是一副恭恭敬敬的模樣。

秦鳳儀道：「這也是我第一次來南夷，我生在揚州，後來去了京城，來南夷之前，聽不少人說起咱們南夷的事。大家都說南夷苦，說南夷艱難，說南夷各種不好。依本王說，南夷以往多麼的不好，打今兒起，本王來了，南夷便好了。」

「你們諸位，不論是躊躇滿志，還是有志難伸，如今本王到了，有志向的，本王給你們施展的天地。只要你們肯幹，只要你們想幹，這南夷州必有你們的一番作為。」

秦鳳儀是個實權藩王，知軍又掌政事，三品以下官員由他任免，所以，他才能直接找趙才子為長史。他說是長史，便是長史了，因為秦鳳儀有這個許可權。

秦鳳儀給大家鼓了鼓勁兒，哪怕是宿在郊外，章顏等人也帶了酒肉，只是南夷地暖，酒自是好酒，肉卻是鹹肉了。這個無妨，秦鳳儀身邊跟著多少商隊，有的是新鮮雞鴨，還有鹿呢。當下整治了不少肉食，這會兒也不燉煮了，直接升起火來，在架子上烤，秦鳳儀就帶著大家大口喝酒，大口吃肉，好一番熱鬧。

男人嘛，便是再不得志，被酒肉這麼一激，精氣神也好些了，再加上吃了幾盞酒，便問起秦鳳儀路上可還順遂之事，秦鳳儀還把建新城的事與他們說了。

秦鳳儀還道：「屆時新城建好，你們每人都有份！」

南夷知府問：「殿下準備把新城建在哪兒？」

「我心裡已是有數，只是還得讓風水先生們看一看再說。」秦鳳儀對章顏道：「對了，出了江西進南夷一直到南夷城的這條路，得先修一修。你給我記著，待明兒咱們進了城安置下來，你先跟我說這事兒。」

章顏連忙應了。

南夷知府道：「那可是有五六百里地呢，殿下，是要全修嗎？」

秦鳳儀道：「瞧瞧這一路，江西的官道還能走，一進咱們南夷，我的馬車都是晃個不停，更甭提一些小馬車了，恨不得把人從車裡顛下去。修！都得修！」

南夷知府上了年紀，反正就他這歲數，估計知府銜也就到頭了。

南夷知府道：「這好幾百里地，可是花費不少啊！」

秦鳳儀道：「不管花費多少，本王都要先把路修好了。」

事實也證明，秦鳳儀這一決定非常明智。

因為這些個商賈主要是為了修建王城而來的，可說句老實話，秦鳳儀甭看對外說得天花亂墜，但他自己知道，這王城的修建不是小事，真正開工得好幾個月以後。商賈這一類人，他們不怕山遠，不怕路遠，更不怕辛苦，可他們是因利而聚，無利則散的一類人。若是沒有什麼發財的事兒，這些商賈怕是立刻就要散了。一旦散了，再想召這些人前來，可就不是祖師爺了，所以，召來這些商賈，秦鳳儀得給他們尋些事情來做。

在王城修建之前，就要有一宗大工程給他們才能留住這些人。留住了商賈，才能用他們活躍起南夷的商事來。商事多了，南夷方能有錢。有了錢，其他事便好說了。

秦鳳儀的邏輯很清楚，晚上睡覺時又思量了一回。

第二日，起駕進南夷城時，整個王駕的儀仗都擺了出來。秦鳳儀簡直是威風八面地進了南夷城，所幸城內的道路比起城外好了許多。

秦鳳儀一行直接入住巡撫府。甭看在別個地方秦鳳儀只肯住驛館，從不去官員的府衙打擾，但在南夷不一樣，在南夷城怕是要住上一段時間。而南夷城的情況，好吧，秦鳳儀入城時便都看到了，不要說與京城、揚州相比，便是江南西道的洪州都差得遠，連正街的房舍也稀稀疏疏，不大熱鬧的樣子。

好在秦鳳儀等五萬餘人一來，整個南夷城熱鬧了。首先，客舍全部住滿，連驛館比較雞賊的驛丞也把驛館好幾間屋子租了出去，然後，南夷城裡旅店客棧不夠住的，便是各種房屋租賃了。一時間，連牙行都較先前忙了百倍，以致於牙行的牙人不夠使，還要招聘人手。

我的神啊，據說這是牙行近十年來第一次招人啊！

先時鎮南王殿下進城前給大家畫了個餅，大家雖然打起了些精神，卻還是覺得這餅有些虛。沒想到，殿下就是殿下，這本領真個神通廣大，咋帶了這許多人來哩？

哎喲喂，這可真是熱鬧啊！

南夷城熱鬧不稀奇，秦鳳儀一下子帶了五萬人過來，不熱鬧才算稀奇。稀奇的是，這樣突然熱鬧起來的南夷城，竟沒有出現什麼大的治安事件，這便要歸功於章顏章巡撫大人了。

章顏並非沒有作為的官員，他也想治理南夷，奈何不是人少嗎？

章顏這幾年也沒閒著，把手底下那等閒著不幹活的都打發了，留下的這些人，雖則精神面貌不大好，卻都是老實肯幹的。無奈南夷太窮太苦，除非是秦鳳儀這種能自己注射雞血的類型，不然，在這裡待久了，章顏這樣的都覺得志向都消磨沒了，何況這些老官老吏？

所幸南夷州下的吏治已是經章顏篩選過一回。

章顏在入城前一晚，秦鳳儀的燒烤晚宴散了，就召來手下官員開了個小會，說的就是進城後城裡的治安問題。這次秦鳳儀把人給帶來了，他們就得齊心協力把人給留下，故而，章顏是早有準備，提前分派好了。他們隨著秦鳳儀進城後，立刻下去安排，方令南夷城井井有條，不至於生亂。

秦鳳儀搬進巡撫府，如何安置就是李鏡的事了。他把大公主、他舅、趙長史、方灝，都安排在巡撫府一起住下，眼下方灝就是給趙才子打下手。

女人們在內宅安排布置，潘琛留下府中護衛的親衛，帶著餘下的人去了親衛營，張盛則帶著飢民去了給飢民們安置的地方。

秦鳳儀先說飢民們的事，召來章顏、趙長史、張盛和柳郎中商議。

秦鳳儀道：「先說孩子，那一千多個沒爹沒娘沒主兒的孩子，不能再叫他們去討飯。張照管，你先去篩選一下，如果有身體不成的，先挑出來。另外，男孩女孩也要分開。八歲往上與八歲往下的，亦要分出。」

這件事秦鳳儀早就與張盛提過，張盛武將出身，現在沒有隊伍給他帶，秦鳳儀一向頭子靈活，沒有軍隊，建一支就好了，便讓張盛自己組建，至於合不合法，眼下又沒說這是軍隊。

張盛道：「是。」

秦鳳儀道：「章巡撫，現今官學的情形如何？」

章顏道：「說來慚愧，官學裡只有十幾個秀才。我想著，南夷秀才少，這是沒法子的事。官學空著總不好，就召了些咱們南夷城的小學生們過來念書，也能添些書香。」

「我先說一下我的想法，我要建一所軍中書院。你們也知道，這次來的飢民裡，有一千多是無父無母的孤兒，這些孩子們放出去，沒得生計沒得長輩親人，無非又是乞討。本王把他們帶來，不是叫他們做乞丐的。大些的男孩，可以學習拳腳功夫，就在軍中習武，以後服兵役。女孩子可教其採桑紡織繡工之技，也是一門謀生的技藝。再小些的，也得有個著落，他們能跟著到南夷，都是命大的。在軍中建一所書院，年紀小於八歲的，不適宜習武的，可以在書院念書，觀其天資，以後再做打算吧。另則，軍中有出眾將領，若有不識字的，也可到書院學認字。」秦鳳儀侃侃而談道：「這件事，章巡撫你放到心上，明兒把南夷城有名的士紳秀才名單整理給我。」

章巡撫應了。

秦鳳儀繼續道：「還有，昨日我就說過要修路。我昨晚想好了，修路不能只修一條，自江南、江西到南夷的路要修，還有一條路也要修，便是自湖南到咱們南夷的路。因為要風水師先去看王城修建的地方。王城的修建怕要年後了，那麼，現在趁著王城未建，我要先把這兩條路修好。」

章顏道：「修路必要招百姓，倒可以讓他們以每年的徭役相抵。」

「不，不必招募百姓，讓百姓用徭役相抵。」秦鳳儀早有打算，「讓百姓用徭役來修路，非但費時費力，而且來時許多道路兩側多是矮山樹林，不見人家。我們南夷地廣人稀，倘是用百姓修路，不知要修到何時。我出銀子，把修路的工程包出去，讓商賈來修。」

趙長史道：「後頭還有建王城之事，倘用商賈修路，怕要不少銀子。」

秦鳳儀道：「你們把要修的官道里程計算出來，地形圖也畫好給我，銀子的事，我這裡自有主張。爹，您把修路工程的事先散播出去，我要招商修路。」

章顏和趙長史兩人皆是狀元出身，可不是秦鳳儀一句「自有主張」便能打發的。兩人別個不擔心，就擔心銀子不夠使。秦鳳儀吩咐完，其他人都下去幹活了，這兩人還不動呢，就要跟秦鳳儀叨叨這銀錢上的事。

明明可令百姓服徭役修路省下一大筆錢，現下可好，這位鎮南王殿下非要花銀子讓商賈修，這圖的什麼呀？再者，修路之後還要建新城，你銀子夠使嗎？

兩人一直叨叨銀子的事，秦鳳儀就覺得奇怪了，「你倆都是有錢人家出來的，咋跟個窮鬼轉世一般呢？」

兩人險些被秦鳳儀這話氣死，章顏很想保持對這位親王殿下的尊重，可就秦鳳儀這人這話，當真叫人尊重不起來。

章顏道：「殿下有妙計，只管與我等說一說，也不必我等掛心了。」

秦鳳儀無奈道：「你們啊，路不修好，以後商事如何往來？再者，你們就看到修路花銀子的事了？如何就看不到，咱們若是讓百姓服徭役修路，一則百姓們辛勞，不管七老八十，還是十三四歲的都去上工，這能有什麼效率？還有許多磨洋工的呢！要是嚴些吧，也麻煩，我見不得那些打罵之事。可若讓商賈來幹，正兒八經的生意，他雇人便要付銀子。咱們南夷人少，他們自然就會往外地去招人，把人招來。人就是生意啊，不說別的，糧草生意就先紅火了，人得吃飯啊！咱們本地的糧商，天時地利人和，本地的糧商就能賺一票。兩湖之地，魚米之鄉，光靠本地糧商都不一定夠，兩湖的糧商就得過來。人一多，吃喝拉撒，什麼樣的生意沒有呢？生意多了，商人就得繳稅，衙門便有了錢。衙門有了錢，就能辦更多的事，修更多的路。再者，待路修好了，這官道我可不免費啊，走著的行人不收錢，要是驅車的，按遠近收路錢。這些錢不會收太多，但天長地久，只要咱們南夷繁華了，這也是一筆收入。」

「不用擔心銀子，咱們南夷窮，不是地方不好，是人少。在京城吃南面的果脯子，都是味兒好又貴的好果脯，只要來的商人多了，見咱們這裡好東西多，自然有生意過來。」秦鳳儀道：「對了，老章，你明兒跟我說說咱們南夷的稅是怎麼收的，得給商人一些實惠。咱們的稅不要亂收，得先叫他們嘗到甜頭。」

秦鳳儀來的第一天，章巡撫在書房忙到三更天，連章太太都說：「老爺這是怎麼了，可是新來的殿下不好相處？」

「哪裡會不好相處，來的就是秦探花。現在不能叫秦探花了，得叫殿下了。」雖是乏得不得了，章顏仍是道：「我給家裡回信了，回京的事不急，便是連任一任巡撫也無妨。」

章太太笑，「許久沒見老爺這般有精神了。」

「有什麼精神啊？睏了，睡吧。」

如章巡撫這般加班的不在少數，非但南夷城的大小官員都自發加班了，住總督府的趙長史、張盛等人也在加班。秦鳳儀自己晚上更是謀劃了許久，順帶拉著媳婦一起籌謀。便是在南夷城住下的各路商賈，聽聞了修路的大生意，亦是各有思量。

整個沉寂的南夷城，似乎就在秦鳳儀到來的這一刻，被注入了滿滿的雞血，然後陡然間就活躍得不像話了。

（未完待續）

作　　者	石頭與水
封面繪圖	晝　措
責任編輯	施雅棠
國際版權	吳玲瑋　蔡傳宜
行　　銷	艾青荷　蘇莞婷　黃家瑜
業　　務	李再星　陳玫潾　陳美燕
編輯總監	劉麗真
總 經 理	陳逸瑛
發 行 人	凃玉雲
出　　版	晴空 城邦文化事業股份有限公司 104台北市中山區民生東路二段141號5樓 電話：（886）2-2500-7696　傳真：（886）2-2500-1967
發　　行	英屬蓋曼群島商家庭傳媒股份有限公司城邦分公司 104台北市中山區民生東路二段141號2樓 客服服務專線：（886）2-25007718；25007719 24小時傳真專線：（886）2-25001990；25001991 服務時間：週一至週五上午09:00~12:00；下午13:00~17:00 劃撥帳號：19863813；戶名：書虫股份有限公司 讀者服務信箱：service@readingclub.com.tw
晴空部落格	http://blog.yam.com/readsky
香港發行所	城邦（香港）出版集團有限公司 香港灣仔駱克道193號東超商業中心1樓 電話：852-25086231　傳真：852-25789337 E-mail：hkcite@biznetvigator.com
馬新發行所	城邦（馬新）出版集團【Cite (M) Sdn Bhd】 41, Jalan Radin Anum, Bandar Baru Sri Petaling, 57000 Kuala Lumpur, Malaysia. 電話：(603) 9057-8822 傳真：(603) 9057-6622 Email：cite@cite.com.my
美術設計	洸譜創意設計股份有限公司
印　　刷	沐春行銷創意有限公司
初版一刷	2018年09月27日
定　　價	320元
I S B N	978-986-96370-9-1

小說 201

闕❺

家圖書館出版品預行編目資料

闕/ 石頭與水著. -- 初版. -- 臺北市 :
空, 城邦文化出版 : 家庭傳媒城邦分公司發行,
018.09
冊 ;　公分. --（漾小說 ; 201）
SBN 978-986-96370-9-1（第5冊：平裝）

57.7　　107008853

著書名：《龙阙》，由北京晋江原創網絡科
有限公司授權出版。